Catherine Ryan Hyde
Wir leben jetzt

TINTE & FEDER

Das Buch

Ru ist »abartig klug«, wie ihre Mutter sagt. Als sie mit dreizehn auf ein weit entferntes College in Kalifornien kommt, lernt sie bei ihrer Gastfamilie den siebzehnjährigen Gabriel kennen. Beiden fällt es schwer, Freunde zu finden, aber bald sind sie wie Geschwister.
Als Rus Mutter stirbt, soll sie zu ihrer verhassten Tante ziehen. Doch die zwei Freunde beschließen zu fliehen und machen sich auf eine abenteuerliche Reise in den Norden, um Rus Traum zu verwirklichen: wilde Papageientaucher sehen und Polarlichter erleben. Unter dem dunklen Nachthimmel Kanadas ist Ru nicht mehr die Überfliegerin, sondern einfach nur Ru. Zum ersten Mal hat sie das Gefühl, wirklich zu leben.

Die Autorin

Die mehrfach ausgezeichnete amerikanische Autorin Catherine Ryan Hyde hat bislang knapp dreißig Bücher veröffentlicht. Auf Deutsch von ihr erschienen sind neben weiteren Titeln »Tage der Hoffnung«, »Als ich dich fand« und »Ich bleibe hier«. Ihr bekanntester Roman »Das Wunder der Unschuld« wurde in mehr als 23 Sprachen übersetzt und unter dem Titel »Das Glücksprinzip« mit Kevin Spacey und Helen Hunt verfilmt.
Neben dem Schreiben ist Catherine Ryan Hyde auch als Referentin tätig und stand bereits dreimal zusammen mit Bill Clinton als Rednerin auf dem Podium. Catherine Ryan Hyde unternimmt gerne Wanderungen und Reisen und ist eine große Hobbyfotografin.

Catherine Ryan Hyde

WIR LEBEN JETZT

ROMAN

Aus dem Amerikanischen von Lotta Fabian

TINTE & FEDER

Die amerikanische Ausgabe erschien 2024 unter dem Titel »Life, Loss, and Puffins« bei Lake Union Publishing, Seattle.

Deutsche Erstveröffentlichung bei
Tinte & Feder, Amazon Media EU S.à r.l.
38, avenue John F. Kennedy, L-1855 Luxembourg
November 2024

Die Übersetzung dieses Buches wurde durch Amazon Crossing ermöglicht.

Umschlaggestaltung: semper smile, München, www.sempersmile.de
Umschlagmotiv: © Denis Belitsky / Shutterstock; © Wendy Stevenson / ArcAngel; © Guang Cao / Getty Images
Lektorat: Birte Lilienthal, Ute-Christine Geiler, Agentur Libelli GmbH

Gedruckt durch:
Amazon Distribution GmbH, Amazonstraße 1, 04347 Leipzig /
CPI Druckdienstleistungen GmbH, Ferdinand-Jühlke-Straße 7, 99095 Erfurt /
CPI books GmbH, Birkstraße 10, 25917 Leck /
Libri Plureos GmbH, Friedensallee 273, 22763 Hamburg

ISBN 978-2-49671-677-1
e-ISBN 978-2-49671-678-8

www.tinte-feder.de

Kapitel Eins

Hühnerleber, Wasserkastanien und Schinkenspeck

Setzt euch, Mädels. Einfach dort drüben aufs Sofa. Und bitte, verdreht nicht die Augen. Ich meine vor allen Dingen dich, Tess, weil du genau das jetzt gerade tust, doch es gilt für euch beide. Ich werde jetzt diese Erwachsenensache tun. Ihr wisst schon, wenn sie einem irgendeine ellenlange Geschichte erzählen wollen und man dem nicht entkommen kann.

Wir kennen uns jetzt schon ein paar Wochen und damit ist es an der Zeit, dass ihr mehr über mich erfahrt. Vielleicht sogar zu viel, vermutlich werdet ihr das zumindest denken.

Beginnen wir mit meinem komischen Namen, falls ihr euch darüber schon gewundert habt.

Obwohl ich immer nur »Ru« verwende und jeden umbringen würde, der irgendwas anderes versucht, bin ich sicher, ihr habt inzwischen rausgefunden, dass ich eigentlich Rumaki Evans heiße. Meine Mom hat sich nicht mal die Mühe gemacht, mir einen zweiten Vornamen zu geben. Wenn sie das getan hätte, würde ich definitiv den benutzen.

Nach meiner Geburt war sie noch im Krankenhaus, vermutlich voller Medikamente oder was weiß ich, jedenfalls hatte sie sich aus unerfindlichen Gründen in den Kopf gesetzt, dass Rumaki der Name eines berühmten japanischen Kriegers oder Philosophen sei. Was an und für sich schon merkwürdig ist, denn wir haben keinerlei Verbindung zu Japan. Trotzdem hätte es mich nicht gestört, den Namen eines stolzen und tapferen Japaners zu tragen. Echt, kein bisschen. Aber nachdem die Tinte auf meiner Geburtsurkunde getrocknet war, hat meine Mom entdeckt, dass »rumaki« in Wahrheit ein Horsd'œuvre ist, das gern bei Partys gereicht wird und das aus Hühnerleber, Wasserkastanien und Schinkenspeck besteht.

Hier gehen die Einstellungen von meiner Mutter und mir dem Leben gegenüber auseinander. Klar, uns allen unterlaufen Fehler. Das kann jedem passieren. Allerdings bin ich der Meinung, dann nimmt man sich die Sache noch mal vor und bringt sie in Ordnung. Schließlich kann man einen Namen ändern, oder?

Nun, ihr habt meine Mutter nicht gekannt, doch sie war … anders. In vielerlei Hinsicht. Sie hat alles auf ihre ganz eigene Weise getan und jegliche Rückmeldung dazu, ob sie etwas richtig oder falsch machte, ist einfach von ihr abgeprallt. Dabei war es ihr gar nicht egal, was die Leute von ihr dachten. Ganz im Gegenteil. Sie hat sich deswegen furchtbar gequält. Sie hat nur nie was geändert.

Wenn sie sich mal für etwas entschieden hatte, war der Fall für sie erledigt. Sie ist nicht mehr davon abgewichen.

Nur bin *ich* es, die jetzt mit dem Namen einer Vorspeise aus Hühnerleber durchs Leben laufen muss.

Natürlich hätte ich meinen Namen selbst ändern lassen können, sobald ich alt genug war, aber das hab ich nicht getan. Und wenn ich euch erst mal mehr von der Geschichte erzählt habe, denke ich, versteht ihr auch, warum.

Wie auch immer, ich hab gerade erst angefangen und bin schon meilenweit vom Thema abgeschweift.

Also, jetzt, da ihr meinen bizarren Namen kennt, ist das Nächstwichtige, was ich erwähnen muss, obwohl ihr das ja bereits wisst, dass ich abartig intelligent bin. Das sind nicht meine Worte. Ich hab sie von meiner Mom gehört, als ich fünf war und sie das zu jemandem über mich gesagt hat. Acht Jahre lang hab ich das wie ein Schandmal mit mir herumgetragen, niemandem verraten, dass meine Mutter mich als »abartig« bezeichnet hat.

Dann kamen das College und Gabriel. Und mit Gabriel hat sich alles geändert.

Oh, Moment, ich hab was vergessen. An meinem ersten Tag am College war ich gerade dreizehn geworden.

Abartig intelligent, wie schon erwähnt.

Doch bevor ich mit dem College anfange, muss ich euch noch von meiner Großmutter Mimi erzählen. Ehrlich, das hängt alles zusammen.

Es gibt so viel über sie zu berichten, dass es mir schwerfällt, zu entscheiden, wo ich am besten beginne.

Also, vielleicht hier: Meine Mom hat sie immer »Manische Mimi« genannt, dabei ist sie, soweit ich weiß, niemals tatsächlich ausgeflippt. Zumindest zu meinen Lebzeiten nicht. Aber wenn ihr sie gekannt hättet, wäre euch klar, wie es dazu kam.

Sie war keine grausame oder gefährliche Frau, meine Großmutter Mimi. Ich mochte sie sehr. Sie hatte nur so eine Art, zu einem vorzudringen und einen dabei zu zerlegen. Erst mit Blicken und dann mit Worten. Sie war so was wie eine Wahrheitsbombe. Nein, keine Bombe. Eine Bombe ist chaotisch und ungenau. Eher wie ein Wahrheitslaser. Wenn sie bei ihrem Gegenüber etwas entdeckt hat, was sie als Krebsgeschwür identifiziert hat, ist sie hingegangen und hat es fein säuberlich herausgeschnitten, ohne dabei auch nur ein Stück gesundes Gewebe zu verletzen.

Ich hatte keine Angst vor ihr. Ich fand das toll. Doch meine Mom hatte Angst vor ihr. Und ich hatte ein bisschen Angst vor meiner Mom, also gehört das vielleicht zum Muttersein dazu. Ich hatte bloß die eine, daher bin ich mir nicht sicher.

Wie auch immer. Ungefähr fünf Wochen vor dem Semesterstart hatte Grandma Mimi einen Schlaganfall. Einen schlimmen. Das war für alle ziemlich verstörend. Sie war im Krankenhaus und danach wurde sie in ein Reha-Zentrum verlegt, das zumindest meiner Ansicht nach verdächtig einem Pflegeheim ähnelte. Sie hatte eine einseitige Gesichtslähmung und man konnte sie nur noch schwer verstehen, wenn sie sprach.

Irgendwann während ihrer Zeit im Pflegeheim … äh, in der Reha-Klinik … hat sie meiner Mom mitgeteilt, dass ich auf keinen Fall an einem öffentlichen College landen dürfe. Ich war nicht dabei, daher weiß ich nicht, was sie genau gesagt hat. Ich weiß nur, was meine Mutter mir davon berichtet hat. Es muss etwas in der Richtung gewesen sein wie: »Die Intelligenz meiner Enkelin ist ein Wunder, und du wirst sie nicht vergeuden.«

Okay. Mehr Kontext. Sorry.

Meine Mom wollte, dass ich auf ein öffentliches College gehe, weil es eins keine zehn Kilometer von uns entfernt gab. Auf diese Weise hätte ich zu Hause wohnen bleiben und sie weiter meine Mom sein können, auf eine Art und Weise, die ihr vertraut und normal erschien. Aber ich hatte einen Platz an einer ziemlich angesehenen Universität angeboten bekommen. Mit Vollstipendium. Leider befand sich diese angesehene Universität knapp zweihundertfünfzig Kilometer von zu Hause entfernt. Meine Mutter hatte einen Job, den sie liebte, sie leitete eine Galerie, und sie wollte auf keinen Fall umziehen. Und sie fand, ich sei zu jung, um allein so weit weg in einer fremden Stadt zu wohnen. Daher wollte sie mich nicht gehen lassen.

Auch nachdem die Manische Mimi ihr mitgeteilt hatte, sie müsse es tun, wollte sie nicht nachgeben. Sie wollte am nächsten Montag zu ihrer Mutter – Mimi – fahren und ihr erklären, dass es ausgeschlossen sei. Die ganze Universitätssache sei einfach vom Tisch. Es wäre das größte und dramatischste Beispiel dafür, ihrer Mutter die Stirn zu bieten, das meine Mom je in ihrem Leben gewagt hatte.

Doch dazu kam es nie.

Am Sonntag hatte Grandma Mimi nachts einen zweiten, schlimmeren Schlaganfall und starb in ihrem Bett im Pflegeheim.

Und das ist zumindest zu einem kleinen Teil mit dafür verantwortlich, dass ich am College der Universität eingeschrieben wurde. Denn es wurde zu so was wie Grandma Mimis Letztem Willen.

Außerdem halte ich es durchaus für möglich, dass meine Mom insgeheim Angst hatte, Mimi würde sie aus dem Jenseits heimsuchen. Ich vermute, sie hatte weniger Angst vor Mimi, als die noch am Leben war. Zumindest hatte sie da eine Vorstellung davon, wo ihre Mutter war.

Später stellte sich heraus, dass mehr dahintersteckte, also in Bezug auf die Beweggründe, aber das wurde mir zu dem Zeitpunkt absichtlich vorenthalten.

* * *

Ich kann euch gar nicht sagen, wie dringend ich am liebsten direkt zu Gabriel springen möchte, doch ein guter Erzähler lässt nichts Wichtiges aus. Für mich wurde das Leben eigentlich erst interessant, nachdem ich ihn kennengelernt hatte, aber mir ist klar, dass ihr vermutlich wissen wollt, wie wir uns überhaupt begegnet sind.

Es hat alles im Büro einer Studienberaterin der Universität begonnen.

Meine Mom sprach mit einer Frau, deren Name Rita Wilson war. Daran erinnere ich mich, weil ich mich an alles erinnere.

Ich schaute gerade aus dem Fenster, vor dem ein Baum stand, und beobachtete das Spiel der Sonnenstrahlen auf dem Laub und einen lärmenden kleinen Vogel mit roter Brust, der auf den Zweigen herumhüpfte. Währenddessen versuchte ich im Kopf eine mathematische Gleichung zu lösen. Nichts Schwieriges, nur eine kleine Übung, um mich zu beschäftigen, ohne mich zu sehr zu fordern. Einmal habe ich meiner Mom erzählt, worüber ich gerade nachdachte, damit sie sehen konnte, wie leicht es war, aber sie hat nichts verstanden. Das hat mich damals überrascht, denn ich hatte gedacht, alle würden das für einen Klacks halten.

Hab ich schon erwähnt, dass ich mich furchtbar leicht langweile? Daher habe ich im Lauf der Jahre verschiedene Methoden entwickelt, damit umzugehen.

Dann war ich wieder zurück bei der Unterhaltung, blickte zu meiner Mom und stellte fest, dass sie den Henkel ihrer Tasche in den Händen knetete.

Bei solchen Gesten war sie ziemlich aggressiv. Sie zerrte an dem Lederriemen herum, drehte ihn in die eine und die andere Richtung, sodass ich schon fürchtete, das Leder würde reißen. Ihre Fingerknöchel schimmerten seltsam weiß. Es wirkte ziemlich dramatisch, dabei hatte sie eigentlich nur Zeige- und Mittelfinger fest miteinander verschränkt.

Jede Geste meiner Mutter war Teil einer eigenen Sprache. Ich kann sie sogar übersetzen.

»Oje, jemand will mich dazu bringen, etwas zu tun, was ich gar nicht will. Natürlich werde ich es nicht tun, nur wird dann mein Gegenüber schlecht von mir denken und mich für eine schlechte Mutter halten. Das wird sie selbstverständlich nicht laut aussprechen, doch es ist da. Genau dort, hinter ihrer Stirn.«

Okay, vielleicht übertreibe ich ein bisschen, weil ich das gerne tue. Aber das trifft es ziemlich genau, das könnt ihr mir glauben.

»Worüber reden wir gerade?«, fragte ich, woraufhin sie mich beide anstarrten.

»Ru fängt manchmal an zu träumen, wenn ihr Gehirn nicht gefordert ist«, meinte meine Mutter. »Das ist ja der Grund, warum ich sie nicht einfach weiter Klassen überspringen lassen will. Auch wenn das für ihr Sozialleben vermutlich besser wäre.«

Das schien mir eine seltsame Bemerkung zu sein, denn abgesehen von einem gelegentlichen gemeinsam mit meinem Naturwissenschaftslehrer eingenommenen Lunch hatte ich kein Sozialleben, was meine Mom auch genau wusste.

Mehr Schweigen.

»Also werdet ihr es mir nicht einfach sagen?«, hakte ich nach.

Rita Wilson ergriff das Wort.

Sie war eine große, wunderschöne schwarze Frau, die ihr Haar zu vielen ordentlichen Zöpfen geflochten und im Nacken zusammengenommen trug. Sie hatte eine Halbrandbrille auf der Nase, deren Rahmen glitzerte, wenn das Licht im richtigen Winkel darauf fiel. Ihr Lippenstift war ein perfektes Dunkelrot.

»Ich hab deiner Mutter gerade erklärt, dass wir ein paar Familien haben, die Studenten bei sich zu Hause aufnehmen. Statt nur das Zimmer zur Verfügung gestellt zu bekommen, hat der Untermieter auch Familienanschluss. Das bedeutet, du würdest an den Mahlzeiten teilnehmen, man würde dich zum Campus fahren … kurz, dich nicht einfach dir selbst überlassen, wie man es bei einem älteren Studenten handhaben würde. Und ich weiß sogar, dass eine dieser Familien etwas frei hat. Eine alleinerziehende Mutter mit Sohn. Paula Gulbranson heißt sie.

Sie wohnt lediglich etwas mehr als fünfeinhalb Kilometer von der Universität entfernt.«

»Das ist nicht Teil des Vollstipendiums«, meinte meine Mutter und misshandelte weiter den Henkel ihrer Handtasche.

»Ich fürchte nicht«, antwortete Rita Wilson. »Das wird leider zusätzlich etwas kosten, sofern Sie das aufbringen können. Jedenfalls kann ich Ihnen versichern, dass es bisher immer ganz ausgezeichnet gelaufen ist.«

»Oh, dann ist das schon mal vorgekommen? Andere Studenten waren auch nicht älter als meine Tochter?«

»Nun ...«, setzte Rita Wilson an. »Nein. Nicht während meiner Zeit hier. Ich will nicht sagen, dass es nie passiert, aber es ist auf jeden Fall ungewöhnlich. Die Studenten, die in der Vergangenheit bei dieser Familie gewohnt haben, hatten körperliche Einschränkungen und benötigten daher zusätzliche Unterstützung.«

Mehr Schweigen. Mehr Misshandlung des Handtaschenhenkels durch meine Mutter. Ich meine, wirklich jede Menge Schweigen und Misshandlung.

Ich stand kurz davor, mich wieder auszuklinken, als Rita Wilson hinzufügte: »Warum machen Sie sich nicht selbst ein Bild und lernen sie persönlich kennen? Schließlich sind Sie den ganzen weiten Weg hergefahren. Vermutlich möchten Sie zumindest eine Kleinigkeit essen, ehe Sie wieder aufbrechen. Ich erkundige mich mal, ob die Familie Zeit hat.«

Das war der Punkt, an dem mein Leben interessant wurde, obwohl ich da noch glaubte, das Treffen würde hoffnungslos langweilig werden. Ich täusche mich nicht oft, doch gelegentlich kann ich außerordentlich weit danebenliegen. In diesem Fall war mir vorher gar nicht klar, dass man sich so fundamental irren kann.

* * *

Das Merkwürdige an meiner ersten Begegnung mit Gabriel war, dass mein Eindruck von ihm zunächst alles andere als vorteilhaft war.

Er saß uns gegenüber am Tisch. Neben seiner Mom. Zu ihr komme ich später noch.

Wir waren nicht in der Cafeteria auf dem Campus, sondern hatten beschlossen, zu einem kleinen, wenige Minuten entfernt liegenden Café zu gehen, weil Gabriels Mom meinte, dort sei das Essen sehr gut. Ich fand es allerdings bestenfalls okay.

Ich hab ihn jedenfalls beobachtet, aber er schaute nicht auf. Er hielt den Blick gesenkt und fuhr mit einem Daumennagel über den Spalt zwischen der Aluminiumeinfassung und der Tischplatte. Sein Haar war von einem dunklen Blond, eher lang und nach hinten gekämmt, sodass es nur im Nacken wirklich lang aussah. Irgendwie wirkte er ordentlich zurechtgemacht. Wie sauber geschrubbt. Als ob ihn jemand poliert hätte, bis er glänzte.

Doch er guckte einfach nicht hoch.

Ich dachte: *Was stimmt mit dem Kind nicht?*

Vermutlich ist es seltsam, dass ich ihn im Geiste als »Kind« bezeichnete, denn er ist fast fünf Jahre älter als ich. Ich weiß nicht genau, wie ich es erklären soll, höchstens damit, dass ich mich im Grunde gar nicht als Kind betrachtete – was auch sonst niemand tat.

Ich beobachtete ihn also eine Weile und überlegte, was für ein Problem er wohl hatte.

Und genau da, als hätte er meine Gedanken gehört, schaute er auf. Direkt in mein Gesicht. Und er lächelte. Dieses Lächeln war alles. Es änderte meine Welt komplett.

Um Missverständnissen vorzubeugen – da war nicht mal das winzigste bisschen Romantik zwischen Gabriel und mir und da wird auch nie was sein. Genau genommen war da nicht das winzigste bisschen Romantik an Gabriel oder mir selbst.

Für irgendjemanden. Ich glaub, das war zum Teil der Grund dafür, dass wir uns auf Anhieb so gut verstanden haben. Uns fehlte beiden dieser Bereich, was wiederum dafür sorgte, dass all unsere anderen Bereiche, unsere Freundschaftsbereiche, perfekt miteinander harmonierten.

Aber zurück zu dem Lächeln.

Es war irgendwie schüchtern und verschwörerisch, beides gleichzeitig. Und es war ansteckend. Ich schwöre, ich habe es erwidert. Es war so, als ob er mich bereits mögen würde und beschlossen hätte, ein Geheimnis mit mir zu teilen. Und dieses Geheimnis war … *Das Leben macht Spaß.*

Ich hatte nie gedacht, dass das Leben Spaß machen könnte, bis ich Gabriel getroffen habe. Ehrlich, das wäre mir vorher nie in den Sinn gekommen.

* * *

Meine zweite Begegnung mit Gabriel fand am selben Tag statt, aber später, gegen Abend. Meine Mom war mit mir zum Haus von seiner Mutter und ihm gefahren. Wir waren dorthin eingeladen worden, um uns das Zimmer anzuschauen, das ich bewohnen würde, sofern meine Mom damit einverstanden war. Was, wie wir beide wussten, nicht geschehen würde.

Meine Mom und Gabriels Mom unterhielten sich, als ob ich gar nicht da wäre. Als würde ich überhaupt nicht existieren. Oder wenigstens, als hätte ich nicht das Geringste mitzureden. *Willkommen in der Kindheit, falls dir das bisher nicht klar war.*

»Geh doch nach oben«, schlug mir Gabriels Mom nach einer Weile vor. Als ihr auffiel, dass es mich auch noch gab. »Es ist die zweite Tür rechts.«

Ich stieg die Holztreppe hoch, öffnete jedoch nicht die zweite Tür rechts. Denn als ich an der ersten Tür rechts vorbeikam, konnte ich Gabriel singen hören. Es war nicht wirklich laut, aber ganz klar laut genug. Er sang nicht bloß so vor sich hin. Ich stand ein paar Sekunden lang da und überlegte, wie viel Selbstvertrauen jemand haben musste, um so zu singen, dass es jeder, der in der Nähe war, hören konnte.

Wenn die Tür geschlossen gewesen wäre, hätte ich nicht geklopft. Ich wäre einfach vorbeigegangen. Doch sie stand weit offen.

»Hi«, sagte ich.

Er hielt inne und erwiderte: »Hi.« Dann sang er weiter.

Ich war mir nicht sicher, was das für ein Song war. Die Melodie erkannte ich jedenfalls nicht und ich konnte auch nur etwa die Hälfte des Textes verstehen.

Ich stand einfach da, bis er fertig war.

Dann erklärte er: »Du kannst ruhig reinkommen, weißt du?«

»Oh«, antwortete ich. »Das wusste ich tatsächlich nicht.«

»Nun, jetzt tust du's.«

Also trat ich ein.

Er saß auf der Fensterbank am offenen Fenster. Es bestand aus zwei Flügeln und hatte weder Fliegengitter noch Vorhänge. Er lehnte sich halb hinaus und blickte auf die Straße runter. Im Zimmer war es ziemlich dunkel, der Lichtschimmer vom Flur war die einzige Beleuchtung.

Ich setzte mich neben ihn und wir schauten gemeinsam hinaus.

Das Haus befand sich in einer sehr städtischen Umgebung. Praktisch im Stadtzentrum. Es gab keinen Vorgarten oder so. Nur Leute, die den Bürgersteig unter seinem Fenster entlangliefen. Ich vermutete, dass die Sonne schon fast untergegangen war, aber das ließ sich schwer sagen, denn der Himmel hatte sich zugezogen und Regen lag in der Luft. Man konnte spüren, dass es jeden Moment anfangen würde.

Meine Augen gewöhnten sich allmählich an das schummerige Licht und ich sah zu ihm hinüber. Er erwiderte meinen Blick und er lächelte wieder. Es war nicht genau das Lächeln, das ich bereits erwähnt hab, sondern ein anderes, doch es war auch gut.

Mir fielen zwei Dinge auf, mit denen ich so nicht gerechnet hatte.

Erstens trug er Augen-Make-up. Ich konnte es in dem Licht nicht wirklich gut erkennen, aber auf jeden Fall Eyeliner und Lidschatten, möglicherweise auch Mascara.

Zweitens stand neben ihm eine altmodische Gießkanne. So eine mit Griff und langem Schnabel samt gelochtem Aufsatz, sodass das Wasser wie beim Brausekopf einer Dusche herauskam, nicht als Strahl.

»Was machst du da?«, fragte ich ihn.

»Ich zeige es dir.«

Wir warteten eine Minute, offenbar darauf, dass jemand unter dem Fenster vorbeilief. Dann hob er die Kanne und ließ ein paar Tröpfchen in Richtung des Fußgängers fallen.

Es schien sich um eine junge Frau zu handeln. Sie blieb stehen, streckte eine Hand aus, wohl um zu prüfen, ob mehr Tropfen folgen würden. Dann ging sie weiter. Sie schaute nie nach oben. Warum sollte sie auch? Tropfen fielen vom Himmel, insbesondere wenn dunkle Regenwolken aufgezogen waren.

»Du begießt Menschen?«

»So ähnlich.«

»Wäre es nicht besser, einfach ein paar Wasserbomben vorzubereiten oder etwas in der Art? So hat sie es ja kaum gemerkt.«

»Nein«, erklärte Gabriel. »Das will ich nicht. Ich versuche nicht, sie mit irgendwas zu treffen oder sie zu erschrecken. Ich sorge nur dafür, dass sie glauben, es hätte zu regnen begonnen. Um zu gucken, wie sie darauf reagieren.«

Wir saßen stumm da, bis ein Mann mittleren Alters in einem schicken Anzug unter uns vorbeikam. Gabriel ließ ein paar Tröpfchen fallen. Ohne langsamer zu werden, öffnete der Mann einen schwarzen Regenschirm.

»Da«, meinte Gabriel. »Verstehst du's?«

Nein, leider nicht.

»Na ja, jetzt weiß ich, was du tust, das stimmt. Doch es drängt sich mir sofort die Frage auf: Warum?«

»Es ist ein kleines Experiment«, erläuterte er. »Einfach um festzustellen, ob man das Verhalten von Menschen beeinflussen kann. Es wird ja immer behauptet, dass man seine Mitmenschen nicht ändern kann. Wobei ich glaube, dass damit gemeint ist, man kann sie tief innerlich nicht ändern, also ihr Wesen, und man kann sie auch nicht genau so beeinflussen, dass sie sich auf eine bestimmte Weise verhalten, wie man es möchte. Aber ich habe den Eindruck, dass man es gar nicht verhindern kann, die Leute zu ändern, mit denen man in Kontakt kommt. Es sind vielleicht nur Kleinigkeiten, doch ihr Leben kann unmöglich genau so weiterlaufen, wie es gewesen wäre, wenn sie dich nicht getroffen hätten. Verstehst du's jetzt?«

»Nicht wirklich«, gab ich zu.

Ich bin mir nicht sicher, ob ich es schon erwähnt habe, aber ich bin überaus ehrlich. Fast zu ehrlich.

»Das ist was, das ich mir bei meiner Mom abgeschaut habe«, führte er weiter aus. »Beim Autofahren. Sie fährt nicht schnell, sondern immer genau in dem Tempo, das erlaubt ist. Nicht mehr und nicht weniger. Sie sagt immer, dass wir ohnehin nicht genug Geld haben und ein Bußgeld einfach überflüssig ist. Allerdings bringt es bei den anderen Autofahrern das Schlimmste zum Vorschein. Sie fahren viel zu dicht auf, bis es wirklich gefährlich wird. Daher macht sie etwas, das sie ›Erziehung des Autofahrers hinter mir‹ nennt. Wenn er unserem Kofferraum zu nahe kommt, nimmt sie den Fuß vom Gas und wird ein wenig langsamer, bloß so fünf Stundenkilometer. Wenn er sich dann zurückfallen lässt, gibt sie Gas. Fährt vielleicht sogar minimal schneller als erlaubt, aber nur ungefähr eine Minute oder so. So geht das eine ganze Weile, bis der Typ hinter uns irgendwann ausreichend Abstand hält, weil er nicht will, dass sie wieder langsamer wird … Wobei ich mich immer frage, ob er tatsächlich begreift, was sie da tut. Das ist eine irgendwie unmöglich zu beantwortende Frage, denn wir lernen ihn ja nie kennen. Doch ich neige dazu, das zu bezweifeln. Denn wenn die Leute das merken würden, denke ich, würden manche von ihnen hupen oder ihr einen Vogel zeigen oder versuchen, sie zu überholen. Ich glaube, das ist so subtil, dass es unbewusst abläuft. Wenigstens ist das meine Theorie. Und einfach so hat sie jemanden geändert. Das ist eine faszinierende Vorstellung, findest du nicht?«

Während ich ihm zuhörte, wurde mir klar, dass Gabriel auch sehr intelligent war. Vielleicht nicht so wie ich, denn kaum jemand ist so abartig wie ich, aber entschieden intelligenter als ein durchschnittlicher Siebzehnjähriger.

»Hast du's jetzt verstanden?«, erkundigte er sich.

»Ja, ich glaub schon. Es dreht sich darum, das Gefühl zu haben, du könntest irgendwas kontrollieren.«

»Vielleicht«, antwortete er. »Ja, vielleicht.«

»Du machst das bestimmt oft«, meinte ich.

»Nein, dieses spezielle Experiment war eine Premiere.«

»Warum hast du dann deine eigene Gießkanne?«

»Das ist die, die meine Mutter für die Zimmerpflanzen benutzt.«

Ich habe wahrscheinlich vergessen, zu erwähnen, dass es hier eine Menge Zimmerpflanzen gab. Es war ein regelrechter Dschungel.

Wir saßen eine Zeit lang schweigend da und niemand lief unter dem Fenster vorbei.

Dann kam eine Gruppe von Leuten in unsere Richtung, doch bevor sie auf der Höhe von Gabriels Haus waren, fing es wirklich an zu regnen. Alle spannten ihre Regenschirme auf, bis auf eine Frau, die keinen zu haben schien. Sie hielt sich etwas über den Kopf, das wie die Abendzeitung aussah, und begann trotz ihrer hohen Absätze zu rennen.

»Experiment beendet«, sagte ich.

»Scheint so.«

»Warum trägst du Augen-Make-up?«, wollte ich wissen.

Vielleicht hätte ich nicht fragen sollen, aber ich war eben neugierig. Ich hoffte, dass ich nicht so geklungen hatte, als würde ich es verurteilen. Ich war bloß neugierig.

»Das bin einfach ich. So bin ich nun mal. Dadurch fühle ich mich mehr wie ich selbst. Warum? Stört es dich?«

»Nein, gar nicht. Warum sollte es? Ich war nur neugierig, weil du vorhin keins hattest. Du weißt schon. Beim Mittagessen.«

»Meine Mutter war der Ansicht, ich sollte es weglassen.«

»Aha. Dachte sie, es würde mich irritieren?«

»Ich glaube, sie dachte, es würde deine Mutter irritieren. Wir müssen das Zimmer unbedingt vermieten, weil wir das Geld brauchen.«

»Oh. Das muss komisch sein, wenn dir jemand sagt, dass du etwas nicht tun kannst, bei dem du dich wie du selbst fühlst.«

»Ist es«, stimmte er mir zu. »Doch das ist nun mal die Geschichte meines Lebens.«

Einen Moment lang herrschte Schweigen, nur unterbrochen vom Rauschen des Regens.

Schließlich fragte er: »Hätte deine Mutter etwas dagegen gehabt?«

»Ich weiß nicht«, antwortete ich. »Ich bin mir nicht sicher. Wir haben nie über Make-up bei Jungs gesprochen. Wahrscheinlich nicht. Wahrscheinlich interessiert sie sich nur für die Dinge, die sie persönlich betreffen.«

Dann kamen die beiden Mütter die Holztreppe herauf und mein zweites Treffen mit Gabriel war vorbei.

Vermutlich war das auch gut so, denn wir begannen auf der einen Seite ein bisschen nass zu werden.

* * *

Es war eine lange Heimfahrt. Eineinhalb Stunden. Das war wirklich viel Zeit dafür, den Scheibenwischern dabei zuzuschauen, wie sie die Regentropfen von der Frontscheibe schoben, ständig hin und her und immer kaum noch fähig, Schritt zu halten.

Für den größten Teil der Strecke redeten meine Mutter und ich kein Wort.

Bis ich entschied, nichts zu sagen wäre zu einem Zeitpunkt wie diesem dumm.

»Wirst du mich hingehen lassen?«

»Du bist dreizehn«, entgegnete sie.

Ungefähr eine halbe Minute lang beobachtete ich die vorbeihuschenden Straßenlaternen und die Scheinwerferkegel der entgegenkommenden Autos durch die regennassen Fenster, denn ich war zu sauer, um zu antworten.

»Ich hasse es, wenn du das tust«, erklärte ich schließlich.

»Was denn?«

»Eine offensichtliche Tatsache äußern, als sei das ein Argument.«

»Ich glaube, du wusstest die Antwort auf deine Frage bereits, bevor du sie überhaupt gestellt hast«, hielt sie dagegen.

Wir fuhren ein paar Minuten lang in der stummen Wut, die uns so vertraut war. Sie war ein natürlicher Teil unserer Interaktionen.

»Du weißt, es war Grandma Mimis letzter Wunsch«, bemerkte ich.

»Lass das.«

»Was denn?«

»Mit der Grandma-Mimi-Karte aufzutrumpfen.«

»Das ist keine Karte«, wandte ich ein und wurde zum ersten Mal laut. »Sie war keine Karte. Sie war meine Großmutter. Deine Mutter.«

»Wer bringt hier jetzt offensichtliche Tatsachen vor, als seien es irgendwelche Argumente?«

Darauf antwortete ich nichts, denn schließlich ließ sich nicht von der Hand weisen, dass sie recht hatte.

* * *

Am nächsten Morgen verließ sie das Haus, ohne mir zu sagen, wohin sie wollte. Am frühen Nachmittag kam sie zurück, ohne mir zu verraten, wo sie gewesen war.

Bei unserem sonst schweigend eingenommenen Abendessen verkündete sie plötzlich: »Wir werden das mit dem Zimmer bei den Gulbransons ausprobieren, damit du die Uni besuchen kannst. Wir testen das ein Semester lang und sehen dann weiter.«

Ich stellte keine Fragen, weil ich hatte, was ich mir gewünscht hatte, und es auf keinen Fall aufs Spiel setzen wollte. Ich ließ meiner Fantasie freien Lauf, malte mir aus, wie es wohl sein würde, in diesem Haus zu wohnen, bei dem interessanten Jungen, an eine Uni zu gehen mit Lehrstoff, der mich nicht so langweilen würde, dass ich ständig aus dem Fenster schauen und im Geiste mathematische Gleichungen lösen musste. Es erschien mir alles so unfassbar wundervoll, ich traute mich kaum, zu glauben, dass es tatsächlich wahr werden würde.

Es sollte noch Monate dauern, bis ich herausfand, was für ihre urplötzliche, völlig uncharakteristische meinungstechnische Kehrtwende verantwortlich war.

Kapitel Zwei

Der Sinn einer Studie über das Zeigen

Ich flehte meine Mutter an, mich mindestens eine Woche früher hinzufahren, damit ich vor dem Semesterstart Zeit hatte, in Ruhe auszupacken und die Gulbransons kennenzulernen. Ich ließ es so klingen, als sei es für meine mentale Stabilität wichtig, als bräuchte ich es, um mich sicher zu fühlen, denn gewöhnlich zog das bei ihr. Dabei trieb sie mich mit ihrer Nervosität rund um meine Abreise einfach langsam, aber sicher in den Wahnsinn, und ich wusste, dass ich anderswo glücklicher sein würde. Egal wo.

Letzten Endes brachte sie mich gerade noch rechtzeitig zum Sonntagsessen hin. Gleich am Montagmorgen musste ich an der Universität sein.

»Hast du dein Handy dabei?«, fragte sie.

Sie kaute auf ihrem Daumennagel. Das hatte sie in meinem Beisein noch nie getan. Nicht ein einziges Mal in all der Zeit, seit ich sie kannte.

»Mom.«

»Was?«

»Wann hätte ich jemals mein Handy nicht mitgenommen?«

»Tut mir leid. Ich bin nur …«

»Was, Mom?«, fragte ich, als ich es leid war, darauf zu warten, dass sie es mir sagte.

»Ich hab das Gefühl, als ob's das war.«

»Inwiefern?«

Sie seufzte tief und dramatisch, bevor sie antwortete.

»Mit deiner Kindheit, schätze ich. Ich habe das Gefühl, als sei deine Kindheit hiermit vorbei.«

»Interessant«, erwiderte ich.

»Bist du anderer Meinung?«

»Dass sie jetzt vorbei ist? Ja, bin ich. Ich glaube, meine Kindheit war vorbei, als ich fünf war.«

Als ich in die Vorschule gekommen bin. Da hab ich begriffen, dass Kinder das eine sind und ich etwas ganz anderes bin. Und die anderen Kinder haben das auch schnell gemerkt.

»Tut mir leid, wenn ich Fehler gemacht habe«, erklärte sie.

Und ich entgegnete: »Ich bin mir nicht sicher, was für Alternativen es gegeben hätte. Ich glaube, die Situation ist einfach so, wie sie ist.«

* * *

Das Essen am Sonntagabend bei den Gulbransons verlief erstaunlich ruhig. Beinah gediegen.

Es gab gefüllte Zucchini mit Salat und dazu Brot. Die Füllung der Zucchini war sehr großzügig und bestand aus Würstchen, Tomaten und Crackerbröseln sowie Parmesan. Was bedeutete, dass Mrs Gulbranson tatsächlich selbst kochte.

Es war ziemlich gut, wenn man Zucchini mochte.

Die Vorstellung meiner Mom von einer Mahlzeit bestand aus irgendwelchem verkochten Fleisch und Beilagen direkt aus der Dose. In der Regel entweder Mais oder diese gräuliche, leicht schleimige und bittere Form von Spinat.

Daher beschloss ich, Mrs Gulbransons Zucchini zu essen, obwohl ich an sich kein großer Zucchinifan bin. Das war meine Art, ihr für ihre Bemühungen eine Eins zu geben.

Sie warf mir während des Essens immer wieder prüfende Blicke zu und schließlich stellte sie mir eine merkwürdige Frage.

»Ru, bist du wegen morgen nervös?«

Ich sah ihr ins Gesicht und kaute zu Ende, bevor ich antwortete. Schließlich bin ich nicht in einem Stall oder einer Höhle aufgewachsen und habe Manieren.

»Nein. Warum sollte ich das sein?«

»Na ja, es ist … Es ist ganz neu. Eine große Universität, jede Menge Veränderungen.«

»Aber sie ist für Leute wie mich gedacht. Daher weiß ich nicht, was da nicht passen sollte.«

Sie nickte hektisch und verfiel danach in Schweigen.

Und genau da war er wieder, der Moment. Die unvermeidliche Trennlinie zwischen mir und allen anderen. Der Augenblick, in dem ich mich jemandem öffnete, nur ein winziges bisschen, und direkt klar wurde, dass ich nicht war wie sie. Nicht wie irgendjemand, mit dem sie umzugehen gewohnt waren. Früher mal fand ich das besorgniserregend, doch inzwischen hab ich mich dran gewöhnt. Warum sollte man sich sein Leben lang über etwas aufregen, was sich nicht ändern lässt? Finde dich damit ab und mach weiter.

Nun, ich hab ja versprochen, mehr von Gabriels Mutter zu erzählen.

Also, sie war klein und ein bisschen untersetzt und hatte rosa Wangen. Richtig rosige Wangen wie die Frau vom Weihnachtsmann. Es sah nicht aus wie Rouge. Natürlich konnte es Rosazea sein oder ein Zeichen für hohen Blutdruck oder vielleicht war sie auch tatsächlich die Frau vom Weihnachtsmann in Verkleidung. Ihr Haar trug sie immer hochgesteckt und sie verteilte Lächeln, als ob sie damit Schulden abstotterte, nicht als ob es tief aus ihr käme. Genau das Gegenteil von ihrem Sohn.

Was ihren Sohn betraf, nun, der sagte während des ganzen Essens kein einziges Wort. Aber er lächelte mich mit diesem wunderbaren Lächeln an. Dreimal. Wie sich herausstellte, hatten wir später noch jede Menge Zeit zum Reden.

* * *

Ich lag die ganze Nacht in meinem Bett und konnte nicht schlafen. Was interessant war, weil ich normalerweise immer schlafen konnte. Doch ich war deswegen nicht wirklich beunruhigt.

Plötzlich ertönte eine Stimme, was mich erschreckte, denn es klang so, als ob jemand mit mir im Zimmer wäre. Genau genommen hörte es sich an, als stünde der Besitzer der Stimme zwischen dem Bett und der Wand, was unmöglich war, weil das Bett direkt an die Wand geschoben war. Aber wie auch immer, für mich hörte es sich so an.

»Schläfst du schon?«, fragte die Stimme.

Sie war leise, doch eindeutig eine Stimme. Insofern war es erschreckend. Wie ich schon erwähnt habe.

»Gabriel?«, antwortete ich, wobei ich meinen Herzschlag deutlich fühlen konnte. »Wo bist du? Bist du in meinem Zimmer?«

»Nein, in meinem«, entgegnete er, wobei ich immer noch hätte schwören können, dass er im selben Raum war wie ich.

»Warum kann ich dich so klar verstehen?«

»Zum einen sind die Wände hier extrem dünn, aber das ist nicht der Hauptgrund. In der Wand gibt es einen Lüftungsschlitz. Gleich neben den Betten. Ich werde natürlich still sein, wenn du nicht reden willst – wenn du allein sein oder einfach nur schlafen willst.«

»Ich habe nichts dagegen, mich zu unterhalten«, erwiderte ich. Wir lagen eine Weile in der Dunkelheit da und schwiegen. Dann wollte ich wissen: »Hast du dich über den Schlitz auch mit den anderen Studenten unterhalten, die hier eingezogen sind?«

»Nein.« Seine Stimme klang leise und irgendwie bedauernd. »Sie wollten ihre Privatsphäre und ihren Schlaf. Bist du wirklich nicht nervös wegen morgen?«

»Nein, ich glaub nicht«, entgegnete ich. »Ich meine … Woher soll ich das wissen?«

»Ich bin mir nicht sicher, wie ich das beantworten soll«, sagte er. »Ich verstehe vielleicht die Frage nicht. Ich meine, wenn du etwas fühlst, ist es eben da. Du weißt es einfach.«

Ich wollte ihm erklären, dass Gefühle bei uns zu Hause keine besonders große Rolle gespielt hatten, doch ich wollte nicht, dass er mich für seltsam hielt.

»Ich bin jedenfalls nervös«, gestand er. »Obwohl ich es nur ans öffentliche College geschafft habe.«

»Oh, du gehst gar nicht ans Wellington? Das wusste ich nicht. Ich dachte, dass wir da gemeinsam hinfahren würden.«

»Ich werde dich da absetzen und dann sind es noch mal dreißig Kilometer bis zu meinem College.«

»Es ist seltsam, dass du es nicht geschafft hast. Du wirkst so klug.«

»Sie haben gesagt, dass ich knapp an der Grenze war. Ein weiterer freier Platz, und ich hätte es geschafft.«

»O nein«, rief ich.

»Was ist los?«

»Ich hab dir den Platz weggenommen.«

»Das sehe ich nicht so. Schließlich haben sie ganz viele Leute akzeptiert. Nicht nur dich.«

Ich fand das sehr freundlich von ihm, sprach das aber nicht aus, denn wenn jemand nett zu einem ist, ist es meiner Ansicht nach am besten, den Mund zu halten.

Ein oder zwei Minuten lang schwiegen wir. Dann sagte ich: »Ich denk mir nur, dass das College für Leute wie mich gemacht ist, also warum sollte ich nervös sein? In der Tat werden die meisten Studenten, die ich dort treffe, wahrscheinlich nicht so klug sein wie ich. Und das meine ich nicht so, wie es vielleicht klingt.«

»Wie meinst du es denn?«

»Es klingt so angeberisch, doch das bin ich nicht. Klar, klug zu sein ist gut und schön, aber bloß bis zu einem gewissen Punkt. Und ich glaube, ich habe diesen Punkt überschritten.«

Er wartete schweigend. Also fuhr ich fort.

Wenn ich ehrlich sein soll, weiß ich nicht, warum ich das Nächste zu Gabriel sagte. Natürlich war es schon die Wahrheit, und zwar seit ich fünf Jahre alt gewesen war. Ich weiß bloß nicht, warum ich es erzählt habe. Das hatte ich nie zuvor getan. Irgendwie hatte es nicht lange gedauert, bis ich in Gabriel ein Zuhause gefunden hatte und wusste, dass ich ihm vertrauen konnte. Ich kann nicht erklären, wie oder warum.

»Als ich fünf Jahre alt war«, begann ich, »hab ich meine Mutter mit einer ihrer Freundinnen reden gehört. Über mich. Sie hat zu ihrer Freundin Donna gesagt, ich sei ›abartig klug‹.«

Ich hielt inne, doch nichts passierte. Ich würde gern behaupten, dass ich hören konnte, wie er wartete, nur könnte das dumm klingen. Ich hatte das Gefühl, dass er unsicher war, was er darauf antworten sollte, weil er noch nicht wusste, was ich meinte. Also hoffte er wohl, dass ich weiterreden würde. Ja, mir ist klar, dass das nichts ist, was man durch eine Wand hindurch spüren kann, egal wie dünn die ist, trotzdem fühlte es sich so an.

»Sie findet, dass ich abartig bin«, teilte ich ihm mit.

»Oh, ich denke nicht, dass sie es so gemeint hat.«

»Da gibt es nicht viel Spielraum, wie man das meinen kann.«

»Sie meinte deine Intelligenz. Nicht dich.«

»Aber ich *bin* meine Intelligenz. Man kann uns nicht trennen.«

»Das glaub ich nicht«, entgegnete er. »Hier. Lass uns ein kleines Experiment durchführen. Zeig auf dich selbst.«

»Ich soll auf mich selbst zeigen?«

»Mach einfach, was ich dir sage. Ich hab meine Gründe.«

Ich seufzte, tat jedoch, worum er mich gebeten hatte. In der Dunkelheit konnte ich spüren, wie die Spitze meines Zeigefingers sich auf die Stelle zwischen meinen Augenbrauen senkte.

»Und jetzt?«, fragte ich ihn.

»Jetzt verrat mir, wo du hinzeigst.«

»Auf meine Stirn.«

»Wirklich?«

»Ja, wirklich. Warum? Wo soll ich denn sonst hinzeigen?«

»Dazu hat man eine Studie durchgeführt, und normalerweise zeigt jeder auf sein Herz. Jeder. Nun ja. Ich schätze, nicht jeder, aber … das ist …«

»Seltsam?«, schlug ich vor. »Abartig?«

»Ich wollte ›interessant‹ sagen.«

Vielleicht versuchte er, es runterzuspielen, damit ich mich nicht schlecht fühlte.

»Ich bin anders, okay?«, stellte ich fest. »Das wirst du nach einer Weile begreifen. Aber egal. Hör mal. Was war überhaupt das Thema dieser Studie? Warum sollte jemand eine Studie durchführen, bei der erforscht wird, wo Leute hindeuten, wenn sie auf sich selbst zeigen sollen? Was soll das bedeuten? Tut mir leid, das Wortspiel war nicht beabsichtigt.«

»Dir fehlt der Kontext«, erklärte er. »Es ging um Herztransplantationen und darum, dass Leute ihr Selbst im Verstand verorten, doch wenn man sie auffordert, auf sich selbst zu zeigen, zeigen sie auf ihr Herz. Sie versichern einem auch, dass sie nicht an so was wie ein Zellengedächtnis glauben oder daran, dass ein menschliches Herz irgendetwas auf den Empfänger einer Transplantation überträgt. Aber dennoch sagt ein Großteil der Leute, dass sie nicht das Herz eines Mörders bekommen wollen würden. Ich dachte nur, dass das spannend ist.«

»Du brauchst keine Herztransplantation, oder?«

»Nein, nein. Alles gut. Ich finde solches Zeug einfach faszinierend.«

Für eine Weile schwiegen wir.

Dann meinte er: »Ich glaube nicht, dass deine Mutter dich verletzen wollte, als sie das gesagt hat.«

Ich musste daran denken, dass Leute andere ständig verletzen, ohne es zu wollen. Doch das hab ich nicht ausgesprochen, sondern hab stattdessen erwidert: »Es ist einfach nur schwer, wenn die eigene Mutter einen für abartig hält.«

»Klug ist gut«, antwortete er.

»Bis zu einem gewissen Punkt. Ich hab diesen Punkt offenbar überschritten.«

Ja, ich weiß. Das hatte ich eben schon mal gesagt. Aber egal, ich sagte es noch mal.

Ich erinnere mich an nichts sonst von der Unterhaltung mit Gabriel in dieser Nacht. Was daran liegen könnte, dass ich müde wurde, doch ich bezweifle es, weil ich ein eidetisches Gedächtnis und Hyperthymesie habe – was eine ungewöhnliche Kombination ist und im Grunde nur heißt, dass ich niemals etwas vergesse –, was unter allen Bedingungen zu funktionieren scheint. Es ist wahrscheinlicher, dass ich eingeschlafen bin, ohne es zu merken, und dass kein weiteres Wort gewechselt wurde.

* * *

Ich wusste, alle wollten dringend erfahren, wie mein erster Tag am College war. Ehrlich, das wusste ich, denn das war das Erste, was mich jeder gefragt hat. Sogar Gabriel, und der stellte gewöhnlich nicht die offensichtlicheren Fragen.

Also, Mädels, ich sag euch, was ich ihm erzählt habe, und ich hoffe, das wird reichen. Ich werde jetzt nicht mit der ganzen langen Geschichte anfangen, weil – Spoiler-Alarm – es langweilig war. Warum sollte ich von etwas Langweiligem berichten?

Jetzt bitte nicht die Augen verdrehen. Darüber haben wir ja schon gesprochen.

Gabriel hat mich vor dem Studentenwerk abgeholt. Darauf hatte meine Mom bestanden, weil sie offenbar felsenfest davon überzeugt war, dass ich entführt und getötet werden würde, wenn ich einen Fuß vom Campus auf die Straße setzte.

Gabriel hatte dieses Auto … Wie beschreibe ich das am besten?

Nun, es war ein älteres Modell. Ach, wem will ich was vormachen? Es war alt. Aus den Neunzigern vermutlich. Ein Nissan. Gelb. Allerdings nicht einfach gelb. Sondern unglaublich gelb. Grell. Es fuhr ziemlich gut, obwohl es alt war, weil sein Vater einen brandneuen Motor eingebaut hatte, bevor er es Gabriel zum sechzehnten Geburtstag geschenkt hatte. Er hatte eine Autowerkstatt, also Gabriels Vater, aber es gab wenig Kontakt zwischen ihm und seiner Familie, weil Gabriels Mutter ihn nicht leiden konnte.

Ich stieg ein und legte den Sicherheitsgurt an und wir fuhren los.

»Wie war dein erster Tag?«, fragte er.

Das überraschte mich, weil er gewöhnlich die weniger auf der Hand liegenden Fragen stellte. Die, die anderen Menschen entgingen.

»Ehe ich dir das verrate«, antwortete ich, »will ich dich das Gleiche fragen. Es war ja auch dein erster Tag am College. Also … Wie ist es gelaufen?«

»Es war …«, er hielt kurz inne, als suchte er nach dem richtigen Wort, »irgendwie … wunderbar.«

»Oh«, sagte ich. »Das freut mich.«

Dann hatte wohl wenigstens einer von uns eine gute Erfahrung gemacht und das fand ich schön.

Wir fuhren ein paar Sekunden lang, ohne dass ein Wort fiel.

Sein Haar war lockerer. Irgendwie entspannter. Nicht so streng aus dem Gesicht gekämmt. Es hing ihm um Kopf und Schultern, fast wie die Mähne bei einem Löwen, und es war viel welliger, als mir klar gewesen war. Er hatte beinahe Locken. Ich bemerkte, dass er sich für den ersten Tag die Nägel blau lackiert hatte, wenn auch nicht alle im selben Blauton. Es waren drei verschiedene Schattierungen, ohne erkennbares Muster auf die Nägel der Finger aufgetragen, die lang und elegant waren. Beinah wie gemeißelt, wie welche, die ein begabter Bildhauer aus Marmor erschaffen würde.

Er merkte, dass ich sie betrachtete.

»Ich hoffe, niemand hat dich wegen dem Nagellack aufgezogen«, erklärte ich, damit er wusste, es ging mir nicht um meine eigene Reaktion.

»Nein, überhaupt nicht«, antwortete er. »Das ist ja eine der Sachen, die so wunderbar waren. An der Highschool waren die meisten Leute zu sehr mit ihren eigenen Dramen beschäftigt, um sich darum zu kümmern, trotzdem kam es immer wieder mal vor, dass da irgendwelche Idioten waren, die nichts Besseres zu tun hatten, als mir das Leben zur Hölle zu machen. Das

College ist mehr … Ich würde sagen, kosmopolitisch, bin ich mir allerdings nicht sicher, ob das das richtige Wort ist. Intellektuell? Ist das das Wort, das ich suche?«

»Das weiß ich nicht«, erwiderte ich. »Aber es wird schon den Kern treffen, denn ich verstehe, was du meinst. An meiner Schule gab es auch solche Kids, daher kann ich das nachempfinden. Für die war ich so was wie eine Außerirdische. Nicht, dass mich das interessiert hätte. Na ja. Vielleicht doch ein bisschen. Vielleicht ist es mir jetzt egal, weil ich es als sinnlos erkannt und aufgegeben habe, mich deswegen aufzuregen, aber vielleicht hat es mich damals schon gestört.«

»Jetzt bist du an der Reihe«, entgegnete er.

»Oh. Richtig.« Ich seufzte.

»Nicht gut?«, erkundigte er sich.

»Nein, nicht wirklich.«

Er fragte nicht weiter. Er wartete einfach, während ich meine Gedanken ordnete, was gar nicht so einfach war, sondern mehr, wie einen Sack Flöhe zu hüten.

»Die ganze Zeit, die ich in der Schule gewesen bin«, begann ich, »hab ich mich gelangweilt. Gleichgültig, wie viele Klassen ich überspringen durfte, ich hab immer praktisch sofort begriffen, um was es ging, und danach hab ich aus dem Fenster gestarrt und Däumchen gedreht, bis die anderen es auch kapiert hatten. Den ganzen Tag lang, jeden Tag. Darauf warten, dass der Rest der Welt halbwegs so weit ist. Alle haben mir versichert, ein College wie das Wellington wäre das Patentrezept für meine Probleme. Und ich fürchte, ich hab ihnen das abgekauft. Ich dachte, ich würde endlich gefordert werden und aufregende Sachen lernen, weil ich endlich in einer Umgebung sein würde, wo das Lernen auf meinem Niveau stattfindet. Doch jetzt bin ich mir nicht mehr sicher, warum ich das geglaubt habe, denn ich hab dir ja letzte Nacht erzählt, dass ich klüger bin als die allermeisten meiner Mitschüler. Noch mal, ich will damit nicht prahlen. Immerhin müssen sie sich nicht wie irgendwelche Missgeburten fühlen. Aber egal. Das ist vermutlich mehr, als du wissen wolltest. Es war eine einfache Frage. Wie war mein erster Tag? Er war wie all die anderen Tage. Er war … okay.«

»Wow«, entgegnete Gabriel. »Das ist schade. Ich frag mich, wie man so ein Problem löst.«

»Ich bin nicht davon überzeugt, dass das möglich ist«, sagte ich. »Trigonometrie war gar nicht so schlecht. Und die Einführung in Astrophysik hat mir größtenteils gefallen. Ich hab in der Astrophysikdozentin eine Freundin gefunden und ich denke, es besteht die Chance, dass sie sich privat mit mir trifft und anspruchsvolleren Stoff mit mir durchnimmt.«

»Das ist ja schon mal was.«

»Ja, allerdings.«

Wir hielten an einer Ampel an und warteten, beobachteten, wie sich das Rotlicht auf der Motorhaube seines grellgelben Autos spiegelte.

»Ich beginne mich zu fragen, wofür das alles gut sein soll«, bemerkte ich.

»Das Leben?«

»Das auch. Doch gerade meinte ich eigentlich Bildung und Studium.«

»Oh. Nun, vermutlich hängt das von verschiedenen Faktoren ab. Ich könnte mir vorstellen, es hilft einem, zu erreichen, was man im Leben schaffen will. Welchen Beruf möchtest du ausüben? Was willst du studieren?«

»Medizin«, erwiderte ich. »Aber ich werde eher nicht die freundliche Hausärztin von nebenan sein. Ich kann mir nicht vorstellen, dass ich für den Umgang mit Patienten geeignet bin, daher sehe ich mich eher in der Forschung.«

Er klopfte mit den Fingern auf das Lenkrad, antwortete jedoch nicht. Dann schaltete die Ampel um und wir fuhren wieder.

»Du hast es nicht gesagt«, teilte ich ihm mit.

»Was denn?«

»›Vielleicht findest du das Heilmittel gegen Krebs.‹«

»Damit würde ich die Erwartungen ziemlich hochschrauben.«

»Vermutlich schon. Doch das ist es nicht, was mich so stört, wenn die Leute es sagen. Es ist nur ewig die gleiche Leier. An der Bemerkung an sich ist nichts auszusetzen und die Leute meinen es ja nicht böse. Aber alles, was man hundert Mal zu hören kriegt, immer mit genau den gleichen Worten … Das geht einem irgendwann auf den Keks.«

»Okay«, erwiderte Gabriel. »Trotzdem muss man irgendeine Form von Schule oder Universität besuchen, um dahin zu gelangen. Also ist es das, wofür es gut ist, oder? Dafür, dass du Medizin studieren kannst.«

»Da bleibt dann bloß noch eine wichtige Frage«, entgegnete ich. »Will ich überhaupt Medizin studieren? Oder ist es einfach nur die automatische Annahme, dass dem so ist, weil ich es kann? Weil ich klug genug bin?«

Man muss Gabriel zugutehalten, dass er nicht versuchte, diese eindeutig nicht zu beantwortende Frage zu beantworten.

* * *

Als wir heimkamen, steckte Gabriels Mom mit leuchtenden Augen den Kopf zur Küche heraus. Und mit strahlender Miene. Ich überlegte, ob sie wirklich so glücklich war, wie ihr Gesicht die Welt glauben machen wollte. Ob irgendjemand überhaupt so glücklich sein konnte.

Sie schaute mich an, vor ihrem eigenen Sohn.

»Wie war dein erster Tag?«

Ich seufzte innerlich, ließ mir jedoch äußerlich nichts anmerken.

»Gut«, erwiderte ich. »Er war gut.«

»Deine Mutter hat angerufen. Sie möchte, dass du dich bei ihr meldest, sobald du da bist.«

Ich ging in mein Zimmer, um genau das zu tun, während Gabriels Mutter ihrem Sohn wahrscheinlich die gleiche verhasste Frage stellte wie mir. Nur dass sie für ihn vermutlich nicht verhasst war, denn sein erster Tag war kosmopolitisch und intellektuell und wunderbar gewesen.

»Hey, Mom«, sagte ich, als sie abnahm.

»Hey, Süße. Wie war dein erster Tag?«

Ich saß eine oder zwei Sekunden mit geschlossenen Augen da, versuchte, mein Seufzen nicht nach außen dringen zu lassen. Schließlich war es nicht so, als hätte ich die Frage nicht kommen sehen.

»Gut«, antwortete ich. »Gut.«

Ich hatte nicht das Gefühl, dass dies der richtige Zeitpunkt für Ehrlichkeit war, denn sie hätte jeden Vorwand geliebt, mich heimzuholen. Dachte ich zumindest.

»Schön. Das freut mich. Also, hör mal, Süße. Kleine Planänderung. Ich werde dich dieses Wochenende nicht nach Hause holen können. Mir ist was dazwischengekommen.«

Ich wartete, dachte, sie würde mir erzählen, was es war. Nicht dass es mich wirklich interessierte. Es gefiel mir hier bei Gabriel. Aber Leute sprechen so was gerne laut aus, daher ließ ich ihr den Raum dafür.

»Es hat mit der Arbeit zu tun«, fügte sie nach einer etwas zu langen Pause hinzu.

Ich wusste, dass sie log. Ich wusste nur nicht, weshalb.

Wenn man sein Leben lang mit jemandem zusammengelebt hat, weiß man, wie der andere tickt. Trotz allem, was man berechtigt gegen meine Mutter vorbringen konnte, hatte sie durchaus auch ihre guten Seiten. Und eine davon war Ehrlichkeit. Sie war meistens aufrichtig, daher stellte sie sich, wenn sie es mit der Wahrheit doch mal nicht so genau nahm, überaus ungeschickt an, was wahrscheinlich die Folge von mangelnder Übung war.

Ich antwortete nicht und das schien sie nervös zu machen.

»Es tut mir so furchtbar leid«, erklärte sie. »Es ist schließlich dein erstes Wochenende. Hast du Heimweh?«

»Mom.«

»Was?«

»Du hast mich hier vor vierundzwanzig Stunden abgesetzt.«

»Stimmt. Aber du hast ja noch die ganze Woche und dann das Wochenende und wieder eine ganze Woche vor dir.«

»Das ist überhaupt nicht schlimm, Mom. Mir geht es hier gut. Ich kann mit Gabriel reden und am Wochenende muss ich vermutlich ohnehin lernen.«

Na, gemerkt? Ich kann auch lügen. Ich wünschte, ich hätte so viel Glück, lernen zu müssen, um in den Kursen mitzukommen.

»Wenn du dir sicher bist«, erwiderte sie.

Wir sprachen noch ein paar Minuten über Belanglosigkeiten.

Ich verabscheue belangloses Geschwätz.

Während wir redeten, fragte ich mich die ganze Zeit, warum sie die Wochenendheimfahrt abgesagt hatte. Alles, was mir dazu einfiel, war, dass sie wieder Kontakt zu ihrem Vater hatte, meinem Großvater, und nicht wollte, dass irgendjemand davon erfuhr. Vielleicht besuchte sie ihn im Pflegeheim. Ich bin mir nicht sicher, warum ich das dachte, außer dass Grandma Mimi ja kürzlich verstorben war und dass das eine Wiedervereinigung wäre, die sie zu ihren Lebzeiten nicht geduldet hätte.

»Ich ruf dich auf jeden Fall am Wochenende an«, versprach sie.

»Ja, prima«, meinte ich ohne große Begeisterung.

Wir legten beide auf.

Ich saß ein oder zwei Minuten auf dem Bett und starrte auf das Display meines Handys.

Schließlich sagte ich laut: »Gut. Dann verrat es mir eben nicht. Ist mir auch egal.«

* * *

»Vielleicht hat sie einen Freund«, schlug Gabriel vor.

Seltsamerweise war das eine Möglichkeit, auf die ich von allein nie gekommen wäre.

Wir lagen im Dunkeln im Bett, jeder in seinem eigenen Zimmer, und unterhielten uns leise durch den Lüftungsschlitz. Vor dem Fenster stand ein Baum – eins dieser mickrigen Exemplare, die in Städten in rechteckigen Löchern im Bürgersteig wachsen müssen –, und die Straßenlaterne direkt dahinter malte die Schatten der sich im Wind bewegenden Äste auf meine Zimmerwand. Es sah sehr hübsch aus.

»Das kann ich mir bloß schwer vorstellen«, versetzte ich. »Seit der Scheidung hat es keinen Mann mehr in ihrem Leben gegeben. Aber es ist natürlich möglich. Nur könnte sie mir das doch sagen. Ich meine, warum dann so eine Geheimniskrämerei?«

»Manchmal, wenn eine Beziehung noch ganz frisch ist, möchten die Leute das erst mal für sich behalten, bis sie besser abschätzen können, was daraus wird.«

»Kann sein«, erwiderte ich. »Vermutlich hat sie ein Problem damit, dass ich zu Hause ausgeflogen bin und das Nest jetzt leer ist. Vielleicht gibt es auch jede Menge Sachen, die sie schon immer mal machen wollte, für die ihr aber keine Zeit geblieben ist, solange sie damit beschäftigt war, mich großzuziehen.«

Trotzdem wollte mir keine einfallen. Keine einzige. Oder weshalb sie mir das nicht einfach sagen sollte.

Es ist gut, dass ich danach eingeschlafen bin und nicht zu viel Zeit und Energie an alle möglichen Theorien verschwendete, denn rückblickend lag ich daneben. So weit, dass es nicht mal ansatzweise in der Nähe der Wahrheit war.

Es war eben einfach keine Sache, die man überhaupt in Betracht zieht.

Kapitel Drei

Einen Zentimeter von der »Die Erde ist eine Scheibe«-Theorie entfernt

Ich unterhielt mich mit meiner neuen Freundin – meiner »Einführung in die Astrophysik«-Dozentin. Sie hieß Ms Stepanian und sie war relativ jung für jemanden, der an einem College lehrte. Sie war groß und schlank und trug Jeans, allerdings zusammen mit einer netten, Blazer-ähnlichen Jacke. Und eine hübsche Bluse – reine Seide und so. Es war, als ob sie sich obenrum besonders zurechtmachen würde, aber der Teil ihres Körpers, der sich unterhalb der Taille befand, das nicht mitbekommen hätte.

»Also, mit der Astrophysik verhält es sich ja so«, begann ich.

»Okay. Verrat mir, wie es sich mit der Astrophysik verhält.«

»Man weiß irgendwie, dass alles, was man lernt, falsch ist.«

Wir saßen in dem großen, Auditorium-ähnlichen Klassenzimmer. Oder wie auch immer man das am College nennt. Sorry, was soll ich sagen? Es war erst mein zweiter Tag. In diesen Räumen gab es offenbar grundsätzlich keine Fenster. Damit wollte man mir vermutlich die letzte verbliebene Ablenkung bei Langeweile nehmen. Und natürlich auch allen anderen. Schließlich hatte man die Fenster ja nicht abgeschafft, nur weil ich ans College kommen würde.

»Eine logische Ableitung bitte«, forderte Ms Stepanian mich auf.

»In der Wissenschaft dreht es sich darum, immer etwas Neues zu lernen.«

»Was gut ist.«

»Aber dann müssen wir später feststellen, dass alles, was wir über das Universum geglaubt haben, gar nicht stimmt.«

»Manchmal. Nicht immer. Manchmal widerlegen neue Erkenntnisse vorherige Theorien. Oder sie belegen und erweitern sie.«

»Das neue Weltraumteleskop«, fuhr ich fort. »James Webb. Das hätte man übrigens nach jemand anderem benennen sollen.«

Der letzte Satz tat nicht wirklich etwas zur Sache, was ich auch genau wusste. Doch ich konnte mich nicht zurückhalten.

»Dem widerspreche ich nicht«, erklärte Ms Stepanian.

»Aber das war gar nicht das, worauf ich hinauswollte.«

»Das hab ich mir schon gedacht.«

»Sondern vielmehr darauf, dass wir es begrüßen, obwohl es uns vermutlich zeigen wird, dass vieles, was wir bisher über das Universum geglaubt haben, falsch ist. Sogar die Leute, die die Theorien entwickelt haben, die es vermutlich widerlegen wird, freuen sich auf die neuen Erkenntnisse durch das Webb.«

»Es sind Wissenschaftler.«

»Und Sie sind eine Wissenschaftlerin, richtig?«

»Das würde ich gerne denken«, bestätigte sie.

Wir saßen auf ihrem Schreibtisch und sie aß Cobb Salad aus einem kugelförmigen Plastikbehälter. Ich beobachtete, wie sie mit ihrer Einweggabel darin herumstocherte.

»Also«, sagte ich. »Ich glaube, meine Frage ist … Wie schafft man das?«

»Sich über etwas zu freuen, das die eigene Theorie widerlegen könnte?«

»Genau. Das.«

Mein Mittagessen bestand aus einem kleinen Fleischbällchen-Sandwich. Die letzten Worte hatte ich ausgesprochen, während ich noch ein bisschen was im Mund gehabt hatte, und ich fürchtete, sie würde denken, meine Mutter hätte mir keine Manieren beigebracht. Als wäre ich vielleicht in einem Stall aufgewachsen oder so.

Ich sah sie an. Ich hatte runtergeschaut, weil ich mich unter keinen Umständen mit Marinara-Soße bekleckern wollte. Denn dann müsste ich den ganzen Tag so herumlaufen. Ms Stepanian hatte eine Augenbraue hochgezogen. Als versuchte sie, mich zu verstehen. Sich einen Reim auf mich zu machen.

»Du magst es nicht, wenn du falschliegst?«, erkundigte sie sich.

»Nein, das ist es nicht.«

»Okay ...«

Dann wartete sie einfach. Kaute und wartete.

»Es ist mehr ... Ich mag es, wenn Dinge so bleiben, wie sie sind. Wenn man sich die Realität ansieht und sie als Realität akzeptiert, und dann stellt sich plötzlich heraus, man hat sich komplett getäuscht ... Das ist wie ein Erdbeben.«

Da ich jeden Tag meines Lebens in Kalifornien verbracht hatte, fühlte ich mich qualifiziert, diesen Vergleich zu ziehen. Doch an Ms Stepanians Gesichtsausdruck war deutlich zu erkennen, dass es für sie keinen Sinn ergab.

»Wieso ist das wie ein Erdbeben? Erklär mir das bitte.«

»Der Boden unter den eigenen Füßen sollte eigentlich solide sein. Er sollte etwas sein, auf das man sich verlassen kann. Ich meine, früher einmal dachten die klügsten Köpfe der Welt, die Erde sei eine Scheibe. Oder ein neueres Beispiel. 1917. Einsteins statisches Universum. Und dann kommt

Edwin Hubble mit der Rotverschiebung und beweist, dass sich das Universum ständig ausdehnt. Und natürlich sind wir alle furchtbar stolz darauf, dass wir das jetzt wissen. Als hätten wir einen schrecklich weiten Weg zurückgelegt. Aber haben wir das wirklich? Vielleicht stimmt das gar nicht. Was, wenn wir nur einen Zentimeter von der ›Die Erde ist eine Scheibe‹-Theorie entfernt sind und tausend Meilen von dem, was den Tatsachen entspricht?«

»Das kann man natürlich nie ausschließen«, räumte Ms Stepanian ein.

»Fakten zu lernen, die vielleicht gar keine Fakten sind, ist, als liefe man über Treibsand. Als gäbe es keinen Ort, an dem man sicher stehen kann. Es fühlt sich unangenehm an. Also frage ich noch einmal: Wie schafft man das?«

Sie stellte ihren Salat ab. Stellte die kugelförmige Schüssel auf den Schreibtisch neben sich, ließ die Gabel hineinfallen und wischte sich den Mund mit einer winzigen, dünnen Papierserviette ab. Vorsichtig. Mehr so ein Abtupfen, damit sie ihren Lippenstift nicht verschmierte. Zumindest nahm ich an, dass das der Grund war.

»Und ich werde dir eine Antwort geben. Doch erst habe ich eine Frage an dich. Was tust du, um Spaß zu haben?«

Es folgte absolute Stille. Sowohl im Raum als auch in mir selbst. Ich fühlte mich komplett leer, von meinem Gehirn bis runter zu meinen Zehen. Keine andere Frage hätte mich mehr überrumpeln können. Sie hätte mir genauso gut ein Glas Eiswasser ins Gesicht schütten können.

Die Zeit dehnte sich weiter aus und ich hatte noch immer nichts erwidert.

»Das hab ich mir schon gedacht«, sagte sie.

»Was genau?«

»Dass du darauf keine Antwort haben würdest. Dass du es nicht weißt.«

Sie wartete auf eine Reaktion von mir, aber ich hatte immer noch nichts zu bieten. Also sprach sie weiter.

»Du hörst das Wort und du weißt, was es bedeutet, also auf rein intellektueller Ebene. Doch du verstehst nicht wirklich, was die Leute meinen, wenn sie es verwenden. Du weißt nicht, was sie empfinden. Du siehst Leuten dabei zu, wie sie Spaß haben, und es ist so, als würdest du einer Unterhaltung in einer fremden Sprache zuhören.«

Mir wurde klar, dass mir der Mund offen stand. Glücklicherweise hatte ich gerade nichts von dem Fleischbällchen-Sandwich darin.

»Woher wissen Sie all das?«, fragte ich.

»Ich war ebenfalls ein hochbegabtes Kind.«

Darüber dachte ich einige Zeit lang nach. Nahm einen weiteren Bissen und kaute gründlich. Schluckte.

Dann stürzte ich mich hinein.

»Also kann man keinen Spaß haben, wenn man intelligent ist?«

»Doch, natürlich. Und viele hochbegabte Studenten haben den auch. Einige sind sehr ausgeglichen und führen ein gut ausbalanciertes Leben. Aber mir ist aufgefallen, wenn ein Kind ungewöhnlich intelligent ist, konzentrieren sich die Leute in seinem Umfeld gerne ausschließlich auf diese Gabe und auf nichts anderes. Ich wollte nur, dass du darüber mal nachdenkst.«

Das tat ich. Mehrere Minuten lang. Dabei hatten wir gar nicht mehr viel Zeit. In sieben Minuten würde der nächste Kurs beginnen und die Mittagspause wäre vorbei. Genau wie unser Gespräch.

»Ich habe einen neuen Freund«, sagte ich. »Wenn ich mit ihm zusammen bin, fühlt es sich an, als hätte ich Spaß.«

»Und was tut ihr beide zusammen, um Spaß zu haben?«

»Hauptsächlich unterhalten wir uns. Einmal haben wir ein Experiment gemacht, weil wir herausfinden wollten, ob wir das Verhalten von Menschen auf kleine Art und Weise ändern können.« Ich hielt inne und fühlte mich schlecht, weil ich vermutete, dass das nicht reichte. »Zählt das?«

»Sicher«, erwiderte sie. »Natürlich. Alles zählt.«

Ich warf einen weiteren Blick auf die Uhr. Sechs Minuten.

»Sie haben meine Frage noch nicht beantwortet«, erinnerte ich sie.

»Stimmt. Okay. Also, hier ist die Antwort. So ist das bei mir. Ich liebe die Weiten des Universums, gerade *weil* es uns so überfordert, physikalisch und auch auf jede andere Art und Weise. Ich liebe es aus genau diesem Grund, nicht trotzdem. Seine undurchdringliche Natur macht es für mich zu so etwas wie einer höheren Macht. Ich sitze zu seinen Füßen und studiere es. Ich erwarte nicht, dass ich es je wirklich begreifen werde. Ich strebe nicht danach, ihm gewachsen zu sein, denn das ist unmöglich. Seine Beschaffenheit dehnt meinen Verstand bis zum Äußersten und das ist zumindest meiner Meinung nach so ziemlich die lehrbuchmäßige Erklärung von Ehrfurcht. Und Ehrfurcht ist gut. Wenn du einen Rat von mir willst: Entscheide dich immer dafür, ein Leben zu führen, das Ehrfurcht nährt. Vergiss die Sache mit dem festen Untergrund. Der existiert ohnehin nicht. Strebe nach Ehrfurcht. Ergib dich dem Gefühl, dass etwas so groß ist, dass du es niemals ganz erfassen wirst. Bring alles, was du kannst, darüber in Erfahrung, aber liebe die Tatsache, dass du es nie wirklich ganz kennen wirst. Denn es ist so riesig und komplex, dass es fast so ist, wie wenn die Leute über Gott sprechen. Warum willst du das auf unsere Größe stutzen, nur damit du dich sicher fühlst? Dann gäbe es nichts Ehrfurchterregendes mehr.«

Genau als sie den letzten Satz beendete, kamen die ersten Studenten herein. Ein gelangweilt aussehendes Mädchen, dem sein langes Haar ins Gesicht fiel. Sie setzte sich nach hinten. In die äußerste Ecke. Warum taten die Leute das? Ich suchte mir immer einen Platz ganz vorne, um so viel wie möglich mitzukriegen.

»Das«, sagte ich, »ist eine wirklich, wirklich … *wirklich* … gute Antwort.«

Endlich. Endlich redete jemand auf einem Niveau mit mir, das in mir nicht den Wunsch weckte, aus dem Fenster zu starren.

* * *

Zum Abendessen gab es einen Chile-relleno-Auflauf. Alle Zutaten eines guten Chile relleno, aber in eine Form geschichtet und gebacken statt frittiert. Gabriels Mom servierte Bohnenmus dazu. Ich mochte Bohnenmus.

»Was habt ihr heute im College gelernt?«, fragte sie.

Wie immer schaute sie dabei mich an.

Man sollte doch denken, dass sie eher daran interessiert wäre, was ihr Sohn lernte. Aber sie schien zu denken, dass sie mir ihre Aufmerksamkeit schuldete, als Teil des Mietabkommens. Als sei Interesse an meinem Studium eins der Dinge, für die meine Mom sie bezahlte.

»Alles?«, erwiderte ich. »Ich hatte über sechs Stunden Kurse. Natürlich könnte ich Ihnen jedes Wort davon wiederholen, doch ich glaube nicht, dass wir damit während des Essens fertig werden.«

Sie lachte nervös und schien sich unbehaglich zu fühlen. Was nur bewies, sie war nicht so erfreut, wie ihr Gesicht der Welt vermitteln wollte, oder?

»Nun, vielleicht nicht jedes Wort«, sagte sie. »Das Wichtigste.«

»Woher soll ich wissen, was wichtig ist?«

Ich versuchte nicht bewusst, schwierig zu sein, wirklich. Ich machte es ihr nicht absichtlich schwer. Ich habe in dem Alter bloß alles sehr wörtlich genommen und war nicht besonders zugänglich für Nuancen.

»Nun …«, begann sie. »Vielleicht einfach das, was du besonders spannend fandest.«

Wieder einmal stellte ich im Geist den Mehrwert davon infrage, aber ich antwortete ihr trotzdem.

»Ich habe gelernt, dass Ehrfurcht wichtiger ist als Stichhaltigkeit.«

»Ehrfurcht?«, wiederholte sie.

»Ja«, bestätigte ich. »Ehrfurcht.«

»Das ist nicht das, was normalerweise am College unterrichtet wird.«

»Richtig«, sagte ich. »Ist es nicht. Das ist vermutlich der Grund, warum es das Interessanteste war.«

Ich sah zu Gabriel hinüber und er lächelte mich auf seine typische Art an. Klein, aber wunderbar. Es ähnelte sehr dem ersten Lächeln. Dem mit dem »Das Leben macht Spaß«. Doch das hier ging mehr in die Richtung »Ru macht Spaß«. Und darum fühlte ich mich gut. Aus diesem Grund war es das Lächeln von Gabriel, das ich am meisten mochte, obwohl da ein ziemlich harter Wettbewerb herrschte.

* * *

Ich lag im Bett und unterhielt mich mit Gabriel, als er mir diese Frage stellte.

»Warum hast du dich eigentlich für Astrophysik entschieden? Das brauchst du doch gar nicht fürs Medizinstudium.«

»Nein.«

»Ich hab mich nur gewundert.«

»Ich wollte etwas nehmen, das ganz allein für mich ist. Das ich vielleicht tatsächlich interessant finden würde.«

»Da stimme ich dir auch völlig zu«, meinte er. »Ich hab mich einfach gefragt, warum ausgerechnet das.«

Ich lag eine Minute lang still da und hörte der Musik von unten zu. Gabriels Mutter stand auf Vinyl. Tatsächliche alte Vinyl-Schallplatten, die man mit einem Plattenspieler abspielen musste. Die aktuelle Auswahl bestand aus irgendeiner Art von Swing- oder Big-Band-Musik, wobei ich die Band noch nie zuvor gehört hatte. Aber warum sollte ich auch irgendwas über Swing-Musik wissen? Ich war dreizehn. Die Leute vergaßen das ständig, doch so war es.

»Mein Vater hat mich immer zum Campen mitgenommen«, begann ich. »Bevor er gestorben ist.«

»Oh. Ich wusste nicht, dass dein Vater tot ist. Das tut mir sehr leid.«

»Danke. Wir sind zusammen weggefahren, nur wir zwei. Er hat mich mitgenommen, aber nicht meine Mom, denn wie er mir einmal gesagt hat: ›Ich könnte deiner Mutter eine Pistole an die Stirn halten und erklären: »Wir fahren jetzt campen, sonst …« Und sie würde antworten: »Okay, dann drück ab.«‹ Er ist gerne an Orte gefahren, wo man nachts die Sterne sehr klar sehen kann. Einmal ist er mit mir bei den Kelso Dunes in der Mojave-Wüste gewesen, in dem Nationalpark dort. Das war im November, und nachts war es richtig kalt. Wir haben draußen auf unseren Campingstühlen gesessen und ich war in zwei Decken gewickelt. Ich war sechs. Plötzlich war da dieser Meteorschauer. Die Leoniden. Sie sind von einem einzigen Punkt aus förmlich explodiert, wie ein Feuerwerk. Und die Sterne standen so hell und klar hinter ihnen. Der Mond war noch nicht aufgegangen und der Himmel war perfekt dunkel, bis auf die natürliche Lichtshow. Ich werde mich immer daran erinnern.«

»Du erinnerst dich an alles«, warf Gabriel ein. »Du hast ein eidetisches Gedächtnis.«

»Richtig. Doch wenn ich mich hieran erinnere, *freue* ich mich darüber.«

Wir lagen ein paar Minuten lang still da. Die Musik hatte sich verändert. Jetzt war es der Soundtrack von »Oklahoma!«. Nicht dass ich wirklich viel über das alte Musical wusste, aber der Name kam direkt im Liedtext vor, der gesungen wurde.

»Dazu möchte ich etwas sagen«, erklärte Gabriel. »Ich will allerdings nicht, dass du denkst, ich würde dich verurteilen oder kritisieren.«

»Das würde ich niemals tun. So bist du nicht. Na los, erzähl mir, was du denkst.«

»Es hört sich an, als hättest du dieses *Gefühl* gehabt. Dieses wirklich wunderbare Gefühl, dort unter den Sternschnuppen. Und irgendwie hast du es geschafft, daraus eine intellektuelle Erfahrung zu machen. Deine Reaktion auf dieses wunderbare Gefühl bestand aus dem Entschluss, die Entstehung des Universums zu studieren und dich mit der Geburt und dem Sterben von Sternen und Planeten zu befassen. Du hast das alles auf eine akademische Ebene gehoben.«

»Natürlich hab ich das. Das tu ich immer.«

Er sagte nichts.

»Ich meine … Sollte ich das nicht?«

»Das kann ich nicht für dich entscheiden. Aber es ist etwas, über das man mal nachdenken kann.«

Also dachte ich darüber nach.

Ich dachte in dieser Nacht so viel darüber nach, dass ich nur zwei Stunden Schlaf fand und den ganzen nächsten Tag über im Unterricht furchtbar müde war.

Doch hier ist das Problem: Ich habe darüber nachgedacht. Ich habe darüber nachgedacht, dass ich ein Problem damit habe, zu viel zu denken.

Das war wieder mal typisch für mich: zu glauben, dass ich ein Problem mit dem Denken durch Nachdenken lösen könnte.

* * *

Als ich am nächsten Morgen zum Frühstück die Treppe runterkam, telefonierte Gabriels Mutter gerade. Aber ich hatte keinen Grund, anzunehmen, dass das irgendwas mit mir zu tun haben könnte, denn warum hätte ich das denken sollen?

Mir ist durchaus bewusst, dass ich nicht das Zentrum des Universums bin.

Ich konnte Porridge riechen, eins meiner Lieblingsgerichte. Mit Milch und jeder Menge braunem Zucker ist das so ziemlich das beste Frühstück überhaupt, vor allem an einem kühlen Herbstmorgen.

Gabriel war noch oben und putzte sich die Zähne. Das wusste ich, weil ich ihn gehört hatte, als ich am oberen Badezimmer vorbeigelaufen war. Er war ein sehr lauter Zähneputzer. Ich habe keine Ahnung, wie man das hinkriegt, doch es war so.

Gerade als ich einen Fuß in die Küche setzen wollte, hörte ich, wie Gabriels Mutter etwas ins Telefon sagte, das meine Aufmerksamkeit erregte.

»Ja, natürlich. Mir ist bewusst, wessen Tochter sie ist.«

In dem Moment wurde mir klar, dass der Anruf tatsächlich etwas mit mir zu tun haben könnte.

Also blieb ich stehen und ging nicht in die Küche.

»Nun, ich möchte Ihnen ganz sicher nicht auf die Füße treten und ich verstehe, dass mir das auch gar nicht zusteht. Aber bei einer solchen Sache … Nun ja. Mein Großvater hatte diesen alten Spruch über Ratschläge. Er hat immer gesagt, man gibt keine Ratschläge, außer es dreht sich um Leben und Tod oder dein Gegenüber bittet dich selbst darum. Und natürlich haben Sie das nicht getan.«

Eine Pause, während die andere Person – vermutlich – sprach. Mir schoss durch den Kopf, dass diese andere Person meine Mom war. Andererseits kannte Gabriels Mutter höchstwahrscheinlich auch andere Leute mit Töchtern. Schließlich war Töchter zu haben nichts Besonderes.

»Vermutlich nicht für *sie*«, sagte sie.

Wieder eine Pause.

»Es ist nicht so, dass ich nicht verstehe, warum Sie so empfinden, aber Kinder vertragen eine ganze Menge Ehrlichkeit. Mehr, als wir ihnen zutrauen, glaube ich. Wir befürchten, die Wahrheit würde ihnen wehtun, doch am Ende kommt die ja ohnehin immer ans Licht und dann hat man zusätzlich den Schaden von dem Umstand, dass man ihnen nicht gleich von Anfang an reinen Wein eingeschenkt hat. Aber natürlich ist es Ihre Entscheidung.«

Eine weitere Pause.

»Tut mir leid, dass Sie das so sehen. Es wird nicht wieder vorkommen. Versprochen. Von jetzt an werde ich meine Gedanken für mich behalten.«

Genau in diesem Moment tauchte wie aus dem Nichts Gabriel hinter mir auf. Wenigstens fühlte es sich so an.

»Hey«, sagte er.

Er überraschte mich damit, und ich sprang einen Schritt nach vorne und ein merkwürdiger kleiner Laut drang aus meiner Kehle.

»Ich muss Schluss machen«, erklärte Gabriels Mutter.

Und dann legte sie sehr schnell auf.

Zu diesem Zeitpunkt war ich mir ziemlich sicher, dass es um mich gegangen war.

* * *

Wir saßen vielleicht seit einer Minute, höchstens zwei, am Frühstückstisch, als mein Handy klingelte.

Ich schaute hin und sah, dass es meine Mom war, die anrief.

»Oh«, sagte ich. Hauptsächlich zu Gabriels Mutter, auch wenn ich sie nicht anblickte. »Ich sollte da nicht während des Essens rangehen. Das wäre sehr unhöflich.«

»Nein, mach nur«, antwortete sie. »Dieses eine Mal ist es okay.«

Als ob es wichtig wäre. Als wüsste sie das schon.

Ich tippte auf das Symbol, um den Anruf anzunehmen.

»Hi, Mom«, begrüßte ich sie.

»Hallo, Schatz«, erwiderte sie und sie hörte sich furchtbar an. Als ob sie krank wäre und keinen Funken Energie hätte.

»Du klingst ja schrecklich«, stellte ich fest. »Bitte nicht persönlich nehmen.«

»Mach ich nicht«, entgegnete sie. »Ich hab Grippe.«

»Oh. Das tut mir leid. Geht es dir gut da, so ganz allein?«

»Ja, natürlich. Aber ich glaube, ich sollte nächstes Wochenende nicht hochfahren, um dich abzuholen. Es tut mir schrecklich leid, dich enttäuschen zu müssen, doch ich weiß nicht mal, ob es sicher wäre, mich hinters Steuer zu setzen, solange ich so krank bin, und außerdem will ich dich ja nicht anstecken.«

»Natürlich«, beruhigte ich sie. »Das versteh ich. Ist schon okay.«

Ich warf einen Blick zu Gabriels Mom, die der Welt schlechteste Pokerspielerin gewesen wäre, und wieder hatte ich entschieden den Eindruck, dass sie mehr wusste.

* * *

Während Gabriel mich zum College fuhr, sagte ich: »Ich glaube, deine Mom weiß, was das große Geheimnis meiner Mom ist.«

»Wie kommst du darauf?«

»Ich habe sie heute Morgen miteinander telefonieren gehört. Allerdings könnte ich mich auch irren. Es könnte sich um jemand anderen mit einer Tochter gehandelt haben.«

»Willst du, dass ich versuche, was herauszufinden?«

»Würdest du das tun?«

»Na klar. Doch ich muss dich warnen. Es ist nicht sehr wahrscheinlich, dass ich viel in Erfahrung bringe. Wenn sich meine Mom zum Schweigen verpflichtet hat, kriegt man es nicht mal mit der Brechstange aus ihr heraus.«

Leider stellte sich heraus, dass er damit recht hatte.

Er bemühte sich tagelang, fing immer wieder davon an. Aber falls seine Mutter irgendetwas über die Lage bei mir zu Hause wusste, rückte sie nicht damit heraus.

Kapitel Vier

Wenn ein Tukan auf einen Pinguin trifft

Es war zwischen der vierten und der fünften Absage meiner Mutter, dass ich beschloss, Gabriel um Hilfe zu bitten.

Wir fuhren gerade nach Hause. Sein Handy lag auf der Mittelkonsole zwischen uns, was an dem Punkt ehrlich gesagt eine Ablenkung war, denn sein Sperrbildschirm zeigte das Bild eines Papageientauchers.

»Meine Güte!«, rief ich so laut, dass er zusammenzuckte und einen Schlenker machte, wobei er halb auf die Nebenspur geriet, die glücklicherweise leer war.

Das war natürlich ein ziemlich zahmer Ausdruck. »Meine Güte«. Meine Mutter hatte mich dazu erzogen, den Namen des Herrn nicht gedankenlos zu benutzen. Sie war nicht im Geringsten religiös und sie selbst störte es auch gar nicht, aber sie sagte immer, man könne nie wissen, wen man damit kränkte. Das war bei Gabriel zwar höchst unwahrscheinlich, doch inzwischen war das einfach die Macht der Gewohnheit.

»Was?«, antwortete er. »Erschreck mich nicht so.«

»Tut mir leid. Aber du hast da einen Papageientaucher auf deinem Handy.«

»Weil ich Papageientaucher toll finde«, erklärte er.

Ich zog mein Handy aus der Tasche, wischte die Messenger-App weg und zeigte ihm mein Hintergrundbild. Es war … Trommelwirbel … ein Papageientaucher. Der auf Gabriels Display flog tief, wollte vermutlich gerade auf irgendeiner Klippe in Island landen. Meiner dagegen stand auf seinen lustigen Entenfüßen da, den Schnabel voll mit diesen kleinen Fischen, die Papageientaucher offenbar gerne fressen. Ein ganzer Schwung von ihnen, ordentlich aufgereiht in seinem schreiend bunten Schnabel. Trotzdem war es ein erstaunlicher Zufall.

»Ich liebe Papageientaucher!«, sagte ich. Nein, das stimmt nicht ganz, denn ich hab es nicht gesagt, sondern eher gekreischt. Geschrien. Glücklicherweise war er diesmal für meinen Überschwang gewappnet und fuhr einfach weiter. »Mein ganzes Leben lang versuche ich schon, meine Mom dazu zu bringen, mit mir irgendwohin zu fahren, wo es Papageientaucher gibt. Doch sie hasst es, zu fliegen. Sie würde nie offen zugeben, dass sie unter Flugangst leidet, aber das ist die einzige Erklärung. Sie hat mir nur angeboten, mit mir an die Küste von Oregon zu fahren. Dort gibt es Hornlunde, die zwar zur selben Familie gehören, trotzdem ist es nicht das Gleiche.«

»Überhaupt nicht das Gleiche«, pflichtete mir Gabriel bei.

»Papageientaucher sind so drollig.«

»Sie sehen aus, als seien sie aus einem Zeichentrickfilm entlaufen«, meinte er.

»Genau! Ich finde ja, sie sind irgendwie eine Kreuzung zwischen einem Pinguin und einem Tukan.«

»Wow«, meinte Gabriel. »So habe ich das noch gar nicht betrachtet, doch jetzt, wo du es sagst: Das ist sehr treffend beobachtet.«

Leider erinnerte ich mich da plötzlich wieder an das, was ich eigentlich mit ihm besprechen wollte. Wobei das echt schade war, denn es war nicht halb so spannend wie Papageientaucher.

Aber andererseits, was ist das schon?

»Entschuldige bitte den plötzlichen Themenwechsel«, erklärte ich. »Ich möchte dich um einen Riesengefallen bitten. Wenn meine Mutter sich dieses Wochenende wieder eine Entschuldigung einfallen lässt, würdest du mich dann zu ihr fahren?«

»Ja, klar«, erwiderte er. »Ich meine, wenn meine Mom nichts dagegen hat. Wobei … Hat deine Mutter nicht extra gesagt, du sollst nicht kommen?«

»Ja. Sie hat behauptet, sie wolle mich nicht anstecken. Nur ist es jetzt Wochen her, dass sie diesen Infekt hatte, also wie kann sie da noch ansteckend sein?«

»Du kannst sie ja mal fragen.«

»Das war eigentlich nicht, was mir vorschwebte«, entgegnete ich. »Ich hatte mehr im Sinn, sie … irgendwie … zu überraschen.«

»Oh«, meinte Gabriel. Und dann kam eine geschlagene Minute lang nichts mehr.

»Mir ist bewusst, dass das ein echt großer Gefallen ist.«

»Nein, kein Problem«, wehrte er ab. »Du musst wissen, was da los ist. Wir werden uns für meine Mom eine Geschichte ausdenken. Wir erzählen ihr, deine Mutter möchte, dass du sie besuchst. Wir machen es einfach.«

* * *

Meine Mom sagte auch für das folgende Wochenende ab.

* * *

Ich stand auf der Eingangsstufe vor unserem Haus und klopfte, obwohl ich natürlich einen Schlüssel hatte. Doch es ist eine Sache, jemanden unerwartet auf der Türschwelle vorzufinden, und eine ganz andere, wenn der Betreffende plötzlich im Haus steht. Letzteres würde vermutlich reichen, um meiner Mutter einen Herzinfarkt zu bescheren.

Hinter der Tür näherten sich Schritte.

Gabriel stand ungefähr einen Meter hinter mir auf der untersten Stufe. Ich drehte mich halb zu ihm um und lächelte ihn an und er antwortete mit seinem umwerfenden Gabriel-Lächeln.

»Das ist ein gutes Zeichen«, erklärte ich. »Es geht ihr gut genug, dass sie kommt, wenn jemand klopft.«

Die Tür schwang auf.

Auf der Schwelle stand nicht meine Mutter, sondern meine Tante Bitsy.

»Du solltest nicht hier sein«, verkündete sie. Sie blickte an mir vorbei, musterte Gabriel argwöhnisch aus schmalen Augen. »Und wer bist du?«

Meine Tante Bitsy war eine riesige Frau. Nicht übergewichtig – das meine ich nicht. Nein, eher hochgewachsen, grobknochig und breitschultrig. Mit ausladenden Hüften. Einfach eine Menge Frau, Ehrfurcht gebietend und einschüchternd, mit kleinen, eng beieinanderstehenden Augen und störrischem Haar. Wir waren noch nie gut miteinander ausgekommen. Meine Mutter hatte oft gesagt, es liege daran, dass wir die andere angeschaut und spontan unüberbrückbare Differenzen festgestellt hätten. Ich hingegen dachte immer, der Grund sei, dass Tante Bitsy einfach furchtbar war.

»Was machst du hier?«, wollte ich wissen.

»Das wollte ich dich auch gerade fragen«, entgegnete sie.

Ich wohne hier, lag mir auf der Zunge. Ich war jedoch nicht davon überzeugt, dass das die beste Antwort war.

Meine Tante Bitsy lebte in Kentucky. In *Kentucky*. Wir waren in Kalifornien. Ich hab schon erzählt, dass wir in Kalifornien waren, richtig? Ich glaub schon. Falls nicht, sorry.

»Sie hat mit keinem Wort erwähnt, dass du zu Besuch kommst«, bemerkte ich. »Außerdem besuchst du uns eigentlich nie.«

»Ich bin hier, weil sie sich nicht wohlfühlt«, informierte mich Tante Bitsy.

Sie war noch nicht von der Türschwelle zurückgetreten, um uns reinzulassen. In mein eigenes Zuhause.

»Es sind dreitausendsiebenhundertsieben Kilometer«, fügte ich hinzu.

»Du und dein fotografisches Gedächtnis«, antwortete sie, obwohl ich ihr schon oft genug erklärt hatte, dass das nicht die korrekte Bezeichnung ist. Ich war insgeheim davon überzeugt, dass sie es absichtlich machte. Außerdem klang es bei ihr immer so, als sei es ihr persönlich unangenehm, dass ich so was wusste.

»Ist das nicht eine ziemlich weite Anreise, die du auf dich genommen hast«, fuhr ich fort, »nur weil deine Schwester erkältet ist?«

Sie öffnete den Mund, um etwas zu entgegnen, aber es kam nichts heraus. Was auch immer sie hatte sagen wollen, war offenbar irgendwo stecken geblieben. Sie schloss den Mund wieder. Schaute nach unten auf die Fußmatte.

Dann trat sie endlich einen Schritt zur Seite, sodass wir an ihr vorbei reinkonnten.

»Na ja, wo du jetzt schon mal hier bist«, meinte sie, »kannst du auch genauso gut reinkommen.«

Ich vermute, das war Tante Bitsys Version eines herzlichen Empfangs, doch natürlich konnte ich mir da nicht sicher sein.

* * *

Meine Mom lag im Bett und glich eher einer Toten. Ihr Haar war schlaff und stumpf, ihr Gesicht leichenblass. Sie sah meiner Mutter kaum noch ähnlich. Es war in höchstem Maß beunruhigend. Sie blickte mich mit einem Ausdruck in den Augen an, als hätte ich sie bei einem Banküberfall ertappt.

»Was machst du hier?«, fragte sie mich.

Ich öffnete den Mund, um etwas zu erwidern, etwas Höfliches und Verbindliches. Etwas in der Art, dass ich ihretwegen in Sorge gewesen sei. Aber ehe ich das durch meinen Verstand und über meine Lippen schleusen konnte, erlitt ich einen schweren Anfall von Aufrichtigkeit.

»Ich vermute, ich hab meine Belastungsgrenze erreicht, was Geheimniskrämerei angeht«, teilte ich ihr mit. Beinahe hätte ich »was Angelogenwerden angeht« gesagt, doch ich hielt mich im letzten Moment zurück.

Ich stand in der offenen Schlafzimmertür. Ich konnte meine Tante hinter mir als riesigen Schatten wahrnehmen. Gabriel war so klug gewesen, draußen zu warten. Er hatte ein Gespür dafür, wann er nicht willkommen war. Ich hatte das auch, aber ich kümmerte mich nicht weiter darum.

»Ich versteh nicht, warum du so was sagst«, entgegnete meine Mutter. Selbst ihre Stimme klang leblos.

Ich öffnete den Mund, um was zu erwidern, doch ich schwöre, ich habe keine Ahnung, was es gewesen wäre. Vermutlich war ich bereit, mich von meinen eigenen Worten überraschen zu lassen.

Aber so weit kam es nicht, denn Tante Bitsy mischte sich ein.

»Gütiger Himmel, Mitzy!«, rief sie. »Erzähl dem Mädel endlich die Wahrheit!«

Ich glaub, ich hab vergessen zu erwähnen, dass meine Mom und ihre Schwester Mitzy und Bitsy hießen. Wenn sie eineiige Zwillinge gewesen wären, wäre es so süß gewesen, dass einem das Mittagessen wieder hätte hochkommen können. Doch sie waren keine Zwillinge. Bitsy war vier Jahre älter und sie sahen so unterschiedlich aus, dass Zweifel an Grandma Mimis ehelicher Treue angebracht schienen.

Nun, ich will nicht abschweifen. Wir waren gerade bei was Wichtigem, oder? Wenn es ernst wird, neigen meine Gedanken zum Wandern.

»Ich kann nicht«, sagte meine Mom und ihre Stimme war so hoffnungslos und schwach, dass sie kaum noch als Stimme durchging. »Ich kann es einfach nicht. Ich kann mich nicht dazu durchringen.«

»Soll ich?«, fragte Tante Bitsy.

Eine ziemlich lange Weile antwortete meine Mutter nicht. Ich war mir nicht sicher, ob sie nachdachte oder es bloß nicht über sich bringen konnte, die Worte auszusprechen.

In der Zwischenzeit hatte mein Verstand zu irrlichtern begonnen. Flatterte von hier nach dort wie ein kleines Vögelchen auf Amphetamin oder so. Im Rückblick würde ich es als Angst bezeichnen. Aber zu dem Zeitpunkt hatte ich keine Ahnung, wie ich es nennen sollte.

Schließlich nickte meine Mutter kaum merklich.

»Komm mit nach unten«, forderte meine Tante mich auf. »Ich koche uns eine Tasse Tee, dann reden wir.«

* * *

»Was ist eigentlich mit dem Jungen los?«, fragte sie mich, während der Kessel auf dem Herd stand.

»Das ist mein Freund«, erklärte ich.

»Er scheint mir etwas merkwürdig.«

»Das ist er nicht im Geringsten. Er ist einer der nettesten Menschen, die ich kenne. Wenn nicht der netteste überhaupt. Und ich werde es nicht gut aufnehmen, wenn irgendein böses Wort über ihn fällt. Außerdem kann ich nicht glauben, dass du mich tatsächlich mit solchen Nebensächlichkeiten ablenken willst.«

Sie setzte sich an den Tisch und gab dabei diesen tiefen Laut von sich, der typisch für alte Leute ist. Nur dass sie gar nicht alt war. Nun, was ich meine, ist, dass sie das gemessen an ihren Lebensjahren eigentlich nicht hätte sein sollen. Trotzdem war sie es.

»Es ist keine Erkältung oder Grippe«, teilte sie mir mit. »Sondern Lungenkrebs.«

»Oh.«

Das war keine echte Antwort, doch im Moment war das alles, wozu ich imstande war. Rückblickend denke ich, ich stand unter einer Art Schock. Zu dem Zeitpunkt wusste ich nur, dass ich nicht fassen konnte, was das bedeutete. Mir fehlte das, was ich gebraucht hätte, um angemessen zu reagieren.

Für eine bizarr lange Zeit sagte keine von uns etwas.

Der Kessel pfiff, während wir schweigend dasaßen, und Tante Bitsy stand auf, um jedem von uns eine Tasse Tee einzuschenken. Sie stellte sie vor uns auf den Tisch und setzte sich wieder auf den Platz mir gegenüber.

»Aber meine Mutter raucht gar nicht«, wandte ich ein.

»Nein«, bestätigte Tante Bitsy. »Tut sie nicht.«

»Glaubst du, sie hat heimlich geraucht und wir haben es nur nicht gewusst?«

»Nein, sie hat nicht geraucht.«

»Man kann Lungenkrebs kriegen, ohne dass man je geraucht hat?«

»Ja«, bestätigte Tante Bitsy und blies über ihren heißen Tee. »Es passiert nicht so oft, doch es passiert.«

»Wie lange weiß sie es schon?«

»Sie war beim Arzt, kurz bevor dein Semester begonnen hat. Sie wollte es dir nicht erzählen, weil sie dachte, wenn du es wüsstest, würdest du das College aufschieben.«

Darauf sagte ich nichts. In meinem Kopf wirbelten etliche Antworten durcheinander, aber ich glaub, sie stolperten übereinander und fielen hin. Oder irgend so was.

Ich dachte: *Natürlich hätte ich das College aufgeschoben. Wer würde das nicht tun?* Und dann: *Wäre das wirklich so schlimm gewesen? Ich bin dreizehn. Ich starte mit dreizehn am College, ich hab allen anderen fünf Jahre voraus und trotzdem soll ich mich beeilen … Warum eigentlich?*

Das sprach ich jedoch nicht aus.

Stattdessen wappnete ich mich für etwas deutlich Wichtigeres. Etwas deutlich Schwierigeres. Ich benötigte eine Minute, aber ich riss mich zusammen und brachte es über die Bühne. In Krisensituationen bin ich gut, vermutlich weil ich alles strukturiert durchdenke.

»Wie ist die Prognose?«

»Monate.«

»Monate?«

»Ja. Und nicht unbedingt viele.«

»Moment«, sagte ich. »Moment, warte mal.«

»Ich bin mir nicht sicher, was du glaubst, wo ich hingehen sollte.«

»Man kann sich gesund genug fühlen, dass man gar nicht ahnt, man hat ein Problem, und dann sucht man einen Arzt auf und findet heraus, dass man nur noch ein paar Monate hat?«

»Ja. Bei Lungenkrebs ist das möglich. Das muss sich nicht lange hinziehen, ganz im Gegenteil.«

»Und sie hat mir, ohne mich zu fragen, die Möglichkeit genommen, ein paar zusätzliche Wochen mit ihr zu haben?«

»Das ist genau das, was ich ihr klarzumachen versucht habe«, erwiderte Tante Bitsy. »Na, du weißt ja selbst, wie deine Mutter ist. Sie kann sehr stur sein.«

Ich sprang auf. »Ich muss los.«

Ich hatte nicht gewusst, dass ich aufspringen würde. Ich hatte nicht gewusst, dass ich losmusste. Das ganze Leben war in dem Moment eine Überraschung für mich. Nichts war auch nur ansatzweise so, dass ich es kommen sehen konnte.

»Was ist mit deinem Tee?«, erkundigte sich Tante Bitsy.

»Ich muss einfach weg.«

»Ich könnte ihn dir in einem Thermosbecher mitgeben.«

»Okay. Klar.«

»Gibt es irgendwas, das ich deiner Mutter von dir ausrichten soll?«

Beinahe hätte ich entgegnet: »Sag ihr, dass ich ihr das niemals verzeihen werde.« Ich stand ganz dicht davor, das auszusprechen. Doch das sind die Sachen, die man bereut, wenn der andere dann gestorben ist. Nicht dass ich ehrlich geglaubt, akzeptiert oder irgendwie verarbeitet hätte, dass meine Mutter sterben würde. Aber ich hatte den Gedanken. Daher vermute ich, es war da irgendwo in mir.

»Nein«, antwortete ich. »Nichts.«

* * *

Gabriel und ich fuhren aus der Stadt und in Richtung seines Zuhauses. »Ich glaube«, erklärte ich, »ich bin wirklich sauer auf sie, weil sie mir diese Zeit gestohlen hat. Obwohl ich andererseits weiß, dass ich mich nicht so verhalten habe, als ob ich sie überhaupt haben wollte. Doch im Nachhinein fühlt es sich wie gestohlen an.«

Er hielt den Blick auf die Straße gerichtet, während er redete. Mir fiel auf, dass seine Stimme leise war. Gerade jetzt, aber auch sonst. Nur jetzt mehr als sonst. Seine Stimme war … Eigentlich würde ich am liebsten »klein« sagen, doch das klingt so negativ, und so meine ich es nicht. Sie war auf eine Weise klein, die ihn irgendwie größer wirken ließ. Ja, vermutlich ergibt das keinen

Sinn, aber das war der Eindruck, den ich hatte. Möglicherweise ist »sanft« das Wort, nach dem ich suche. Oder wenn »schrill« einen Gegenbegriff hätte, dann das.

»Weil sie es dir wochenlang verschwiegen hat?«

»Genau«, bestätigte ich. »Und das ist Zeit, die ich mit ihr hätte verbringen können. Sie hat sie mir genommen.«

Erst dachte ich, er würde nicht weiter darauf eingehen. Doch nach einer Minute oder zwei fand er eine Stelle, wo er an den Straßenrand fahren konnte. Er stellte den Schalthebel auf »Parken« und zog die Handbremse an.

»Was?«, fragte ich.

»Ich hab nur gerade gedacht …«

Aber dann verstummte er und ließ mich einfach so hängen.

»Was? Was hast du gerade gedacht?«

»Ich hab nur gedacht … Machst du das nicht gerade irgendwie auch? Stiehlst du dir nicht gerade selbst Zeit mit ihr? Indem du wegläufst? Das soll keine Kritik sein. Ich möchte bloß nicht, dass du später sauer auf dich bist.«

Eine Weile saßen wir da und starrten geradeaus durch die Windschutzscheibe, ohne zu sprechen. Ich dachte auch gar nicht wirklich nach. Wenigstens glaube ich nicht, dass ich das tat, sondern ich hab einfach blicklos nach draußen gestarrt.

»Soll ich umdrehen?«, fragte er nach einer Weile.

»Ja«, sagte ich. »Bitte.«

Und wir fuhren schweigend zurück zu uns nach Hause und zu meiner Mutter.

Kapitel Fünf

Glaubhafte Bestreitbarkeit

An dem Abend lagen wir im Bett. Nein, das stimmt nicht. So formuliert, ist das eine höchst unzutreffende Aussage, wie sie sonst gar nicht meine Art ist. Ich lag auf der Couch im Wohnzimmer und Gabriel in einem Schlafsack ungefähr zwei Meter von mir entfernt auf dem Boden.

In mein Zimmer konnte ich nicht, weil Tante Bitsy es mit Beschlag belegt hatte. Und ein Gästezimmer gab es nicht.

Als an dem Tag darüber geredet wurde, wo wir schlafen würden, gab es einige abfällige Bemerkungen über Gabriel. Nicht offen und direkt, was es nur schlimmer machte. Es waren vage Äußerungen, die man glaubhaft hätte bestreiten können, aber ich bin nicht dumm. Wie wir ja schon geklärt haben.

Er war gerade draußen, um unser Zeug aus dem Auto zu holen.

Wir hatten Sachen für eine Übernachtung gepackt. Ich war unten, doch ich hörte meine Mutter sagen: »Ein Junge und ein Mädchen im Teenageralter, die im selben Zimmer schlafen?«

Tante Bitsy lachte und das Lachen war das Schlimmste daran.

»Dieser Junge?«, erwiderte sie. »Hast du ihn gesehen?«

Ich rannte nach oben, steckte den Kopf ins Zimmer und verkündete: »Ich kann euch hören, nur dass ihr es wisst.«

Tante Bitsy verstummte, entschuldigte sich aber nicht.

Ich schüttelte den Kopf und lief die Treppe wieder runter, obwohl ich eigentlich noch mehr hatte hinzufügen wollen. Nur kriegte ich das »mehr« in meinem Kopf nicht sortiert. Egal, wie oft ich meinem Gehirn befahl, eine zusammenhängende Äußerung zu produzieren, es verweigerte mir den Gehorsam.

Im Kern war es Folgendes: Ich mach mir Sorgen um eine Welt, in der es eine Beleidigung für einen Jungen ist, anzudeuten, er würde *nicht* versuchen, ein Mädchen zu vergewaltigen. So was gibt es leider viel zu häufig.

Aber ich schweife schon wieder ab.

Wir lagen also auf der Couch beziehungsweise im Schlafsack auf dem Boden, schliefen allerdings beide nicht.

»Es war nett von deiner Mutter, dir zu erlauben, hierzubleiben«, meinte ich.

Er gab einen Laut von sich, den ich nicht ganz deuten konnte.

»Sie hat doch gesagt, dass du hierbleiben darfst«, beharrte ich. »Oder?«

»Nicht wirklich. Eigentlich hat sie darauf bestanden, dass ich nach Hause komme. Sie wollte, dass ich dich hierlasse, heimfahre und dich am Sonntagabend wieder abhole. Aber ich hab ihr erklärt, dass du Beistand brauchst. Da hat sie es mehr oder weniger geschluckt, dass ich ihrem Wunsch nicht entsprechen würde. Ich würde es also nicht direkt als ›nett‹ von ihr bezeichnen. Langsam bin ich es echt leid, dauernd tun zu müssen, was sie will. Sie hat ganz genaue Vorstellungen und ich richte mich danach, obwohl ich ganz anders empfinde, und allmählich erreiche ich das Ende meiner Geduld. Das spüre ich.«

»Oh«, erwiderte ich. »Gut. Wie auch immer. Danke.«

»Gern geschehen.«

Dann sprachen wir längere Zeit nicht mehr.

»Du weißt, dass ich nicht ans College zurückkehren werde«, bemerkte ich schließlich.

Und Gabriel entgegnete: »Ja, das weiß ich.«

»Ich meine nicht, dass ich nie wieder zurückgehen werde. Nur … du weißt schon … bis die Sache mit meiner Mutter …«

Damals hätte ich sicher geschworen, dass ich das alles wunderbar hinbekam, doch für jemanden, der alles wunderbar hinkriegte, gab es eine Menge, was ich nicht über die Lippen brachte.

»Ich weiß, was du meinst«, antwortete Gabriel.

Das könnte der Beginn eines Musters gewesen sein, dem unsere Gespräche folgten. Ich sagte etwas und präzisierte es dann, nur um zu erfahren, dass er es bereits verstanden hatte. Diese Präzisierung hatte ich mir wahrscheinlich angewöhnt, weil ich oft Dinge von mir gab, die auf meine Mitmenschen wie eine komplett fremdartige Sprache wirkten. Aber Gabriel verstand mich. Das tat er immer. Und zwar von Anfang an.

Zwar hatte ich wirklich vor, dazubleiben und nicht ans College zurückzukehren, doch meine selbstbewusste Ansage klang wie die von jemandem, der meine Mom nicht kannte.

* * *

Ich saß am Bett meiner Mutter und half ihr, sodass sie durch einen Strohhalm Tee trinken konnte. Wir waren allein im Zimmer.

Tante Bitsy war unten in der Küche und kochte. Oder backte. Oder was auch immer. Gabriel war irgendwo, aber ich wusste nicht, wo. Er hatte ein Talent dafür, mit dem Hintergrund zu verschmelzen. Es war fast so, als würde er verschwinden. Oder so wirkte es zumindest auf mich. In Fällen wie diesem tat er es, um nett und niemandem im Weg zu sein, doch ich vermute, dass es auch eine Strategie war, die er zu seiner eigenen Sicherheit entwickelt hatte. Das war aber nur so ein Gefühl.

Ich wusste nicht genau, warum meine Mutter ihren Tee nicht allein trinken konnte. Ich musste ihr die Tasse nah ans Gesicht halten und den Strohhalm biegen, bis er fast an ihrem Mund war. Dann schloss sie die Lippen darum und trank einen Schluck. Ich fragte mich, ob es die Chemotherapie war, die sie so schwächte, dass sie sich nicht bewegen konnte, oder ob es irgendetwas anderes war, das sie daran hinderte, die Arme zu heben. Die Bestrahlungen vielleicht? Oder hatte sie, ohne es erwähnt zu haben, eine Operation gehabt? Alles war möglich. Niemand erzählte mir irgendwas.

Ich hätte natürlich fragen können, doch das hätte vielleicht dazu geführt, dass ich Details erfuhr, und die Details waren für mich schwer zu verkraften.

»Ich möchte dir eine Frage stellen«, erklärte ich. »Aber ich fürchte, es könnte so klingen, als würde ich dir etwas vorwerfen oder mich beschweren. Dabei meine ich das wirklich nicht so. Ich bin nur neugierig und möchte es dich fragen, bevor … Du weißt schon. Solange ich noch kann.«

»Dann frag«, antwortete sie so schwach, als ob ein einzelner Atemzug bereits mehr wäre, als sie schaffen konnte.

»Warum hast du mir nicht beigebracht, Spaß zu haben?«

Sie gab ein Geräusch von sich, das ich im ersten Moment für einen Schmerzenslaut hielt. Bis mir klar wurde, dass es vielleicht der Anflug eines Lachens gewesen sein könnte.

»Ist das etwas, das man jemandem beibringen muss?«, erkundigte sie sich mit dieser leicht atemlosen, kaum hörbaren Stimme.

»Na ja … Ich weiß es nicht. Ich weiß nur, dass ich nicht gut darin bin.«

»Kinder spielen«, sagte sie, »und haben dabei Spaß. Niemand muss ihnen zeigen, wie das geht. Es steckt einfach in ihnen drin. Doch bei dir war das irgendwie nicht der Fall.« Sie hielt kurz inne, um zu atmen, und vielleicht auch, um Kraft zu sammeln. »Du hast nie spielen oder Spaß haben wollen. Ich höre jetzt überhaupt zum ersten Mal von dir, dass du Interesse daran hast. Erinnerst du dich an das Spielzeug, das du hattest, als du zwei Jahre alt warst? Das, bei dem die Bauernhoftiere Geräusche von sich gegeben haben, wenn man auf die entsprechenden Bilder gedrückt hat?«

Bei jedem anderen Kind wäre das vielleicht eine seltsame Frage gewesen, aber bei einem Kind mit eidetischem Gedächtnis war sie durchaus sinnvoll.

»Sicher«, erwiderte ich.

»Anstatt damit zu spielen, hast du es auseinandergenommen, um nachzuschauen, wie es funktioniert. Ich glaube, du wolltest gucken, ob da wirklich Tiere drin sind.«

»Nein«, widersprach ich. »Ich wusste, dass da keine Tiere drin sind. Komm schon. Es war ja nicht groß. Ich wusste, dass da keine Kuh reinpasst.«

»Du warst ja erst zwei.«

»Trotzdem. Nein, ich habe es auseinandergenommen, um zu verstehen, wie sie das gemacht haben.«

»Was nicht mal ansatzweise das Gleiche ist, wie damit zu spielen.«

Wir schwiegen ein oder zwei Minuten lang, dann hielt ich ihr wieder den Tee hin, sodass sie trinken konnte. Ich hatte den Eindruck, dass sie mir selbst die Schuld an dem Problem gab, was sich nicht richtig anfühlte. Aber ich war mir nicht sicher, wie ich das ansprechen sollte. Und sogar wenn ich es gewusst hätte, hätte ich das nicht getan, weil es nur eine begrenzte Anzahl von Sachen gibt, die man mit jemandem diskutieren möchte, der noch nicht mal die Arme heben kann, um aus einer Tasse Tee zu trinken.

Und trotzdem, obwohl ich das gerade gedacht hatte, rutschte mir etwas heraus, was ich nicht zurückhalten konnte.

»Warum hast du Gabriel nicht in Schutz genommen?«

Sie schaute mich verwirrt an.

»Wann? Wieso sollte ich das tun?«

»Tante Bitsy hat was Gemeines über ihn gesagt und du hast ihr nicht widersprochen.«

»Was hättest du denn gerne von mir gehört?«

»Irgendwas!«

»Nun, Süße. Es ist schon ein bisschen befremdlich, dass er sich schminkt, das musst du zugeben.«

»Nein, das muss ich überhaupt nicht. Warum ist das befremdlich? Warum verurteilst du ihn deswegen?«

»Ich verurteile ihn nicht, Süße. Es interessiert mich wirklich nicht, wie er aussehen möchte.«

»Warum hast du dann nichts gesagt?«

Sie seufzte und es war ein dünner, kleiner Laut, ohne viel Überzeugung. »Sie ist meine große Schwester, Süße, und sie ist eine ziemliche Dampfwalze. Ich vermeide es grundsätzlich, ihr zu widersprechen, sofern das geht.«

Das erschien mir traurig, doch nicht wie ein Problem, das wir in diesem Moment lösen konnten. Und zudem war es ehrlich. Und es hat meine Frage beantwortet. Also lenkte ich das Gespräch in eine komplett andere Richtung.

»Ich möchte bei den Gulbransons bleiben … Nachdem du …«

Ich konnte das Nachfolgende nicht aussprechen. Aber es war ja nicht so, als ob wir nicht beide gewusst hätten, was gemeint war.

»Das wird leider nicht möglich sein, Süße. Wenn sie kein Geld erhalten, werden sie einen anderen zahlenden Gast in diesem Zimmer unterbringen wollen.«

Sie klang ein bisschen kräftiger, allerdings schätzte ich, dass sie sich dazu zwang. Ich ließ ihr nicht den Luxus, müde und schwach zu sein.

»Du könntest ja vielleicht Geld zur Seite legen, um sie zu bezahlen. Du weißt schon. Bis ich achtzehn bin.«

»Ach, Süße.«

»Was?«

»Du hast keine Ahnung, wie schnell unser Geld für all meine Arztrechnungen draufgeht.«

»Aber du bist doch versichert.«

»Keine Versicherung zahlt hundert Prozent.«

»Also muss ich hier leben und zum College pendeln?«

Es war keine gut durchdachte Frage. Das Haus war gemietet und auf jeden Fall deutlich teurer als mein Zimmer bei Gabriel.

Irgendwie weigerte sich mein Verstand, sich dem Plan zu nähern, den sie im Sinn hatte. Der, der gerade dabei war, für mich Gestalt anzunehmen.

»Du wirst nach Kentucky ziehen und bei deiner Tante Bitsy leben.«

»Nein!«, sagte ich. Wobei ich es eher rief. Ich sprang auf und verschüttete etwas von dem Tee. »Nein, das werde ich nicht. Das kann ich nicht. Ich hasse Tante Bitsy!«

»Süße, du schreist und sie kann dich wahrscheinlich hören.«

»Das ist mir egal. Ich werde nicht bei ihr wohnen. Ich werde nicht mit ihr zusammenleben. Auf keinen Fall.«

Ich stellte den Tee unsanft auf den Nachttisch und stürmte aus dem Zimmer. Während ich die Treppe hinunterrannte, mahnte mich eine Stimme in meinem Kopf, dass eine gute Tochter dageblieben wäre, um ihrer Mutter mit dem Rest des Tees zu helfen. Aber ich konnte nicht zurück.

Ich schaute auf der Suche nach Gabriel in jedes Zimmer außer der Küche, doch ich konnte ihn nicht finden. Ich wusste, dass er nicht freiwillig Zeit mit Tante Bitsy verbringen würde – niemand, der bei Verstand war, würde das tun –, also schloss ich, dass er im Garten sein musste.

Ich marschierte durch die Küche zur Hintertür.

Tante Bitsy machte gerade eine Pastete. Sie rollte den Teig für den Deckel mit einem großen, hölzernen Nudelholz aus, von dem ich gar nicht gewusst hatte, dass wir es besaßen. Ihre Hände waren voller Mehl und sie hatte welches an ihrer Wange. Ihr Gesicht war düster. Von der Stimmung her, meine ich. Unsere Küche war hell genug.

»Ich bin auch nicht dein größter Fan«, informierte sie mich.

Ich verschwendete keine Zeit an eine Antwort, sondern stürmte in den Garten hinaus. Gabriel lag auf dem Rücken im Gras unter einer großen Eiche, die Hände hinter dem Kopf verschränkt.

Ich lief zu ihm und setzte mich neben ihn. Irgendwie konnte er meine Energie spüren, ohne mich auch nur anzuschauen.

»Wow«, sagte er. »Geht's dir gut?«

»Nein.«

»Das tut mir leid.«

Ich streckte mich neben ihm auf dem Rasen aus und schob genau wie er die Hände unter den Kopf.

»Was sehen wir uns hier an?«, fragte ich.

»Ich glaube, da oben muss irgendwo ein Nest sein. Ich hab es noch nicht entdeckt, aber der Vogel fliegt immer wieder zur gleichen Stelle und hat Dinge in seinem Schnabel. Insekten und einmal sogar einen großen, langen Wurm.«

»Ich kann nichts erkennen.«

»Na ja, der Vogel ist gerade nicht da. Er holt wahrscheinlich neues Futter.«

»Darf ich dich um einen Gefallen bitten?«

»Sicher.«

»Kannst du nach oben gehen und meiner Mutter die Teetasse halten? Sie muss ganz nah an ihrem Gesicht sein und man muss den Strohhalm so weit runterdrücken, dass er praktisch direkt zwischen ihren Lippen ist. Ich bin da rausgerannt, bevor sie mit ihrem Tee fertig war, und jetzt hab ich ein schlechtes Gewissen, weil sie nicht selbst trinken kann.«

»Klar, kein Problem«, antwortete er. Er stand auf und klopfte sich das Gras von der Hose und schüttelte die Rückseite seines T-Shirts aus. »Ich bin gleich zurück.«

Während er weg war, wartete ich und betrachtete den Baum, doch die Vogelmutter kehrte nicht zurück.

Das ist wieder mal typisch, dachte ich. *Für Gabriel führt die Welt so eine Show auf, aber für mich nicht. Er hat irgendetwas an sich, das mir fehlt.*

Dann fing ich an, darüber nachzudenken, was passieren würde, wenn die Vogelmutter gar nicht zurückkäme. Was, wenn ihr etwas passiert war? Was würden die Babyvögel machen? Waren sie überhaupt groß genug, um auf sich allein gestellt zu überleben?

Nach einem Moment bemerkte ich, dass ich weinte, was seltsam war, weil ich das sonst nie tat. Vielleicht als ich ein Säugling war, doch schon als Kleinkind habe ich praktisch nie geweint. Aber an diesem Tag tat ich es, und zwar wegen ein paar Babyvögeln, die ich noch nicht einmal sehen konnte. Nur war es nicht wirklich wegen der Vögel. Jeder Idiot konnte das verstehen.

Gabriel kam nach einer Weile zurück und legte sich wieder neben mir ins Gras, und wir schauten beide zusammen in den Baum hoch. Er fragte mich nicht, warum ich weinte, was eine der Sachen war, die ich an ihm so mochte. Jeder andere hätte gefragt: »Was ist los?« Wobei es wirklich dämlich gewesen wäre, jemandem so eine Frage zu stellen, dessen Mutter … ihr wisst schon. Ich meine, es lag auf der Hand, was los war. Es war einfach etwas, das man nicht fragen musste.

»Hat sie irgendwas über mich gesagt?«, wollte ich nach einer Weile von ihm wissen.

»Nur dass sie sich schlecht fühlt, weil sie dich nicht ermutigt hat, mehr zu spielen. Sie hat mich gefragt, ob ich dir helfen könnte, Spaß zu haben.«

»Oh«, antwortete ich. »Okay.«

Ich hatte Gabriel schon einmal fast die gleiche Frage gestellt. An dem Abend, nachdem ich mit Ms Stepanian gesprochen hatte, hätte ich Gabriel beinahe gebeten, mir beizubringen, wie man Spaß hat. Doch das habe ich nicht getan. Nicht weil ich das Gefühl hatte, dass ich mit ihm nicht darüber reden konnte, und auch nicht, weil ich unsicher war, ob ich ihn um irgendwas bitten konnte. Sondern weil ich festgestellt hatte, dass er damit bereits angefangen hatte. Seit dem ersten Tag, an dem ich ihn kennengelernt hatte, brachte er mir bei, wie man mit seltsamen kleinen Dingen Spaß haben konnte. Und es fühlte sich nicht richtig oder nötig an, jemanden um etwas zu bitten, was er einem ohnehin schon aus freien Stücken gab.

Kapitel Sechs

Das W-Wort

Am späten Sonntagnachmittag beschloss ich, meiner Mutter zu eröffnen, dass Gabriel zurückfahren, ich aber die Woche über dableiben würde. Oder besser gesagt war es das, was ich mir vorgestellt hatte.

Wie sich herausstellte, erhielt ich nie die Gelegenheit dazu.

Tante Bitsy war in der Küche und spülte Geschirr, und ich dachte, sie könnte uns nicht hören, also erzählte ich Gabriel, ich würde zu meiner Mutter gehen und ihr mitteilen, dass ich nicht ans College zurückkehren würde. Leider hatte meine gute alte Fledermaus-Tante so was wie ein eingebautes Sonar.

Na ja. Oder zumindest sehr gute Ohren.

Sie kam ins Wohnzimmer, wobei sie sich die Hände an einem Geschirrtuch abtrocknete.

»Ich will euch draußen was zeigen«, erklärte sie.

»Okay«, erwiderte ich und erhob mich von der Couch.

»Euch beiden. Vorn im Vorgarten. Es ist wichtig.«

Wir standen auf und folgten ihr nach draußen. Sie schloss die Tür hinter uns und drehte sich auf den Stufen zu uns um.

»Ihr seid raus«, verkündete sie. »Fahrt zurück. Besuch du weiter das College. Das ist der ausdrückliche Wunsch deiner Mutter. Wir haben schon vermutet, du könntest so etwas in der Richtung versuchen, und ich habe strikte Anweisung, das sofort zu unterbinden.«

»Du kannst mich nicht davon abhalten, bei meiner Mutter zu sein«, entgegnete ich.

Ich spürte diesen Kloß aus Wut in meinem Hals, der es schwierig machte, zu sprechen.

»Ich halte dich von nichts ab, sondern sie tut das. Sie möchte, dass du den Unterricht besuchst. Du kannst nächstes Wochenende wieder herkommen, doch genau jetzt soll ich dich vor die Tür setzen. Sie hat nicht die Kraft dazu. Allein dieses Wochenende mit dir zu reden hat sie mehr Energie gekostet, als sie eigentlich hat.«

Der Kloß aus Wut in meiner Kehle schmolz und verwandelte sich in Panik.

»Und was ist, wenn was passiert, während ich nicht hier bin?«

»Wenn sich die Lage verschlimmert, ruf ich dich an. Aber man muss Leute so sterben lassen, wie sie das möchten. Also respektiere ihren Wunsch und fahr zurück.«

Es war das erste Mal, dass das Wort laut ausgesprochen wurde – ich hatte mir größte Mühe gegeben, es zu vermeiden –, und ich verabscheute es zutiefst.

»Unsere Sachen sind noch drinnen.«

Ich gestehe, das war ein Vorwand, um wieder ins Haus zu gelangen – und einer, den Tante Bitsy sofort durchschaute.

»Ihr wartet hier vor der Tür«, sagte sie. »Ich packe alles zusammen und bring es raus.«

Damit trat sie zurück ins Haus und zog die Tür hinter sich zu. Energisch. Es folgten Geräusche, die ich nicht richtig deuten konnte. Es klang fast so, als streifte sie ihre Schuhe auf dem

Teppich in der Diele ab, obwohl es natürlich absolut keinen Sinn ergab, dass sie das tun sollte.

Ich stand einen Moment da und fühlte mich leer. Ich konnte Gabriel in der Nähe meiner rechten Schulter spüren, was schön war. Das war aber auch das Einzige an dem Augenblick, was das war.

»Ich hab einen Schlüssel«, meinte ich.

Ich kramte in meiner Jeanstasche danach, zog ihn heraus und betrachtete ihn im verblassenden Tageslicht, als gäbe es daran etwas Interessantes zu entdecken.

Schließlich steckte ich ihn ins Schloss und drehte ihn. Und drehte ihn noch mal, doch die Tür ging trotzdem nicht auf. Es war, als würde sie von irgendwas blockiert.

»Hm«, meinte Gabriel. »Sie muss einen Stuhl unter die Klinke geklemmt haben oder so was in der Art.«

Ich ließ mich deprimiert auf die oberste Stufe sinken und er setzte sich neben mich, zog die Knie an die Brust und schlang seine Arme darum.

Es war kühl und meine Jacke war im Haus. Aber das war die geringste meiner Sorgen. Ich spürte es, doch meine größeren Probleme überschatteten alles andere.

»Ist das nicht einfach furchtbar?«, fragte ich.

»Es ist ziemlich kalt«, erwiderte er und ich glaubte nicht, dass er den Herbstabend meinte. »Im Großen und Ganzen teile ich deine Meinung über sie. Aber ihr scheint ehrlich was an deiner Mutter zu liegen. Du weißt schon, auf ihre ganz eigene unwirsche Art und Weise.«

Wir saßen eine Weile schweigend da und ich spürte, dass ich zu zittern begann.

»Ich würde dir ja meine Jacke geben«, erklärte er, »wenn ich sie hätte.«

»Alles gut«, entgegnete ich.

Dabei war es das natürlich überhaupt nicht.

Ich holte tief Luft und sagte etwas, das schwierig über die Lippen zu bringen war. Wenn irgendjemand anders als Gabriel neben mir gesessen hätte, das weiß ich, hätte ich diesen Gedanken für mich behalten.

»Mein Vater ist tot.«

»Ich weiß«, meinte er. »Tut mir leid.«

»Dann werde ich also …« Ich machte eine geradezu albern lange Pause. »Du weißt schon. Das W-Wort.«

Er dachte eine halbe Minute oder so darüber nach.

»Waise sein?«, fragte er.

»Schh. Bloß weil ich das sein werde, heißt das nicht, dass ich es aussprechen möchte. Oder es von jemand anderem hören.«

Ich bin mir nicht sicher, was er darauf erwidert hätte, wenn überhaupt etwas, denn bevor er antworten konnte, hörten wir ein scharrendes Geräusch hinter uns. Ich drehte den Kopf und konnte sehen, dass die Tür einen halben Meter weit geöffnet wurde. Unsere Reisetaschen wurden hindurchgeschoben.

»Dann bis nächstes Wochenende«, sagte Tante Bitsy noch und schlug die Tür wieder zu. Viel lauter als nötig.

Wir saßen einen Moment länger da und lauschten auf das Scharren, das nur heißen konnte, dass Tante Bitsy irgendwas unter die Türklinke klemmte. Sie war gnadenlos, wenn es darum ging, ihren Willen durchzusetzen. Klar, sie behauptete, es sei der Wunsch meiner Mutter, und ich bezweifelte auch gar nicht, dass das größtenteils stimmte. Doch meiner Tante schien es Spaß zu machen, das Ganze auch in die Tat umzusetzen.

* * *

Auf der Fahrt zurück, die im Großen und Ganzen in Schweigen verlief, sagte Gabriel etwas Merkwürdiges.

»Hättest du etwas dagegen, wenn ich ein kleines Experiment durchführe?«, wollte er wissen.

Ich schüttelte meine Grübeleien zum Thema Waise ab und musterte ihn von der Seite.

»Was für ein Experiment?«

»Na ja, du kennst mich ja. Du weißt, was für Experimente ich mag. Das hier ist vielleicht nicht der beste Moment und du kannst mir das gerne sagen. Aber ich denke, es könnte interessant sein.«

Ich hatte nicht wirklich die Energie, abzulehnen. Ich fühlte mich wie eine verkochte Nudel.

»Sicher«, entgegnete ich. »Was auch immer.«

»Deute auf dich selbst.«

Im Wirbel der Wolken, die mein Gehirn vernebelten, blickte ich an mir runter und sah, dass ich auf meinen Oberkörper zeigte. Nicht auf mein Herz, sondern ein bisschen niedriger. Irgendwo zwischen meinem Herzen und der Stelle in meinem Bauch, wo ich schon das ganze Wochenende ein vages Unwohlsein und Schmerzen gespürt hatte.

»Hm«, sagte ich. »Du hast recht. Das ist tatsächlich irgendwie interessant.«

»Weißt du, das ist der springende Punkt bei Trauer. Wenn es richtig schlimm wird, steht der Verstand hintenan.«

»Wow. Sogar bei mir.«

Darauf erwiderte er nichts.

»Nicht dass es etwas verbessern würde«, erklärte er. »Wenn etwas schlimm ist, ist es schlimm. Doch manchmal scheint es so, als ob schlimme Sachen etwas mit sich bringen, das … nun, nicht wirklich gut ist. Aber vermutlich … nützlich.«

Ich starrte aus dem Fenster und dachte darüber nach. Nur dass ich nicht wirklich dachte. Mein Gehirn fühlte sich kalt und wie vernagelt an. Und ganz still. Ich glaube, ich spürte, wie die Idee sich setzte.

»Ich hoffe, es ist okay, wenn ich das sage«, schob er nach.

»Klar, warum nicht?«

»Ich möchte nicht, dass es irgendwie so klingt, als ob diese Situation etwas Gutes an sich hätte. Ich hasse es, wenn Leute das tun. Ich fand es bloß interessant. Wie wir uns verändern, wenn wir so was erleben.«

»Ich nehme es«, antwortete ich. »Wenn da an irgendwas hiervon auch nur das geringste bisschen nützlich ist, nehme ich das. Denn du kannst mir glauben, der Rest davon ist absoluter Mist.«

* * *

Am nächsten Wochenende sah ich meine Mutter wieder und ich denke, man kann mit Fug und Recht behaupten, dass meine Erwartungen bitter enttäuscht wurden.

Ich hatte diese alberne idealisierte Vorstellung davon gehabt, wie es ablaufen würde.

Ich dachte, ich würde mich für das Schlimmste entschuldigen, was ich ihr je angetan hatte. Ich hasse es, zuzugeben, was es war, doch ich tue es. Es war nach dem Tod meines Vaters und wir hatten einen heftigen Streit. Da habe ich ihr rundheraus gesagt, ich hätte lieber ihn behalten und sie verloren. Obwohl das stimmte, hatte ich hinterher furchtbare Schuldgefühle. Ich schämte mich dafür, und jetzt, wo ich sie tatsächlich verlieren würde, war das wieder in den Vordergrund getreten. Es bereitete mir Bauchschmerzen und lauerte in meinem Kopf. Ich fand, es war die entsetzlichste Reue, die man über etwas empfinden konnte.

Der alte Spruch »Das dicke Ende kommt erst noch« fällt mir da besonders ein, aber ich will nicht zu weit vorausgreifen.

Dann dachte ich mir, sie würde sich für jeden unseligen Fehler entschuldigen, den sie bei meiner Erziehung gemacht hatte, angefangen bei meinem Namen. In meinem überentwickelten jugendlichen Gehirn sah ich uns praktisch das ganze Wochenende hindurch reden.

Und irgendwie würde, so meine Fantasie, durch diese intensiven Gespräche alles gut werden. Unsere Verbindung von Verstand und Herz würde dafür sorgen, dass sich alle Probleme in Luft auflösten, und ihr Sterben würde aus dem Bereich des Unerträglichen ins sanfte Land des Bittersüßen hinüberwechseln.

Und es würde etwas sein, womit ich klarkommen konnte.

Dann fuhr mich Gabriel hin.

Als ich die Treppe hochstieg und ihr Zimmer betrat, war sie auf jede Art und Weise, die zählte, bereits von uns gegangen.

Sie hatte die Augen geschlossen und sie öffnete sie auch nicht, als ich sie ansprach. Sie reagierte überhaupt nicht. Über einen Schlauch erhielt sie konzentrierten Sauerstoff in die Nase, trotzdem hörte sich ihre Atmung so gequält und angestrengt an, dass es wehtat, das mitzuerleben.

»Mom?«, fragte ich.

Ich wartete. Nichts.

»Mom? Ich bin's. Ru. Kannst du mich hören?«

Nichts.

Da wusste ich plötzlich, dass es zu spät war, und mein wunderschöner Tagtraum von unserer Vereinigung von Verstand und Herz löste sich in Luft auf. Ich spürte, wie ihr bevorstehender Tod sich aus dem Bittersüßen zurück ins Unerträgliche verlagerte.

Der Schmerz, den es mir bereitete, sie um Atem ringen, sich ans Leben klammern zu sehen, wurde noch verstärkt durch den Umstand, dass die Person in dem Bett überhaupt nicht mehr meiner Mutter glich. Ich wusste, es war meine Mutter, weil ich wusste, dass es das Bett meiner Mutter war und dass sie es nicht mehr verlassen konnte. Doch wenn ich im Krankenhaus an ihr vorbeigelaufen wäre, hätte ich sie nicht erkannt. Ich hätte ihr keinen zweiten Blick gegönnt. Außer vielleicht, um darüber zu staunen, wie viel Leid wir am Ende des Lebens eines Menschen zuließen. Aber selbst während ich darüber gestaunt hätte, hätte ich gedacht, es handele sich um jemand Fremdes.

Es war unerträglich. In ihrem Zimmer zu stehen, sie leiden zu sehen, Zeugin ihrer Atemnot zu sein. Sie anzuschauen, ohne dass sie etwas von meiner Anwesenheit mitbekam. Mir bewusst zu sein, dass ich sie kaum wiedererkannte. Einfach unerträglich.

Ich lief runter und stellte Tante Bitsy zur Rede. Sie stand in der Küche und rührte Teig, vielleicht für Kekse oder einen Kuchen. Wie auch immer, es war klar: Meine Tante verarbeitete Probleme durch Backen.

»Du hast versprochen, mich anzurufen, falls sich ihr Zustand ändert.«

»Sie ist noch bei uns«, erwiderte meine Tante.

»Kann sie mich denn überhaupt hören?«

»Nun, das weiß man nicht so genau. Allerdings reagiert sie nicht mehr.«

»Das würdest du nicht als Veränderung ihres Zustands bezeichnen?«

»Ich hab damit gemeint, dass ich dich anrufen würde, wenn du sofort herkommen müsstest, um sie noch mal lebend zu sehen.«

»Du hast mir die Chance genommen, ein letztes Mal mit ihr zu reden.«

»Ich weiß nicht, was du von mir willst«, entgegnete sie.

Vermutlich hätte ich es ihr nicht sagen sollen. Aber es war wohl ein Tag, an dem ich lauter schlechte Entscheidungen traf.

»Ich möchte, dass du nett bist«, antwortete ich. »Ich möchte, dass du … normal bist. Wie du etwas wie das hier betrachtest, ergibt einfach keinen Sinn.«

Und du verletzt mich damit, fügte ich im Geiste hinzu. Das sprach ich jedoch nicht laut aus, weil man sich das bei Leuten wie Tante Bitsy nicht erlauben konnte. Irgendeine Form von Verletzlichkeit zu zeigen wäre dumm. Es wäre so, als würde man zu jemandem hingehen, von dem man weiß, dass er einen erschießen möchte, und zu ihm sagen: »Hier hast du Munition.«

»Na klar«, erwiderte sie. »Genau. Alle sind irgendwie komisch außer Ru.«

Ich schüttelte den Kopf und ließ sie stehen. Zumindest funktionierte mein Verstand noch gut genug, dass ich es begriff, wenn etwas nutzlos war.

* * *

Ich fand Gabriel hinten im Garten. Er saß im Schneidersitz im Gras, die Augen nach oben gerichtet, und beobachtete etwas konzentriert.

Ich setzte mich neben ihn.

»Was schauen wir uns an?«

»Das Eichhörnchen dort«, sagte er und deutete mit dem Finger darauf.

»Ich kann es nicht sehen.«

»Es ist vermutlich leichter, wenn man beobachtet hat, wie es den Baum hochgelaufen ist.«

»Ich glaube, ich möchte nach Hause«, verkündete ich.

Erwartungsgemäß folgte darauf Schweigen. Aus dem Augenwinkel nahm ich wahr, dass er mich von der Seite betrachtete.

»Du bist zu Hause«, erinnerte er mich.

»Oh. Richtig.«

»Meinst du, zu mir nach Hause?«

»Ja.«

»Du hast es als Zuhause bezeichnet. Das ist seltsam.«

»Ja, vermutlich ist es das. Also seltsam, meine ich. Aber ja. So hab ich es genannt. Und da möchte ich jetzt hin.«

»Wir sind doch gerade erst angekommen.«

»Sie ist nicht ansprechbar, zeigt nicht die geringste Reaktion. Sie weiß nicht mal, dass ich hier bin.«

»Bist du sicher, dass es die richtige Entscheidung ist? Bist du sicher, dass du es später nicht bereuen wirst?«

»Ich hab einfach das Gefühl, ich muss hier weg«, erklärte ich. »Tante Bitsy ist wie immer absolut hassenswert, meine Mutter kriegt kaum noch Luft und ich verkrafte das nicht. Ich kann es nicht ertragen, Gabriel.«

Meine Stimme brach, als ob ich weinen würde, aber es kamen keine Tränen. Meine Tränendrüsen waren offenbar kaputt.

Er legte mir einen Arm um die Schultern.

»Okay«, meinte er. »Dann fahren wir nach Hause.«

Wir waren rechtzeitig zum Abendessen zurück.

* * *

Am Dienstagmorgen starb meine Mutter. Ohne weitere Vorwarnung von Tante Bitsy. Ich weiß nicht, ob sie selbst nichts geahnt hat oder sich nur nicht die Mühe gemacht hat, es mir mitzuteilen, weil ich zu wütend war, um nachzufragen. Ich wollte nie wieder mit dieser Frau reden müssen.

Von dem Tag an quälte mich die Tatsache, dass ich dieses letzte Wochenende nicht mit meiner Mutter verbracht hatte. Von da an sehnte ich mich nach der Zeit, zu der das, was ich am meisten bereute, war, ihr gesagt zu haben, es wäre mir lieber gewesen, wenn sie gestorben wäre statt meines Vaters. Das vorherige Maß an Reue und Bedauern fühlte sich im Vergleich mit dem jetzt wie ein sanfter Himmel an, den ich hinter mir gelassen hatte. Wenn ich an jene Tage dachte, schien es, als würde ich das alte Schuldbewusstsein anheben und in meiner Hand wiegen – und es war federleicht. Es war überhaupt nichts.

Aber es war ja nicht so, als hätte Gabriel mich nicht gewarnt.

Kapitel Sieben

Wie dieses erstaunliche Kapitel unseres Lebens begonnen hat

Tante Bitsy übermittelte die Nachricht per Telefon, während ich im College war. Allerdings rief sie nicht *mich* an, sondern wählte den Festnetzanschluss im Haus von Gabriels Mutter – oder »zu Hause«, wie ich es mittlerweile nannte – und überließ es Gabriels Mutter, es mir beizubringen.

Gabriels arme Mutter wollte mit der ganzen Sache nichts zu tun haben, also kontaktierte sie Gabriel auf seinem Handy und bat ihn, das Unvorstellbare auf der Fahrt nach Hause zu erledigen.

Hier ist das Seltsame: Ich wusste es schon.

Ich saß nämlich im Kurs – Einführung in die Astrophysik – und hörte Ms Stepanian zu, wie sie über Exoplaneten sprach. Ich griff nach unten, um mich an der Wade zu kratzen. Aber da war etwas, so nah neben mir, dass es mich in meiner Bewegungsfreiheit einschränkte, und es fühlte sich so an, als würde ich die Person berühren, wenn ich meine Hand nur ein kleines Stück weiter ausstrecken würde. Ich drehte den Kopf, doch da war niemand. Trotzdem kitzelte es in meinem

Gehirn und ich konnte das Gefühl nicht abschütteln, dass jemand direkt neben mir stand. Ich kann nicht erklären oder beschreiben, warum es sich wie meine Mom anfühlte, aber das tat es.

Das Ganze dauerte eine Sekunde. Vielleicht sogar weniger. Doch den ganzen Tag lang vibrierte ich quasi innerlich von dem Schock.

Auf der Fahrt nach Hause sagte Gabriel: »Ich muss dir etwas wirklich Schlimmes erzählen«, und ich erwiderte: »Meine Mom ist gestorben. Ich weiß.«

Er fragte mich nicht, woher ich das wusste. Er war gut darin, nur die Fragen zu stellen, die wirklich wichtig waren. Die, von denen ich wollte, dass er sie stellte.

Stattdessen bemerkte er bloß: »Du scheinst sehr … ruhig zu sein.«

»Oh, es ist definitiv noch nicht wirklich zu mir durchgedrungen. Es ist mehr wie eine Geschichte, die ich auf der Kinoleinwand mitverfolge. Ich bin mir nicht sicher, wie lange das anhalten wird. Sehr lange, hoffe ich.«

»Das ist interessant«, erklärte er. Ich dachte, er meinte, dass ich es schon gewusst hatte oder dass es noch nicht wirklich bei mir angekommen war. Aber das war es nicht. »Du hast ›gestorben‹ gesagt. Du hast es tatsächlich ausgesprochen. Bisher hast du dieses Wort nicht ein einziges Mal benutzt.«

»Ja«, versetzte ich. »Na ja. Es stellt sich raus, dass Wörter nicht wirklich das Problem sind.«

* * *

An diesem Abend kam Gabriel nach dem Essen in mein Zimmer, was er normalerweise nicht tat. Doch es waren ja auch keine normalen Zeiten. Ich lag auf der Seite im Bett, gegen die Kissen gelehnt, und las etwas auf meinem Laptop.

»Alles okay bei dir?«, fragte er.

»Nicht wirklich. Nein.«

»Ist es besser, wenn ich bleibe, oder soll ich dich lieber allein lassen?«

»Es ist besser, wenn du bleibst.«

Er setzte sich im Schneidersitz auf den Teppich neben meinem Bett, wobei er einen respektvollen Abstand von einem guten Meter hielt.

»Was machst du?«, wollte er wissen.

»Ich lese Geschichten über Leute, die an Lungenkrebs gestorben sind. Nicht weil ich makaber sein will. Es scheint zwar vielleicht so, aber das ist es nicht. Ich habe nur Probleme mit der Schnelligkeit, mit der sich das alles abgespielt hat. Sechs Wochen von der Diagnose bis zum Tod? Das scheint so schwer vorstellbar, daher wollte ich sehen, ob es bei anderen auch so schnell gegangen ist. Und ja, ist es. Ich meine, das ist jetzt nicht der Durchschnitt, doch es ist auch nichts nie Dagewesenes. Ich habe Kommentare auf einem Krebs-Blog gelesen, und die eine Frau hat da geschrieben, ihr Mann habe sich eigentlich gesund gefühlt. Bei einer jährlichen Routine-Untersuchung ist es dann bei einer Röntgenaufnahme der Brust aufgefallen und dreißig Tage später musste sie seine Beerdigung planen.«

»Sorgt das dafür, dass du dich besser fühlst?«, fragte er und sein Tonfall legte nahe, dass er nicht glauben konnte, dass das der Fall war.

»Ein bisschen. Nicht in Bezug auf ihren Tod. Aber es sorgt dafür, dass sich mir nicht mehr der Kopf dreht, weil es zu ungeheuerlich erscheint, um wahr zu sein.«

Wir schwiegen eine Weile lang und ich klappte meinen Laptop zu.

Genau da klingelte mein Handy. Es lag neben mir auf dem Bett. Wenn ich gewusst hätte, dass es meine Tante Bitsy war, hätte ich nicht abgenommen. Doch ich hatte ihre Nummer absichtlich nie in meiner Kontaktliste gespeichert, also wurde der Anrufer als »Unbekannt« angezeigt und ich ging ran.

»Hallo?«

Tante Bitsy sagte ebenfalls Hallo.

»Wir müssen über deinen Umzug nach Kentucky reden.«

Ihre Worte waren wie ein Stück Eis, das ich aus Versehen im Ganzen runtergeschluckt hatte. Ich spürte, wie die Kälte bis in meinen Magen sank.

»Lass mich in Ruhe, Tante Bitsy«, entgegnete ich. »Ich hab hier bis zum Ende des Monats bezahlt und vorher werde ich auf keinen Fall mit dir reden.«

Sie wollte noch was hinzufügen. Ich konnte weitere Worte an ihrem Ende der Leitung hören, als ich auflegte.

Sie versuchte es sofort wieder, aber ich stellte das Handy lautlos und ließ die Anrufe auf die Voicemail laufen.

Ich sah Gabriel an und er sah mich an.

»Ich werde nicht zu meiner Tante nach Kentucky ziehen«, erklärte ich.

»Was willst du tun?«

»Das kommt drauf an. Hast du mit deiner Mom geredet?«

»Ja. Ist nicht gut gelaufen.«

»Was, wenn ich mir einen Job besorge und sie selbst bezahle?«

»Wie willst du das machen? Du bist dreizehn. Du brauchst Papiere und einen Elternteil oder Vormund, der für dich unterschreibt.«

»Wow. Die halten einen ganz schön auf Trab, was? Man ist so hilflos, wenn man minderjährig ist, vor allem wenn man bei allem, was zählt, kein Kind mehr ist, doch niemand das zur Kenntnis nehmen will. Trotzdem muss irgendwas möglich sein. Ich könnte als Tutor am College arbeiten. Das könnte man mehr so unter der Hand laufen lassen, oder?«

»Sie wird ihre Meinung nicht ändern«, sagte Gabriel. Ich konnte an seiner Stimme und seinem Gesichtsausdruck erkennen, wie leid es ihm tat, dass er der Überbringer dieser schlechten Nachricht sein musste. »Ich wünschte, es wäre anders, aber das wird sie nicht. Sie ist nicht dein gesetzlicher Vormund. Das ist deine Tante. Wenn deine Tante bestimmt, dass du bei ihr in Kentucky leben musst, dann sind meiner Mutter die Hände gebunden.«

»Ich werde nicht zu meiner Tante nach Kentucky ziehen«, wiederholte ich.

»Gibt es einen anderen Plan?«

»Ich glaube, es ist besser, darüber erst zu sprechen, wenn wir im Bett liegen. Wenn deine Mutter schläft.«

Die meisten Leute warten nicht gerne so. Ihr wisst schon. Auf angekündigte oder angedeutete Informationen. Gabriel war allerdings nicht wie die meisten Leute. Nur für den unwahrscheinlichen Fall, dass ich das nicht schon hinreichend klargemacht habe.

* * *

»Ich glaube, ich werde durchbrennen«, sagte ich. Ganz leise durch den Lüftungsschlitz zwischen unseren Zimmern.

»Wo willst du hin? Wie willst du allein auf dich gestellt überleben?«

»Das weiß ich noch nicht. Aber ich bin schlau, also vertraue ich darauf, dass mir schon was einfällt. Am liebsten würde ich hier in der Gegend bleiben … und irgendwie untertauchen. So, dass niemand weiß, wo ich bin. Außer dir. Weil es wirklich nur noch eine Sache in meinem Leben gibt, die zu verlieren ich nicht ertragen würde, und das bist du.«

Ich wartete still, um zu sehen, ob er darauf direkt etwas erwidern würde, doch ich glaube, es war ein einfach zu unerträglich emotionaler Moment.

»Du wirst sofort geschnappt werden, wenn du dich im College blicken lässt«, stellte er fest.

Niemand mag unerträglich emotionale Momente. Zumindest niemand, den ich kenne. Nicht einmal Gabriel. Es ist einfach schwierig, zu wissen, wie man mit ihnen umgehen soll.

»Oh, ich werde nicht mehr das College besuchen.«

»Wirklich? Ich dachte, das sei dir wichtig.«

»Das dachte ich auch. Jetzt stellt sich heraus, es war meiner Mom wichtig. Ohne sie, die mich antreibt, weiß ich nicht so recht, was ich hier tue. Ich meine, ich werde natürlich das College besuchen. Irgendwann. Aber ich habe meinen Highschool-Abschluss mit dreizehn gemacht. Verdiene ich da nicht wenigstens mal ein Jahr Pause? Oder zwei? Ich könnte mir zwei Jahre gönnen, um echte Lebenserfahrung zu sammeln, und wäre immer noch drei Jahre jünger als der Rest der Studenten, wenn ich wieder einsteige.«

Er schwieg eine Minute lang. Ich hatte ihm ja auch eine Menge Stoff zum Nachdenken geliefert.

»Ich bin mir nicht sicher, wie viel Lebenserfahrung du sammeln wirst, wenn du dich hier in der Nähe versteckst, damit wir Freunde bleiben können.«

»Vermutlich hast du recht«, sagte ich. »Ich hasse die Vorstellung, ohne dich wegzugehen, doch vielleicht sollte ich eine College-Liste machen und es einfach durchziehen.«

»Eine College-Liste? Warum willst du eine Liste mit Colleges machen?«

»Nein, keine Liste mit Colleges. Eine College-Liste. Manche Leute machen eine Löffel-Liste und das sind all die Dinge, die sie erleben wollen, bevor sie den Löffel abgeben. Das wäre eine Liste mit all den Dingen, die ich sehen oder tun oder erfahren oder erreichen möchte, bevor ich mich wieder meiner Bildung widme.«

»Ah, verstehe. Eine College-Liste. Das ist eine super Idee, wenn dir das gelingt.«

Wir schwiegen lange.

Dann sagte er das Wundervollste und Lebensveränderndste, was je jemand zu mir gesagt hatte.

Er sagte: »Ich könnte mit dir durchbrennen. Und wir könnten deine College-Liste gemeinsam abarbeiten.«

»Aber du liebst es am College. Du hast gerade erst angefangen, dich selbst zu finden.«

»Bislang hat mein ganzes Leben nur aus Lernen bestanden. Jetzt könnte ich losziehen und mich selbst in der echten Welt finden.«

Und so begann dieses erstaunliche Kapitel unseres Lebens.

Versteht ihr jetzt, warum ich Gabriel vom ersten Moment an so geliebt habe?

* * *

Am nächsten Tag ging ich in den Unterricht, als sei nichts passiert.

Am Ende meines »Einführung in die Astrophysik«-Kurses verabschiedete ich mich von Ms Stepanian.

Also, nicht wörtlich. Nicht mit genau den Worten, denn ich wollte mich nicht verraten.

Ich sagte: »Ich möchte mich bei Ihnen bedanken.«

Der Rest der Studenten drängte zur Tür und ich fand es merkwürdig, dass ich die Einzige war, der es wichtig genug war, nach dem Kurs mit der Dozentin zu sprechen.

»Wofür?«, fragte sie und es hörte sich so an, als wäre sie nicht wirklich auf die Unterhaltung konzentriert.

»Nun. Irgendwie … alles. Dass Sie meine Fragen ernst genommen haben. Dass Sie sich die Zeit genommen haben, mit mir zu reden.«

Sie stand hinter ihrem Pult, blätterte in irgendwelchen Papieren, doch bei diesen Worten sah sie hoch und mir ins Gesicht.

»Das hört sich sehr abschließend an«, stellte sie fest. »Gehst du irgendwohin?«

Glücklicherweise hatte ich mir dafür schon eine Antwort zurechtgelegt.

»Am Ende des Monats muss ich zu meiner schrecklichen Tante nach Kentucky ziehen.«

»O nein. Dann kannst du das Wellington nicht weiter besuchen? Wie schade. Warum muss das sein?«

»Weil meine Mom gestorben ist.«

Es war das erste Mal, dass ich das gegenüber jemand anderem als Gabriel laut aussprach, und mit ihm zu reden war fast so natürlich, als würde ich mit mir selbst reden. Ich gebe zu, hier draußen in der realen Welt hatte es eine erschreckende Schwere. Wie es aus meinem Mund kam. Wie es dort im Seminarraum auf dem Boden lag. Es hatte sehr viel mehr Gewicht als vorher, solange es in meinem Verstand gewesen war.

»Oh, Ru«, erklärte Ms Stepanian. »Das tut mir so leid. Das wusste ich nicht. Geht es dir gut?«

»Ich bin mir nicht sicher. Das kann ich Ihnen später sagen, wenn sich die ganze Sache realer anfühlt. Wenn ich dann noch hier bin, meine ich.«

»Bist du dir sicher, dass du klarkommst? Brauchst du jemanden, mit dem du reden kannst?«

»Danke für das Angebot«, erwiderte ich. »Aber ich habe meinen Freund Gabriel.«

Ich drehte mich um und begann, die Treppe hochzusteigen, weil ich etwas sehr Reales mitten in den Raum gestellt hatte und jetzt nicht länger in seiner Nähe sein wollte.

»Du kannst mich hier am College anrufen, falls du etwas brauchst.«

Ich winkte zum Dank vage über meine Schulter und betrat dann den Korridor … wo ich beinahe mit meiner Studienberaterin Rita Wilson zusammenstieß.

»Ru«, sagte sie. »Genau dich hab ich gesucht. Ich habe von der Sache mit deiner Mutter gehört. Es tut mir furchtbar leid.«

Ich blieb abrupt stehen, ich stand einfach da und weigerte mich, sie anzusehen.

»Wer hat Ihnen das erzählt?«

»Ich habe gerade einen Anruf von deiner Tante erhalten.«

Wieder glitt Kälte meine Kehle hinunter, als hätte ich einen Eiswürfel im Ganzen verschluckt. Diese Wirkung hatte Tante Bitsy auf Leute.

»Sie hat Sie angerufen?«

»Ja, sie wollte deine Adresse bei den Gulbransons wissen, damit sie dich dort abholen kann. Ich habe sie gefragt, warum sie sich nicht an dich wendet, und sie hat geantwortet, dass du ihre Anrufe nicht entgegennimmst. Was vermutlich verständlich ist in einer Zeit wie dieser. Du hättest heute nicht zum Unterricht gehen müssen, weißt du?«

»Haben Sie ihr die Adresse gegeben?«

»Bisher nicht. Ich muss sie noch zurückrufen. Zuerst wollte ich mit dir sprechen, ob du wirklich eine Tante namens Bitsy Milford hast. Es ist nicht meine Angewohnheit, irgendwelchen Leuten mitzuteilen, wo meine Studenten zu finden sind, außer ich weiß zuverlässig, wer danach fragt.«

»Vielen Dank«, sagte ich und hatte das Gefühl, als hätte der Eiswürfel meinen leicht aufgewühlten Magen erreicht. »Sie müssen sie nicht zurückrufen. Ich werde mich selbst darum kümmern und alles mit ihr regeln.«

»Wir werden dich vermissen«, erklärte sie und ich erkannte ehrliches Bedauern in ihrem Gesicht. Es war mir nicht bewusst gewesen, dass mir außer Ms Stepanian irgendjemand am College besonders zugetan war. »Und noch mal: Mein herzliches Beileid wegen deiner Mutter.«

»Ich muss los«, erwiderte ich und hastete davon.

Und es stimmte, ich musste wirklich los. Ich musste schnell an einen Ort, an dem die Leute nicht über den Tod meiner Mutter redeten, als wäre er eine Tatsache. Man kann nicht vorsichtig genug sein, wisst ihr? So was kann ansteckend sein.

Als ich sicher außerhalb ihrer Hörweite war, rief ich Gabriel auf seinem Handy an.

»Wir müssen sofort aufbrechen«, teilte ich ihm mit. »Nicht erst am Ende des Monats. Wir müssen noch heute los.«

* * *

Es war nach zehn Uhr abends, als wir beide, jeder mit zwei Koffern, in der Diele seines Hauses standen. Seine Mutter hatte um neun ihre Tabletten genommen und schlief tief und fest.

Er hatte ihr eine Nachricht auf dem Küchentisch hinterlassen, aber ich hatte nicht danach gefragt, was er geschrieben hatte. Ich fand, das ging mich nichts an.

»Hast du einen Pass?«, fragte ich.

»Ja, hab ich«, erwiderte er. »Weil wir Verwandte in Vancouver haben. Dem anderen Vancouver, nicht dem im Staat Washington. Warum? Hast du auch einen?«

»Ja. Den hab ich von damals, als Dad mit uns nach Mexico City gefahren ist. Hast du deinen eingesteckt?«

»Obwohl es mir albern vorkam, hab ich ihn dabei.«

»Das ist nicht albern. Das ist perfekt. Gut.«

Dann standen wir einen Moment stumm da, jeder je einen Koffer auf beiden Seiten. Wir standen einfach da und rührten uns nicht von der Stelle. Der Schein der Straßenlaterne an der Ecke fiel durch die Glasscheiben der Vordertür und wir sahen einander in dem matten Licht an. Ich glaube, die Realität dessen, was wir vorhatten, und wie viel Mut es erfordern würde, war endlich zu uns durchgedrungen.

»Kommen wir vom rechten Weg ab?«, fragte ich.

»Ich glaube …«, setzte er an. »Ja. Das tun wir vermutlich. Also los, lass uns schnell aufbrechen, bevor wir es uns noch anders überlegen.«

Kapitel Acht

Der Geist in der Maschine gibt es, und der Geist in der Maschine nimmt es wieder

»Das Erste, was wir tun müssen«, verkündete Gabriel, während wir auf dem Weg aus der Stadt waren, »ist, uns ein anderes Auto zu besorgen.«

Das war etwas, worüber wir bisher nicht gesprochen hatten, und ich fand es ein bisschen überraschend. Aber es erklärte, warum er zu wissen schien, wohin wir mussten, obwohl ich ihm noch gar nicht gesagt hatte, was auf meiner College-Liste stand.

»Weil es so gelb ist?«

»Weil meine Mutter das Kennzeichen kennt.«

»Oh«, antwortete ich. »Richtig.«

Wir fuhren gerade im Mondschein über eine Brücke, und wie das Licht das Wasser glitzern ließ, war wirklich wunderschön anzuschauen. Es war lange her, dass ich nachts draußen gewesen war. Dies war wesentlich wilder als das Leben, das ich so lange geführt hatte.

»Ist das Auto auf sie zugelassen?«, wollte ich wissen.

»Nein, auf mich.«

»Oh, das geht? Ganz legal?«

»Ja, in Kalifornien schon. Mein Dad hat das extra so gemacht, damit sie es mir nicht wegnehmen kann.«

»Und wie kommen wir an ein anderes Auto?«

»Wir fahren jetzt zur Werkstatt meines Vaters in Santa Rosa. Da lassen wir diesen Wagen stehen, solange wir weg sind. Mein Dad wird nichts dagegen haben. Er ist ständig auf der Suche nach etwas, das er für mich tun kann. Und er hat jede Menge Autos.«

Wir legten ein gutes Stück Strecke in perfektem Schweigen zurück. Und mit »perfektem Schweigen« meine ich nicht nur, dass es nicht gebrochen wurde, sondern dass es sich tatsächlich perfekt anfühlte.

Dann erkundigte sich Gabriel: »Hattest du überhaupt Zeit, deine Liste zusammenzustellen? Oder willst du sie unterwegs schreiben?«

»Ich hab sie schon.«

»Wo ist sie?«

»In meinem Kopf.«

»Oh. Ich dachte, du würdest sie schriftlich festhalten.«

»Ich vergesse ja nichts«, erklärte ich. »Nie. Und außerdem besteht sie nur aus drei Dingen.«

»Okay«, antwortete er. »Dann schieß mal los.«

»Erstens: Ich möchte an den finstersten Ort im gesamten Land. Dahin, wo der Nachthimmel am dunkelsten ist, meine ich. Ich möchte an die Stelle, die die Kelso Dunes in der Mojave-Wüste im Vergleich wie eine hell erleuchtete Shoppingmall erscheinen lässt. Na ja, also nicht wörtlich. Aber wenn ich einen Ort finden könnte, der noch dunkler ist, wäre das klasse. Soweit ich das bei meiner Recherche ermitteln konnte, gibt es mehrere infrage kommende Stellen. Eine Menge der abgelegeneren Nationalparks haben eine Eins oder Zwei auf der Bortle-Skala, das heißt, sie sind schön dunkel. Doch es gibt einen Campingplatz in Utah, der meiner Meinung nach noch besser ist, weil er extra für astronomische Beobachtungen gedacht ist. Da gibt es ebene, befestigte Flächen, auf denen man sein Teleskop aufstellen kann, und Regeln für Lagerfeuer und Taschenlampen. Er ist nicht überlaufen und die Leute, die dort sind, sind überwiegend Hobbyastronomen, insofern ist die Chance, dass uns jemand die Sache ruiniert, entschieden geringer.«

»Okay, können wir machen«, sagte er. »Das klingt nach Spaß.«

Ich hatte den Eindruck, dass meine Mom ihn mehr oder weniger mit der Aufgabe betraut hatte, mir beizubringen, wie man Spaß hatte, und das war der letzte Wunsch einer Frau auf dem Sterbebett gewesen. Ich erinnerte ihn nicht daran, weil ich keinen Moment lang glaubte, dass er es vergessen hätte.

»Zweitens«, fuhr ich fort. »Polarlichter anschauen.«

»Wo müssten wir dafür hin?«

»Vielleicht nach Alaska oder Nordkanada.«

»Was der Grund ist, weshalb du mich gefragt hast, ob ich meinen Pass dabeihab.«

»Richtig. Drittens: einen Papageientaucher in freier Wildbahn sehen.«

»Oh«, erwiderte er. »Das wäre toll, ist aber deutlich schwerer. Müssten wir dafür nach Island? Das könnte mehr Geld kosten, als wir haben.«

»Man findet sie auch in Ostkanada. In Neufundland. An solchen Orten. Auf einigen Inseln im Atlantik, die streng genommen zu Maine gehören, gibt es Papageientaucherkolonien. Da wir allerdings ohnehin in Kanada sein werden, denke ich, dass das einfacher ist.«

»Könnte trotzdem teurer werden, als wir es uns leisten können. Du weißt schon. Das ganze Geld für Benzin.«

»Wir können das Auto irgendwo stehen lassen und den Zug nehmen.«

»Wir machen das«, erklärte er. »Wenn es irgendwie möglich ist. Wir lassen uns was einfallen. Doch wo wir gerade davon reden, wir sollten uns besser Filialen unserer Banken suchen, um unser Geld abzuheben, bevor wir näher bei meinem Vater sind. Denn wir möchten ja keine Spur hinterlassen, die irgendjemandem verrät, in welche Richtung wir unterwegs sind. Außerdem sollten wir uns das Geld sichern, bevor deine Tante auch nur ahnt, dass wir abgehauen sind.«

»Oh«, sagte ich. »Richtig.«

Gabriel war auf andere Art und Weise klug als ich. Und das war wirklich praktisch. Ich habe mir im Alter von sieben Jahren in Eigenregie euklidische Geometrie beigebracht, aber das hieß nicht, dass ich diejenige war, die am besten dafür geeignet war, all die Dinge zu bedenken, die bei unserem Vorhaben möglicherweise schiefgehen konnten.

* * *

Wie das Glück es wollte, hatten wir unsere Konten bei derselben Bank. Das war kein Riesenzufall, denn es war eine ziemlich große.

Es war noch früh, als wir eintrafen, vor der Öffnungszeit, sodass wir eine Weile lang auf dem Parkplatz warten mussten, was wir zum Schlafen nutzten. Doch am Ende kamen wir mit unserem bis dahin Ersparten wieder heraus. Bei mir waren das 1198,85 Dollar, die ich mit Nachhilfe verdient hatte. Und bei Gabriel 787,50 Dollar Geburtstagsgeld von seinem Vater, das er auf Anweisung seiner Mutter auf sein Sparkonto eingezahlt hatte.

»Wir haben Glück«, meinte er auf dem Rückweg zu seinem leuchtend gelben Auto. »Ich glaub, eine Menge Eltern haben auf dem Bankkonto ihrer Kinder eine Beschränkung, sodass fürs Geldabheben ihre Unterschrift notwendig ist.«

»Ich glaub nicht, dass das Glück ist«, erwiderte ich. »Ich glaube, sie vertrauen uns und wollten, dass wir das auch spüren.«

Darauf antwortete er nichts und ich fühlte mich schlecht, weil ich das gesagt hatte, denn vielleicht hatte er Schuldgefühle, weil er etwas tat, was seine Mutter nicht billigte, und er ihr Vertrauen missbrauchte. Aber ich fragte nicht nach, daher weiß ich das nicht mit Sicherheit.

»Wie weit ist es bis zu deinem Vater?«

»Ungefähr eine Stunde«, meinte er. »Ich muss nur vorher an einer Tankstelle anhalten und aufs Klo.«

Wir legten also in Petaluma einen Stopp ein und Gabriel tankte. Danach wühlte er eine Weile in seinem Gepäck im Kofferraum, bevor er auf die Männertoilette ging. Und dann kam er wirklich lange nicht wieder heraus. Ehrlich gesagt fing ich schon an, mir Sorgen zu machen.

Nach zehn Minuten oder so öffnete sich die Tür des Männerklos, und ein mir unbekannter junger Mann trat heraus. Ich dachte, es sei eine Toilette mit mehr als einer Kabine, sodass zwei oder drei Leute sie gleichzeitig benutzen konnten. Ich machte die Autotür auf, weil ich ihn fragen wollte, ob er Gabriel gesehen habe und ob alles in Ordnung sei. Doch als er sich dem Auto näherte, konnte ich erkennen, dass es tatsächlich Gabriel selbst war.

Er hatte sich das Haar nach hinten gekämmt und mit irgendeinem Gel oder Wachs fixiert, sodass es eng an seinem Kopf anlag und sauber und kurz wirkte. Er hatte sein komplettes Make-up entfernt. Seine Fingernägel hatten die Farbe von Fingernägeln. Er hatte sich eine normale Stoffhose und ein kariertes Flanellhemd angezogen.

Er erinnerte mich an ein Model aus einem Katalog mit Outdoorbekleidung für Männer.

Wortlos setzte er sich hinters Steuer und wir fuhren los. Nach Norden, Richtung Santa Rosa.

Ich fragte ihn nicht nach dem Grund für seine Verwandlung. Gabriel war wirklich gut darin, keine dummen Fragen zu stellen, und es schien mir, als sei es das Mindeste, was ich tun konnte, den Gefallen zu erwidern. Denn um alle Missverständnisse von vornherein auszuräumen, es wäre eine dumme Frage gewesen.

Gabriel ist er selbst, bis wir seinen Vater treffen. Kurz davor ändert er sein Erscheinungsbild komplett. Wenn ich Gleichungen mit mehreren Unbekannten lösen kann, kann ich auch eins und eins zusammenzählen.

Nach ein paar Kilometern gab er von sich aus eine Erklärung ab, was nett war.

»Er bemüht sich redlich«, sagte er. »Er ist echt lieb und hat mir nie das Gefühl gegeben, dass mit mir etwas nicht stimmt, oder versucht, mich zu ändern. Aber er begreift es nicht wirklich und es ist ihm ein bisschen peinlich. Wenn wir zu ihm nach Hause gehen würden, wäre es vielleicht anders. Doch wir wollen ja in seine Werkstatt. Für ihn arbeiten acht Männer, alles Kfz-Mechaniker.«

»Ah, verstehe«, antwortete ich.

* * *

Als Gabriels Vater ihn erblickte, sagte er etwas, das ich für verletzend hielt. Allerdings war mir klar, dass er es nicht so meinte. Eigentlich schon komisch, wie oft eine als Kompliment gedachte Bemerkung jemanden bis ins Mark treffen kann.

Er sagte: »Du siehst großartig aus, Sohn.«

Ich verzog das Gesicht, wobei es gut möglich ist, dass ich das nur innerlich getan habe. Gabriel verzog ebenfalls innerlich das Gesicht. Keine Ahnung, woher ich das wusste, da man es ihm ja nicht anmerkte. Doch ich kannte Gabriel und konnte es spüren.

Für den Fall, dass ihr mir nicht folgen könnt: Wenn man sich als jemand anders verkleidet, als man eigentlich ist, ist es verletzend, wenn man erklärt bekommt, dass man großartig aussieht.

Gabriels Vater war ein Bär von einem Mann mit behaarten Armen und einem zottligen Bart.

Wir standen an der Eingangstür seiner Werkstatt, in der sich Autos und ein großer, schwerer Pick-up befanden, der aufgebockt war und unter dem Mechaniker arbeiteten. Es war sehr laut, weil sie diese pneumatischen Werkzeuge benutzten, die ein bisschen wie ein getunter Zahnarztbohrer klingen.

Gabriel stellte mich vor: »Das hier ist Ru. Sie wohnt bei Mom und mir, weil sie das Wellington besucht.«

Sein Vater streckte mir die Hand hin und ich brauchte ein paar Sekunden, um zu begreifen, dass ich sie schütteln sollte. Als ich das verstanden hatte, tat ich es. Ich dachte, die Hand würde schmutzig sein, doch sie war warm und sauber. Vermutlich war Schmiere den einfacheren Angestellten vorbehalten.

»So ein schmächtiges kleines Ding geht aufs College? Man könnte meinen, du wärst zwölf.«

»Dreizehn«, stellte ich richtig. »Aber ich bin abartig klug.«

»Kann ich dich unter vier Augen sprechen, Dad?«, fragte Gabriel.

»Natürlich, Sohn, natürlich. Komm mit in mein Büro.«

Sie entfernten sich und ließen mich am Eingang der lauten Werkstatt zurück. Da war ein Schild, auf dem stand, dass Kunden der Zutritt nicht gestattet war. Doch ich war ja nicht wirklich eine Kundin und außerdem nahm mich der Umstand, dass ich mit Gabriel hier war, ohnehin von dieser Regel aus, entschied ich.

Als ich das Schild fertig gelesen hatte, merkte ich, dass rechts von mir ein Fenster mit einer Kasse dahinter war. Eine Frau um die vierzig mit offensichtlich blondiertem Haar saß dahinter. Sie starrte mich unverhohlen an, daher versuchte ich mich an einem Lächeln. Ich bin ganz schlecht bei erzwungenem Lächeln, daher fürchte ich, dass es eher eine Grimasse wurde.

»Das ist ein Geschenk Gottes, weißt du?«, sagte sie.

Es war eine so bizarre Äußerung, dass ich zuerst glaubte, sie spräche mit jemand anders am Telefon, über ein Headset, das ich von hier aus nicht sehen konnte. Aber sie blickte mich geradewegs an und es schien, als erwartete sie irgendeine Art Antwort von mir.

»Was denn?«

»Diese besondere Intelligenz.«

»Oh«, erwiderte ich. »Das.«

»Betrachtest du es nicht als Geschenk?«

»Ich bin mir nicht sicher, ob ich überhaupt an Gott glaube«, erklärte ich. »Ich meine, einen Gott, der Geschenke verteilt wie der Weihnachtsmann. Ich glaube, dass es eine unterschwellige Intelligenz im Universum gibt – das, was ich mal einen Quantenphysiker als ›Geist in der Maschine‹ habe bezeichnen hören. Es ist etwas, das den beinahe wissenschaftlichen Eindruck erweckt, da zu sein, doch es gelingt nicht, es näher zu bestimmen oder zu messen, weil es unbegreiflich ist. Ich würde es allerdings nicht ›Gott‹ nennen. Das wäre zwar möglich, aber dann würde es sehr schnell sehr kompliziert werden angesichts von dem, was andere Leute meinen, wenn sie das Wort benutzen. Doch tun wir der Einfachheit halber mal so, als würde ich an einen Gott glauben, der Geschenke verteilt. Ich fürchte, wenn Gott einen quälen will, gibt er einem eine Extraportion Hirn, und wenn er jemanden segnen will, gibt er ihm eine Extraportion Herz.«

Irgendwie vorhersehbar, starrte sie mich an, als sei ich gerade aus einem Raumschiff gestiegen und hätte sie gebeten, mich zu ihrem Anführer zu bringen.

»Also, ich hab kein Wort davon verstanden«, sagte sie. »Was nur beweist, was für ein großes Geschenk es war.«

Da kam Gabriel aus dem Büro und öffnete seine Hand, um mir einen Autoschlüssel zu zeigen, der eindeutig nicht seiner war. Sein alter gelber Nissan hatte einen altmodischen Zündschlüssel. Das hier war ein moderner Smartkey.

»Okay«, verkündete er. »Wir können los.«

* * *

Nachdem wir ein paar Kilometer mit unserem geliehenen Jeep-SUV hinter uns gebracht hatten, blickte ich Gabriel an, der immer noch wie ein Model aus einem Outdoorkatalog aussah.

»Wir sollten an der nächsten Tankstelle mit Toilette halten«, erklärte ich. »Damit du das alles wieder rückgängig machen kannst.«

»Ich dachte, du würdest heute möglichst weit kommen wollen«, meinte er.

»Ich möchte möglichst weit mit meinem Freund Gabriel kommen«, stellte ich richtig. »Ich weiß nicht, wer dieser Typ ist, der neben mir sitzt, aber du fehlst mir.«

Er schenkte mir ein Lächeln, das das beste war, das er mir bislang gezeigt hatte. Er nahm seine Augen nicht von der Straße, doch es gab keinen Zweifel, dass dieses Lächeln mir galt.

* * *

»Er hat dir nicht ins Gewissen geredet?«, fragte ich noch ein paar Kilometer weiter, kurz vor unserem »Gabriel-Wiederherstellungs-Stopp«. »Jeder normale Vater würde seinem Sohn eindringlich davon abraten, mit einem so viel jüngeren Mädchen wegzufahren.«

»Ich hab ihm versichert, es sei ein Witz von dir gewesen, als du gesagt hast, du seist dreizehn. Außerdem hab ich ihm erzählt, dass du eigentlich zweiundzwanzig seist, aber unter einer seltenen Krankheit littest, die sich darin zeigt, dass du äußerlich nicht alterst. So was gibt es wirklich. Da war mal ein Schauspieler, der das hatte. Und er hat jahrelang Jugendliche gespielt. Allerdings sollten wir besser herausfinden, wie die Krankheit heißt.«

Gabriel hatte offenbar vergessen, dass ich alles behalte, was ich je gelesen oder gesehen habe.

»In seinem Fall lag das an einer Nierenerkrankung, die fokalsegmentale Glomerulosklerose heißt, und den Medikamenten, die er dagegen nehmen musste. Es gibt außerdem eine seltene Krankheit, die das Gegenteil von Progerie ist, was wiederum die vorzeitige Alterung von Kindern bezeichnet. Das wird in der Regel nicht von außergewöhnlich hoher Intelligenz begleitet, aber ich wäre echt überrascht, wenn die Leute, mit denen wir reden werden, das wissen.«

»Wir sollten es einfach als seltene Erkrankung bezeichnen und es dabei belassen. Ich denke, es wäre das Beste, wenn wir uns generell an diese Geschichte halten. Ich bin achtzehn und du zweiundzwanzig. Sobald du den Mund aufmachst und man dich reden hört, ist das ohnehin glaubhafter, als dass du dreizehn bist.«

»Bis wir unsere Ausweise vorlegen müssen«, wandte ich ein.

Zum ersten Mal seit unserem Aufbruch bei ihm zu Hause zogen Wolken über den Himmel seiner Augen.

»Richtig«, stimmte er mir zu. »Bis wir unsere Ausweise vorlegen müssen.«

* * *

Als er endlich als er selbst in den Jeep zurückkam, konnte ich die Veränderung an ihm spüren: Es fühlte sich an, als würde er aufatmen, nachdem er stundenlang die Luft angehalten hatte.

»Weißt du, wo wir hinmüssen?«, erkundigte er sich bei mir.

»Ja und nein. Wir müssen ein paar Entscheidungen treffen.«

»Sag mir einfach, in welche Richtung, dann fahre ich schon mal los.«

»Das ist ein bisschen kompliziert«, antwortete ich. »Die beste Route auszusuchen, meine ich. Wenn wir uns wirklich Richtung Osten durchschlagen wollen, müssen wir ziemlich weit nördlich in die Berge und landen im nördlichen Utah. Was wir nicht wollen. Wir möchten an die südliche Grenze. Eine Strecke dazwischen ist schwierig, denn es gibt nicht sehr viele Straßen über die Sierra. Und die, die es gibt, scheinen kurvenreich zu sein, sodass man da nur langsam vorankommt.«

»Wir können nicht über die Sierra fahren«, entgegnete er. »Es ist zu spät im Jahr dafür. Es könnte schon Schnee liegen, sodass die Pässe zu sind.«

»Siehst du, das wusste ich nicht.«

»Ich war schon mal im Yosemite-Nationalpark. In dieser Jahreszeit muss man Schneeketten haben. Selbst wenn es jetzt noch nicht schneit, muss man sie mitführen. Das ist eine der Strecken, die infrage kommen. Die 120 durch die höheren Bereiche des Yosemite und über den Tioga-Pass. Doch wenn es anfängt zu schneien, ist Schluss. Dann wird der Pass für den Winter gesperrt. Daher wären mir die größeren Highways lieber.«

Ich starrte eine Weile auf mein Handy, bevor ich berichtete, was ich herausgefunden hatte.

»Wir könnten die 80 nehmen, die uns viel zu weit nach Norden führt, oder wir fahren zurück zur I-5 South. Da müssten wir fast bis nach Bakersfield und auf die 58 East. Von da ginge es auf die I-15, beinahe bis zum Ende. Allerdings landen wir dann ein gutes Stück zu weit südlich.«

»Zu diesem Zeitpunkt im Jahr, glaube ich, sollten wir die südliche Route nehmen.«

»Ich hab nur die Sorge, dass es ein ziemlicher Umweg ist. Beide Möglichkeiten.«

»Das ist egal. Wir haben es ja nicht eilig.«

Er schaltete auf D und wir brachen zu unserem ersten Abenteuer auf.

»Wir sollten anhalten und zwei Schlafsäcke kaufen«, erklärte er.

»Gute Idee. Wir könnten die Rücksitze umlegen und im Auto schlafen.«

»Außer auf dem extradunklen Campingplatz, denn ich hatte es so verstanden, dass wir da unter dem Sternenhimmel übernachten wollen.«

Ich war so aufgeregt, dass ich es als Prickeln bis in meine Zehen spüren konnte. Mehrere Minuten lang schloss ich die Augen und stellte mir diese wunderbaren Nächte vor. Ich sagte Gabriel bis Coalinga nicht, was für eine tolle Idee das war, weil die Aufregung meine Fähigkeit ausgeschaltet hatte, die richtigen Worte zu finden.

»Da ist diese Sache mit den Papageientauchern«, meinte er.

»Okay. Verrat mir, was mit ihnen ist.«

»Sie sind den ganzen Winter über auf dem Meer. Sie kommen nur ab Mitte April für den Sommer an Land. Zur Eiablage und zur Aufzucht des Nachwuchses.«

»Papageientaucherküken«, rief ich.

»Richtig. Papageientaucherküken.«

»Oh«, antwortete ich. »Stimmt. Komisch. Es ist komisch, weil ich das wusste. Und ich vergesse ja nie irgendwas. Aber eigentlich habe ich es auch gar nicht vergessen, ich hab es bloß nicht miteinander in Verbindung gebracht. Du weißt schon.

Also welche Zeit im Jahr es ist und zu welcher Zeit sie vom Meer an Land kommen. Was dumm war. Und gewöhnlich bin ich nicht dumm. Also, was machen wir deswegen?«

»Lange genug unterwegs sein? Wir wollen ja ohnehin nicht allzu bald wieder zurück, oder? Ich werde in ein paar Monaten achtzehn und dann muss ich nicht nach Hause, wenn ich nicht will. Denkst du, deine Tante wird nach dir suchen lassen?«

Darüber dachte ich eine Minute lang nach.

»Schwer zu sagen. Vielleicht schon, weil sie gerne ihren Willen durchsetzt. Andererseits mag sie mich nicht wirklich und ich weiß, sie wird kaum begeistert von der Aussicht sein, mich bei sich wohnen zu haben. Ich glaube, sie hat meiner Mutter versprochen, dass sie mich bei sich aufnehmen würde, und jetzt muss sie ihre Pflicht erfüllen, doch wenn ich durchbrenne und mich so ihrem Zugriff entziehe, wird sie wahrscheinlich vor allem erleichtert sein.«

»Nun, wir werden es rausfinden«, erwiderte er. »Was auch immer. Alles, was wir wissen, ist: College-Liste, wir kommen.«

Ich dachte auf der Fahrt nicht oft an meine Mutter, weil wir so weit außerhalb meiner gewohnten Routine waren. Es waren diese wunderbaren Ferien, in denen mein Gehirn gar nicht damit rechnete, sie zu sehen. Es war das absolute Gegenteil davon, ihre Schränke auszuräumen oder in ein Zimmer zu gehen, wo sie sich gewöhnlich aufgehalten hatte, und es leer vorzufinden.

Und so gelang es mir für eine erstaunlich lange Zeitspanne, emotional zu überleben.

Kapitel Neun

Rostige Metallkängurubeutel

Wir schliefen in unseren Schlafsäcken hinten im Jeep. Oder versuchten es zumindest.

Wir standen auf einem unbefestigten Parkplatz in Baker, Kalifornien, wo man über Nacht bleiben durfte. Außer uns gab es nur wenige Fahrzeuge und bei denen handelte es sich überwiegend um Wohnmobile und Sattelzüge.

Immerhin befanden wir uns gegenüber dem größten Thermometer der Welt, wenigstens stand das da so. Der Behauptung entsprechend war es sehr hoch. Viele Stockwerke, wenn es sich um ein Gebäude gehandelt hätte. Die Sterne funkelten am Himmel darüber und dahinter.

Der Ort hier war das Tor zum Death Valley. Dort gab es auch einen schön dunklen Nachthimmel, aber mir gefiel es viel besser, wo wir hinwollten. Na ja, so gut man das beurteilen kann, bevor man überhaupt dort gewesen ist.

»Er glaubt, du wärst meine Freundin«, meinte Gabriel.

»Wer glaubt das?«

»Mein Vater.«

»Oh.«

»Er glaubt, ich hätte eine zweiundzwanzigjährige Freundin, die wie dreizehn aussieht. Was für ein Durcheinander. Hast du so was schon mal gehört? Es ist etwas, was einem sonst höchstens im Film begegnet und worüber man die Augen verdreht. So nach dem Motto: *Ja, klar. Genau. So was passiert dauernd.*«

»Hast du ihm erzählt, ich sei deine Freundin?«

»Nein, natürlich nicht. So was würde ich nie tun. Ich hab nur gemerkt, dass er diese Idee hatte, und hab nichts gesagt, um das richtigzustellen.«

»Für mich klingt das nicht nach einer großen Sache«, erwiderte ich.

»Es fühlte sich wie Lügen an.«

»Ich finde nicht, dass es das ist.«

»Sicher?«

»Ziemlich sicher«, antwortete ich.

»Also soll ich ihn einfach denken lassen, was er will?«

»Genau«, sagte ich. »Ich bin ein großer Fan davon, die Leute glauben zu lassen, was sie wollen. Das spart einem jede Menge Zeit und Nerven und außerdem scheint es sie glücklich zu machen.«

* * *

Am Morgen putzte ich mir im Dreck die Zähne, und Gabriel telefonierte mit seiner Mutter. Und das war der Zeitpunkt, als Errol auf der Bildfläche auftauchte.

Moment, der erste Satz muss noch mal präzisiert werden.

Meine Zähne waren nicht im Dreck, und meine Zahnbürste auch nicht. Ich stand einfach vornübergebeugt auf dem Parkplatz und putzte mir die Zähne. Wenn ich ausspucken musste, tat ich das auf die Erde. Ohne Waschbecken. Das ist alles, was ich meinte. Dann nahm ich einen Schluck Wasser aus einer Plastikflasche, spülte aus und spuckte wieder … auf die Erde.

Und es ist ebenfalls nur vage zutreffend, wenn ich behaupte, Gabriel habe mit seiner Mom gesprochen, denn es hörte sich ganz so an, als würde vor allem sie reden.

Tatsächlich sagte er nur ein Wort: »Mom.«

Er benutzte das anstelle von »Hallo«.

Dann musste er das Handy ein Stück weit von seinem Kopf weghalten, weil sie ihn anschrie. Ich konnte nicht verstehen, was sie schrie, weil ich zu weit weg war, aber ich konnte ihre Stimme hören.

»Mom«, sagte er erneut und brachte das Handy näher, um etwas zu entgegnen.

Was nicht funktionierte. Er musste sofort wieder Abstand zu seinem armen Ohr herstellen.

In der Zwischenzeit stapfte der Typ, der sich später als Errol herausstellen würde, um seinen Wagen herum, trat gegen die Räder und fluchte dabei laut. Doch ich schenkte ihm nur einen Teil meiner Aufmerksamkeit und der Teil von mir, der auf ihn achtete, war auch nicht der Ansicht, dass er wichtig für unser Leben sei.

Ein paar Sekunden später beendete Gabriel das Telefonat, und zwar mitten in dem Geschrei. Er kam zu der Stelle, wo ich stand. Ich hatte mir die Zähne fertig geputzt, hielt aber immer noch die Zahnbürste in einer Hand und die Zahnpasta in der andern, beobachtete geistesabwesend, wie Errol gegen sein Auto trat.

»Nun«, bemerkte Gabriel. »Zumindest weiß sie jetzt, dass wir am Leben sind, was der Hauptgrund für meinen Anruf war. Dann hol ich mir mal meine Zahnbürste.«

Er wühlte in seiner Reisetasche, kehrte zurück und hielt mir seine Zahnbürste hin. Ich tat etwas Zahnpasta darauf und reichte ihm die Wasserflasche.

»Was ist denn mit dem Typen da los?«, fragte er leise und deutete mit dem Kinn auf den zukünftigen Errol. Also, ihr wisst ja, was ich meine. Er war auch zu der Zeit schon Errol, doch das wussten wir noch nicht.

»Keine Ahnung«, erwiderte ich.

Und genau in dem Augenblick hörte der zukünftige Errol auf, zu fluchen und den Wagen zu treten. Er ließ sich auf die Erde sinken und saß einfach da, mit dem Rücken zu uns. Ein oder zwei Sekunden später konnten wir sehen, wie sich sein Rücken hob und senkte und dabei leicht bebte.

»Lacht er oder weint er?«, wollte Gabriel von mir wissen.

»Das kann ich von hier aus nicht beurteilen«, sagte ich. »Aber angesichts dessen, was er davor gemacht hat, würde ich Lachen für eher unwahrscheinlich halten.«

»Dann frag ich mal besser, ob alles in Ordnung ist.«

Er versuchte mir seine Zahnbürste und das Wasser in die Hand zu drücken, doch ich erklärte: »Ich komm mit.«

Ohne das weiter zu besprechen, näherten wir uns dem Mann in einem großen Bogen, damit es nicht so wirkte, als würden wir uns von hinten anschleichen. Als er uns bemerkte, schaute er auf und wir konnten eindeutig erkennen, dass er weinte. Er wischte sich die Tränen mit der Außenseite eines behaarten Unterarms weg, als wären sie ein Geheimnis, das er für sich behalten könnte.

»Alles gut?«, erkundigte sich Gabriel.

»Nicht wirklich«, antwortete er. »Aber danke der Nachfrage.«

Dem Aussehen nach schien er irgendwo in den Vierzigern zu sein. Er hatte einen Bierbauch und jede Menge dunkles Haar überall, nur nicht auf dem Kopf. Also, da war schon Haar auf seinem Kopf, doch vermutlich nicht so viel, wie ihm lieb gewesen wäre, wenn er es sich hätte aussuchen können.

»Irgendwas, was wir tun können?«, fragte Gabriel.

»Nein«, erwiderte der zukünftige Errol. »Ich glaub nicht, aber trotzdem danke. Ich bin nur so aufgeschmissen. Mein Auto ist kaputt und jetzt verpasse ich die Beerdigung meiner Großmutter.«

»Es muss doch eine Möglichkeit geben, dort hinzugelangen«, wandte ich ein. »Es gibt Busse und Züge und Mitfahr-Apps oder Uber und so was.«

»Von hier fährt kein Zug. Also, nicht von irgendwo nah genug, dass ich da ohne Auto hinkommen könnte. Und ich muss rauf bis nach Las Vegas.«

Gabriel und ich schauten einander an.

Es war etwas, was wir anbieten oder lassen konnten. Das wussten wir beide. Wir hatten nicht viel Zeit. Ich meine, irgendwann musste man ja antworten. Und wenn wir es erst mal ausgesprochen hatten – sofern wir es denn aussprachen –, konnten wir es nicht mehr gut zurücknehmen. Selbst wenn wir die Entscheidung bereuen würden.

Ich nickte Gabriel kaum merklich zu.

Ich dachte mir, etwas nicht zu tun, ist das, was man am ehesten nachträglich bereut.

»Wir kommen durch Las Vegas«, erklärte Gabriel. »Sie könnten bei uns mitfahren.«

* * *

»Ich geb euch mein Benzingeld«, verkündete Errol.

Wir fuhren durch die kalifornische Wüste und hatten gerade ein Hinweisschild für das Mojave-Naturschutzgebiet passiert. Ich musste an meinen Dad denken und gab mir große Mühe, ihn nicht zu vermissen.

Die Sache mit meiner Mom wurde noch weiter in den Hintergrund gedrängt. So sehr, dass ich es in dem Moment nicht mal mehr wahrnehmen konnte.

»Das ist nicht nötig«, wehrte Gabriel ab.

»Ich möchte aber. Ich hätte es ja auch ausgegeben, wenn ich selbst gefahren wäre.«

»Behalten Sie wenigstens genug, um irgendwie wieder zu Ihrem Auto zurückzukommen«, entgegnete ich. »Nach der Beerdigung.«

»Mein Bruder fährt mich«, sagte er. »Oder wenn nicht, werde ich einen meiner Cousins bitten.«

Und damit ließ er eine hübsche Menge Bargeld auf den Vordersitz fallen.

Ich sammelte es auf, ohne zu zählen.

»Sicher?«, fragte ich nach.

»Es sei denn, ihr habt selbst mehr als genug«, meinte er.

»Nein«, erwiderte Gabriel. »Nicht wirklich.«

»Dachte ich mir. Ihr seht so jung aus.«

Wir waren nicht gerade erpicht darauf, das zu beantworten, daher folgte Schweigen.

Zwei oder drei Kilometer weiter bemerkte Errol: »Ehrlich. Seid ihr überhaupt alt genug, um allein so weit zu fahren?«

»Wir sind älter, als wir aussehen«, erklärte Gabriel. »Ich bin siebzehn – beinah achtzehn – und Ru ist zweiundzwanzig.«

Das fand ich interessant, weil unser Plan ja eigentlich gewesen war, allen zu sagen, dass er schon achtzehn sei. Ich wusste nicht, ob er das absichtlich getan hatte oder ob ihm der Fehler aus Gewohnheit unterlaufen war.

»Niemals«, entgegnete Errol.

»Doch, wirklich«, sagte ich.

»Soll das ein Witz sein? Deinem Äußeren nach zu urteilen, bist du höchstens … zwölf.«

»Ich hab eine Krankheit. Die sorgt dafür, dass ich äußerlich nicht altere.«

Ich erhaschte einen Blick auf sein Gesicht im Rückspiegel und er wirkte total bestürzt.

»Oh, sorry«, entschuldigte er sich. »Tut mir so leid. Ich bin wirklich dumm.«

»Nein, sind Sie nicht«, widersprach ich. »Mir ist klar, dass ich nicht wie zweiundzwanzig aussehe. Es ist nicht so, als wäre mir das nicht bewusst.«

»Aber warum hab ich nicht einfach den Mund gehalten und es geglaubt? Das ist echt dumm.«

»Ist es nicht«, wiederholte ich.

»Ihr habt keine Ahnung, wie dumm ich wirklich bin.«

Wir fuhren gute fünf oder zehn Minuten lang schweigend weiter. Dann sagte er: »Ich schäme mich dafür, doch ich muss euch jetzt ein Geheimnis verraten.«

Wir erschraken beide. Ich spürte das tief in meinem Bauch und ich konnte es auf Gabriels Gesicht sehen. Es fühlte sich an, als ob dies der Moment sei, in dem der Fremde, den man in sein Auto hat einsteigen lassen, einem mitteilt, dass er ein Serienmörder oder Kannibale oder irgend so was ist.

Wir sagten nichts, wahrscheinlich weil wir es nicht allzu eilig hatten, zu erfahren, was für einen Riesenfehler wir begangen hatten.

»Ich glaub, ich hab mir den Fuß gebrochen«, teilte er uns mit.

Bei seinen Worten erinnerte ich mich daran, dass er mehr oder weniger auf einem Bein zu unserem Auto gehüpft war, ehe er eingestiegen war. Seltsamerweise hatte ich zu der Zeit nicht groß darauf geachtet.

»Ist das das Geheimnis?«, wollte ich wissen.

»Ja.«

»Das ist nicht wirklich was, was die meisten Leute verschweigen.«

»Ja, nun, vermutlich liegt das daran, dass die meisten Leute sich den Fuß nicht dabei brechen, dass sie gegen ihr eigenes verdammtes Auto treten. Daran kann man sehen, wie dumm ich wirklich bin.«

»Müssen Sie ins Krankenhaus?«, erkundigte sich Gabriel.

»Nein. Ich muss zur Beerdigung meiner Großmutter. Um den Fuß kümmere ich mich später.«

* * *

Gabriel hatte sein Handy auf Vibrieren gestellt und das tat es während der gesamten Fahrt durch die südwestliche Ecke von Nevada mehr oder weniger permanent, immer nur unterbrochen von kurzen Pausen.

»Deine Mom?«, fragte ich beim ungefähr fünften Anruf.

Er nickte.

Wir dachten, Errol würde nicht weiter darauf achten. Aber da irrten wir uns.

»Hier ist ein ungebetener Ratschlag«, meldete er sich von der Rückbank. »Wenn ihr nicht wollt, dass jemand weiß, wo ihr seid, ist das Handy ein Problem.«

Gabriel wirkte verwirrt, beinah bestürzt. Doch ich glaube nicht, dass Errol das von seinem Platz aus sehen konnte.

»Warum denken Sie, ich möchte nicht, dass sie weiß, wo ich bin?«

»Na ja, du hast gesagt, du seist siebzehn.«

»Richtig«, bestätigte Gabriel. »Das habe ich wohl.«

An seinem Tonfall konnte ich hören, dass das unabsichtlich geschehen war.

»Damit hat sie eine Menge Macht über dich«, stellte Errol fest.

»Ich kann ja einfach … nicht rangehen.«

»Falsch. Anfängerfehler. Ein häufiger Irrtum, aber trotzdem. Früher, als ich noch jünger gewesen bin, bin ich oft durch die Wildnis gewandert. Meistens allein, weil ich niemanden kannte, der die gleichen Wanderrouten wie ich mochte. Selbst meine Freunde, die ebenfalls gerne gewandert sind, haben mich für verrückt gehalten. Zu der Zeit hab ich noch bei meiner Großmutter gewohnt und ich hab ihr Informationen dagelassen, mit denen man mich finden konnte, falls ich bei Einbruch der Dunkelheit nicht zurück sein sollte. Eine der Sachen, die man zu so einem Zweck als Sicherheitsmaßnahme bei jemandem deponiert, ist eine Handynummer, zusammen mit dem Namen des Mobilfunkanbieters. Denn falls man vermisst wird, kann der Anbieter das Handy anpingen und darüber ermitteln, wo es sich befindet. Gewöhnlich funktioniert das sogar, wenn der Empfang zu schlecht für einen Anruf ist und selbst wenn die Standortübermittlung ausgeschaltet ist. Also … Ich hasse es, das sagen zu müssen, aber wenn ihr wirklich untertauchen wollt, werdet ihr eure Handys loswerden müssen.«

Ich blickte Gabriel an und er mich. Wenigstens so lange, wie es sicher ist, wenn man hinterm Steuer sitzt.

Dann fuhren wir eine lange Weile schweigend durch die Wüste von Nevada, hatten beide die Brauen zusammengezogen und überlegten, wie ein Leben ohne Handy aussehen würde. Und gelegentlich sprachen wir Einzelheiten dieses Desasters laut aus.

»Karten«, sagte Gabriel.

»Notrufe.«

»Sachen nachschauen, wie den Wetterbericht oder ob man bei einem Campingplatz reservieren kann.«

»Vertraut mir«, mischte sich Errol ein. »Ich bin viel älter als ihr. In meiner Jugend hatte niemand ein Handy. Und wir haben es trotzdem geschafft.«

Gabriel und ich wechselten einen weiteren Blick.

»Vielleicht sollten wir gar nicht so lange überlegen und es einfach schnell hinter uns bringen«, schlug ich vor. »Bevor wir zu viel Zeit haben, darüber nachzudenken.«

Wir öffneten beide gleichzeitig unsere Fenster. Der morgendliche Wüstenwind, der ins Auto strömte, war frisch und sauber. Er wehte uns ins Gesicht und in unsere Haare.

»Wartet!«, rief Errol, um über das Brausen des Fahrtwindes hinweg gehört zu werden. »Werft sie nicht einfach weg. Die sind ja noch was wert.«

Gabriel und ich sahen uns an. Dann schlossen wir die Fenster wieder. Die plötzliche Stille war ohrenbetäubend und willkommen.

»Was haben Sie gemeint?«, fragte Gabriel und drehte sich halb zur Rückbank um.

»Wenn ihr sie dauerhaft loswerden wollt, solltet ihr alles löschen und sie auf Werkseinstellung zurücksetzen, bevor ihr sie verkauft. Bringt sie zu einem Pfandleiher oder so. Allerdings gehe ich davon aus, dass ihr sie gerne wiederhaben möchtet, wenn euer Trip vorbei ist oder wenn ihr achtzehn werdet oder was auch immer. Daher habe ich gemeint, dass ihr sie irgendwo versteckt, wo ihr sie auf dem Rückweg wiederfinden könnt. Oder schickt sie an eure Heimatadresse. Oder irgendwo anders hin. Auf diese Weise verliert ihr nicht alles, was ihr darauf gespeichert habt.«

Eine Weile fuhren wir schweigend weiter. Wir waren alle in Gedanken versunken, oder zumindest weiß ich, dass das bei mir der Fall war.

»Wir sind Ihnen was schuldig«, wandte ich mich an Errol. »Damit haben Sie vermutlich unseren großen Trip gerettet.«

»Und ihr habt meinen gerettet«, erwiderte er. »Dann sind wir jetzt ja quitt.«

* * *

Irgendwo entlang der I-5 zwischen Baker in Kalifornien und Las Vegas in Nevada hielten wir bei einem alten, verlassenen

Gebäude an, dass früher mal eine Art Autobahnraststätte gewesen sein mochte. Momentan bestand es vor allem aus morschem Holz und verrostetem Metall. Auf dem mit vertrocknetem Unkraut überwucherten ehemaligen Hof standen die Überreste von großen Metalltieren. Also wirklich große. Ich vermute, früher einmal hatten sie als Klettergerüst für Kinder gedient. Aber mittlerweile wäre es sehr unklug gewesen, Kinder daran zu lassen. Es gab einen Elefanten, einen Bären, einen Dinosaurier und ein Känguru – was mein Ordnungsgefühl gewaltig störte, denn sie hatten ja nicht alle zur gleichen Zeit existiert. Doch in der Metallwelt ist offenbar alles möglich.

Das Känguru stand am weitesten vom Eingang entfernt. Wir mussten ein gutes Stück laufen, um zu ihm zu gelangen.

Der Beutel war eingedrückt, als hätte jemand zum Spaß mit einem Baseballschläger darauf eingedroschen. Seltsam, was manche Leute mit Spaß verwechseln. Trotzdem konnte man noch eine Hand hineinstecken.

Gabriel hatte unsere Handys in eine Plastiktüte getan und sie dann in ein T-Shirt gewickelt. Ich fühlte mich ein bisschen verloren, als er das Bündel in den Kängurubeutel schob und seine Hand leer wieder herauskam.

»Lebe wohl, einundzwanzigstes Jahrhundert«, sagte ich.

Nebeneinander gingen wir zurück zum Jeep.

»Wenn wir das nächste Mal an einer Kilometermarkierung vorbeikommen«, erklärte er, »präg dir die Nummer ein.«

»Es ist seltsam, das so auszudrücken.«

»Warum?«

»Weil ich es mir nicht einprägen muss. Ich sehe etwas und danach ist es für immer in mein Gedächtnis eingebrannt.«

»Oh«, erwiderte er. »Richtig. Hatte ich vergessen.«

»Das passiert mir nie.«

»Stimmt.«

Wir stiegen in den Jeep und fuhren weiter.

Später haben wir herausgefunden, dass es noch besser gewesen wäre, wenn wir die Handys ausgeschaltet hätten, aber na ja, ihr wisst ja … Man lernt nie aus.

»Ich hätte noch einen ungebetenen Ratschlag«, meldete sich Errol erneut.

Ich dachte, er würde einen weiteren Tipp zur Logistik des Untertauchens für uns haben, doch diesmal ging es um Gefühle. Das, worüber ich am wenigsten gern redete.

»Okay«, antwortete Gabriel.

»Versöhn dich irgendwann wieder mit deiner Mutter. Im Moment vertragt ihr euch vielleicht nicht gut. Das passiert schon mal. Aber später, wenn du nicht mehr minderjährig bist und sie keine Kontrolle mehr über dein Leben hat, versuch dich mit ihr auszusöhnen. Meine Großmutter und ich haben einander immer so nahegestanden. Ich hab in meinen Zwanzigern sogar eine ganze Weile bei ihr gelebt. Dann hab ich mir in den Kopf gesetzt, meinen Namen zu Errol zu ändern und nach Hollywood zu ziehen, um ein berühmter Schauspieler zu werden. Sie hielt das für eine furchtbare Idee und wir haben den Kontakt abgebrochen. Ich hatte eigentlich immer vor, nach Las Vegas zurückzukehren und sie zu besuchen. Ihr wisst schon. Später, wenn ich erst mal Schauspieler wäre. Wenn ich Erfolg hätte. Jetzt arbeite ich als Aushilfskraft und bin auf dem Weg zu ihrer Beerdigung. Das sagt hoffentlich alles, was es dazu zu sagen gibt.«

»Ja«, bestätigte Gabriel und klang ein bisschen deprimiert. »Danke. Das tut es allerdings.«

Kapitel Zehn

Wolken sind Wolken, was nicht immer gut ist

Wir fuhren durch ein Wohnviertel von Las Vegas oder einen Vorort. Ich bin mir nicht sicher, was. Wir folgten Errols Anweisungen, ohne die wir aufgeschmissen gewesen wären, da wir ja keine Handys mehr hatten.

Ich hasse es, meine eigene Ignoranz zuzugeben, doch ich hatte mir Las Vegas nie mit Wohnvierteln vorgestellt. Ich meine, natürlich wusste ich, dass dort Leute leben, denn wer sollte sonst in all den Hotels und Casinos arbeiten? Aber im Geiste bestand Vegas für mich immer nur aus dem Las Vegas Strip, sodass es sich seltsam anfühlte, zu sehen, dass hier so viele Leute ein ruhiges Leben führten, ihre Kinder großzogen und wahrscheinlich gar nicht viel mit dem Glanz und Glitzer oder dem Glücksspiel zu tun hatten. Das gehört zu den Sachen, die einem klar wären, wenn man drüber nachdenken würde, bloß denkt man eben nicht darüber nach, also ist es einem auch nicht klar.

»Da ist das Haus meiner Großmutter«, verkündete Errol.

Er saß hinten, daher konnten wir nicht erkennen, wohin er zeigte, als er das sagte, sodass wir trotzdem nicht wussten, welches Haus er meinte.

Gabriel wurde langsamer und wollte rechts ranfahren, doch Errol protestierte sofort. »Nein, halt nicht an! Ich muss nicht zu ihrem Haus, sondern zur Synagoge.«

»Oh, die Beerdigung fängt also gleich an«, entgegnete Gabriel.

»Sie hat schon angefangen. Die erste halbe Stunde hab ich bereits verpasst. Aber zumindest nicht auch noch den Rest, dank euch. Es sind nur sieben Blocks geradeaus und eine Straße nach rechts. Man könnte sogar hinlaufen. Wenn man keinen gebrochenen Fuß hat.«

Schweigend fuhren wir mehrere Blocks weiter.

Schließlich sagte Errol: »Hier rechts abbiegen.«

Das taten wir, und die Synagoge war unmöglich zu übersehen.

Sie war aus irgendeinem weißen Stein errichtet worden und stammte, schätzte ich, aus den Sechzigerjahren. Das Gebäude wirkte, als hätte man sich seinerzeit Mühe gegeben, um es nach damaligem Standard modern zu gestalten. Das Dach war geschwungen und in den Mauern gab es große, längliche Buntglasfenster. Doch die Abbildungen darauf waren nicht gegenständlich, wie Künstler das nennen, sondern abstrakt. Lange, ungleiche, stilisierte Dreiecke.

Auf dem Parkplatz standen jede Menge Autos. Errols Großmutter war offenbar wirklich beliebt gewesen. Gabriel wendete auf der Straße und fuhr so nah wie möglich an den Eingang.

»Schaffst du es rein?«, fragte er Errol.

»Ja. Ich hüpfe. Danke für alles, Leute.«

Ich drehte mich um und blickte ihm direkt in die Augen.

»Tut mir leid, dass jemand gestorben ist, der dir wichtig war«, erklärte ich. »Ich weiß, wie schlimm das ist.«

»Du hast auch schon Großeltern verloren?«

»Ja, sogar alle vier, wenn man so will, denn mein letzter noch lebender Großvater ist in einem Altenheim und kennt mich nicht einmal. Und meine beiden Eltern sind ebenfalls tot.«

»Oh«, entfuhr es ihm und etwa eine Minute lang sprach niemand. Dann fügte er hinzu: »Ich hoffe, du hast zumindest ein paar Geschwister oder Cousins und Cousinen oder so.«

»Ich hab meinen Bruder hier«, erwiderte ich und berührte Gabriels Unterarm.

»Oh«, sagte Errol wieder. »Gut.«

Und so wurden Gabriel und ich Geschwister, zumindest für alle, denen wir unterwegs begegneten. Emotional betrachtet war es die Wahrheit und insgesamt war es auch besser, von unserer ursprünglichen Idee Abstand zu nehmen, uns als Paar zu präsentieren, zumal wir so trotzdem eine Erklärung für die Nähe zwischen uns hatten.

Ist es nicht seltsam, wie Leute jegliche emotional enge Beziehung hinterfragen, bei der es nicht um romantische Liebe geht? Zumindest ich finde das seltsam.

»Danke noch mal für alles«, meinte Errol.

Er stieg aus und schlug die Hintertür des Jeeps zu und wir beobachteten, wie er auf einem Bein zur Tür der Synagoge hüpfte, sie aufstieß und im Gebäude verschwand. Er hatte einen Schuh ausgezogen, den er jetzt in der Hand hielt. Wahrscheinlich weil sein gebrochener Fuß geschwollen war.

Nachdem er drin verschwunden war, saßen wir eine Minute einfach nur da.

Dann bemerkte Gabriel: »Ich hätte ihm fast gesagt, dass seine Großmutter ihn gerne wiedergesehen hätte, erfolgreicher Schauspieler hin oder her. Gott sei Dank ist mir gerade noch rechtzeitig aufgefallen, dass ihm das bloß ein schlechtes Gewissen gemacht hätte.«

»Vermutlich hat er gar nicht geglaubt, dass sie ihn nicht sehen wollte. Ich denke, es ging um ihn, nicht um sie. Du weißt schon. Seinen Stolz.«

»Das ist traurig.«

»Sehr.«

Gabriel wendete erneut und wir begannen den Weg zurück zur Autobahn zu suchen.

Nach nur ein paar Blocks hatten wir komplett die Orientierung verloren.

»Lies mir vor, wie ich zur I-15 komme«, schlug Gabriel vor. »Okay?«

»Von wo soll ich dir das vorlesen?«

»Oh«, sagte er. »Stimmt. Keine Handys.«

Wir fuhren schweigend einen Block oder zwei weiter und ich konnte beobachten, wie er die Augenbrauen immer mehr zusammenzog.

Nach einer Weile fiel uns eine ältere Frau auf, die einen sehr sauberen weißen Minipudel spazieren führte, und Gabriel lenkte rechts ran. Er blieb neben ihr, was sie zu beunruhigen schien. Sie beschleunigte ihre Schritte, wobei sie den armen Hund an der Leine hinter sich herzerrte, und Gabriel musste wieder etwas Gas geben.

Ich ließ mein Fenster runter.

»Können Sie uns bitte erklären, wie man zur I-15 kommt?«, fragte ich.

Sie blieb stehen und entspannte sich etwas.

»Erst mal müsst ihr umdrehen«, begann sie. »Ihr seid in der falschen Richtung unterwegs. Dann geradeaus bis zur vierten Ampel und danach die nächste links. Von da aus könnt ihr es gar nicht mehr verfehlen.«

»Danke«, sagte ich.

Wir fuhren wieder los.

Es war eine Straße mit mehr Verkehr als auf der, wo wir zuvor gewesen waren, und ich wusste, dass Gabriel hier nicht gern wenden wollte. Er bog links in eine Einfahrt ein, setzte vorsichtig zurück auf die richtige Spur, und unser Leben ging weiter.

»Ich schätze, so hat man das gemacht, als Errol aufgewachsen ist«, meinte ich.

»Gut möglich.«

Bei der Erwähnung von Errol holte ich das Geld aus meiner Hosentasche und zählte es.

»Er hat uns über zweihundert Dollar gegeben«, verkündete ich.

»Wow. Das ist nett.«

»Vielleicht sollten wir mehr Leute mitnehmen.«

»Ich weiß nicht«, erwiderte er. »Klingt gefährlich. Ich meine, wenn da jemand einfach am Straßenrand steht und den Daumen rausstreckt … Was wissen wir über den? Vermutlich wäre es besser, wenn wir einen Weg finden würden, ein bisschen zu arbeiten. Für ein paar Tage an einem Ort bleiben. Als Kellner oder Erntehelfer. Dann fahren wir weiter.«

»Brauchen wir denn so dringend Geld? Ich dachte, wir wären ganz gut bei Kasse.«

»Jetzt, ja. Sicher. Wir haben genug. Wir fahren bloß von Kalifornien nach Utah. Aber danach wollen wir nach Alaska oder ins nördliche Kanada und das ist was ganz anderes.«

»Wir werden sicher was finden«, sagte ich.

»Ja, das glaub ich auch«, antwortete er. »Wir werden was finden.«

* * *

Als Gabriel zum ersten Mal die Wolken bemerkte, fuhren wir gerade durch das Moapa Valley. Jedenfalls vermutete ich aufgrund der Straßenschilder, dass wir uns dort befanden.

Die Wolken waren imposant und dramatisch, wirklich ziemlich atemberaubend. Sie wirkten wie in mehreren Schichten auf den Himmel gemalt. Blau mit einer Lage aus feinen weißen Federwolken, darunter dunklere Quellwolken und schließlich eine weiße Schicht, die fast wie Nebel aussah und in geringer Höhe zu schweben schien.

»Diese Wolken sind so schön«, erklärte er.

»Ja, trotzdem sind es Wolken.«

»Das wollte ich auch gar nicht infrage stellen. Also was …«

»Wolken verdecken den Nachthimmel.«

»Oh. Richtig. Hoffentlich ziehen sie schnell weiter.«

Ich griff in meine Tasche, um mein Handy zu hervorholen. Um die Wettervorhersage für unseren aktuellen Standort zu checken. Doch die Tasche war leer und ich fragte mich, wie lange es dauern würde, bis mich das nicht mehr überraschte.

»Schwer zu sagen«, meinte ich.

* * *

Wir saßen in einem Diner irgendwo in Utah. Vermutlich keine fünfzig Kilometer von unserem Ziel entfernt, aber ohne Handy konnte ich mir da nicht sicher sein. Wir teilten uns ein gegrilltes Käse-Sandwich mit Wasser als Getränk, weil wir uns stillschweigend darauf geeinigt hatten, Geld zu sparen, wo immer es möglich war.

Außer uns war eine Gruppe Astronomen da, oder zumindest Hobbyastronomen, die in der Nische nebenan saßen.

Woher wusste ich, dass sie was mit Astronomie zu tun hatten? Teilweise von den Gesprächsfetzen, die ich aufschnappte. Doch ich hätte es auch ohne das gewusst, denn einer von ihnen hatte seine Ausrüstung mit ins Restaurant gebracht und sie stand auf dem Boden herum, sodass die Kellnerin aufpassen musste, um nicht darüber zu stolpern. In dem Haufen befanden sich mehrere Transportboxen für Teleskope und darauf waren Namen wie Tele Vue und Takahashi gedruckt.

Gerade als ich das alles dachte, traf ein weiterer Hobbyastronom ein und gesellte sich zu den anderen. Er war groß und dünn, mit einem freundlichen Gesicht. Ich konnte sein Alter nicht wirklich schätzen, er konnte genauso gut ein älter wirkender Typ in den Zwanzigern sein wie ein jung gebliebener Vierzigjähriger.

Er blieb abrupt stehen, als er all die Ausrüstung erblickte.

»Dave«, sagte er. »Warum hast du das ganze Zeug hier reingeschleppt?«

»Weil ich es hinten auf der Ladefläche meines Pick-ups hatte«, erwiderte Dave. Wenigstens vermutete ich, dass es Dave war, denn schließlich antwortete er auf die Frage. »Ich wollte meine Teleskope nicht einfach so unbewacht auf dem Parkplatz lassen. Oder mein brandneues Stativ.«

Der Neuankömmling schob sich vorsichtig auf einen Platz in der Nische.

Die drei Typen, die schon die ganze Zeit dort gesessen hatten, hatten große Portionen Rippchen vor sich. Die sahen definitiv besser aus als unsere kleinen Sandwichhälften, aber was ließ sich daran schon ändern?

»Du brauchst eine Wohnkabine für deinen Pick-up«, meinte der Neuankömmling zu Dave.

»Das rätst du mir schon die ganze Zeit«, entgegnete Dave.

Die beiden anderen waren zu sehr mit Essen beschäftigt, um sich an der Unterhaltung zu beteiligen.

Ich beugte mich vor, um näher an ihrer Nische zu sein, dachte, es wäre nett, jemanden zu kennen, wenn wir zu dem Zeltplatz mit dem dunklen Nachthimmel fuhren.

»Sind Sie zum Kosmos-Campingplatz unterwegs?«, fragte ich.

Vier Augenpaare richteten sich auf mich.

»Nein, wir kommen gerade von dort«, sagte Dave. »Ihr wollt nicht jetzt da rauf, oder?«

»Doch«, erklärte ich. »Warum?«

Ich blickte Gabriel an, der einen besorgten Eindruck machte. Sie alle blickten Gabriel an. Sie starrten alle ein wenig zu lang hin, wie Leute das bei Gabriel häufig tun. Dann schauten sie weg, als sei ihnen plötzlich aufgefallen, wie unhöflich ihr Verhalten war, selbst wenn es unabsichtlich geschehen war.

Der Neuankömmling gab mir die Antwort.

»Ein Unwetter zieht auf«, stellte er fest.

»Ist das gefährlich?«, wollte Gabriel wissen.

»Nun, so weit würde ich nicht gehen, aber es wird eure Sicht behindern.«

»Was denken Sie, wie lange müssten wir dortbleiben, bis der Himmel wieder aufklart?«, erkundigte ich mich.

»Hoffentlich nur heute Nacht. Morgen könnte es zwar leicht bewölkt sein, doch mit ein bisschen Glück könnt ihr bestimmt was sehen. Achtet vor allem darauf, dass eure Ausrüstung heute Nacht im Wagen ist und trocken bleibt.«

Gabriel und ich blickten einander leicht verunsichert an.

»Wir haben keine Ausrüstung«, räumte ich ein.

»Oh«, meinte Dave.

Eine unbehagliche kleine Weile lang sagte niemand etwas.

Ich machte mir Sorgen, dass sie uns für hoffnungslos dumm und naiv hielten, was seltsam war, denn normalerweise ist es mir herzlich egal, was Leute von mir denken.

»Wir wollten den Himmel mit bloßem Auge betrachten«, ließ ich sie wissen. »Man kann den Nachthimmel mit bloßem Auge genießen, richtig?«

Ihre Reaktion darauf war unerwartet. Die zwei, die die Spareribs aßen, hielten inne, die Rippchen auf halbem Weg zum Mund. Sie alle schauten hoch oder zumindest weg, starrten ins Nichts. Ihre Augen schienen weich zu werden.

»Das kann man nicht nur«, bestätigte der Neuankömmling, »das wird meiner Meinung nach sogar extrem unterschätzt. Astronomie ohne jegliche Hilfsmittel, einfach mit dem bloßen Auge. Das ist wunderschön.«

»So haben wir alle mal angefangen«, fügte Dave hinzu.

Dann löste sich die Erstarrung auf und sie machten sich wieder über ihre Rippchen her.

»Ihr werdet erstaunt sein, was man von dort alles sehen kann«, fuhr der Neuankömmling fort. »Natürlich nur, wenn der Himmel aufklart. M45. Das sind die Plejaden.«

»Ich kenne alle anhand ihrer Katalognummern«, entgegnete ich.

»Oh.« Er klang deutlich überrascht. »Ihr könnt vielleicht sogar den Nebel um M42 erkennen. Und das Zentrum von M31, auch ohne Fernglas. Weil es so dunkel ist. Und wenn man eine gute Nacht erwischt. Habt ihr eine Astronomie-App auf dem Handy?«

»Nein«, antwortete ich. »Wir haben unsere Handys noch nicht mal dabei.«

»Oh. Eine Sternkarte?«

»Ich hab eine Sternkarte im Kopf«, erwiderte ich. »Ich hab mir alles genau eingeprägt.«

Ein eidetisches Gedächtnis zu haben ist nicht das Gleiche, wie sich etwas einzuprägen, aber es ist einfacher für alle, wenn ich es so ausdrücke.

Der Typ verzog das Gesicht, als ich das sagte. Vermutlich glaubte er mir nicht und hatte gerade entschieden, dass ich es mit der Wahrheit nicht immer so genau nahm. Und jetzt wollte er das Gespräch so schnell wie möglich beenden.

»Na dann viel Glück dort oben«, wünschte er uns.

Damit richteten wir unsere Aufmerksamkeit alle wieder auf unseren jeweiligen Tisch.

Als sie zusammenzupacken begannen, hörten wir sie darüber debattieren, ob es sich lohnte, die nicht gegessenen Spareribs mitzunehmen. Doch keiner von ihnen hatte eine Kühltasche oder so dabei, wenigstens hatten wir keine bemerkt.

Sie mussten gesehen haben, dass wir die Rippchen hungrig anstarrten, denn Dave wandte sich an uns: »Wollt ihr die haben?«

»Ja, bitte«, sagten Gabriel und ich gleichzeitig, fast synchron.

So kam es, dass wir mit vollem Magen auf dem Zeltplatz eintrafen. Es gab dort nur wenig Annehmlichkeiten, doch wir hatten ein paar Tankstellen-Snacks und unsere vollen Mägen, und das war etwas, wofür wir dankbar sein konnten.

* * *

Als wir eintrafen, war es stockdunkel und regnete heftig. Außer uns war niemand dort. Keine Menschenseele. Nur wir beide in unserem Jeep, umtost vom heulenden Wind, mitten in einem Wolkenbruch.

Im Auto zu campen, während es regnet, hört sich viel leichter an, als es tatsächlich ist. Man denkt sich, man kann im Wagen und trocken bleiben. Aber man muss ja raus, wenn man aufs Klo muss. Wenn man dann wieder zurück ist, ist man völlig durchweicht und hat nicht genug Platz, um sich was Trockenes anzuziehen.

Letzten Endes legten wir uns mit nassen Kleidern und nassem Haar in unsere Schlafsäcke hinten im Jeep. Ich zog mir nicht mal die Schuhe aus.

Wir lagen da und versuchten, nicht zu zittern. Der Wind war eiskalt und der Sturm peitschte den Regen gegen die

Scheiben, sodass wir immer wieder zusammenzuckten. Das Auto schaukelte unter der Wucht der Orkanböen und wir waren komplett allein hier.

»Ich bin an das Gefühl gewöhnt, im Notfall jemanden anrufen zu können«, bemerkte ich.

»Hier hätten wir vermutlich ohnehin keinen Empfang.«

»Oh. Richtig.«

Eine Weile lang lagen wir schweigend da.

Irgendwann fragte er: »Hast du Angst?«

»Hast du welche?«

»Schon«, räumte er ein. »Ja.«

»Dann ist es vermutlich okay, wenn ich das auch zugebe.«

»War es falsch von mir, dich herzuschleppen? Ich hab das Gefühl, als hätte ich uns in Schwierigkeiten gebracht. Tut es dir leid, dass wir es gemacht haben?«

»Nein!«, entgegnete ich mit Nachdruck. Es kam so laut heraus, dass es uns beide erschreckte. »Nein, es ist gut, Angst zu haben.«

»Wie meinst du das?«

»Es ist … irgendwie das Leben. Das hier ist wilder und aufregender als alles, was ich je zuvor getan habe. Und riskanter. Doch es sorgt dafür, dass ich mich lebendig fühle.«

»Du warst auch lebendig, bevor wir hier herausgefahren sind«, stellte er fest.

»Nicht wirklich. Ich meine, rein technisch betrachtet, ja. Aber mein gesamtes Leben war komplett intellektuell. Es war alles nach innen gerichtet. Es gab kein Risiko und es gab keine Angst. Nein, das hier ist gut. Das ist das Leben. Ein Leben, das tatsächlich außerhalb meines Kopfes stattfindet. Außerdem kann es ja nicht ewig regnen.«

»Nein«, antwortete er. »Das kann es nicht.«

Danach sagten wir beide so lange nichts mehr, dass ich schon dachte, er sei eingeschlafen.

»Gabriel«, begann ich, leise genug, um ihn nicht aufzuwecken, falls er schon schlief.

»Was?«, erwiderte er und es war klar, dass er wach gewesen war.

»Was willst du mal werden?«

»Beruflich, meinst du?«

Wir mussten jetzt lauter reden, um über den heulenden Wind und den auf Autodach und Fenster prasselnden Regen gehört zu werden.

»Ja. Wie kann es sein, dass ich dich das noch gar nicht gefragt habe?«

»Ich weiß nicht. Vielleicht weil es nicht so wichtig ist?«

»Jetzt komme ich mir irgendwie egoistisch vor«, entgegnete ich. »Als hätten wir überwiegend über mich geredet.«

»Na ja, nicht die ganze Zeit«, antwortete er. »Ich glaube, es war vorher ziemlich ausgeglichen. Du weißt schon, bevor deine Mutter gestorben ist.«

Als ich ihn das sagen hörte, war es auf einmal, als hätte ich einen Hieb in den Magen erhalten. Wirklich körperlich, obwohl ich es nicht genauer beschreiben könnte. Es wäre nicht zutreffend oder zumindest übertrieben, zu behaupten, ich hätte es vergessen gehabt. Und trotzdem fühlte es sich beinah so an. Ich hatte es so tief in mir vergraben, dass es ein Schock war, daran erinnert zu werden.

Und es erstickte jegliche Unterhaltung für eine erstaunlich lange Zeit.

»War es falsch, das zu erwähnen?«, wollte Gabriel nach einer ganzen Weile wissen.

»Nein, ist schon okay. Es ist ja die Wahrheit. Also, was willst du gerne werden?«

»Das hab ich noch nicht entschieden«, erwiderte er.

»Was?«

Das kam wieder so laut und so heftig raus, dass er zusammenzuckte. Sogar ich selbst zuckte zusammen und dabei war ich es gewesen, die es gesagt hatte.

»Findest du das schlimm?«, erkundigte er sich.

»Nein, ich finde es toll! Was für ein Luxus. Es überrascht mich nur, dass die Leute dir das durchgehen lassen.«

Danach schwiegen wir wieder. Und obwohl ich es für unmöglich gehalten hätte, nickte ich irgendwann ein.

Kapitel Elf

Sch … Stör das Universum nicht

Ich wachte in der Nacht auf, aber da ich ja im Moment kein Handy hatte, wusste ich nicht, wie viel Uhr es war. Auf das Dach des Jeeps trommelte kein Regen mehr oder prasselte gegen die Fenster. Der Wind hatte sich komplett gelegt.

Ich lag einige Zeit da und wartete darauf, dass meine Augen sich an die Dunkelheit gewöhnten, und als ich aus dem Fenster schaute, sah ich Sterne!

Es gab immer noch große Gebiete mit riesigen Kumuluswolken, doch sie hatten begonnen, auseinanderzubrechen und wegzuziehen. Die Sterne, die ich zwischen ihnen entdecken konnte, waren unglaublich. Besser als die beim Campen mit meinem Dad in der Mojave-Wüste. Oder zumindest besser, als es mir in meiner Erinnerung vorkam.

Fasziniert drückte ich mein Gesicht gegen die Heckscheibe des Jeeps. Das Glas war eiskalt, aber das störte mich nicht.

Ich weckte Gabriel.

»Was ist los?«, fragte er verschlafen und hörte sich nicht wirklich so an, als wäre er schon bei vollem Bewusstsein.

»Da sind die Sterne«, erwiderte ich.

Er setzte sich auf, so gut das in der Enge möglich war. Dann befreiten wir uns aus unseren schönen warmen Schlafsäcken, stiegen aus dem Auto und standen in der kalten Nachtluft.

Und wir guckten in den Himmel. Und guckten. Und guckten.

»Wie viel Uhr ist es?«, fragte er, und bevor ich überhaupt antworten konnte, fuhr er fort: »Oh, stimmt ja. Sorry. Das wissen wir nicht.«

»Es ist zwischen drei und halb vier.«

»Hast du dir das ausgedacht?«

»Nein, gar nicht.«

»Dann erklär es mir bitte.«

»Ich weiß, zu welcher Zeit all diese Sterne und Planeten und Konstellationen am Himmel erscheinen und wann sie wieder verschwinden. Und zu welcher Zeit sie den Meridian passieren. Damit ist es nicht besonders schwierig, die Uhrzeit zu schätzen.«

»Also hast du dir nicht nur die Sternkarte eingeprägt, sondern auch alle Aufgangs- und Untergangszeiten?«

»›Einprägen‹ ist nicht ganz das richtige Wort.«

Wir sprachen leise, fast im Flüsterton. Als wäre jemand in der Nähe, den wir stören könnten. Aber da war nur das herrliche Universum, also vermute ich, dass es das war, was wir nicht stören wollten. Das und uns selbst.

Wir starrten ein paar Minuten länger und schwiegen.

Schließlich fragte Gabriel: »Was ist dieser total helle Stern?«

»Der rötliche dort drüben?« Ich zeigte mit dem Finger darauf.

»Ja. Er sieht aus wie ein Edelstein.«

»Das ist kein Stern. Das ist der Mars.«

»Oh. Mars. Wie peinlich.«

»Warum ist das peinlich?«

»Weil ich das hätte wissen müssen.«

»Nun, wenn es dich nicht interessiert, interessiert es dich eben nicht. Das ist ja kein Charakterfehler oder so.«

»*Jetzt* bin ich ja interessiert. Nur in der Stadt ist das nicht sonderlich spannend.«

Mehr Schweigen und Gucken.

Dann fragte er: »Der strahlende dort, direkt unter dem Sternbild Orion. Orion kenne ich. Ist das ein weiterer Planet?«

»Nein, das ist ein Stern. Bloß ein ungewöhnlich heller. Das ist Sirius.«

Danach wurde Reden immer unwichtiger. Wir diskutierten das nicht, doch ich glaube, wir konnten es beide spüren. Meine Zähne klapperten und ich hörte auch seine aufeinanderschlagen. Wir standen zitternd in der Kälte, machten aber keinerlei Anstalten, wieder ins Auto zu gehen. Wir schauten einfach nur in den Sternenhimmel.

Schließlich verzogen sich die Wolken komplett und danach waren es nur noch wir und jeder Stern oder Planet, der über den Horizont gestiegen war, abzüglich des Teils, der vom Jeep blockiert wurde.

Ich betrachtete alles so aufmerksam, dass ich tatsächlich ihre Bewegung über das Firmament verfolgen konnte. Nur dass ja nicht sie sich bewegten, sondern wir. Viele Menschen haben Probleme mit der Vorstellung, dass sich die Erde dreht, während die Sterne an dem Ort bleiben, an dem sie eben sind. Aber mir war das natürlich bewusst.

Mit der Zeit begann am östlichen Rand des Horizonts Licht zu schimmern und alle bis auf die hellsten Sterne verblassten allmählich. Wir kehrten ins Auto zurück und zuerst ließen wir die Heckklappe und das hintere Fenster offen. Ich hatte geglaubt, dass Gabriel wieder eingeschlafen war, weil wir beide so lange so still gewesen waren. Doch als es hell genug war, setzte ich mich auf und sah zu ihm hinüber und seine Augen waren offen. Er hatte genau wie ich einfach in den Himmel gestarrt.

Ich fand es wirklich schön, dieses Naturschauspiel mit jemandem zu beobachten, der den dunklen Nachthimmel einfach überwältigend sein lassen konnte, ohne das ständig kommentieren zu müssen.

Er blickte zu mir und bemerkte, dass ich mich aufgesetzt hatte.

»Ich fühle mich, als hätte ich eine andere Größe«, meinte er. »Mein ganzes Leben fühlt sich an, als hätte es eine andere Größe bekommen.«

»Kleiner, oder?«

»Aber nicht auf schlechte Art«, erklärte er.

* * *

Avery tauchte kurz vor der Mittagszeit auf.

Er war vielleicht fünfzig, trug abgewetzte Kleidung und hatte einen Bart und Haar, das ich nur als struppig bezeichnen konnte. Doch er hatte ein sehr offenes Lächeln.

Er winkte uns mit großen, rudernden Bewegungen zu, als er aus seinem kleinen Van stieg. Es war nicht wirklich ein Wohnmobil, sondern einfach ein Van. Aber er hatte Vorhänge an den Fenstern, sodass ich den Eindruck hatte, er hatte versucht, ihn provisorisch in einen Camper zu verwandeln.

Sofort begann er, Ausrüstung auf die Betonplatte seines Stellplatzes zu räumen.

Er hatte eine dieser tragbaren Teleskopsäulen, die sich Stück für Stück zusammenstecken lassen und auf denen die Nachführmontierung befestigt wird. Die Säule war so groß und schwer, dass er sich sichtlich anstrengen musste, um sie zu tragen, das war nicht zu übersehen, obwohl wir ein gutes Stück entfernt waren.

Nachdem klar war, dass er ein Teleskop dabeihatte, wusste ich, ich musste zu ihm gehen.

»Ich glaube, das ist ein Sonnenteleskop«, sagte ich zu Gabriel.

»Woher weißt du das?«

»Es hat ein Logo. Von einem bekannten Sonnenteleskophersteller. Wenigstens soweit ich das von hier aus beurteilen kann. Ich werde ihn mal fragen.«

Wir liefen beide hin und er begrüßte uns mit dem total offenen Lächeln, das ich schon erwähnt habe. Er stellte sich als Avery vor und streckte uns die Hand hin. Wir nannten ihm unsere Namen, während wir ihm die Hand schüttelten.

»Seid ihr Kids ganz allein unterwegs?«, wollte er wissen.

Daran gewöhnten wir uns langsam und würden uns immer mehr daran gewöhnen, je länger die Reise dauerte.

»Wir sind älter, als wir auf den ersten Blick wirken«, behauptete ich.

»Das muss wohl so sein.«

»Ist das ein Sonnenteleskop?«, fragte ich. Doch mehr aus Höflichkeit, denn inzwischen war es offensichtlich. Der Firmenname Lunt war sehr deutlich zu lesen.

»Ganz genau«, erwiderte er. »Einhundert Millimeter. Double-Stack. H-alpha-Blockfilter. Ergibt irgendwas davon Sinn für euch?«

Während Gabriel »Nein« sagte, sagte ich gleichzeitig: »Ja, alles.«

Dann fragte Gabriel: »Hat es Vorteile, sich in einem Lichtschutzgebiet aufzuhalten, wenn man tagsüber die Sonne beobachten will?«

»Tatsächlich beobachte ich nicht. Ich fotografiere. Aber wie auch immer. Um deine Frage zu beantworten: Nein, nicht wirklich. Künstliches Licht beeinflusst die Sonne nicht und die Belichtungszeit beträgt ohnehin nur Millisekunden. Der Grund, warum ich mein Solarteleskop dabeihab, ist, dass ich dann etwas zu tun habe, bis es dunkel wird. Habt ihr beide irgendwelche Ausrüstung?«

»Nein, Sir«, entgegnete Gabriel.

»Lass das bitte mit dem ›Sir‹. Dann fühle ich mich so alt. Nenn mich Avery.«

»Wir haben nichts«, erklärte ich. »Der Plan war, einfach auf dem Rücken in unseren Schlafsäcken zu liegen.«

»Ah«, meinte er und zog das Wort etwas in die Länge. »Das kann tatsächlich sehr schön sein. Letzte Nacht hat es allerdings die meiste Zeit geregnet.«

»Richtig«, bestätigte ich.

»Und heute Nacht wird der Boden zu nass sein.«

»Das stimmt.«

»Ich habe eine Plane, die ihr unter eure Schlafsäcke legen könntet.«

»Oh«, sagte Gabriel. »Das wäre sehr nett. Danke.«

»Nun, dann lasst mich das mal fertig aufbauen und danach unterhalten wir uns weiter.«

Und damit verschwand er zurück zu seinem Van.

»Okay«, wandte sich Gabriel an mich. »Verrat mir, was das ganze Zeug wegen des Teleskops bedeutet.«

»Einhundert Millimeter ist der Durchmesser der Linsenöffnung, und Double-Stack heißt, dass zwei Etalon-Filter hintereinander verbaut sind.« Gabriel wirkte verwirrt, also fügte ich hinzu: »Ein Etalon ist eine Art Interferenzfilter, den man bei einem besonders schmalen Durchlassbereich benutzt.« Das sorgte nur dafür, dass er noch verwirrter aussah. »Und Hydrogen alpha ist eine Wellenlänge von Licht.«

»Klar«, sagte er. »Natürlich.«

Ich machte mir im Geist eine Notiz, zu versuchen, in leichter verständlichen und weniger wissenschaftlichen Begriffen zu sprechen. Was ich, wie mir plötzlich aufging, schon längst hätte tun können. Mit jedem.

Inzwischen war Avery wieder draußen. Diesmal hatte er einen Laptop dabei und etwas, was eine Stoffabdeckung zu sein schien, um den Monitor gegen das grelle Sonnenlicht abzuschirmen. Er trug ein paar Kabel über einem Arm, und in der anderen Hand hatte er einen schwer wirkenden Batteriepack von der Größe eines Koffers.

»Es ist schön, wenn sich junge Leute wie ihr für Astronomie interessieren«, erklärte er. »Ich wünschte, ich wäre noch mal jung. Es war für mich das Größte, die Nacht im Schlafsack unter den Sternen zu verbringen. Jetzt ist das zu unbequem für meine alten Knochen. Aber ich vermisse es. Es ist so unverfälscht, auf diese Weise den Nachthimmel zu betrachten. Das tue ich fast gar nicht mehr. Ich sehe alles auf einem Computerbildschirm oder in den Rohbildern. Das ist komplett automatisiert, wisst ihr? Man verwendet Aufnahmesoftware und so was. Ich richte es ein und lege mich im Van schlafen und es macht alles ganz allein, bis etwas vorbeizieht oder untergeht und ich das Teleskop neu justieren muss. Dann muss ich aufwachen, doch die Einstellungen kann ich von meinem Laptop aus in meinem Van vornehmen. Die Säule wird ebenfalls von Software gesteuert.«

»Sie sollten draußen unter den Sternen sitzen, während die Bilder aufgenommen werden«, sagte ich. »Auch wenn Sie das nicht wirklich müssen.«

»Das ist nur so entsetzlich kalt«, erwiderte er.

Für eine Weile war er still und ganz damit beschäftigt, alles aufzubauen. Er hatte sein Smartphone in der Hand, mit der Kompass-App, und richtete die Säule so aus, dass sie genau nach Norden zeigte.

»Vielleicht sollte ich das tatsächlich tun«, verkündete er plötzlich wie aus dem Nichts.

»Das sollten Sie auf jeden Fall. Wir sollten heute Nacht alle zusammen unter den Sternen sitzen. Das ist zu wichtig, um es zu verpassen.« Er antwortete nicht, also fügte ich hinzu: »Wie wichtig ist bei Solarfotografie die perfekte Ausrichtung der Säule? Ich meine, ich weiß, dass es bei Nachtfotografie total wichtig ist. Aber die Belichtungszeit bei Solarfotografie beträgt Millisekunden …«

»Es ist nicht besonders wichtig«, gab er zu. »Trotzdem hilft es, wenn es präzise aufgestellt ist, da ich Dreißig-Sekunden-Videos machen möchte, die ich übereinanderlegen kann. Dann bleibt die Sonne immer im Rahmen, während ich mich auf was auch immer konzentriere. Allerdings lässt sich alles ohnehin erst exakt in Position bringen, wenn heute Abend der Polarstern aufgeht.«

Wir schauten ihm schweigend ein paar Minuten länger zu. Er fuhr den Computer hoch und öffnete einige Programme, das vermutete ich zumindest, weil sich sowohl der Computer als auch sein Kopf unter der Stoffhaube befanden, die gegen das Blenden schützte.

»Stört es Sie, wenn wir hier rumhängen?«, fragte Gabriel.

Avery zog den Kopf wieder raus.

»Überhaupt nicht«, erwiderte er. »Lasst mich nur die Sonne finden und fokussieren, und danach nehme ich noch eine kleine Druckabstimmung vor und anschließend kannst du in der Live-View der Aufnahmesoftware prüfen, wie es geworden ist.«

Er zog den Staubschutz vom Teleskop, drückte ein paar Tasten auf dem Keyboard, und das Teleskop drehte sich langsam zur Sonne.

Dann verschwand Avery wieder unter der Haube.

»Die Einstellung ist fast perfekt«, verkündete er darunter hervor. »Ich hab's beinahe geschafft.«

»Sie können vom Computer aus fokussieren? Haben Sie einen Autofokus nachgerüstet?«

»Ganz genau.« Sein Kopf tauchte wieder auf. »Kommt und schaut es euch mal an«, sagte er.

Ich bedeutete Gabriel, als Erster zu gehen. Er zögerte kurz, aber dann gewann seine Neugier und er steckte den Kopf drunter.

»Wow!«, hörte ich ihn, und das Wort schien sich ewig in die Länge zu ziehen. »Das ist unsere Sonne?«

»Das ist unsere Sonne«, bestätigte Avery.

»Man kann so … kleine Flammen sehen, die vom Rand hochschießen.«

»Protuberanzen«, erklärte Avery. »Tatsächlich brennendes Plasma. Allerdings außergewöhnlich aktiv. Vor allem gerade jetzt. Und sie mögen von hier aus klein wirken, doch in die größeren würde die Erde mehrmals hineinpassen.«

Gabriels Kopf erschien wieder.

»Ru, das musst du dir anschauen.«

Ich tauchte unter die Haube.

Avery hatte eine Aufnahmesoftware namens SharpCap geöffnet und die Sonnenscheibe befand sich genau mittig auf dem Bildschirm. Die Details waren erstaunlich. Ich konnte die einzelnen Bereiche der Körnigkeit und drei aktive Regionen mit jeweils mehreren Sonnenflecken erkennen. Er hatte die Belichtung gerade so weit erhöht, dass ein leuchtender Ring von Protuberanzen am Sonnenrand sichtbar war.

Ich zog meinen Kopf wieder ins Licht.

»Diese Bilder werden unglaublich sein«, stellte ich fest.

»Das hoffe ich. Kommt später noch mal vorbei, dann zeige ich euch, was ich aufgenommen habe.«

* * *

»Es ist schön, dass ihr das versteht«, erklärte Avery. »Meine Frau tut das nämlich nicht.«

Wir saßen zusammen etwa in der Mitte zwischen unserem und seinem Platz unter einem unglaublich klaren Nachthimmel,

Avery auf einem Campingstuhl und Gabriel und ich im Schneidersitz auf unseren Schlafsäcken auf dem Boden, mit der geliehenen Plane unter uns, damit sie trocken blieben.

Gabriel und ich knabberten Snacks, Erdnüsse und Trockenfleisch. Tatsächlich war es mehr als Snacks. Es war unser Abendessen, denn es war das Beste von unseren Vorräten, was wir noch übrig hatten.

Ich konnte ein paar kleine rote Lichter erkennen, die zu Averys Ausrüstung gehörten. Eins an der Leitkamera. Eins an der Säule. Ein sanfteres, aber größeres Licht am Batteriepack, aus dem sich das alles speiste. Er benutzte eine DSLR-Kamera auf seinem Teleskop, und hin und wieder – oder genauer gesagt alle drei Minuten – konnte ich hören, wie sich die Blende schloss und wieder öffnete. Auf diese Entfernung war es leise, doch hörbar.

»Sie sollten Ihre Frau mal an einen wirklich dunklen Ort mitnehmen«, riet ich ihm. »Damit Sie ihr das zeigen können.«

»Sie wird nicht mitwollen. Ein Mal hat sie mich begleitet, als wir ganz frisch verheiratet waren. Sie war nicht besonders beeindruckt. Sie hat im Prinzip nur was in der Richtung gesagt von: ›Ja, ja, ganz nett. Viele Sterne. Sie funkeln. Sehr hübsch. Aber wenn du sie gesehen hast, hast du sie gesehen. Und dann?‹«

»Hat sie sich Ihre Aufnahmen angeschaut?«

Er hatte uns eine kurze Diashow auf seinem Handy gezeigt. Den Flammen- und den Pferdekopfnebel. Die Andromedagalaxie. Die Sombrero- und die Dreiecksgalaxie – Avery war ganz klar ein Fan von Galaxien. Einige andere Dinge.

»Ja«, antwortete er. »Sicher. Und sie findet sie auch gut und so. Trotzdem ist die Ausrüstung teuer. Und ich bin häufig nachts nicht zu Hause, denn wir leben in einer Bortle-acht-Zone. Mitten in der hellen Stadt. Manchmal kaufe ich Dinge, von denen ich ihr nichts erzähle. Ich weiß, dass ich das nicht tun sollte, doch es fühlt sich an, als müsste ich mich für alles rechtfertigen. Nur so unter uns: Ich habe Teleskope, von denen sie keine Ahnung hat. Und obwohl sie gar nicht von allem weiß, hält sie es schon für zu viel. Sie glaubt, es wäre eine Sucht und ungesund.«

»Das ist keine Sucht«, widersprach ich. »Es ist eine Leidenschaft.«

»Nun, ich bin froh, dass du den Unterschied verstehst«, meinte er. »Denn sie tut das nicht. Sie vergleicht mich immer mit ihrem Bruder, der Surfer ist, schon sein ganzes Leben lang. Jetzt ist er fast sechzig und verletzt sich viel häufiger. Er hat ständig Rückenprobleme. Sein Arzt hat ihm eindringlich geraten, dass er sich ein paar Monate Ruhe gönnt, damit es richtig ausheilen kann, aber wenn die Wellen richtig gut sind, hält er sich nicht daran. Und dann wird es mit seinem Rücken wieder schlimmer.«

»Sie muss doch begreifen, dass in der Astronomie niemand zu Schaden kommt«, warf Gabriel ein.

»Ja, das hab ich ihr auch erklärt. Sie hat auf den finanziellen Schaden verwiesen.«

»Oh«, sagte Gabriel.

»Ich weiß nicht, Leute. Ich liebe sie. Ich will nicht, dass es sich so anhört, als wäre das nicht so. Wir sind nur einfach so verschieden in den Dingen, die uns wichtig sind, und manchmal frage ich mich, ob das in Ordnung ist. Aber *du* verstehst es.« Mit dem letzten Satz schien Avery mich anzusprechen. Im Sternenlicht konnte ich erkennen, dass er mir den Kopf zugewandt hatte. Es war so dunkel und klar hier draußen, dass die Sterne tatsächlich etwas Licht spendeten. Ich glaube, er hatte verstanden, dass Gabriel ein Neuling in der Astronomie-Szene war, und nicht so kundig. »Richtig?«

»Das tu ich«, entgegnete ich. »Es ist anders als andere Leidenschaften, denn es definiert die Welt für einen neu. Es verändert, was man darüber denkt, wie die Welt um einen herum ist. Es verändert die Perspektive. Es pflanzt diese absolut überwältigenden Realitäten in dein Bewusstsein, die den meisten Menschen verschlossen bleiben. Für mich ist das so, als würde man sein ganzes Leben lang in einem Haus wohnen und niemals nach draußen gehen. Oder sogar, als würde man in einem Keller hausen. Wenn man nie natürliches Licht gesehen hat und man dann plötzlich nach draußen kommt und die Sonne erblickt, den Himmel, die Wolken. Berge, Flüsse, Wälder. Den Ozean. Die Wüste. Das verändert alles. Es verändert einen selbst. Es fügt etwas im Inneren hinzu, in der Seele, das vorher nicht dort gewesen ist, und man möchte nie wieder in den Keller zurück.«

Wir saßen eine ganze Weile schweigend da.

Schließlich sagte Avery: »Ja. Ich denke, jetzt glaube ich dir. Du bist sehr viel älter, als du rein äußerlich wirkst.«

Kapitel Zwölf

Jeden Moment jetzt, auch bekannt als: in hunderttausend Jahren

Gabriel und ich verbrachten den Rest der Nacht auf dem Rücken liegend unter den Sternen. Da außer Avery niemand sonst auf dem gesamten Campingplatz war, stellten wir den Jeep etwas von uns entfernt ab, damit er keinen Teil des Spektakels verdeckte. Wir hatten eine Dreihundertsechzig-Grad-Sicht auf das Firmament.

Es war unglaublich.

Es fühlte sich an, als wären wir in einem Goldfischglas. Der Himmel war nicht flach. Ich nahm die Krümmung wahr, hoch über unseren Köpfen. Es war wie die Kuppel in einem Planetarium, nur dass es im Freien war und sehr kalt … und absolut real.

»Erzähl mir, was der Mann im Diner gesagt hat, was wir beobachten können«, bat Gabriel. »Zeig es mir. Ich hab es mir nicht gemerkt. Für mich waren es bloß Buchstaben und Zahlen. Aber ich weiß, dass du dich erinnerst.«

Wir taten es schon wieder. Wir flüsterten, als ob da jemand wäre, den wir stören könnten. Ich schätze, es lag an der Ehrfurcht, die wir verspürten.

»M45, die Plejaden. Es ist diese kleine Sternengruppe, ein paar Grad rechts vom Mars.«

»Das hab ich gesehen!«, verkündete er. Er klang aufgeregt, was mich freute. »Ich hab mich schon gefragt, was das ist.«

»Der Typ hat gemeint, vielleicht könnten wir auch den Nebel um M42 ausmachen. Also den Orion-Nebel. Du weißt, wo der ist, oder? In Orions Schwert?«

»Das an seinem Gürtel hängt, genau dort«, sagte er und zeigte dabei auf die drei Sterne, die Orions Gürtel bildeten: Alnitak, Alnilam und Mintaka.

»Richtig. Also hängt das Schwert an Alnitak, dem niedrigsten Stern, und ungefähr in der Mitte von diesem Schwert ist ein heller Punkt, den man für einen Stern halten könnte, obwohl es keiner ist. Ich meine, da sind Sterne drin und außen rum. Trotzdem ist es ein sehr heller Nebel.«

Wir schwiegen eine Minute lang oder zwei und blickten in den Himmel. Dieses Beobachten war irgendwie intensiv, als erforderte es viel Konzentration.

»Ich bin mir nicht sicher bei diesem diffusen Nebel«, sagte er. »Wobei ich durchaus erkennen kann, dass es nicht einfach bloß ein Stern ist. Es ist kein scharfer Lichtpunkt, wie man es von den anderen Sternen kennt, sondern eher so ein Schimmern.«

»Dass du das mit dem bloßen Auge wahrnimmst, ist wirklich beachtlich. Und er hat auch gemeint, dass wir vielleicht den hellen Kern von M31 sehen könnten. Das ist die Andromedagalaxie.«

»Oh, davon hab ich schon gehört.«

»Die geht jetzt gerade in Westnordwest unter. Jupiter befindet sich dicht über dem Horizont im Südwesten. Also … müsste sie ungefähr … dort sein.«

Er folgte mit dem Blick meinem ausgestreckten Zeigefinger.

»Ich glaub, ich hab sie«, meinte er. »Ähnelt sie vage einem weichen, flauschigen, leicht ovalen leuchtenden Ball?«

»Genau. Sie ist besser sichtbar als jede andere Galaxie, weil sie näher ist. Sie kommt auf uns zu. Tatsächlich ist sie gerade dabei, mit uns zusammenzustoßen.«

»Was? Warum weiß das sonst niemand?«

»Oh, alle wissen das.«

»Jeder weiß, dass eine andere Galaxie gerade dabei ist, mit uns zusammenzustoßen und sämtliches Leben, wie wir es kennen, auszulöschen?«

»In ungefähr einer Milliarde Jahre«, erklärte ich.

Ich hörte ihn leise lachen. Leicht nervös. Oder mit gerade überwundener Nervosität.

»Das hätte ich dazusagen sollen«, entschuldigte ich mich, »dass ›gerade dabei‹ im astronomischen Bereich gewöhnlich mindestens eine Milliarde Jahre oder so bedeutet. Wenn Astronomen davon reden, dass ein Stern wie Beteigeuze gerade dabei ist, jede Minute zur Supernova zu werden, heißt ›jede Minute‹ übersetzt hunderttausend Jahre oder mehr. Außerdem ist das Ende von ›Leben, wie wir es kennen‹ nicht ganz korrekt. Bei diesen riesigen Galaxien denkt man an feste Objekte, dabei ist da unvorstellbar großer Raum zwischen der Materie. Es gäbe wahrscheinlich gar keine merkbaren Veränderungen im Leben eines Menschen – vorausgesetzt, dass es hier in einer Milliarde Jahre noch Menschen gibt, was für sich genommen schon eine gewagte Annahme ist.«

Gabriel schwieg eine ganze Weile.

Dann meinte er: »Da wird einem schwindlig, wenn man versucht, sich das vorzustellen.«

»Alles im Weltall ist schwindelerregend. Darum liebe ich es so sehr. Es fordert einen und zwingt einen, seinen Verstand zu öffnen. Die meisten Leute machen das viel zu selten. Deshalb sind so viele von ihnen auch so engstirnig.«

Eine weitere Reihe stiller Momente. Absolute Ruhe.

Schließlich sagte Gabriel: »Wir haben es geschafft, Ru. Wir haben es wirklich geschafft. Wir haben etwas von deiner College-Liste erledigt.«

»Dank dir«, erwiderte ich.

»Bleiben wir noch eine weitere Nacht?«

»Ich denke nicht. Wir haben fast kein Essen mehr. Aber das ist nicht wirklich der Grund. Sondern weil wir das hier tatsächlich erfolgreich abgehakt haben.«

* * *

Am Morgen legten wir einen kleinen Stopp ein, um Avery seine Abdeckplane zurückzugeben, ehe wir aufbrachen. »Oh, ihr bleibt nicht noch etwas länger?«, fragte er. Er klang enttäuscht.

»Nein«, sagte ich. »Wir müssen weiter. Wir wollen irgendwo Polarlichter beobachten.«

»Wo?«

»Da bin ich mir noch nicht sicher.«

»Ich kenne einen großartigen Ort dafür. Da war ich mal zwei Wochen lang und hab fotografiert. Dort gab es fast jede Nacht eine fantastische Polarlichtershow, wobei ich wahrscheinlich auch Glück gehabt habe. Ich kann nicht garantieren, dass das die ganze Zeit so ist, doch verglichen mit anderen Orten geschieht es wirklich oft.«

Ich schaute Gabriel an und er schaute mich an.

Wir hatten uns schon darauf geeinigt, dass wir nicht versuchen würden, nach Alaska zu fahren, denn dafür würden wir allein auf der Hinfahrt schon zweimal eine Grenze überqueren müssen. Dabei waren wir uns nicht mal sicher, ob unser Trip eine einzige überstehen würde.

»Wo war das?«, fragte ich.

»In den Nordwest-Territorien, in Kanada. Ich war in Paulatuk, aber irgendwo dort oben würde reichen. Es ist schon weit, andererseits jedoch auch ziemlich genau nördlich von hier, wo wir im Moment stehen. Daher ist es vermutlich näher als jeder andere Ort, an dem man Polarlichter beobachten kann.«

»Das klingt vielversprechend«, erwiderte Gabriel. »Danke.«

Er reichte Avery die zusammengelegte Plane, der allerdings abwinkte.

»Wenn ihr unterwegs häufiger campen wollt, werdet ihr die brauchen«, stellte er fest. »Denkt an mich, wenn ihr sie benutzt, und schickt mir in Gedanken ein Bild von der Aurora, sodass ich sie im Geiste sehen kann.«

Wir begaben uns zum Jeep, doch dann blieb ich stehen. Ich blickte Avery eindringlich an und es war offensichtlich, dass er nicht verstand, warum ich das tat.

»Sagen Sie Ihrer Frau, dass es das ist, was Sie definiert«, erklärte ich. »Sagen Sie ihr, dass der Mann, den sie geheiratet hat, der Mann, in den sie sich verliebt hat und der sich in sie verliebt hat, nicht von den Sternen in der Nacht getrennt werden kann. Sagen Sie ihr, dass die Sterne Sie glücklich machen, und je glücklicher Sie sind, desto glücklicher können Sie Ihre Frau machen.«

Er starrte ein oder zwei Herzschläge lang einfach zurück, ehe er den Mund zu einem kleinen schiefen Lächeln verzog.

»Denkst du, dass das funktionieren wird?«

»Keine Ahnung«, entgegnete ich. »Wahrscheinlich nicht. Ich weiß, wie schwierig es ist, Menschen zu ändern. Aber es wird die Dinge auch nicht verschlimmern.«

Wir winkten ihm, als wir losfuhren und unsere Fahrt fortsetzten.

* * *

»Ich fürchte, an der Grenze werden wir festgenommen«, meinte Gabriel.

Wir waren auf dem Weg nach Norden, in Richtung Kanada, auch wenn immer noch mehrere Staaten zwischen uns und der Grenze lagen. Wir aßen billige Hotdogs von einer Tankstelle, ohne uns darum zu kümmern, dass es gerade mal sieben Uhr morgens war.

»Entschuldige bitte, dass ich die Stimmung runterziehe«, fügte er hinzu. »Bislang haben wir so getan, als wären wir nicht mehr minderjährig, doch das funktioniert nur so lange, bis wir unsere Pässe vorzeigen müssen. Ich bin mir nicht einmal sicher, ob es uns überhaupt erlaubt ist, ohne Begleitung eines Erwachsenen die Grenze zu überqueren. Und sogar wenn es nicht verboten ist, wird man uns Fragen stellen. Und falls wir als vermisst gemeldet sind, bedeutet das das Ende unserer Reise.«

»Darüber habe ich nachgedacht«, antwortete ich.

»Und hast du eine Idee?«

»Ich glaube schon. Erinnerst du dich, wie ich gesagt habe, dass wir mehr Leuten gegen Spritgeld die Mitfahrt anbieten sollten? Na ja, wenn es uns gelingt, jemanden zu finden, der nach Kanada möchte, sind wir nicht mehr unbegleitet. Dann sehen wir wie eine ganz normale Familie aus.«

»Wir haben aber nicht den gleichen Nachnamen.«

»Wenn es eine Frau ist, bezweifle ich, dass das irgendwem auffallen wird. Frauen haben oft einen anderen Namen als ihre Kinder. Meine Mutter und ich hatten nicht denselben Nachnamen.« Es traf mich wie der Blitz. Das Wort, als ich es gesagt habe. Das M-Wort. Es traf mich, als ob ich ein Zimmer betreten und erwartet hätte, sie dort vorzufinden, und mich dann plötzlich daran erinnert hätte, dass sie nicht mehr da war. Ich verstaute das so gut wie irgend möglich wieder tief in mir. »Und viele Mütter haben Kinder mit unterschiedlichen Nachnamen, weil sie von verschiedenen Vätern sind.«

»Oh«, erwiderte er. »Stimmt. Nur wo finden wir so jemanden?«

»Dafür habe ich noch keine Lösung und ich glaube auch nicht, dass das etwas ist, für das man sich eine Lösung überlegen kann. Ich denke, wir müssen einfach zur richtigen Zeit am richtigen Ort sein. Vermutlich ist es am besten, wenn wir uns eine Weile in der Nähe der Grenze aufhalten und versuchen, so viele Menschen wie möglich zu treffen. Ich habe immer vermutet, dass das das Geheimnis dahinter ist, zur rechten Zeit am rechten Ort zu sein.«

»Viele Leute zu treffen?«

»Nun, in diesem Fall schon. Doch etwas genereller betrachtet, einfach zu vielen Zeiten an vielen Orten zu sein.«

»Es könnte eine Weile dauern.«

»Ja, schon. Andererseits ist es ja nicht so, als ob wir es eilig hätten«, entgegnete ich.

* * *

Wir hatten die Grenze nach Idaho mehrere Dutzend Kilometer hinter uns gelassen, als ich anfing, Fragen zu stellen.

Wir hatten zum Tanken angehalten und Gabriel hatte von einer Telefonzelle aus seine Mutter angerufen. Ich hatte im Auto gewartet, für den Fall, dass er Privatsphäre wollte.

»Wie ist es gelaufen?«, erkundigte ich mich, als er zurückkehrte.

Das meine ich aber noch gar nicht mit meiner Bemerkung übers Fragenstellen.

»Sie war nicht da. Ich hab ihr eine Nachricht hinterlassen.«

»Ist das gut oder schlecht?«

»Ich denke, gut«, antwortete er. »Schwer zu sagen.«

Wir fuhren wieder auf die Straße und ich fragte: »Warum habe ich die ganze Zeit versucht, aus Büchern oder im

Klassenzimmer etwas über die Sterne zu lernen? Wenn ich die Sterne so sehr geliebt habe, warum bin ich dann nicht einfach rausgegangen und hab mich unter den Sternenhimmel gesetzt? Ich weiß, genau darauf hast du mich bereits hingewiesen. Ich will auch nicht so tun, als ob es was völlig Neues wäre oder als ob ich von allein darauf gekommen wäre. Nur zu der Zeit hab ich es noch nicht richtig verstanden. Jetzt begreife ich es auf eine Art und Weise, wie ich das zuvor nicht getan habe. Es ist, als hätte ich mich, vorausgesetzt, es gäbe das Paradies auf Erden und auf der anderen Seite eine Präsentation darüber, für die Präsentation entschieden. Warum hab ich das getan?«

»Ich glaube, jeder tut das«, bemerkte er. »Zumindest zu einem gewissen Grad. Oder wenigstens manchmal.«

»Wieso?«

»Na ja, das weiß ich auch nicht«, teilte er mir mit. »Doch ich halte es für gut, dass du dir diese Frage stellst.«

Dann, ein paar Kilometer hinter den Idaho-Wasserfällen, erklärte ich: »Ich hab eine weitere Frage.«

»Okay«, erwiderte Gabriel.

»Dir ist bewusst, dass ich nicht wirklich eine gute Beziehung zu meiner Mutter hatte, richtig?«

»Ja, das war der Eindruck, den ich gewonnen habe.«

»Wir sind einander auf die Nerven gegangen. Ich hab so viel Zeit wie nur möglich von ihr entfernt verbracht. Es hat sich himmlisch angefühlt, mich allein auf den Weg zu machen.«

Dann brach ich ab und wir verfolgten durch die Fenster, wie zwanzig oder dreißig Kilometer Landschaft an uns vorbeirauschten.

»Ich warte noch immer auf die Frage«, stellte Gabriel schließlich fest.

Schade. Ich bereute es, diese Art von Gespräch begonnen zu haben, und ich hatte gehofft, dass er es auf sich beruhen lassen würde.

Ich antwortete nicht sofort.

»Da steckt irgendwo noch eine Frage drin, oder?«

Ich holte tief Luft und stieß sie langsam und bewusst wieder aus.

»Warum hilft mir das jetzt nicht?«

»Oh«, meinte er, wobei er etwas bedrückt klang. Als ob er die Gefühle für mich fühlte. »Ich habe diese Theorie über Mütter. Aber ich denke, ich sollte warten und dir davon erzählen, wenn du bereit bist, sie zu hören.«

»Das wäre dann nicht jetzt.«

»Das hab ich mir gedacht.«

»Tut mir leid, dass ich all diese Fragen stelle«, erklärte ich.

»Das stört mich nicht. Ich wünschte nur, ich hätte bessere Antworten.«

»Deine Antworten sind gut. Besser als meine. All die Jahre hab ich gedacht, dass ich so schlau wäre, doch offenbar ist das bloß bei Dingen so, die nicht sehr nützlich sind, wenn man versucht, wirklich zu leben. Es ist, als ob ich all dieses Zeug wüsste, nur dass urplötzlich nichts davon mehr wirklich wichtig ist.«

Danach schwiegen wir, bis wir fast die Grenze zu Kanada erreicht hatten. Ich denke, die Welt wurde etwas schwerer. Drückte uns nieder. Ich denke, die Last von unser beider Leben senkte sich auf uns und alles fühlte sich sehr real an. Sowohl die guten Dinge als auch die schlechten. Einfach sehr, sehr real.

Kapitel Dreizehn

Wie man in einem Truck-Stop-Diner das maximale Trinkgeld rausholt

Ihr macht das großartig, Mädels. Besser, als ich zu hoffen gewagt hab, und das meine ich überhaupt nicht negativ. Es liegt an mir, ich gehe ziemlich ins Detail. Ihr beweist unter den gegebenen Umständen erstaunlich viel Geduld.

Ich verdiene allerdings auch ein Lob. Zwei Pinkelpausen und ein Mittagessen später, und ich hab uns beinah bis nach Kanada gebracht.

Es gibt da diese kleine Stadt knapp zwanzig Kilometer südlich der kanadischen Grenze in Montana. Eigentlich ist das gar keine richtige Stadt, sondern eher das, was man als »verschlafenes Nest« bezeichnet. Da leben höchstens ein paar Hundert Leute. Aber es gibt einen Diner – hoffentlich ist er noch dort –, der, so hatten wir gehört, bei Fernfahrern beliebt war. Das ist immer ein gutes Zeichen. Man kann sich darauf verlassen, dass Trucker wissen, wo man einkehren will. Das solltet ihr euch merken.

Bei unserer Ankunft fuhren gerade vier große Sattelschlepper praktisch zur selben Zeit vom Parkplatz. Wir hielten das für Zufall. Doch da irrten wir uns.

Wir waren direkt vor der Tür, als Virgil heraustrat. Virgil war der Besitzer des Diners, obwohl Gabriel und ich das zu dem Zeitpunkt noch nicht wussten und auch seinen Namen nicht kannten.

Er war ein kleiner, muskulöser Mann in den Sechzigern mit einem dichten Schopf grauer Haare und den buschigsten Augenbrauen, die ich meiner Erinnerung nach je gesehen hatte. Moment. Streicht das. Das stimmt so nicht. Die buschigsten, die ich je gesehen hatte. Es ist schließlich nicht so, als hätte ich je etwas gesehen und es dann vergessen.

Im Hinausgehen drehte er das »GEÖFFNET«-Schild zu »GESCHLOSSEN« um.

»O nein«, sagte Gabriel. »Sie haben geschlossen?«

Virgil musterte Gabriel von Kopf bis Fuß, wie es ältere Leute häufig taten. Als müssten sie sich erst einen Reim auf ihn machen, bevor sie mit ihm reden konnten.

Wir hatten nicht annähernd genug gegessen und hatten uns auf den Diner hier gefreut, seit uns eine Frau heute Morgen an einer Tankstelle davon erzählt hatte. Wir hatten beide schon so viel Gewicht verloren, dass wir uns beim Laufen dauernd die Hosen hochziehen mussten.

»Tut mir leid«, verkündete Virgil. »Familiärer Notfall. Ich hab einen Koch, aber was nützt mir das, wenn ich keine Kellnerin und niemanden zum Abräumen hab?«

»Warten Sie«, hakte ich nach. »Ihre Kellnerin und Ihr Abräumer haben beide gleichzeitig einen familiären Notfall?«

Er seufzte. Ich konnte erkennen, dass er nicht wirklich hatte stehen bleiben und mit uns reden wollen.

»Meine Kellnerin ist meine Tochter, und der Abräumer ist mein Sohn. Und der Zustand meiner Mutter – ihrer Großmutter – hat sich gerade dramatisch verschlechtert.«

Das traf mich hart, wie ein Hieb in die Magengrube. Der Ausdruck und das Gefühl, das er erzeugte. Die Erinnerung daran, wie Tante Bitsy mir versprochen hatte, sie würde mir Bescheid geben, falls sich bei meiner Mutter so eine Wende zum Schlechteren abzuzeichnen begann, und wie sie dieses Versprechen dann letzten Endes nicht gehalten hatte.

Ich tat etwas, das überraschte … nun ja, alle. Mich selbst eingeschlossen. Ich machte einen Schritt nach vorn und umarmte Virgil.

Ich konnte sein Erschrecken spüren, seine instinktive Abwehr, doch ich ließ ihn nicht los.

»Das mit Ihrer Mutter tut mir leid«, erklärte ich.

Da entspannte er sich etwas.

»Rus Mutter ist kürzlich gestorben«, warf Gabriel ein.

Ein angespannter, irgendwie brüchiger Moment verstrich und dann erwiderte Virgil die Umarmung. Einen Augenblick später traten wir beide zurück und musterten einander mit einer Mischung aus Verlegenheit und Bedauern.

»Wir hatten uns schon wirklich darauf gefreut, hier zu essen«, sagte ich. »Wir haben so viel Gutes gehört.«

»Nun, glaub mir, es schmerzt mich mehr als euch. Mit dem Lokal hier bestreite ich zu hundert Prozent meinen Lebensunterhalt. Wenn ich das Schild umdrehe, versiegt mein Einkommen. Wenn wir eine Woche oder zwei nicht aufmachen können, tut das ernsthaft weh.«

Gabriel sah eine Gelegenheit, die ich nie erkannt hätte. Man hätte mir hundert Jahre geben können und ich wäre nicht drauf gekommen. Das ist einer der vielen Gründe, weshalb ich immer sage, dass Gabriel bei den Sachen, die wirklich zählen, tatsächlich klüger ist als ich.

»Aber wenn Sie eine Kellnerin und einen Abräumer hätten, müssten Sie nicht schließen«, erklärte er.

»Richtig, doch die hab ich nun mal nicht«, erwiderte Virgil.

»Selbstverständlich haben Sie die«, entgegnete Gabriel. »Sie stehen direkt vor Ihnen.«

Virgil musterte uns eine gefühlte Ewigkeit lang schweigend und mit zusammengekniffenen Augen.

»Ihr seht sehr jung aus«, meinte er.

»Wir sind beide älter, als es den Anschein hat. Ich ein bisschen, und sie ist viel älter.«

»Habt ihr Erfahrung im Service?«

»Nein, aber wir lernen schnell.«

Wieder Schweigen, eine gerunzelte Stirn und zusammengekniffene Augen. Er wirkte ziemlich skeptisch, sodass ich mir sicher war, er würde uns wegschicken.

Als er seine Überraschung überwunden hatte, sagte er: »Wartet hier. Geht nicht weg.«

Er ließ uns in der kalten Morgenluft stehen und verschwand in sein Lokal.

Er blieb mehrere Minuten lang weg.

Gabriel und ich traten in der Kälte von einem Fuß auf den anderen. Ab und zu blickten wir einander an.

»Interessante Idee«, bemerkte ich.

»Wahrscheinlich wird es nicht funktionieren.«

»Nein, wahrscheinlich nicht. Aber es war trotzdem sehr beeindruckend, dass dir das eingefallen ist.«

Ungefähr eine Minute später tauchte Virgil wieder auf.

»Freddy ist einverstanden, es mit euch zu versuchen. Freddy ist mein Koch. Er ist der Boss, solange wir fort sind. Lernt einfach von ihm und tut, was er euch sagt. Wenn es nicht klappt, feuert er euch und hängt das ›GESCHLOSSEN‹-Schild auf und die Situation ist nicht schlechter als vorher. Wenn es klappt, zahle ich euch bei meiner Rückkehr acht Dollar die Stunde und natürlich gibt's auch noch das Trinkgeld.«

Und so kam es, dass zwei minderjährige Teenager elf Tage lang den Service in einem Truck-Stop-Diner nahe der kanadischen Grenze übernahmen.

Das Leben hat die Angewohnheit, einem solche perfekten Gelegenheiten genau im richtigen Moment in den Schoß fallen zu lassen. Doch diese Art, zu leben, hat einen Haken: Man muss es richtig machen.

Wenn ich Gabriel zuschaute, konnte ich immer viel lernen.

* * *

Apropos Trinkgeld. Interessiert es euch, zu erfahren, wie man in einer Fernfahrer-Raststätte ein gigantisches Trinkgeld kriegt? Na ja, nein, vermutlich nicht. Aber vielleicht kann euch diese Info ja eines Tages noch mal nützlich sein.

Man muss den Leuten erzählen, dass man keine Ahnung hat, was man tut.

Das denke ich mir nicht aus. Ich hab's von dem Koch Freddy gelernt.

Freddy war groß, hatte jedoch eine gebeugte Haltung, und sein Haar war ganz kurz abrasiert. Ich schätzte ihn auf fünfzig, aber er hätte gut und gern auch älter sein können. Müde genug sah er dafür jedenfalls aus.

Im Laden war es zehn Minuten lang leer, weil den vorher anwesenden Gästen ja mitgeteilt worden war, dass Virgil für ein paar Tage schließen musste. Während wir auf Neuankömmlinge warteten, gab uns Freddy einen Crashkurs. Haarnetz und Schürze anlegen. Wo wir die Zettel mit den Bestellungen aufhängen sollten. Darauf achten, dass auf jedem Tisch immer genug Sirup, Ketchup und scharfe Soße waren. Wie man den Bon schrieb und nach der Mahlzeit an den Tisch brachte.

Es schien nicht besonders schwierig zu sein, doch das sagte sich leicht, solange es keine Gäste zu bedienen gab.

»Ich muss die Bestellungen nicht auf einen Zettel schreiben«, erklärte ich. »Ich hab ein eidetisches Gedächtnis.«

»Ein was?«

»Das ist so ähnlich wie ein fotografisches Gedächtnis, nur dass das der falsche Terminus technicus ist.«

»Ein was?«, fragte Freddy erneut.

»Eine Falschbezeichnung. Der falsche Name für eine Sache.«

»Oh. Verstehe. Du bist wirklich älter, als du aussiehst, oder? Okay, tut mir leid, aber du musst die Bestellungen aufschreiben, weil ich nicht so ein Gedächtnis habe wie du und immer wieder nachschauen muss, während ich koche.«

»Oh, okay, in Ordnung. Dann tu ich das.«

Er zeigte Gabriel den Stapel Plastikwannen, die er zum Abräumen der Tische verwenden sollte, und wie man die Industriespülmaschine richtig belud und anstellte. Denn die war ganz anders als die, die die Leute zu Hause in ihrer Küche haben.

Danach setzte er sich mit mir hin und erklärte mir die Grundlagen des Kellnerns.

»Alle haben es furchtbar eilig«, ließ er mich wissen. »Niemand möchte, dass die Bedienung ihn unnötig Zeit kostet. Aber hier ist ein Tipp. Die Leute werden sauer, wenn sie glauben, es sei dir egal, jedoch nicht, wenn sie denken, dass du's einfach nicht besser weißt. Daher gehst du zu jedem Tisch und sagst: ›Hallo, ich bin Ru. Ich werde Sie heute bedienen. Ich hab nur leider nicht die geringste Ahnung, wie man das richtig macht. Es ist mein erster Tag heute. Und ich hab auch keine große Einführung erhalten. Ich helfe bloß aus, weil es Virgils Mutter schlechter geht und ich nicht wollte, dass er den Laden schließen muss. Daher tut es mir leid, aber es kann sein, dass Ihr Essen nicht so schnell wie gewohnt kommt. Trotzdem hoffe ich, das ist Ihnen lieber, als vor geschlossenen Türen zu stehen. Wenn Sie daher etwas Geduld mit mir haben könnten, wäre ich Ihnen sehr dankbar.‹ Auf diese Weise wissen sie, dass du ehrlich bist und dein Bestes gibst. Außerdem streichst du so mehr Trinkgeld ein, weil jeder Leute mag, die ihr Bestes geben.«

Die Glöckchen an der Eingangstür läuteten und Freddy sah auf.

»Los geht's«, meinte er. »Viel Glück.«

Ich merkte, dass ich nervös war, was für mich eher ungewöhnlich ist. Andererseits finde ich mich auch nicht häufig mit einer Aufgabe betraut, die sich nicht durch logische Analyse lösen lässt.

Anfangs lief es gut, doch das lag daran, dass es nur ein Tisch war.

Der Andrang zum Lunch brachte mich an den Rand der Tränen. Echter, richtiger Tränen.

* * *

Ich habe einen Riesenrespekt vor den Leuten, die in Gaststätten oder Restaurants bedienen. Und ich hoffe, ihr habt das auch. Das ist ein harter, undankbarer Job und bis zum heutigen Tag gebe ich immer ordentliches Trinkgeld und behandle Servicekräfte stets mit Respekt. Wenn man das erst mal selbst erlebt hat, weiß man es und vergisst es nie.

Alle Gäste waren total nett, besonders nachdem ich ihnen erklärt hatte, wie unerfahren ich war, und dabei fast genau die Worte benutzt hatte, die Freddy vorgeschlagen hatte. Es war nicht so, dass irgendjemand barsch zu mir war oder was Gemeines sagte. Es gab nur diesen einen Augenblick, in dem alles auf einmal geschah.

Freddy hatte die Glocke betätigt, was bedeutete, dass eine Bestellung fertig war. Ein Typ am Ecktisch hielt seine Tasse zum Nachfüllen hoch und ein anderer Gast machte das universelle Zeichen dafür, dass er zahlen wollte. Und das alles passierte, als ich gerade hinter den Tresen ging, um eine Sitzerhöhung für das Kleinkind eines Paars auf der Durchreise zu suchen.

Eine Sekunde lang war ich wie erstarrt. Mein Körper gab mir Signale, sich in vier Richtungen gleichzeitig zu bewegen. Da das nicht möglich war, hoben sich die Signale gegenseitig auf und legten mein Nervensystem lahm, so wie bei zu hoher Stromstärke eine Platine durchbrennt und unbrauchbar wird. In meinem Fall war der Schaden zumindest nicht dauerhaft. Es fühlte sich in dem Moment allerdings so an.

Ich stand ein paar Sekunden lang wie gelähmt da und fing dann an zu weinen. Etwas, das ich seit vielen Jahren nicht mehr getan hatte, das jetzt aber offenbar wieder auf dem Programm stand.

Wenn ich ehrlich bin, waren es nicht wirklich Tränen der Frustration oder der Überforderung, obwohl das alles natürlich eine Rolle spielte. Ich glaube, in Wahrheit weinte ich, weil ich merkte, dass ich kein Kind mehr war. Ich war eine Erwachsene mit einem Job. Ich hatte keine Mommy, zu der ich heimlaufen konnte, selbst wenn ich es gewollt hätte. Natürlich hatte ich Gabriel, doch der war damit beschäftigt, Tische abzuräumen und Geschirr zu spülen. Ich war allein, so wie jeder allein ist, wenn er stirbt, selbst wenn er dabei von Familie und Freunden umgeben ist. Ich war an einem Punkt in meinem Leben, an dem ich wie eine Erwachsene funktionieren musste, und niemand konnte mir helfen.

Ich habe nicht vergessen, dass ich euch vorhin gesagt habe, meine Kindheit habe an dem Tag geendet, an dem ich in die Vorschule gekommen bin. Natürlich hab ich das nicht vergessen. Ich vergesse ja nie was. Aber das war eine andere Ebene der

Dinge. Am ersten Vorschultag wurde mir klar, dass ich innerlich wie die Erwachsenen und nicht wie die anderen Kinder war. Trotzdem lebte ich nach außen hin weiter wie ein Kind. Ich wurde versorgt, musste meine Hausaufgaben erledigen und wohnte zu Hause.

Jetzt war ich plötzlich eine Kellnerin in einem Truck-Stop-Diner.

Und zwar eine in Tränen aufgelöste.

Freddy hatte mir ja erklärt, dass ich viel Trinkgeld kassieren würde, weil alle jemanden lieben, der sein Bestes gibt. Dann lasst euch von mir jetzt einen Tipp geben: Wenn man wirklich viel Trinkgeld kassieren will, sollte man vor den Gästen in Tränen ausbrechen. Ich hab das nicht absichtlich oder aus Berechnung getan und ich will auch nicht vorschlagen, dass ihr das tun solltet. Aber lasst es mich so ausdrücken: Die Leute reagieren auf so was.

Der Mann, der seine Rechnung haben wollte, winkte ab, als hätte er es plötzlich doch nicht so eilig. Das Paar mit dem Kleinkind holte sich die Sitzerhöhung selbst und der Mann mit dem erhobenen Becher schenkte sich selber nach.

Als ich das bestellte Essen nahm und an den richtigen Tisch brachte, kamen drei verschiedene Gäste auf mich zu, tätschelten mir den Unterarm oder die Schulter und steckten mir Geld in die Schürzentasche.

Ich hab erst später nachgesehen.

Es waren lauter Zwanziger.

* * *

Wir schlossen nach dem Lunch um zwei.

Freddy erklärte uns, was alles wie geputzt, weggeräumt und abgeschlossen werden musste.

»Doch bevor wir damit anfangen«, meinte er, »ihr beide müsst mächtig hungrig sein.«

Das war noch untertrieben. Wir hatten leichten Hunger gehabt, als wir heute Morgen hier angefangen hatten. Jetzt waren unsere Mägen geradezu schmerzlich leer.

»Können wir hier kostenlos essen?«, fragte Gabriel. Er klang so, als ob allein die Vorstellung zu gut sei, um wahr zu sein.

»Zwei Mahlzeiten pro Schicht«, antwortete Freddy. »Und die erste habt ihr ja schon verpasst. Kein Steak mit Ei, aber alles andere auf der Karte. Wonach ist euch denn, Frühstück oder Lunch?«

»Frühstück«, erwiderten wir beide wie aus der Pistole geschossen und fast wie aus einem Munde.

»Schwebt euch irgendwas Besonderes vor?«

»Hauptsache, viel«, sagte ich.

Er bereitete uns Rührei, Speck, Würstchen, Kartoffelpuffer, Pancakes und Toast zu.

So hatten wir seit Langem nicht mehr geschlemmt. Man weiß eine üppige Mahlzeit erst richtig zu schätzen, wenn man zuvor eine Weile lang gedarbt hat.

Wir seufzten, während wir uns über das Essen hermachten. Dabei ignorierten wir unsere protestierenden Mägen und aßen uns gründlich satt. Wir spürten, wie die Anspannung des Tages, von unserer Reise und von unserem Leben von uns abfiel. Es ist schon komisch, wie trostlos die Welt mit leerem Magen aussieht und in was für einem freundlichen Licht sie einem nach einer guten Mahlzeit erscheint.

* * *

Um drei verließen wir den Diner alle gemeinsam und Freddy sperrte hinter uns die Tür ab.

Da begriffen wir erst, dass wir jetzt freihatten.

Kurz überlegten wir, uns ein Motelzimmer zu nehmen. Wir griffen in unsere Taschen, um unsere Handys rauszuholen und die Preise zu prüfen. Und dann fragten wir uns laut, ob wir je lernen würden, damit aufzuhören.

Wir zählten unser Trinkgeld, wussten, dass es ungewöhnlich hoch war, und erkannten, dass wir, wenn wir für die Nächte ein Hotelzimmer mieteten, auf lange Sicht praktisch alles Geld, das wir verdienten, dafür ausgeben mussten. Das war nicht das, was uns vorschwebte. Bis zu den Nordwest-Territorien war es eine weite Fahrt und wir brauchten Geld für Benzin.

Also fuhren wir zum nächsten offenen Geschäft, einer rund um die Uhr geöffneten Tankstelle, und erstanden ein Kartenspiel.

Wir lagen auf der Seite hinten im Jeep, auf dem harten Boden, auf einen Ellbogen gestützt, und spielten Gin, bis das Licht zu schlecht wurde, um die Karten zu erkennen.

Es war mitten im Herbst und es wurde früh dunkel. Da wir sonst nicht viel zu tun hatten, krochen wir in unsere Schlafsäcke und versuchten, etwas Schlaf zu finden.

* * *

Wir wachten davon auf, dass jemand an unsere Heckscheibe klopfte.

Ich schnappte nach Luft und Gabriel setzte sich so schnell auf, dass er sich den Kopf am Jeepdach stieß.

Mein erster Gedanke war, dass es irgendein Polizist war, der uns darauf hinweisen wollte, dass wir hier nicht übernachten durften. Aber auf diesem Parkplatz waren jede Menge Fernfahrer, die ebenfalls in ihren Trucks schliefen. Wir konnten das Summen von Generatoren oder Kühleinheiten von den großen Sattelzügen hören.

»Wer ist da?«, fragte Gabriel und klang ängstlich. »Was wollen Sie?«

»Ich bin's, Freddy«, ertönte Freddys Stimme.

Wir atmeten beide auf. Ich konnte spüren, dass es bei mir wie ein Seufzen war, und hörte von Gabriel im selben Moment genau das gleiche Geräusch.

Wir öffneten eine der Hecktüren.

»Nein«, sagte Freddy. »Nein, nein, nein. Einfach nein.«

»Dürfen wir hier nicht schlafen?«, erkundigte sich Gabriel.

»Nein«, wiederholte Freddy noch einmal.

»All die Fernfahrer machen das doch auch«, wandte ich ein.

»Das ist was anderes. Die haben eine Standheizung und Heizlüfter extra für Fahrerkabinen. Sie wissen ganz genau, was sie tun, und werden nicht erfrieren. Ihr hingegen schon. Ich hab meiner Frau versichert, ihr beide wärt klug genug, um euch ein Zimmer zu nehmen, aber sie hat mir keine Ruhe gelassen, bis ich noch mal hergefahren bin, um nach euch zu schauen. Und darüber bin ich jetzt sehr froh. Packt euer Zeug. Ihr kommt mit zu mir nach Hause.«

Kapitel Vierzehn

Das Leben, wenn man es richtig macht

Freddys Haus war der erste Ort, an dem ich dachte, wir könnten tatsächlich ein Problem mit Gabriels Außendarstellung bekommen. Doch das ist vielleicht nicht fair Freddys Familie gegenüber, denn wir waren schon zuvor schräg angeschaut worden. Es war eher … Bis zu dem Moment waren wir nie lange irgendwo geblieben und hatten uns solchen Situationen einfach entziehen können.

Aber jetzt war es Viertel vor acht abends bei Freddy, seiner deutlich jüngeren Frau Bessie und zwei Miniaturausgaben von Freddy. Also zwei Jungs zwischen dreizehn und fünfzehn mit dem gleichen schlaksigen Körperbau und dem raspelkurzen Haar.

Und uns blieb nichts anderes übrig, als die Nacht bei ihnen zu verbringen.

Ich erinnere mich, gedacht zu haben: *Hier sind wir in Montana, bei Männern, die ihr Haar nicht mal einen Zentimeter lang wachsen lassen.* Das hätte ich eigentlich vorhersehen müssen.

Wir aßen Chili und Maisbrot und ich weiß noch, dass ich mich zu Gabriel gebeugt und ihm ins Ohr geflüstert habe: »Okay, wir sind eindeutig nicht mehr in Kalifornien.«

Währenddessen musterte die Frau Gabriel verstohlen, war dabei jedoch nicht so diskret, wie sie vermutlich glaubte. Die Jungs blickten immer wieder kurz zu ihm, dann wieder auf ihren Teller und grinsten.

Ich fand es merkwürdig, dass jemand so heftig reagierte, denn seit unserem Camping hatte Gabriel kein Make-up mehr benutzt und das, das er vorher getragen hatte, war praktisch völlig verschwunden. Ich bin mir nicht sicher, ob es mir überhaupt aufgefallen wäre, wenn ich ihm begegnet wäre. Aber andererseits lebte ich nicht in Montana und hatte auch keine Vorliebe für kurz geschorenes Haar.

Einer der Jungen stieß ein lautes Lachen aus, das ihm gegen seinen Willen zu entschlüpfen schien.

Seine Mutter beugte sich vor und gab ihm einen Klaps auf den Hinterkopf.

»Au!«, rief er und rieb sich die Stelle.

Das schien ihm alle Belustigung auszutreiben.

Er schaute zu Gabriel, einen verletzten Ausdruck in den Augen, als sei Gabriel schuld an der Bestrafung.

»Warum trägst du Make-up und Nagellack?«, fragte er mit nerviger Stimme.

»Marshall!«, fuhr sein Vater ihn an.

»Was denn? Ich hab nicht gelacht. Ich hab nur gefragt. Echt, jetzt darf ich nicht mal mehr fragen?«

»Wenn ihr nicht höflich sein könnt«, mischte sich seine Mutter ein, »könnt ihr aufstehen und ohne den Rest von eurem Abendessen ins Bett.«

»Ich versteh nicht, was so unhöflich daran ist, nachzufragen«, beschwerte sich Marshall.

»Man stellt Gästen keine persönlichen Fragen. Diese netten jungen Leute stammen aus Kalifornien und da verhalten sich die Dinge ein bisschen anders. Außerdem hat er ganz bestimmt seine Gründe dafür.«

Das störte mich tatsächlich mehr als das alberne Getue der Teenager.

»Er braucht doch gar keinen Grund«, setzte ich an. »Es geht ja nicht um …«, aber dann fing ich Gabriels Blick auf und ließ den Satz unvollendet in der Luft hängen.

Die Freundschaft zwischen Gabriel und mir hatte da schon richtig Fahrt aufgenommen, sodass es uns problemlos gelang, uns wortlos zu verständigen. Was er mir in diesem Moment mit den Augen mitteilte, war: *Für mich ist es leichter, wenn du es einfach auf sich beruhen lässt.*

Und ich verließ mich auf seine Einschätzung, denn er wusste natürlich besser als ich, wie es sich für ihn anfühlte.

Der ältere Junge, der, der nicht Marshall war, bemerkte: »Da, wo wir herstammen, braucht man einen Grund.« Er sprach leise, doch laut genug, dass es alle hören konnten.

Freddy schlug mit der flachen Hand auf den Esstisch. Alles auf dem Tisch schepperte und alle am Tisch zuckten zusammen.

»Jetzt reicht's!«, brüllte er. Seine Lautstärke ließ nicht nur das Geschirr auf dem Tisch erbeben, sondern auch mich. Und ich konnte erkennen, dass es Gabriel ebenso unangenehm war. »Diese beiden jungen Leute sind ehrlich und arbeiten hart und ihr müsst euch entscheiden, was ihr wollt: zu Ende essen oder euch weiter so schlecht benehmen. Denn ihr könnt auf keinen Fall beides haben.«

Im Zimmer wurde es totenstill und das blieb es auch eine ganze Weile. Gabriel und ich konzentrierten uns auf unser Essen, obwohl ich den Appetit verloren hatte und feststellte, dass es Gabriel nicht viel anders ging.

Nach zwei oder drei Minuten Schweigen schaute mich der jüngere Sohn direkt an.

»Wie alt bist du?«, wollte er wissen.

»Marshall …«, sagte Freddy warnend.

»Was? Was ist jetzt schon wieder los? Ich hab nur gefragt, wie alt sie ist.«

»Sie ist älter, als sie aussieht, und mehr musst du nicht wissen.«

»Na ja, klar«, meinte Marshall. »Man merkt sofort, wenn sie den Mund aufmacht und redet, dass sie kein Kind mehr ist. Ich hab bloß überlegt, wie viel älter sie ist, als sie aussieht.«

»Ich bin zweiundzwanzig«, warf ich ein.

Marshall hatte wieder den Gesichtsausdruck wie eben, als seine Mutter ihm den Klaps versetzt hatte. Völlig aus dem Gleichgewicht gebracht und verloren.

»Aber wie?«

»Dafür ist eine Erkrankung verantwortlich«, erklärte ich. »Die sorgt dafür, dass ich rein äußerlich nicht älter werde.«

»Und wie heißt die Krankheit?«

Ich öffnete den Mund, um ihm die Antwort zu geben, auf die Gabriel und ich uns geeinigt hatten, doch seine Mutter kam mir zuvor.

»Es reicht«, verkündete sie. »Wir werden jetzt über etwas völlig anderes reden. Wo wollt ihr beiden denn als Nächstes hin?«

»Nach Kanada«, erwiderte Gabriel.

»Oh, ein wunderschönes Land. Da oben wird es euch gefallen. In welchen Teil?«, erkundigte sich Freddy.

»In die Nordwest-Territorien«, entgegnete Gabriel. »Wir wollen Polarlichter sehen.«

Freddy und seine Frau wechselten einen Blick. Das machte mich nervös, weil ich keine Ahnung hatte, was der bedeutete.

»Du weißt, mit wem die beiden sprechen sollten«, wandte sich Freddy an seine Frau.

»Ich hab gerade genau das Gleiche gedacht«, antwortete sie. Sie klang ganz kribbelig vor Aufregung.

Und dann sagten sie beide beinah im selben Moment einen Namen.

»Gladys!«

»Das ist nicht euer Ernst. Warum wollt ihr ihnen Gladys ans Bein binden?«, fragte der ältere Junge.

»So schlimm ist sie nun auch wieder nicht«, meinte Freddy.

»Die hat sie nicht mehr alle.«

»Sie ist nur ein bisschen … übellaunig. Das ist alles. Aber sie ist in Yellowknife geboren und aufgewachsen und hat immer noch Verwandtschaft dort. Sie redet die ganze Zeit von ihnen. Seit Jahren will sie sie besuchen, weigert sich allerdings leider, in ein Flugzeug zu steigen. Es ist eine schrecklich lange Fahrt für eine Achtzigjährige. Mit dem Auto ist man ewig unterwegs, schließlich sind es fast zweitausend Kilometer. Wenn man allein fährt, braucht man mehrere Tage, bis man da oben ankommt.«

Gabriel und ich wechselten einen Blick.

Wisst ihr noch, was ich über Dinge gesagt habe, die sich perfekt ergeben, wenn man das mit dem Leben richtig anstellt? Ich denke, wir beide haben gespürt, dass dies so ein Moment war.

* * *

Wir wurden zu einem Raum geführt, der aller Wahrscheinlichkeit nach das Zimmer der Jungs war. Darin standen zwei Einzelbetten mit Star-Wars-Bettwäsche und an den Wänden hingen Poster von Fußball- und Football-Stars.

»O nein«, protestierte ich. »Haben wir die Jungs aus ihrem Zimmer vertrieben?«

»Keine Sorge, die sind im Keller gut aufgehoben«, erwiderte Freddy. »Dort gibt es einen Heizstrahler.«

»Ich befürchte, dass sie mich jetzt noch weniger mögen«, vermutete Gabriel.

»Sie haben nichts gegen dich«, entgegnete Freddy. »Sie sind nur daran gewöhnt, dass die Dinge auf eine bestimmte Art und Weise ablaufen, und darüber haben sie ihre Manieren vergessen. Aber das wird nicht mehr passieren. Dafür werde ich sorgen. Habt ihr beide alles? Bessie hat Handtücher und Waschlappen für euch ins Bad gelegt. Und da stehen auch Gläser, falls ihr Durst habt. Das Leitungswasser bei uns ist ausgezeichnet, man kann es bedenkenlos trinken. Braucht ihr sonst noch was?«

»Nein, wir haben alles, Freddy«, antwortete ich. »Danke. Das ist wirklich nett.«

Er wandte sich zum Gehen, doch ich hielt ihn auf.

»Eine Sache noch. Wo finden wir diese Gladys?«

»Oh, keine Sorge. Ihr braucht sie nicht zu suchen, sie wird zu euch kommen. Sie arbeitet wochentags in der Chevron-Tankstelle, aber jeden Samstag- und Sonntagmorgen isst sie im Diner Pancakes. Um sieben Uhr morgens. Man kann seine Uhr danach stellen. Und immer nur Pancakes. Keine Eier, kein Kaffee. Nicht mal ein Glas Wasser. Nur eine kleine Portion Pancakes mit Ahornsirup. Ihr werdet sie schon bald kennenlernen und könnt ihr dann von euren Plänen erzählen. Sie hat sicher ein paar Hinweise für euch, was die Nordwest-Territorien anbelangt. Doch Vorsicht, es könnte sein, dass sie mitkommen will, und ich bin mir nicht sicher, wie ihr dazu steht.«

Gabriel und ich wechselten einen Blick.

Wir wussten beide, wie wir dazu standen. Auch wenn sie ein bisschen … übellaunig war, wie Freddy es genannt hatte, auch wenn sie sie nicht mehr alle hatte, wie einer der Jungs gesagt hatte, wir mussten sie kennenlernen. Wir konnten an der Grenze zwar nicht so tun, als wäre eine achtzigjährige Frau unsere Mutter, aber es wäre überhaupt nicht ungewöhnlich, wenn zwei Teenager mit ihrer Großmutter zu einem Besuch nach Hause fahren würden.

Und sie hatte dort Familie. Uns war jetzt klar, dass wir nicht weiter im Jeep schlafen konnten, ohne zu erfrieren.

Ich schaute wieder zu Freddy, der an der Tür wartete. Wohl für den Fall, dass wir noch was zu sagen hatten.

»Hat sie lange weiße Haare mit eingeflochtenen Federn?«, erkundigte ich mich.

Er sah überrascht aus.

»Woher weißt du das?«

»Sie haben erwähnt, dass sie in der Chevron-Tankstelle arbeitet. Wir haben heute Nachmittag ein Kartenspiel bei ihr gekauft.«

Und so, Mädels, läuft, wie schon erwähnt, das Leben. Vorausgesetzt, man macht es richtig.

* * *

Genau wie Freddy prophezeit hatte, erschien Gladys am Samstagmorgen pünktlich um sieben Uhr im Diner. Anfangs wollte sie nicht das Geringste mit mir zu tun haben.

Ich ging zu ihrem Tisch und sie musterte mich mit schmalen Augen. Ihr Blick wirkte beinahe bedrohlich.

Sie war eine winzige alte Frau, die den Eindruck erweckte, wenig Platz auf der Welt zu beanspruchen. Doch sie hatte eine wirklich beeindruckende Masse langer, glatter, weißer Haare. Sie schienen für sich genommen noch mal fast so viel Raum einzunehmen wie der Rest von ihr.

Ihre Haut war wettergegerbt, als hätte sie sie jahrelang der Sonne ausgesetzt. Braun gebrannt, ledrig. Voller Falten.

Als ich zu ihr trat, überwältigte mich der Geruch von abgestandenem Zigarettenrauch, den sie verströmte.

»Wer zum Teufel bist du?«, wollte sie statt einer Begrüßung wissen.

Sie hörte sich an wie eine junge Frau, die in einem Schultheaterstück eine Hexe spielt.

»Mein Name ist Ru«, erklärte ich. »Ich helfe aus, solange die Familie wegen eines Notfalls nicht hier sein kann.«

»Oh«, antwortete sie. »Ja, davon hab ich schon gehört.«

Am liebsten hätte ich mich erkundigt, warum sie dann überhaupt gefragt hatte. Wenn sie schon gewusst hatte, dass Virgils Familie fortgemusst hatte. Aber man lernt schnell, den Mund zu halten und nichts zu tun, was das Trinkgeld schmälern könnte. Als Kellnerin kann man natürlich immer seine Meinung sagen, sofern es einen nicht stört, lediglich einen Vierteldollar auf dem Tisch zu finden, wenn der Gast gegangen ist. Wenn überhaupt.

Darüber hinaus hofften wir ja, dass diese Frau uns über die Grenze bringen würde.

Ich wollte etwas hinzufügen, doch sie kam mir zuvor.

»Seit zweiundzwanzig Jahren frühstücke ich jeden Samstag- und Sonntagmorgen hier. Seit die Kinder, die jetzt hier arbeiten, klein waren. Und ich muss gestehen, dass ich nicht viel von Veränderungen halte. Ich mag es, wenn alles beim Alten bleibt. Das ist irgendwie tröstlich. Wenn die gewohnte Kellnerin hier wäre, bräuchte ich nicht haarklein zu beschreiben, wie ich mein Frühstück möchte. Du würdest es einfach wissen.«

»Eine kleine Portion Pancakes«, zählte ich auf. »Mit Ahornsirup. Und sonst nichts. Keine Eier, kein Kaffee. Nicht mal ein Glas Wasser. Nur die Pancakes.«

Sie fixierte mich wieder mit schmalen Augen. Sie waren grau, diese Augen. Ein besonderes, ungewöhnliches Grau.

»Woher weißt du das?«

»Von Freddy.«

»Warum hast du überhaupt mit ihm über mich gesprochen?«

»Er hat uns gefragt, wo wir hinwollen, wenn wir hier fertig sind, und ich hab ihm erzählt, dass wir nach Kanada wollen, in die Nordwest-Territorien.«

Und das war exakt der Moment, in dem ihr Interesse an mir erwachte.

Die ungewöhnlichen grauen Augen weiteten sich und wurden groß. Sehr groß. Sehr schnell. In diesem Moment änderte sich alles. Jetzt blickte Gladys mich an, als hätte sie gerade einen lieben, lang vermissten Freund wiedergefunden.

»Die ganze lange Strecke da hoch?« Sie klang, als könnte sie es kaum glauben.

»Ja, Ma'am.«

»Wann?«

»Sobald Virgil und seine Familie wieder zurück sind. Das kann in zwei Wochen oder auch schon früher sein.«

Ich beobachtete ihr Gesicht, während ich sprach, und sah, wie sich eine Wolke über ihre grauen Augen legte.

»Ach«, bemerkte sie. »Wahrscheinlich fliegt ihr. Alle fliegen.«

»Nein, wir fahren mit unserem Jeep.«

»Hey«, sagte sie. Ihre Stimme und ihre Ausstrahlung waren jetzt angespannt. Fast verzweifelt. »Hey«, wiederholte sie. Sie streckte ihre kleine, klauenartige Hand aus, fasste mich am Ärmel und zog mich näher zu sich. »Habt ihr noch Platz für eine zusätzliche Person in eurem Wagen? Ich weiß, ihr kennt mich nicht. Aber ich würde das Benzingeld übernehmen. Und wo wohnt ihr in der Zwischenzeit? Ich habe ein Gästezimmer.«

Aus dem Augenwinkel nahm ich wahr, wie Gabriel einen Tisch in der hinteren Ecke des Essbereichs abräumte. Ich gab ihm mit einem Blick und einer leichten Kopfbewegung zu verstehen, dass er rüberkommen sollte.

Und im Handumdrehen war er da.

Weil wir in einem richtigen Haus übernachtet hatten, hatte er sich heute wieder geschminkt und seine Nägel lackiert. Ein bisschen dezenter, als er es in Kalifornien getan hätte. Doch es war frisch.

»Das ist Gladys«, sagte ich.

Sie musterte ihn ebenfalls aus zusammengekniffenen Augen.

»Fahrt ihr beide durch Yellowknife?«, fragte sie.

»Das kommt darauf an«, meinte Gabriel. »Wir können hinfahren, wonach auch immer uns der Sinn steht.«

»Ich zahle das komplette Benzin, wie ich es deiner Freundin hier bereits erklärt habe. Ich werde im Auto nicht rauchen und ich werde meine verdammte Klappe halten. Ich habe ein Gästezimmer, da könnt ihr bleiben, bis es losgeht. Schlaft ihr in einem Motel? Das Geld könnt ihr euch sparen.«

»Wir wohnen im Moment bei Freddy«, antwortete Gabriel. »Da ist es für mich ein bisschen unangenehm. Er hat ja zwei Jungs im Teenageralter und die sind nicht gerade … Sie wissen schon … tolerant.«

Gladys betrachtete ihn erneut von oben bis unten, diesmal allerdings ohne die Augen zu verengen. Dabei konzentrierte sie sich vor allem auf sein Gesicht und seine Fingernägel, die er an diesem Tag schwarz lackiert hatte.

Er wartete, während sie ihre stumme Musterung beendete.

»Wenn das für Sie weniger ein Problem ist«, fügte er hinzu.

Ihr Blick wanderte erneut zu seinen Augen.

»Süßer«, erwiderte sie, »ich bin in Yellowknife geboren und aufgewachsen. Ich bin jetzt US-Bürgerin und damals schien das eine vernünftige Idee zu sein. Nichts gegen die USA, aber solange ich denken kann, wollte ich immer nur nach Hause. Ich bin einundachtzig Jahre alt und mit jedem Jahr, das verstreicht, wird das Heimweh schlimmer. Deshalb hör mir gut zu und glaub mir, was ich dir sage: Es ist mir völlig schnuppe, ob du Gardenien im Haar trägst oder mit einer Rose zwischen den Zähnen Hula tanzt. Wenn ihr mich nach Yellowknife zurückbringt, ist das für mich so was von kein Problem.«

* * *

Als wir Freddy erzählten, dass wir für den Rest unserer Zeit hier bei Gladys wohnen würden, wirkte er beschämt. Anfangs war ich mir jedoch nicht sicher, warum.

»Ich denke, daraus kann ich euch keinen Vorwurf machen«, meinte er.

»Es hat nichts mit Ihrer Familie zu tun«, erklärte ich.

Und dann begriff ich es.

Gabriel war in der anderen Ecke der Küche und belud die große Industriespülmaschine. Ich hatte beim Streichholzziehen sozusagen den Kürzeren erwischt, sodass es mir zufiel, mit unserem gegenwärtigen Gastgeber zu reden.

»Es hat sehr wohl mit meiner Familie zu tun und das tut mir leid.«

Er schabte mit dem großen, flachen Metallspatel über den Grill. Lange, gleichmäßige Bewegungen, die von jahrelanger Übung sprachen. Das Geräusch war mir in kürzester Zeit merkwürdig vertraut geworden.

»Wir haben uns nur gedacht, sie hat ein Gästezimmer und dann können Ihre Jungs ihr Zimmer zurückhaben.«

Außerdem mussten wir uns so schnell wie möglich mit Gladys anfreunden. Sie war unser Freifahrtschein über die Grenze. Wir hatten keine Ahnung, wie schwierig es sein würde, jemand anders zu finden, der nach Kanada wollte, zumal diese Gelegenheit uns praktisch in den Schoß gefallen war. Und wir mussten uns auf eine Geschichte einigen, damit wir die Fragen der Grenzbeamten beantworten konnten, ohne Verdacht zu erregen. Wir mussten wissen, dass wir uns auf sie verlassen konnten, dass sie uns nicht auffliegen lassen würde.

Aber natürlich hab ich Freddy das alles nicht gesagt.

Währenddessen schabte er weiter, doch seine Augen waren in die Ferne gerichtet. Irgendwie sanft und ein bisschen traurig.

»Ich habe nichts gegen irgendwen«, bemerkte er.

»Das weiß ich.«

»Gegen niemanden, der ehrlich und halbwegs anständig ist«, fügte er hinzu. »Und ich hab versucht, meine Kinder genauso zu erziehen. Und ich dachte, ich hätte es geschafft. Auch wenn ich nichts bewusst getan hab, um ihren Verstand zu erweitern, damit sie aufgeschlossener sind. Ich dachte einfach, dass sie von ganz allein so werden würden wie ich.«

»Darauf kann man sich leider nicht immer verlassen«, erwiderte ich. »Kinder sind sie selbst. Glauben Sie mir, ich weiß, wovon ich spreche. Niemand in meiner Familie ist außergewöhnlich intelligent, außer mir. Kinder kommen als sie selbst auf die Welt, mit ihrer eigenen Persönlichkeit. Außerdem stehen Ihre Jungs im Moment unter großem Druck. Sie sind in der Schule mit einem Haufen anderer Jungs zusammen und versuchen herauszufinden, was es bedeutet, ein Mann zu sein.«

»Ich hatte gehofft, dass sie sich an mir ein Beispiel nehmen«, entgegnete Freddy.

»Das werden sie höchstwahrscheinlich auch. Auf lange Sicht. Im Moment werden sie bloß mit allen möglichen Botschaften darüber bombardiert, was einen Mann in diesem Land ausmacht. In der Musik, in Filmen und im Fernsehen. Und die meisten dieser Botschaften sind wirklich schlecht. Toxisch und wenig hilfreich. Ganz sicher sind sie gute Jungs, nur sind sie jung und leicht zu beeinflussen. Sie lassen sich verwirren. Und wenn man eine andere Meinung vertritt, können Gleichaltrige erschreckend brutal sein. Man will sich keinesfalls auf der falschen Seite wiederfinden. Also seien Sie nachsichtig mit ihnen.«

Zum ersten Mal, seit wir mit dieser Unterhaltung begonnen hatten, unterbrach Freddy seine Arbeit.

»Du bist wirklich weise für deine zweiundzwanzig Jahre«, stellte er fest.

»Na ja, ich weiß nicht. Ich schau mich einfach in der Welt um und vergesse nicht, was ich sehe.«

»Ich sag meiner Frau, dass ihr zu Gladys zieht.«

»Danke«, antwortete ich und ging zu der Hakenleiste, um meine Schürze aufzuhängen.

»Ich hab übrigens mit Virgil telefoniert«, rief mir Freddy nach. »Seine Mutter ist gestorben.«

Ich hielt inne, die Hand mit der Schürze in der Luft. Ich konnte die Worte in mir widerhallen spüren, als ob ich ein dünnes Metallblech wäre, das im Wind vibrierte. Nur dass es in diesem Fall eine andere Art Wind war.

»Das tut mir leid«, erwiderte ich über meine Schulter, als ich mich wieder gefangen hatte.

»Er wird noch eine Weile fortbleiben, denn er muss sich um alles Mögliche kümmern. Das Haus ausräumen und ihre Konten schließen und so was. Aber seine Kinder kommen gleich nach der Beerdigung zurück. Dann haben wir wieder eine Bedienung und einen Abräumer und ihr beide könnt weiterziehen.«

»Wann ist denn die Beerdigung?«

»Das steht noch nicht fest. Ich halte euch auf dem Laufenden. Ich hab ihm erzählt, dass ihr beide, du und Gabriel, einen tollen Job macht. Darauf hat er gesagt, er schulde euch jede Menge Dank. Und er hat mir erlaubt, euch an dem Tag, an dem ihr aufbrecht, euren Lohn bar auf die Hand zu zahlen. Es sind dann auch zehn Dollar die Stunde, nicht die acht, die er euch ursprünglich angeboten hatte. So dankbar ist er euch.«

»Wow«, stieß ich aus und hängte die Schürze an den Haken. In ein paar Minuten würden wir für heute schließen. Ich verspürte ein Gefühl warmer Zufriedenheit, das ich bis dahin nicht gekannt hatte. »Das ist wirklich nett. Danke.«

»Nun, ihr wart ja auch nett zu ihm. Nehmt ihr Gladys mit?«

»Ja.«

»Schön. Das ist gut. Es freut mich wirklich, das zu hören. Ich mach mir ständig Sorgen, dass sie stirbt, ohne Yellowknife wiederzusehen. Sie möchte so dringend nach Hause. Es ist echt freundlich von euch, sie mitzunehmen. Sie ist ein bisschen eigen, doch insgesamt harmlos.«

»Sie hat angeboten, das Benzin zu zahlen«, erwähnte ich. »Auf diese Weise haben wir alle was davon.«

Aber natürlich wussten nur Gabriel und ich – nur Gabriel und ich würden jemals wissen –, wie unglaublich viel wir tatsächlich davon hatten.

Kapitel Fünfzehn

Die Kids heutzutage, oder?

In den Tagen, bevor wir unsere Reise fortsetzten, sahen wir Gladys nur sehr wenig. Wir kamen erst nach drei Uhr nach Hause und sie arbeitete von zwei bis zehn.

Bei den seltenen Gelegenheiten, bei denen wir sie zufällig trafen, war sie seltsam freundlich. Nicht dass wir sie gut genug kannten, um zu wissen, was bei ihr seltsam war, aber sie hatte vorher nie etwas getan, das uns annehmen ließ, dass sie sich wahnsinnig große Mühe gab, nett oder höflich zu ihren Mitmenschen zu sein. Nach allem, was wir wussten, hatte sie nie irgendwas getan, um bei irgendjemandem diesen Eindruck zu erwecken.

Am ersten Tag stand sie um halb fünf auf, um uns vor unserer Schicht im Diner Kaffee zu kochen, obwohl wir wussten, dass sie unmöglich vor elf im Bett gewesen sein konnte.

»Habt ihr es gemütlich in eurem Zimmer?«, fragte sie uns, sogar mehr als einmal. »Ist es warm genug? Braucht ihr Handtücher oder Waschlappen? Mehr Decken?«

Wir versicherten ihr, dass alles gut sei, was sie allerdings nicht nachhaltig zu beruhigen vermochte.

Es war Gabriel, dem schließlich der Durchbruch gelang, indem er es direkt ansprach.

»Wir nehmen Sie mit, Gladys. Sie haben unser Wort drauf. Wir werden uns nicht umentscheiden.«

Diese Erklärung lag eine Weile auf dem Küchentisch, ohne sich zu rühren.

Gladys' Haus war vollgestopft mit Krempel. Es war schwer zu sagen, womit genau, denn es passte nichts in sauber abgrenzbare Kategorien. Es gab Knochen und Muscheln, Perlen und Quilts. Quarzkristalle und andere steinerne Dinge. Gartenzwerge und pinkfarbene Rasenflamingos. Eine Vase mit Pfauenfedern. Stickbilder an den Wänden. In den Ecken Spazierstöcke mit gewebten Riemen. Holzschnitzereien und Porzellan-Nippes auf allen verfügbaren Oberflächen. Und Souvenir-Aschenbecher an Souvenir-Aschenbecher, alle bis zum Überfließen gefüllt mit Zigarettenstummeln, bis zum Filter runtergeraucht.

Es schien schwierig, sich zu bewegen. Technisch betrachtet passten wir ins Haus, trotzdem fühlten wir uns hinausgedrängt. Manchmal war es sogar schwierig, zu atmen, und zwar nicht wegen des Qualms. Es war mehr das vage Gefühl, dass all die Dinge der Luft keinen Platz mehr ließen.

»Nun, danke. Das zu hören ist eine echte Erleichterung«, sagte sie und es erinnerte an ein Seufzen. »Ich glaub, ich dachte, da ihr mich nicht kennt und so, würde es euch nicht schwerfallen, mich zurückzulassen.«

»Das Benzingeld ist wirklich hilfreich«, versicherte ich ihr.

Aber wieder war es Gabriel, der alle Störgeräusche durchbrach und ins Mark traf.

»Hätten Sie ein Problem damit, zu behaupten, Sie wären unsere Großmutter, wenn wir die Grenze überqueren?«

»Nein, gar nicht. Das ist sogar eine sehr gute Idee«, erwiderte sie. »Du bist ziemlich schlau. Ich hab mir schon darüber Gedanken gemacht. Wenn jemand weiß, wie man über diese Grenze gelangt, dann ich. Man sollte ihnen immer ein möglichst klares, unverdächtiges Bild präsentieren. Nichts, was irgendwie Aufmerksamkeit erregen könnte. Tatsächlich werde ich mich für diesen Teil der Reise hinters Steuer setzen und am besten überlasst ihr mir das Reden. Welcher Grenzbeamte auch immer gerade Dienst hat, wird uns fragen, wo wir hinwollen. Das werde ich beantworten. Er wird jedem von euch eine einfache Frage stellen, wie ›Wo bist du geboren?‹. Auch wenn er das natürlich in eurem Pass nachlesen kann. Die Grenzer wollen eure Stimme hören. Ob ihr einen Akzent habt, ob ihr entspannt oder ängstlich klingt. So was eben. Sie winken den ganzen Tag lang Leute durch. In neun von zehn Fällen wollen sie gar nicht mehr von euch wissen. Also bleibt ihr einfach still sitzen und überlasst mir den Rest. Ich kenne diese Grenze wie meine Westentasche. Wenn irgendjemand uns da rüberbringen kann, dann ich. Wobei die Grenzposten natürlich immer unberechenbar sind. Doch ich bin eure beste Chance, mögliche Probleme von vornherein zu umschiffen.«

Ich wusste nicht, ob diese kleine Rede bedeutete, dass sie von unserem Problem wusste. Aber ich fragte auch nicht weiter nach.

* * *

Am Abend, bevor wir aufbrachen, mussten wir zurück in den Diner, um unseren Lohn abzuholen. Freddy hatte am Ende der Schicht noch kein Bargeld dagehabt, weil er ebenfalls gearbeitet hatte, und er hatte erst zur Bank gemusst, um welches zu besorgen.

Ich ließ Gabriel auf dem Fahrersitz zurück, damit der Motor und die Heizung weiterlaufen konnten, während ich hineinhuschte, weil es einfacher ist, wenn der Beifahrer schnell rausspringt.

Freddy saß auf einem Hocker in der Küche und wartete auf mich.

»Wir werden euch alle vermissen«, erklärte er.

»Freut mich zu hören.«

»Falls ihr auf dem Rückweg wieder hier durchkommt, haltet an und schaut vorbei. Wenn ihr das macht, spendieren wir euch ein Essen.«

»Danke«, erwiderte ich. »Vielleicht werden wir das tun.«

Er zog einen dicken Umschlag aus der Tasche und reichte ihn mir.

»Du kannst nachzählen, wenn du willst«, bot er an. »Doch es ist alles da.«

»Ich vertraue Ihnen.«

»Es ist ziemlich viel geworden. Ich bin mir nicht sicher, ob du schon mal alles zusammengerechnet hast.«

»Nicht wirklich«, antwortete ich. »Aber ich kann es jetzt tun. Das ist schnell ausgerechnet. Zehn Dollar die Stunde mal eine Zehn-Stunden-Schicht. Für zwei Leute. Das sind zweihundert Dollar pro Tag für uns beide zusammen. Für elf Tage macht das zweitausendzweihundert Dollar.«

»Und exakt diese Summe ist in dem Umschlag.«

»Damit und mit dem Trinkgeld und dem, was wir schon hatten und was wir nicht für Benzin ausgegeben haben, verlassen wir Montana finanziell besser gestellt als Kalifornien bei unserem Aufbruch«, sagte ich.

»Gut«, meinte Freddy. »Ihr habt hart gearbeitet und es euch verdient. Habt eine gute Fahrt. Achtet auf euch und kümmert euch um Gladys. Sie ist gebrechlicher, als sie sich anmerken lässt.«

Ich trat in den kalten, dämmrigen Nachmittag.

Dort stand ein Mann, lehnte mit dem Rücken an der Außenwand des Diners, rieb sich die Hände und blies in sie, um sie warm zu halten. Er war vielleicht Ende zwanzig oder vielleicht auch schon dreißig, mit einer großen Fellmütze mit Ohrenklappen. Ich war erschrocken, denn er schien hier nicht hinzugehören und ich hatte so viel Bargeld bei mir.

Ich fragte mich, ob Freddy uns von drinnen sehen konnte. Nur vorsichtshalber. Ich wusste, dass Gabriel ein Auge auf mich hatte. Doch Gabriel hatte kein Handy.

Ich schaute den Fremden an und er schaute mich an.

»Danke, dass ihr geholfen habt, während ich weg war«, meinte er.

»Oh, Sie sind Virgils Sohn.«

»Richtig.«

»Das mit Ihrer Großmutter tut mir echt leid.«

Er wandte den Blick ab. Drehte den Kopf leicht weg. Ich hörte, wie er einen Laut von sich gab, den ich nicht wirklich einordnen konnte. Eine Art Schnauben.

»Ich weiß, dass ihr nach Kanada wollt«, erklärte er. »Also kannst du es niemandem erzählen, selbst wenn du das wolltest. Aber trotzdem: Bitte wiederhol vor niemandem, was ich jetzt sagen werde. Sie war nicht wirklich nett. Ich hab sie nicht besonders gemocht.«

»Dadurch wird es nicht leichter, wenn jemand stirbt. Man möchte das gerne und man denkt auch, dass es so wäre, doch das stimmt nicht. Oder wenigstens nicht so sehr, wie man es sich erhofft hatte.«

»Das kann gut sein«, gab er zu. »Es ist noch gar nicht richtig bei mir angekommen.«

»Das kann ich verstehen.«

Ich wandte mich zurück zum Jeep, aber er wollte mir noch mehr mitteilen.

»Alle haben euch beide gemocht«, bemerkte er.

Ich blieb stehen und drehte mich um. Ich fühlte mich geradezu lächerlich geschmeichelt. Vermutlich weil ich damit nicht gerechnet hatte.

»Ernsthaft?«

»Ja, absolut. Alle haben gesagt, ihr wärt sehr freundlich und nett und hättet hart gearbeitet, und in vielerlei Hinsicht habt ihr überhaupt nicht so gewirkt, als stammtet ihr aus Kalifornien.«

Das Letzte erwischte mich unvorbereitet und mein Lachen war ein unhöfliches Schnauben.

»Das ist sehr großmütig von ihnen«, erwiderte ich.

»Ja, fand ich auch.« Doch es war klar, dass er mit mir zusammen über den Scherz lachte. »Gute Reise.«

»Danke.«

Ich stieg wieder zu Gabriel in den Jeep und es war eiskalt da drinnen. Er hatte die Scheibe auf der Fahrerseite runtergelassen, sodass ein eisiger Windstoß durch den Wagen fuhr, als ich die Tür öffnete.

Ich zog die Tür zu und er schloss das Fenster und wir fuhren zähneklappernd zurück zu Gladys' Haus.

»Warum hast du das Fenster geöffnet?«

»Ich wollte hören, was der Typ zu dir sagt. Ich hab mir ein bisschen Sorgen gemacht, weil du so viel Bargeld bei dir hattest.«

»Du hast alles gehört?«

»Jap, hab ich. Alle haben uns gemocht. Ehrlich, damit hab ich nicht gerechnet.«

* * *

Als wir am Morgen aufwachten und verschlafen aus den Gästebetten stolperten, saß Gladys neben der Eingangstür. Sie saß einfach nur da und starrte sie an.

Ich denke, wir hatten noch Glück, dass sie nicht uns angestarrt hatte, während wir schliefen. Sie versuchte offensichtlich, mit reiner Willenskraft den Beginn der Reise zu erzwingen.

Vor ihr auf dem Boden standen die zwei größten Koffer, die man sich nur vorstellen konnte. Denkt an die allergrößten, die ihr je gesehen habt, und macht sie dann doppelt so groß.

»Wie haben Sie die überhaupt tragen können?«, fragte ich sie.

»Hab ich nicht. Ich hab sie genau hier gepackt. Ihr zwei seid jung und könnt sie für mich ins Auto schleppen. Ich meine … bitte. Bitte und danke.«

»Das könnte vielleicht ein Problem werden«, meinte Gabriel. »Sie haben uns gefragt, ob wir Platz für Sie haben, und wir haben Ja gesagt. Aber die nehmen so viel Platz weg wie zwei zusätzliche Passagiere.«

»Ich muss meine Sachen dabeihaben«, beharrte sie. »Ihr habt doch diese große Fläche hinten.«

»Da schlafen wir«, erklärte er.

»Da oben werdet ihr nicht im Auto schlafen. Ich hab mit meinem Bruder gesprochen und dieses Jahr ist es früh kalt geworden. Wir haben Spätherbst, aber es fühlt sich an wie Januar. Wenn ihr da im Wagen übernachten würdet, wärt ihr am nächsten Morgen erfroren. Nein, wir haben zwei Möglichkeiten: Entweder wir fahren durch und wechseln uns am Steuer ab oder wir halten abends an einem Motel an. Wenn wir die zweite Möglichkeit wählen, brauchen wir vermutlich drei Tage, bis wir in Yellowknife sind.«

»Also, wie ich schon sagte«, beharrte Gabriel. »Da schlafen wir.«

»Wir haben noch die Seite der Rückbank, die ich nicht benutze.«

»Da stehen unsere eigenen Koffer. Und wenn wir die Rückbank zum Schlafen umklappen, müssen wir sie nach vorne umladen. Wir haben definitiv ein Platzproblem.«

»Ihr habt versprochen, dass ich mitfahren kann!« Gladys kam auf die Füße, während sie redete. Ihre Stimme würde höher und härter. »Ihr habt es mir versprochen!«

»Sie fahren ja auch mit«, lenkte er ein. »Lassen Sie mich mal nachdenken.« Er öffnete die Vordertür und starrte den Jeep an, der in der Auffahrt parkte. Als könnte das Auto einen Vorschlag machen. »Wenn Sie ein Seil haben, könnten wir die Koffer auf dem Dachgepäckträger festbinden.«

»Ich hab sogar was Besseres. Ich hab die Spannriemen aus Nylon, die ich benutzt habe, wenn ich mit meinem Pick-up Heu transportiert habe. Sie sind in der Garage. Ich hole sie.«

Und damit eilte sie davon.

Gabriel und ich wechselten einen halb amüsierten, halb entnervten Blick.

»Vielleicht hätten wir sie fragen sollen, wie lange sie vorhat wegzubleiben«, sagte ich.

Er öffnete den Mund, um etwas zu erwidern, doch Gladys war schon wieder zurück und redete dabei wie ein Wasserfall.

»Also das sind die besten Spannriemen, die man kriegen kann. Sie haben diese kleinen Ratschen dran. Damit kann man sie festzurren und dann können sie sich nicht mehr lockern. Da wackelt nichts, wenn man auf der Straße fährt. Und wo wir von Straße sprechen: Auf geht's. Ich habe jahrelang gewartet. Ich will los!«

* * *

»Gebt mir eure Pässe«, verlangte Gladys.

»Warum?«, fragten wir gleichzeitig.

Ich wusste, dass keiner von uns begeistert von der Vorstellung war, sie ihr zu zeigen. Wir hatten bisher noch nicht darüber geredet, dass wir beide minderjährig waren.

»Weil er nach ihnen fragen wird und ich sitze am Fenster und muss sie ihm reichen.«

Gladys fuhr, genau wie sie es vorgeschlagen hatte. Und der Grenzübergang befand sich erschreckend gut erkennbar vor uns.

Wir reichten ihr die Pässe, hofften, dass sie den Blick nicht von der Straße wenden würde, um sie zu studieren. Aus zwei Gründen.

Vor uns sahen wir die Stoppschilder und ein grünes Dach über einem Bereich mit kleinen Kabinen, wie bei einer Mautstelle. Zwei Spuren führten hindurch, doch sie waren durch eine Reihe orangefarbener Warnhütchen auf eine verengt worden. Ich konnte die Worte »Zoll- und Einreisebehörde« und das Wort »Kanada« in sehr großen Buchstaben erkennen, ebenso wie die kanadische Flagge, die an diesem ruhigen und windstillen Morgen schlaff an ihrem Mast hing. Alle Schilder waren auf Englisch und Französisch, auch wenn Quebec sehr weit von hier entfernt war.

Vor uns in der Schlange standen vier Autos.

Gladys stellte sich hinter das letzte und schaltete auf P.

Sie schaute mich auf dem Beifahrersitz an, dann über ihre Schulter zu Gabriel, der hinten saß, und schnalzte missbilligend mit der Zunge.

»Wollt ihr wissen, was die zwei wichtigsten Gründe sind, warum Leute rausgewunken und durchsucht werden?«, fragte sie uns. Sie wartete nicht ab, ob wir antworten würden. »Nummer eins: Unverschämtheit. Sie haben Macht über einen. Sie haben die ganze Macht. Als ich in der Highschool war, hat sich ein Freund von mir bei einem Grenzbeamten im Ton vergriffen. Der Typ hat ihn rausgewunken und seine Leute haben die Tür auf der Fahrerseite seines Wagens ausgebaut und in viele kleine Einzelteile zerlegt. Haben den Griff und den Spiegel abmontiert, die Scheibe und die Innenverkleidung entfernt. Und dann – stellt euch das mal vor – hat der Typ meinem Freund erzählt, dass er rechtlich nicht dazu verpflichtet sei, das alles wieder zusammenzuschrauben. Er hat es schließlich trotzdem getan, aber erst mal hat er dem Jungen einen gehörigen Schrecken eingejagt. Also seid ausgesucht höflich. Was ihr natürlich sein werdet, da mach ich mir keine Sorgen. Ich mach mir Sorgen wegen Grund Nummer zwei. Und das sind Leute, die nervös wirken.«

Gabriel und ich schauten einander an.

Es war fast lustig oder das wäre es zumindest zu einer anderen Zeit und an einem anderen Ort gewesen. Wir wechselten einen Blick, weil wir der Überzeugung waren, dass wir nicht nervös aussähen. Und dann wurde uns klar, wie recht sie hatte.

»Jetzt versteht ihr es«, stellte Gladys befriedigt fest. »Atmet tief durch und glaubt an eure eigene Cover-Geschichte. Mit Grandma zurück in die alte Heimat.«

Wir fuhren ein Stück vor.

Gabriel und ich schauten hoch und bemerkten, dass wir nur noch ein Auto vor uns hatten.

»Wow«, hauchte er und er hörte sich ängstlich an. »Das ging echt schnell.«

»Ich hab's euch ja gesagt. Sie winken den ganzen Tag Leute durch. Oh. Namen. Wenn ihr meine Enkel seid, sollte ich eure Namen kennen. Genau so, wie sie in eurem Pass stehen. Gabriel und … Ist Ru irgendeine Abkürzung?«

»Rumaki«, erklärte ich.

»Ist das nicht irgendwas zu essen?«

»Das ist eine lange Story«, erwiderte ich.

Und dann, einfach so, fuhr der Wagen vor uns weiter und wir waren an der Reihe.

Der Grenzposten war ein Mann. Nicht groß, aber mit breiten Schultern und kurzem Haar, auf dem er einer Uniformmütze trug. Sein Gesicht wirkte hart. Nun, vielleicht ist »hart« nicht das richtige Wort. Es verriet … nichts. Es war ausdruckslos und verschlossen und unmöglich einzuschätzen. Er wäre ein großartiger Pokerspieler gewesen, nur dass ihn nie jemand eingeladen hätte, weil er viel zu einschüchternd war.

Er legte einen Arm auf das Dach des Jeeps und musterte jeden von uns eindringlich.

»Die Pässe bitte«, verlangte er.

Bevor er auch nur zu Ende gesprochen hatte, hatte Gladys sie ihm schon gereicht.

Er betrachtete sie und sprach gleichzeitig.

»Ziel?«

»Yellowknife, NWT«, sagte Gladys.

»Grund des Besuchs?«

»Wir haben da oben Familie. Das hier ist Gabriel, der Sohn meiner ältesten Tochter, und Ru, von meiner mittleren. Ich versuch sie schon ihr ganzes Leben lang nach Yellowknife zu bringen, damit sie mal sehen können, wo wir herstammen. Na ja, die Kids heutzutage. Sie haben kein Gefühl für die eigene Geschichte. Wissen Sie, was ich meine?«

Der Beamte warf ihr einen Blick zu, doch ich konnte den Ausdruck auf seinem Gesicht immer noch nicht deuten.

»Wenn Sie meinen, Ma'am. Geburtsort?«

»Yellowknife, NWT. Aber ich bin eingebürgerte US-Amerikanerin.«

»Wie lange haben Sie vor, in Kanada zu bleiben?«

»Etwa zwei Wochen«, antwortete Gladys.

Er steckte seinen Kopf fast ganz durchs Fenster und schaute mir direkt ins Gesicht. Gladys musste sich zurücklehnen, damit sie ihm nicht die Sicht versperrte.

Grund Nummer zwei: Und das sind Leute, die nervös wirken.

Gladys' Worte hallten durch meinen Kopf und sie waren das Letzte, was ich jetzt hören wollte. Es gab keinen besseren

Weg, nervös zu werden, als beschworen zu werden, genau das auf keinen Fall zu tun.

»Geburtsort?«, fragte er knapp.

»Garden Grove, Kalifornien.«

Meine Stimme hörte sich in meinen eigenen Ohren leicht piepsig an, aber ich glaube, das fiel mir viel stärker auf als jedem anderen. Zumindest hoffte ich das.

Er richtete seinen stahlharten Blick auf Gabriel.

»Geburtsort?«

»Santa Rosa, Kalifornien.«

Der Grenzbeamte klappte die Pässe wieder zu. Alle drei zusammen, wie Matroschka-Puppen, nur dass sie alle dieselbe Größe hatten.

Eine Sekunde lang hielten wir alle den Atem an.

Dann hielt er Gladys die Pässe hin.

»Gute Reise«, sagte er.

Gladys fuhr die Scheibe hoch und der Wagen rollte los.

»Und genau so«, verkündete sie stolz, »macht man das.«

Kapitel Sechzehn

Wirf mir eine Rettungsleine namens Gladys durch das Schneetreiben zu

Ich würde wirklich gerne behaupten, dass wir auf der Reise viel von Kanada gesehen haben. Immerhin haben wir eine lange Strecke zurückgelegt. Nur leider waren Gabriel und ich gezwungen, die Nachtschichten hinter dem Steuer zu übernehmen.

Während Gladys den Jeep durch Calgary und Edmonton steuerte, schliefen wir, weil wir versuchten, unseren Tag-Nacht-Rhythmus umzustellen. Das war auch völlig okay, denn schließlich hatten wir nicht den ganzen weiten Weg nach Kanada auf uns genommen, nur um uns Städte anzuschauen, zumal die auf mich alle mehr oder weniger gleich wirkten.

Nach dem ersten Tag wurde die Umgebung umso rauer und verlassener, je weiter wir nach Norden kamen.

Was wir während der Nachtschicht vor allem sahen, war eine Menge Schnee, der von Scheinwerfern angestrahlt wurde. Den tiefsten Eindruck hinterließen bei mir Momente wie der, als eine Eule durch den Lichtkegel flog, oder wenn unvermittelt große Tiere wie Elche, Rehe oder Karibus vor uns die Straße überquerten und Gabriel zwangen, schnell und trotzdem behutsam zu bremsen, damit wir nicht ins Schleudern gerieten. Ich konnte das leichte Schlingern unserer Hinterreifen auf dem vereisten Highway spüren.

Mehr als einmal musste ich daran denken, dass jeder Unfall hier draußen, selbst wenn wir bloß von der Straße abkamen und in eine Schneewehe rutschten, leicht unseren Tod bedeuten konnte. Nach seinem Gesichtsausdruck zu urteilen, spürte auch Gabriel die Last dieser Verantwortung. Vielleicht sogar mehr als ich, denn er war derjenige, dem gegenwärtig die Aufgabe zufiel, so eine Katastrophe zu verhindern.

In diesem Augenblick wirkte er auf mich tatsächlich wie ein Siebzehnjähriger, obwohl das gewöhnlich nicht der Fall war. Und noch merkwürdiger war, ich fühlte mich entschieden dreizehnjährig.

In Nordkanada erscheint die Welt zwei so jungen Menschen ziemlich groß, kalt und angsteinflößend.

Einmal mussten wir anhalten, um einen ausgewachsenen Wapiti mit gewaltigem Geweih vor uns über die Straße zu lassen. Oder vielleicht war es auch ein Karibu. Die konnte ich noch nie gut unterscheiden. Und bevor wir begriffen, wie uns geschah, folgte ein weiteres Tier. Und dann noch eins. Und dann hundert. Und dann zweihundert.

Wir saßen da und starrten mit offenem Mund durch die Windschutzscheibe, hofften und beteten, dass uns niemand hintendrauf fuhr. Andererseits waren hier nachts sehr wenige Fahrzeuge unterwegs. Meine Haut prickelte leicht, wie bei Gefahr, sodass ich mich unwillkürlich fragte, ob die anderen etwas wussten, von dem wir nichts ahnten.

In der Zwischenzeit schnarchte Gladys wie eine Motorsäge in einem unserer Schlafsäcke auf der Rückbank. Die Frau konnte wirklich einen ohrenbetäubenden Krach erzeugen.

Und dann, ganz am Ende und mit etwas Abstand zur Wapitiparade, trabte ein einsamer Kojote der Herde hinterher.

Als wir wieder losfuhren, unterhielt ich mich mit Gabriel, weil ich sicher sein wollte, dass er wach blieb. Wir hatten unseren Schlafrhythmus zu schnell und zu drastisch umgekrempelt. Es wäre viel zu leicht möglich, dass er hinter dem Steuer eindöste.

»Bist du noch munter?«, fragte ich.

»Als ob irgendjemand bei dem Geschnarche einschlafen könnte. Hast du schon je zuvor so einen Lärm gehört?«

»Nein, nie. Weißt du, ich glaub, sie ist ziemlich klug. Vielleicht sogar klüger, als wir ihr zugetraut haben. Ist dir aufgefallen, dass sie dem Grenzbeamten gesagt hat, wir seien Kinder ihrer beiden Töchter? Sie ließ es so klingen, als gehörte sie zu den geschwätzigen Frauen, die immer zu viel erzählen. Dabei hat sie ihm damit eine schlüssige Erklärung dafür geliefert, dass wir alle unterschiedliche Nachnamen haben. Denn ihre Töchter hätten ja höchstwahrscheinlich die Namen ihrer Ehemänner angenommen, sodass wir Cousin und Cousine wären und keine Geschwister.«

»Was bedeutet, dass sie in unsere Pässe geschaut haben muss.«

»Ja. Denn wir haben ihr unsere Nachnamen nie genannt.«

»Dann weiß sie wahrscheinlich auch, wie jung wir in Wahrheit sind.«

»Vielleicht. Doch sie hat uns nach Kanada gebracht.«

»Klug und unerschrocken«, stellte er fest. »Wir hatten Glück. Bleibt nur zu hoffen, dass wir am Ende, wenn das alles hier vorbei ist, auch wieder irgendwie zurückkommen.«

* * *

Auf dem Weg weiter nach Norden fuhren wir durch winzige Ortschaften, die zudem weit voneinander entfernt lagen.

Als es hell wurde und wir zum Fahrerwechsel anhielten, und um aufs Klo zu gehen, war die einzige Toilette weit und breit die gefrorene Tundra, gesprenkelt mit dürren, schneebeladenen Bäumen.

Wir standen neben dem Jeep, in unsere besten Jacken gehüllt – die offenkundig nicht warm genug für die Gegend waren, in die wir wollten –, und warteten auf Gladys, die für ihr Geschäft hinter einer schneebedeckten Böschung verschwunden war. Wir hüpften auf und nieder, rieben uns die Arme und schlangen sie um uns. Beobachteten, wie unser Atem als weiße Wolke in der Luft gefror.

»Es ist so verdammt kalt!«, stieß ich mit klappernden Zähnen hervor.

»Das kannst du aber laut sagen.«

»Das ist schwierig, wenn die Lippen vor Kälte ganz taub sind.«

»Ich fürchte, daran sollten wir uns besser schon mal gewöhnen«, meinte Gabriel.

Sekunden später tauchte Gladys wieder auf. Sie hatte sich die Mühe gespart, ihren großen pelzgefütterten Parka anzuziehen, und trug nur ein Sweatshirt.

»Es ist so verdammt schön!«, rief sie uns zu. »Ich mag den Winter! Und ich muss euch gestehen, diese knackige Kälte hat mir gefehlt. Ich liebe dieses Wetter.«

»Die Kälte haben wir auch bemerkt«, erwiderte Gabriel, während er sich aufmachte, eine passende Stelle zu finden. »Allerdings nicht mit den gleichen Gefühlen.«

* * *

Gladys weckte uns, indem sie uns vom Vordersitz aus etwas zurief.

»Hey! Hey, ihr dahinten! Ihr müsst doch hungrig sein, oder?«

Wir richteten uns halb auf und ich rieb mir die Augen. Gabriel blinzelte. Die Sonne stand nur ein kleines Stück über dem Horizont.

»Wie spät ist es?«, wollte Gabriel wissen.

»Halb elf. Und ich dachte, wir sollten uns ein ordentliches Frühstück einverleiben, bevor es zu spät wird. Wir sind kurz vor Fort Providence. Da essen wir was und tanken und dann sind es keine vier Stunden mehr bis nach Yellowknife. Ihr könnt wieder schlafen und ich wecke euch, wenn wir bei meinem Bruder sind.«

Wir setzten uns so gut wie möglich auf, denn hier hinten war es eng, und zwar in jeder Richtung.

»Wie kann es halb elf sein?«, fragte Gabriel. »Die Sonne ist ja kaum zu sehen.«

»Wir sind hoch oben im Norden«, stellte ich fest.

»Willkommen in der dunklen Jahreszeit in den Nordwest-Territorien«, erklärte Gladys.

Wir sprachen fast gleichzeitig, aber Gabriel verstand, was gemeint war.

»Ach, richtig«, erwiderte er. Und dann: »Ja, was zu essen wäre gut.«

Das war eine gewaltige Untertreibung. Wir hatten Montana vor mehr als zwanzig Stunden verlassen und alles, was wir bislang zu uns genommen hatten, waren ein paar Erdnüsse und ein kleines Stück Dörrfleisch gewesen.

»Super!«, sagte Gladys. Oder genauer, sie rief es. Sie schien überglücklich zu sein. »Früher habe ich gern in diesem Diner gegessen und ich kann kaum glauben, dass er nach all den Jahren immer noch da ist.«

Sie fuhr auf den Parkplatz und stellte den Wagen so nah wie möglich an der Tür ab. Wir mühten uns in unsere Jacken, setzten die Strickmützen auf und traten hinaus in eine Welt, die komplett weiß war. Der Boden war weiß. Der Himmel war weiß. Weiße Schneeflocken trieben im heulenden Wind über den Asphalt, sodass es aussah, als ob die Luft selbst weiß sei.

Inmitten des ganzen Weiß stach nur das dunkle Holz des Diners hervor. Außer unserem Jeep war das das einzige Objekt, das wir erkennen konnten.

Wir hasteten zur Tür und gerieten auf dem Eis gefährlich ins Rutschen.

Drinnen war es im Gegensatz zu draußen unvorstellbar warm. Die Hitze schlug uns in einem Schwall entgegen, traf uns ins Gesicht, als wären wir zu dicht an einen Ofen getreten. Schnell zogen wir unsere Jacken aus und hängten sie an einen der vielen Haken neben der Tür.

Gladys musterte sie, prüfte mit ihren von Arthritis krummen Fingern die Dicke der Daunenfüllung und schnalzte mit der Zunge, wie sie es tat, wenn ihr etwas nicht gefiel.

»Wir müssen euch dringend was Wärmeres besorgen«, verkündete sie.

Wir suchten uns einen Tisch und setzten uns.

Im Essbereich waren in regelmäßigen Abständen frei stehende Kaminöfen aufgestellt, in denen warme Holzfeuer loderten. Sie hatten lange Schornsteine, die durch die Decke nach oben führten. Die Wände des Diners waren mit schmalen, horizontalen Holzlatten verkleidet, was nicht wirklich zu dem auffälligen schwarz-weißen Linoleumfußboden passte. Fenster gab es nicht viele. Nur zwei kleine schneebedeckte Ausgucke in der Größe von quadratischen Bullaugen. Vielleicht kamen die Leute hier rein, um das Weiß der Welt draußen zu vergessen, oder vielleicht wäre es mit größeren Glasflächen zu schwierig, den Raum warm zu kriegen.

Auf jeden Fall hatten wir bisher lediglich wenige Minuten außerhalb des Jeeps verbracht und die waren aufgrund des Wetters äußerst unangenehm gewesen, sodass wir uns in diesem Moment wohlfühlten und glücklich waren.

Eine Kellnerin erschien, eine Frau asiatischer Herkunft in den Vierzigern, und reichte uns die Speisekarten. Sie drehte die Tassen um, die verkehrt herum auf dem Tisch gestanden hatten, und wollte uns Kaffee eingießen.

Gladys hielt abwehrend ihre schmale Klauenhand über ihre Tasse und wäre dabei fast verbrüht worden.

»Den brauche ich nicht«, teilte sie der Kellnerin mit. »Und die Speisekarte auch nicht. Ich nehme eine kleine Portion Pancakes und sonst nichts. Ich meine, außer Ahornsirup natürlich. Das versteht sich ja von selbst. Doch sonst nichts. Was die beiden hier gern hätten, weiß ich nicht.«

»Wir benötigen etwas Zeit, um uns zu entscheiden«, erklärte Gabriel und öffnete seine Speisekarte. »Für uns allerdings auch keinen Kaffee.«

Ein Heißgetränk hörte sich zwar gut an, aber im Allgemeinen trank ich nur extrem selten Kaffee. Vermutlich meinte er, dass wir uns wieder schlafen legen würden, während Gladys uns nach Yellowknife fuhr.

Die Kellnerin wandte sich zum Gehen, doch Gladys hielt sie zurück.

»Hey«, sagte sie. »Hey. Sie da. Kellnerin. Nicht so schnell. Gehört der Laden immer noch Wilbur?«

Die Augen der Frau wurden groß. »Wilbur McMahon?«

»Ja, genau der.«

»O Gott, nein. Wilbur ist schon vor zwanzig Jahren gestorben.«

»An was?«

»Kongestive Herzinsuffizienz.«

»Oh«, antwortete Gladys. »Das kenne ich.«

Nicht zum ersten Mal während unserer Bekanntschaft erinnerte mich Gladys' Tonfall an einen undichten Reifen. Wenn sie glücklich war, war sie im siebten Himmel. Aber dann war schnell die Luft raus.

»Verdammt noch mal«, stieß sie aus, während die Kellnerin davoneilte. »Seht ihr? Alles ändert sich. Ich hasse das.«

»Tut mir leid, dass Ihr Freund tot ist«, bemerkte Gabriel, ohne den Blick von der Speisekarte zu nehmen.

»Er war nicht mein Freund«, stellte Gladys klar und ihre Stimme klang hart. Unwirsch. »Ich hab keinen Freund verloren. Er war nur der Besitzer dieses Ladens. Was ich hingegen verloren habe, ist die Art, wie es früher war.« Keiner von uns erwiderte darauf etwas, also fügte sie hinzu: »Bei der Rechnung hier gilt getrennte Kasse: Jeder zahlt selbst. Ich hab versprochen, das Benzin zu übernehmen, aber zu mehr hab ich mich nicht verpflichtet.«

»In Ordnung«, sagte ich.

Während wir darauf warteten, dass die Kellnerin zurückkehrte, starrte ich aus dem winzigen Fenster in die blendend weiße, beängstigende Landschaft. Ich glaube, es war das erste Mal, dass mir ein Ort, an dem ich mich befand, wie eine andere Welt vorkam. Das erste Mal, dass ich das Gefühl hatte, als hätte ich meine eigene Welt verlassen und wäre in eine neue und völlig fremde gestolpert. Und mein vorherrschendes Gefühl in Bezug auf diese neue Welt war Angst.

Hatten wir jemals vorgehabt, so abenteuerlich zu sein? War es wirklich unser Plan gewesen, an einen Ort zu reisen, der so lebensfeindlich war, dass wir sterben konnten, nur weil uns dort aufhielten?

Mir wurde klar, dass ich das alles wirklich schrecklich finden würde, wenn wir nicht Gladys dabeihätten. Gladys wurde zu einer Art seltsamer Rettungsleine. Und das war, gelinde gesagt, ein zutiefst beunruhigendes Gefühl.

* * *

Wir waren auf halbem Weg zurück zum Jeep, als Gabriel mich am Ellbogen packte und auf etwas zeigte. Ich blieb stehen und blickte in die Richtung, in die er guckte. Doch eine Windböe wehte einen Schneewirbel vom Parkplatz auf und vor meinen Augen war alles weiß.

»Warte kurz«, verlangte er.

Ein paar Sekunden später ließ der Wind nach und ich konnte sie sehen. In einer Schneewehe am Rand des Parkplatzes kauerten sechs oder sieben große, zottelige braune Tiere. Die meisten Leute hätten sie als Büffel bezeichnet, aber es waren Bisons. Bei den beiden Arten kommt es oft zu Verwechslungen und die Namen werden leider oft durcheinandergebracht, dabei handelt es sich eigentlich immer um Bisons, wenn man sie in Nordamerika antrifft.

Die Tiere harrten reglos zusammengedrängt im Schnee aus und starrten ins Leere und die Luft zwischen uns war immer noch voller Flocken, sodass ich mir nicht sicher war, ob ich sie tatsächlich sah oder vielleicht doch nicht. Vielleicht war es lediglich eine Vision von Bisons. Vielleicht waren sie sogar ein Wandgemälde mit Bisons, das auf die Seite eines Gebäudes gemalt war, das wir zuvor nicht bemerkt hatten.

Aber dann drehte ein großer Bulle seinen Kopf und schaute uns direkt an.

Eine Sekunde später war der Raum zwischen uns wieder komplett weiß.

»Gucken Sie mal«, wandte ich mich an Gladys.

»Was?«

»Dort drüben.«

»Was? Meinst du dort, bei den Bisons?«

Keiner von uns antwortete. Sie schien nicht zu scherzen und wir waren beide leicht sprachlos.

»Oh, ihr meint die Bisons selbst. Jetzt versteh ich es. ›Oh, Gladys. Guck mal. Da ist ein Bison!‹ Das ist so, als käme man zu euch nach Kalifornien und würde sagen: ›Guckt nur, Möwen! Ist das nicht das Erstaunlichste, was man je auf der Welt beobachtet hat?‹«

Sie schnaubte abfällig und wir stiegen wieder in den Jeep. Gabriel und ich streckten uns hinten in unseren Schlafsäcken aus, hofften, noch etwas Schlaf zu finden. Wobei »etwas« bei Weitem nicht reichen würde.

Doch es war gar nicht so leicht, einzuschlafen.

»Sind wir schon nördlich des Polarkreises?«, wollte Gabriel von Gladys wissen, während wir fuhren.

»Nein«, lautete ihre Antwort. »Und da kommen wir auch gar nicht hin.«

»Yellowknife liegt nicht nördlich des Polarkreises?«

Er klang ehrlich überrascht. Ich glaub, das waren wir beide.

»Nein. Es liegt im südlichen Teil der Nordwest-Territorien, nicht am Polarmeer. Nicht auf den Queen Elizabeth Islands. Nein, da oben ist die Welt völlig anders. Ich würde euch da niemals hochschicken und ich würde euch auch nicht raten, euch dahin zu begeben. Dort oben zu überleben ist kein Kinderspiel, darauf muss man sich gut vorbereiten. Aber wenn ihr wirklich jenseits des Polarkreises wollt, könnte ich euch nach Inuvik schicken. Da hab ich Verwandte.«

»Was soll das heißen, ›schicken‹?«, fragte ich verunsichert, nachdem ich sie gerade erst als meine Rettungsleine in dieser Furcht einflößenden neuen Welt identifiziert hatte. »Sie würden uns nicht begleiten?«

»Nein, zum Teufel.«

»Ist es da oben so schlimm?«

»Nein, da oben ist es wirklich nett. Es ist schön. Nur eben echt kalt.«

»Ist die Fahrt dorthin beängstigender als die, die wir jetzt fast hinter uns haben?«, erkundigte sich Gabriel.

»Das ist überhaupt keine Fahrt«, stellte Gladys richtig. »Und zwar weil es keine Straße gibt, die dorthin führt.«

»Es gibt keine Straße nach Inuvik?«

»Na ja, es gibt schon eine«, antwortete Gladys, während sie einen Schlenker machte, um einem Fuchs auszuweichen, den Gabriel und ich kaum wahrgenommen hatten und der flugs im Wald verschwand. »Aber nicht von hier aus. Es gibt den Dempster Highway, der geradewegs dorthin und sogar hindurchführt und dann noch weiter bis nach Tuktoyaktuk. Das liegt direkt am Polarmeer. Das ist wirklich im Norden. Doch der Highway beginnt nicht in den Nordwest-Territorien, sondern in Yukon. Im Winter sind es größtenteils Eisstraßen, für die man allerdings starke Nerven braucht. Außerdem sind sie momentan gar nicht offen. Schließlich ist es ja erst Herbst, auch wenn es schon ziemlich kalt für die Jahreszeit ist. Die Seen und Flüsse brauchen Zeit, um fest genug zuzufrieren.«

»Wie gelangt man denn dann dorthin?«, fragte ich, bereits halbwegs sicher, dass ich da gar nicht hinwollte.

»Mit dem Wasserflugzeug«, erklärte sie. »In der Gegend gibt es jede Menge Wasserflugzeugdienste. So gelangt man hier von A nach B. Das ist gewissermaßen der Lebensstil hier.«

Wieder einmal war es Gabriel, der es auf den Punkt brachte.

»Und darum würden Sie uns hinschicken, statt mitzukommen. Weil man dafür in ein Flugzeug steigen muss.«

»Bingo«, erwiderte Gladys. »Ich hab niemals in meinem ganzen Leben einen Fuß in eine von diesen fliegenden Klapperkisten gesetzt, und glaubt besser nicht, dass ich jetzt damit anfangen würde. Ich hab gesagt, das ist der Lebensstil in den Nordwest-Territorien, aber ich hab nie behauptet, dass es *mein* Lebensstil wäre.«

Kapitel Siebzehn

Schlecht passende Stiefel und jede Menge Geschrei

Am späten Nachmittag wurden wir von einer Menge Lärm und Geschrei geweckt. Wie sich herausstellte, handelte es sich um Freudenschreie, aber wir brauchten eine Minute, um uns das zusammenzureimen.

Wir setzten uns, so gut es ging, auf dem Rücksitz des Jeeps auf und merkten, dass sich der Wagen nicht mehr bewegte. Draußen vor dem Fenster sahen wir eine Reihe schmuckloser, modern anmutender Häuser und die Umrisse von dick vermummten Gestalten, die ausgelassen auf und nieder hüpften.

Wir öffneten eine der hinteren Türen und kletterten in den eiskalten Nachmittag hinaus. Bevor ich überhaupt nach meiner Jacke greifen konnte, schloss mich ein großer Mann in die Arme und fing an, mit mir herumzuspringen.

»Das hier ist mein Bruder Darryl«, rief Gladys mit glücklicher Stimme.

»Tut mir leid«, entschuldigte sich Darryl, der mich immer noch an sich presste. »Ich weiß, dass du mich überhaupt nicht kennst, doch du hast meine große Schwester nach Hause gebracht und das macht dich für mich zu einem Familienmitglied.«

Er ließ mich los und zog Gabriel ebenfalls in eine Bärenumarmung. Ich beobachtete Gabriels Gesicht. Er sah zu gleichen Teilen verlegen und geschmeichelt aus. Es ist schwer zu entscheiden, wie man auf so was reagieren soll, aber er tat sein Bestes.

Ich griff endlich nach meiner Jacke, doch bevor ich sie zu fassen bekam, wurde ich erneut von jemand Fremdem begeistert in die Arme geschlossen. Diesmal von einer Frau.

»Ich bin Evelyn«, erklärte sie. »Darryls Frau.« Ihre Stimme war so laut, dass ich Angst um meine Trommelfelle hatte. »Du bist in unserem Haus herzlich willkommen! Ich kann gar nicht glauben, dass Gladys es endlich hergeschafft hat!«

Währenddessen schrien sich nicht nur Darryl und Gladys weiter aufgeregt an, sondern die ganze Nachbarschaft schien wegen irgendwelcher Dinge in heller Aufregung zu sein.

Bis heute bin ich davon überzeugt, dass Yellowknife der lauteste Ort ist, an dem ich je gewesen bin.

»Holt eure Jacken«, forderte uns Darryl auf. »Wir nehmen euch mit rein, damit ihr euch aufwärmen könnt. Und danach gehen wir runter in den Pub und bestellen uns ein anständiges Abendessen. Ich lade alle ein!«

Gabriel und ich beugten uns in den Fond des Jeeps und zogen unsere Jacken heraus. Darryl warf nur einen Blick auf sie und schüttelte den Kopf, die Stirn in Falten gelegt.

»Egal«, meinte er. »Lasst sie einfach liegen. Die sind nicht warm genug. Kommt rein, dann versorgen wir euch mit ein paar richtigen Parkas.«

Wir folgten ihnen in ihre seltsame Behausung. Sie sah aus wie eine Art Fertighaus und war in einem ungewöhnlichen leuchtenden Orangeton gestrichen. Auf der Vorderseite gab es eine kurze Metalltreppe, die zu einer knallblauen Eingangstür führte, mit Stufen, die sich unter unseren Sohlen wie Gitter anfühlten. Wahrscheinlich bestanden sie daraus, damit man sie auch bei Eis benutzen konnte, ohne sofort auszurutschen.

Im Inneren fühlte ich mich an Gladys' Haus erinnert.

Der einzige wirkliche Unterschied lag darin, dass die Gegenstände, mit denen dieses vollgestopft war, einen moderneren Eindruck machten. Aber auch hier war alles bis in die kleinste Ecke angefüllt mit Dekoartikeln, Schnitzereien, Bildern und Behängen. Überall hingen gewebte Decken. In den meisten Fällen konnte ich nicht einmal die Farbe der Wände erkennen, so voll waren sie.

Offenbar lag das in der Familie.

Man lud uns ein, auf einem der beiden Sofas neben dem gusseisernen Holzofen Platz zu nehmen, in dem ein fröhliches Feuer brannte.

»Ich besorge uns einen heißen Cider«, verkündete Evelyn.

Damit verschwand sie in der Küche.

Wir schauten Darryl an, der neben seiner Schwester auf der anderen Couch saß und uns angrinste. Ich glaube, er hatte tatsächlich das breiteste Grinsen von allen Leuten, die ich je getroffen habe. Es schien sein ganzes Gesicht einzunehmen und setzte sich in seinen Augen fort. Er hatte einen mit kahlen Stellen durchsetzten Bart, trug eine Brille mit Drahtbügeln und wirkte jünger als Gladys. Wesentlich jünger. Es war schwer vorstellbar, dass er deutlich über sechzig war. Doch das auffälligste Missverhältnis bestand in ihrer Körpergröße. Wenn sie nebeneinandersaßen, hätten sie für eine Werbeanzeige mit der kleinsten und der größten Person in den Nordwest-Territorien posieren können.

»Sie sehen sich nicht besonders ähnlich«, erklärte ich.

»Ja, stimmt«, erwiderte Gabriel. »Ich habe mich gerade gefragt, ob es okay ist, das laut auszusprechen. Ich hätte nie gedacht, dass Sie beide Geschwister sind.«

»Halbgeschwister«, stellte Darryl richtig. »Wir haben dieselbe Mutter, aber verschiedene Väter. Außerdem sind wir einundzwanzig Jahre auseinander. Hier. Wartet genau hier. Ich werde euch ein paar anständige Parkas besorgen, bevor ihr uns noch erfriert. In den Nordwest-Territorien braucht man vernünftige Jacken. Wir hatten schon den ersten frühen Wintereinbruch.«

Er stemmte sich von der Couch hoch und begann im Schrank neben der Eingangstür zu kramen.

»Die haben wir immer hier, für den Fall, dass die Kinder zu Besuch kommen. Sie haben nie geeignete Klamotten dabei, obwohl sie hier geboren und aufgewachsen sind und es daher von Rechts wegen besser wissen müssten.«

»Sie lassen sich hier weiter blicken?«, fragte Gladys, die Stimme auch jetzt lauter als nötig.

»Nein, kaum noch«, rief Darryl zurück.

Er tauchte wieder aus dem Schrank auf und hatte zwei Parkas über dem Arm, beide dunkelblau. Und lasst euch versichern, die waren von bester Qualität. Solche, wie man sie bei irgendwelchen unerschrockenen Naturburschen erwarten würde, die mit dem Hundeschlitten durch den Yukon fahren. Die Kapuzen waren mit Pelz gefüttert und sie hatten Ärmel, die man am Handgelenk eng zuziehen konnte. Und sie waren unglaublich dick. So was hatte ich noch nie angehabt.

»Seht in den Taschen nach«, wies Darryl uns an. »Darin sind Thermohandschuhe und Wollmützen, Sturmhauben und dicke Schals. Damit solltet ihr erst mal gut versorgt sein. Oh, und Stiefel. Wir brauchen auch Winterstiefel für euch. Ich kann mir allerdings nicht vorstellen, dass euch die, die wir für die Kinder haben, passen werden.«

Wir wussten zwar, was Thermohandschuhe, Schals und Winterstiefel waren, doch getragen hatten wir so was noch nie. Aber das würde sich offenbar ändern.

* * *

Es war schon nach Sonnenuntergang, als wir uns auf den Weg zum Pub machten. Zu Fuß.

Damit hatten wir nicht gerechnet. Wir hatten geglaubt, in dieser Klimazone würden die Leute überallhin mit dem Auto fahren. Doch wir waren in Rom – also, im übertragenen Sinne – und würden tun, was die Römer taten. Ich denke, es ist klar, was ich meine.

Und so stapften wir in unseren geborgten Stiefeln, von denen Darryl schon vermutet hatte, dass sie uns nicht passen würden, den Hügel hinab. Damit hatte er auf jeden Fall recht gehabt. Wir hatten drei Paar geliehener, erstaunlich dicker Wollsocken übereinander an, aber die Stiefel rutschten trotzdem unangenehm bei jedem Schritt. Wenigstens weiß ich, dass meine das taten. Und Gabriels ungelenker Gang verriet mir, dass er nicht viel besser dran war.

Die Sohlen hatte eine gute Bodenhaftung, doch wir mussten trotzdem aufpassen, dass wir auf dem Eis und dem verharschten Schnee nicht stürzten.

Sturmhauben, die so etwas wie eine Skimaske waren, schützten unsere Gesichter vor der Kälte. Die Hände steckten in Handschuhen und wir hatten sie tief in die großen Taschen der Parkas geschoben. Unsere Kapuzen hatten wir hochgezogen und fest unter dem Kinn zugebunden.

Dennoch war die Kälte kaum auszuhalten.

»Sie gehen also zu Fuß, obwohl Sie mit dem Auto fahren könnten«, stellte ich fest.

Meine Lippen waren so gefühllos, dass die Worte undeutlich klangen, als wäre ich betrunken.

»Ja«, erklärte Darryl. »Zu Fuß sind es etwa zehn Minuten bis zum Pub, aber um den Motor des Trucks warm laufen zu lassen und das ganze Eis von der Windschutzscheibe zu kratzen, bräuchten wir allein schon eine halbe Stunde.«

Danach setzten wir unseren Weg in Stille fort. Also, *wir* waren still. Allerdings soll das nicht heißen, dass wir Stille hätten genießen können. Ich glaube, ich habe schon erwähnt, dass in Yellowknife jeder jeden anschrie. Die Leute schienen sich an Straßenecken zu versammeln und rumzuschreien. Bei einigen handelte es sich um echte Streitigkeiten, bei anderen lediglich um freudige Aufregung. In vielen Fällen war es schwer zu sagen, um was von beidem es sich handelte.

»Warum sind die Leute hier alle so laut?«, fragte Gabriel schließlich.

»Warum?«, wiederholte Darryl. »Ich weiß nicht, was du mit ›warum‹ meinst. Sind die Menschen dort, wo du herkommst, alle leise?«

»Zumindest leiser als hier«, erwiderte Gabriel.

»Sie sind einfach überschwänglich«, meinte Darryl.

Evelyn meldete sich zu Wort und korrigierte ihn. »Nicht alle sind überschwänglich, Schatz. Manche sind schlicht betrunken.«

»Nun, ja. Na gut. Mag sein. Aber man kann doch gleichzeitig betrunken und überschwänglich sein, oder?«

Niemand antwortete auf die Frage. Wir marschierten einfach weiter.

Es war unser erster richtiger Blick auf Yellowknife, auch wenn es schon wieder ziemlich dunkel war. Trotzdem konnte ich erkennen, dass es eine größere Stadt war, als ich erwartet hatte. Sie schien auf Felsen oberhalb eines riesigen Sees gebaut worden zu sein, dessen Wasserfläche in Ufernähe teilweise mit einer dünnen Eisschicht bedeckt war. Es gab ein Stadtzentrum mit mehrstöckigen Bürogebäuden, die eine Skyline bildeten. Es war nicht die kahle, gefrorene Tundra oder die kleinen, abgelegenen Ortschaften, durch die wir auf dem Weg hierher gekommen waren. Es war weder von rauer Schönheit noch malerisch. Es war einfach eine kleine, aber sehr reale Stadt.

»Wie viele Menschen leben hier?«, fragte ich.

»Etwa vierundvierzigtausend«, entgegnete Darryl.

»Wirklich?« Gabriel klang überrascht. »Das ist eine größere Stadt, als wir dachten.«

»Oh, du meinst die Stadt selbst«, stellte Darryl fest. »Du hast gemeint, wie viele Leute in Yellowknife leben. Ungefähr zwanzigtausend. Als ich vierundvierzigtausend gesagt habe, hab ich von den Nordwest-Territorien insgesamt gesprochen.«

Gabriel und ich blieben beide mehrere Sekunden lang stehen und dann mussten wir uns beeilen, um die andern einzuholen.

»Moment«, hakte Gabriel nach. »Die gesamten Nordwest-Territorien haben nur vierundvierzigtausend Einwohner?«

»Ja, so ungefähr«, bestätigte Darryl.

»Es ist doch eine so riesige Fläche.«

»Über eine Million Quadratkilometer.«

Wir stapften wieder schweigend weiter. Am Ende des Blocks sah ich einen Pub, an dem Neonreklamen für verschiedene Brauereien hingen. Ich hoffte, das war unser Ziel, denn ich hatte mehr als genug davon, in schlecht sitzenden Stiefeln bei Minustemperaturen durch die Gegend zu laufen.

Es schien mir bedauerlich, dass wir an einen Ort gefahren waren, der so spärlich besiedelt war, aber trotzdem in einer Stadt gelandet waren, in der beinahe die Hälfte der Gesamtbevölkerung von einer Fläche von mehr als einer Million Quadratkilometer wohnte.

Vielleicht wäre es doch keine so schlechte Idee, ein Wasserflugzeug nach Inuvik zu nehmen.

Ich blickte zum Himmel hoch, hoffte, das Glück zu haben, direkt von der Straße in der Stadt aus Polarlichter zu sehen.

Aber es war bewölkt und ich konnte noch nicht einmal einen einzigen Stern entdecken.

* * *

»Nehmt den Fisch«, brüllte Darryl, um über den Lärm der anderen Gäste hinweg verstanden zu werden. »In Yellowknife muss man immer den Fisch nehmen. Er kommt direkt aus dem See und ist ganz frisch. Der beste, den ihr je hattet, das garantiere ich euch.«

Wir saßen in einem schummrigen Pub an einem Holztisch, der eine glänzende, klare Beschichtung von mehreren Zentimetern Dicke zu haben schien. An den Wänden hingen Bilder von an der Angel zappelnden Hechten, Karibus und Weißkopfseeadlern.

»Auch wenn der See zugefroren ist?«, fragte ich.

»Das ist er noch gar nicht. Nicht wirklich. Und ja. Immer. Im Winter fischen die Leute an Eislöchern und beliefern die Restaurants. In den Nordwest-Territorien gibt es das ganze Jahr über guten Fisch. Natürlich schon saisonabhängig. Daher bestellt man einfach nur Fisch, dann kriegt man was mit dem, der heute erhältlich war.«

Gabriel und ich nickten. Wir würden beide den Fisch essen. Wie schon erwähnt: tun, was die Römer tun …

»Was führt euch junge Leute eigentlich hierher?«, erkundigte sich Evelyn.

»Wir wollen unbedingt Polarlichter sehen«, antwortete ich.

»Das habe ich mir schon fast gedacht. Deshalb kommen die meisten Leute hierher.«

»Geht das von der Stadt aus?«, fragte Gabriel.

»O ja. Oft sogar. Vielleicht nicht ganz so deutlich und klar und häufig wie oben am nördlichen Polarmeer, aber sie sind gut sichtbar.«

Wir mussten immer noch sehr laut reden, um uns über den Lärm hinweg verständlich zu machen.

»Ich dachte, ich könnte sie zu Gerry nach Inuvik schicken«, rief Gladys. »Das ist allerdings nicht gerade billig und ich weiß nicht, ob sie so viel Geld ausgeben wollen.«

»Wovon redest du?«, sagte Darryl. »Gerry würde ihnen nichts dafür berechnen. Du musst sie nur fragen.«

»Aber sie sind ja keine Verwandten.«

»Doch, sind sie. Sie haben dich nach Hause gebracht, also gehören sie zur Familie.«

»Aber Gerry verdient so viel mit der Hütte. Das ist ihr Einkommen.«

»Es ist übrigens gar keine Hütte, sondern eine Jurte.«

»Ich dachte, es sei eine Hütte.«

»Nein, eine Jurte. Genau genommen handelt es sich um eine geodätische Kuppel. Und wenn du dich ein Mal in deinem Leben in ein Flugzeug setzen würdest, wüsstest du das auch.«

»Fang nicht damit an, Darryl.«

Niemand fragte uns, ob wir überhaupt nach Inuvik wollten. Wobei ich vermute, inzwischen wollten wir das irgendwie schon. Ich glaube, wir dachten beide, dass wir nicht so weit gefahren waren, um die Polarlichter über der Skyline von Bürogebäuden zu bestaunen.

»Es ist auch gar nicht Saison«, fuhr er fort. »Vermutlich hat sie im Moment ohnehin keine Buchungen. Erkundige dich einfach mal.«

»Das könnte ich natürlich«, sagte Gladys. »Trotzdem müssten sie das Wasserflugzeug bezahlen.«

»Wie viel wäre das denn?«, fragte Gabriel, der sich bemühte, laut genug zu sprechen.

»Das ist nicht ganz billig«, meinte Darryl. »Vielleicht fünf- oder sechshundert pro Person in jeder Richtung. Überlegt es euch.«

»Wie viele Menschen leben da?«, wollte ich wissen, weil ich das Gefühl hatte, dass das die Information war, die den Ausschlag dafür geben würde, ob ich trotz der zugegebenermaßen erschreckend hohen Kosten hinwollte.

Plötzlich hatte ich das Gefühl, dass es mir tatsächlich um eine Wildniserfahrung ging. Das war erschreckend – so sehr, dass ich mir nicht sicher war, ob ich es wirklich wollte. Und doch reizte es mich. Lockte mich. Wir waren schon so weit gekommen und es schien, als wäre es das, wofür wir das alles auf uns genommen hatten. Es fühlte sich einfach nicht richtig an, kehrtzumachen und die Rückfahrt anzutreten, ohne das erlebt zu haben.

»Die Einwohnerzahl von Inuvik? Vielleicht dreitausend oder etwas mehr. Aber das ist nur der Ort, in dem Gerry wohnt. Die Jurte steht irgendwo in der Tundra zwischen Inuvik und Tuktoyaktuk. Die Bevölkerung dort ist gleich null. Es sei denn, du zählst Wölfe mit. Und es gibt vermutlich keinen besseren Ort auf der Welt, um Polarlichter zu sehen. Vielleicht können wir euch einen günstigen Flug besorgen. Manchmal braucht ein Pilot einfach einen Job und bietet es günstig an. Und, was vielleicht nicht selbstverständlich ist, ich habe von kanadischen Dollar gesprochen. Wenn man es in US-Dollar umrechnet, ist es weniger. Wie auch immer, ich weiß, es ist eine Menge Geld, und wenn man es nicht hat, hat man es nicht. Doch falls ihr es habt, überlegt es euch.«

Von diesem Moment an konnte ich an nichts anderes mehr denken.

* * *

Unsere Betten waren Luftmatratzen vor dem Holzofen im Haus von Darryl und Evelyn. Wir lagen im Warmen, die Bäuche voll mit fangfrischem Weißfisch und Pommes frites, die in Kanada »Chips« heißen.

Uns war bereits klar, dass wir nicht schnell zur Ruhe kommen würden, denn schließlich hatten wir heute bereits viele Stunden im Auto geschlafen, während Gladys gefahren war. Außerdem mussten wir eine Entscheidung treffen.

»Die Vorstellung ist irgendwie beängstigend«, flüsterte ich Gabriel zu. »Und auch aufregend. Weißt du, wie man kanadische in US-Dollar umrechnet?«

»Das wüsste ich, wenn ich mein Handy hätte«, lautete seine Antwort. »Das könnte so viel von unserem Geld verschlingen, dass wir uns das Benzin für die Heimfahrt nicht mehr leisten können.«

»Ich dachte, Gladys würde das Benzingeld bezahlen.«

»Das hat sie zwar gesagt. Trotzdem denke ich, wir sollten darauf vorbereitet sein, es selbst zu übernehmen, falls ihr das Geld ausgeht oder sie uns auf andere Weise im Stich lässt. Wir kennen sie ja nicht so gut.«

»Okay. Dann müssen wir zuerst das Benzingeld für die Heimfahrt ausrechnen und zur Seite legen. Aber wenn sie uns einen günstigen Flug besorgen können … Was meinst du?«

»Das klingt nach einer sehr, sehr abenteuerlichen Unternehmung.«

»Ist das was Gutes oder was Schlechtes?«

»Ja«, erwiderte er. »Ich glaube, genau das ist es.«

Kapitel Achtzehn

Der Tag, an dem wir über eine Welt aus Schweizer Käse flogen

Am Morgen packten wir uns warm ein und Evelyn nahm uns mit zu einer Besichtigung des Pilotendenkmals. Darryl musste arbeiten und konnte uns daher nicht begleiten. Gladys kam ebenfalls nicht mit und eine Weile lang wunderte ich mich darüber auch gar nicht.

Das Denkmal selbst stand auf einem Felsvorsprung, der so hoch war, dass wir vier oder fünf Treppen hochsteigen mussten. Die Einheimischen nannten es vorhersehbarerweise schlicht »The Rock«. Es gab eine hölzerne Aussichtsplattform, aber um die Gedenktafel oder das Denkmal selbst zu sehen, das zu Ehren der Buschpiloten errichtet worden war, die die Stadt gegründet hatten, musste man die Plattform verlassen und ein Stück auf dieser verschneiten, eisigen Bergkuppe gehen. Und ein Geländer oder was Ähnliches gab es nicht. Ich will nicht behaupten, dass wir je direkt an den Rand eines steilen Abgrunds gerieten, doch angesichts des rutschigen Untergrunds hatte ich schon ein mulmiges Gefühl.

Der Aussichtspunkt war ein absolutes Muss für Touristen, aber der Grund dafür war nicht das Denkmal selbst, sondern der Blick von hier oben über die Stadt. Wir konnten die Häuser, Geschäfte und Lagerhallen und den See, der zu den zehn größten der Welt zählt, aus der Vogelperspektive betrachten. Wir staunten über die Inseln, halb hineingefroren in die milchige Oberfläche des Sees, während der eisige Wind uns umtoste und uns die Augen tränen ließ.

Das Eis auf dem Wasser war bisher nur eine dünne Schicht an den seichten Stellen in Ufernähe, doch das hab ich vielleicht schon erwähnt.

»Warum ist Gladys zu Hause geblieben?«, wollte Gabriel von Evelyn wissen. »Findet sie, dass sie sich das Denkmal nicht ein weiteres Mal anschauen muss, weil sie es ja schon kennt?«

»Oh, sie könnte nie im Leben die vielen Treppen schaffen«, erwiderte Evelyn. »Dafür ist sie zu krank.« Dann musterte sie uns einen Moment lang und bemerkte unsere Überraschung. »Wusstet ihr das nicht? Ich dachte, ihr wärt im Bilde. Sie hat ein schwaches Herz. Kongestive Herzinsuffizienz.«

Gabriel und ich sahen uns an und in diesem Moment begriffen wir etwas, was uns bislang gar nicht klar gewesen war: dass wir Gladys gut genug kannten, um uns Sorgen um sie zu machen. Ich hatte das jedenfalls nicht gewusst.

»Wirklich?«, fragte Gabriel. »Das wundert mich. Ich weiß, dass sie über achtzig ist, aber in Montana arbeitet sie Vollzeit.«

»Nun ja, sie sitzt auf einem Hocker hinter einem Tresen und kassiert ab. Ihr bleibt auch gar nichts anderes übrig, denn ihre Rente ist nicht gerade üppig.«

»Davon hat sie uns gar nichts erzählt«, erklärte ich.

»Ich kann nicht behaupten, dass mich das überrascht. Ich meine, das ist typisch Gladys. Ihr wisst ja, wie sie ist.«

»Ist das der Grund, warum sie nicht einfach allein hergefahren ist?«

»Ja, neben einer ganzen Menge anderer. Sie tut so, als wäre sie tough, doch tatsächlich hat sie oft Angst. Sie hätte die weite Fahrt nie allein bewältigen können und ist wahrscheinlich klug genug, um sich das auch einzugestehen. Es ist schwer, vorauszusagen, wann ein medizinischer Notfall eintreten könnte. Und wenn man dann ganz allein auf einer einsamen Strecke unterwegs ist …«

Bevor sie den Satz beenden konnte, klingelte ihr Handy.

»Oh, das ist Darryl«, verkündete sie. »Da muss ich ran.«

Wir warteten schweigend, während sie Darryl zuhörte. Sie blickte uns an, erst den einen, dann den anderen, und lächelte breit, als hätte sie eine gute Nachricht erhalten und als würde es sie freuen, dass wir es noch nicht wussten.

»Oh, sie werden begeistert sein. Zumindest denke ich das. Das, oder sie haben Angst. Lass es mich ihnen erzählen und wir werden sehen, wie abenteuerlustig sie wirklich sind.«

Sie schob das Telefon zurück in ihre Tasche und wandte sich aufgeregt an uns.

»Er hat mit Gerry telefoniert und sie hat gesagt, dass die Jurte bis Mitte November frei ist. Bis dahin könnt ihr sie nutzen, wenn ihr wollt. Aber so lange wollt ihr wahrscheinlich ohnehin nicht bleiben. Ihr kriegt sie umsonst, allerdings ist es ein bisschen spartanisch. Es gibt Wasser in Flaschen zu trinken und alles, was man essen kann, solange man nichts gegen gefriergetrocknete Trekkingnahrung hat. Manchmal gibt es auch ausgefallenere Mahlzeiten, doch die sind dann für die zahlenden Gäste. Und hier kommt eine weitere gute Nachricht: Darryl hat sich bei mehreren Piloten umgehört und ein paar gefunden, die nur vierhundert pro Person und Strecke verlangen.«

»Kanadische Dollar?«, fragte ich mit eingefrorenen Lippen.

»Richtig. Kanadische.«

»Wie viel ist das ungefähr in US-Dollar?«

»Das kann ich gleich mal auf meinem Handy nachschauen. Okay. Kanadische Dollar in US-Dollar umrechnen. Ah, da ist es ja. Vierhundert kanadische Dollar sind … nicht ganz dreihundert US-Dollar.«

Ich sah Gabriel an und er mich, die Augen zusammengekniffen gegen den schneidenden Wind.

»Komm, Gabriel, lass uns das machen«, sagte ich. »Lass uns dieses eine Mal in unserem Leben ein echtes Abenteuer wagen.«

Er nickte einmal, wirkte beinah atemlos. Er sprach nicht, aber vielleicht konnte er das gerade nicht. Das war schwer zu beurteilen.

Wie auch immer, wir würden es tun. Es geschah wirklich.

Da war irgendwas in meinem Hinterkopf, das mich von der schönen sicheren Klippe in ein gefrorenes und absolut menschenleeres Abenteuerland stieß. Ich weiß, es klingt seltsam, wenn ich jetzt sage, dass ich glaube, es war auch in Gabriels Kopf, denn woher sollte ich wissen, was bei ihm los war? Doch wir kannten uns zu diesem Zeitpunkt schon sehr gut und darum werde ich es trotzdem sagen, selbst wenn ich es nicht beweisen kann: Ich glaube, wir haben es beide gedacht.

Es war nicht realistisch, zu glauben, dass wir für immer frei sein würden.

Vielleicht Gabriel. In ein paar Wochen würde er achtzehn werden und tun können, was er wollte. Ich hingegen hatte noch fast fünf Jahre vor mir, bevor ich der Hölle entkommen konnte, die das Haus meiner Tante Bitsy in Kentucky darstellte. Ich wusste, dass ich ihr eine Zeit lang entwischen konnte. Das hatte ich bewiesen. Aber fünf Jahre sind eine verdammt lange Zeit. Es war viele Tage her, dass ich bewusst an den Ort gedacht hatte, an dem ich leben sollte. Trotzdem war es irgendwo tief in mir drin. Ich spürte es im Hinterkopf und es fühlte sich dunkel an. Wie das Ende von allem.

Beinahe wie der Tod, nur dass der Tod schneller vorbei ist.

Und ich glaube, der Grund, warum wir so mutig und abenteuerlustig geworden sind, ist, dass in jeder atmenden Seele der Instinkt steckt, zu leben – wirklich zu leben –, bevor man stirbt.

* * *

Unser Flug sollte ziemlich früh am nächsten Morgen starten, daher waren wir in der Nacht natürlich wach, obwohl wir eigentlich dringend schlafen wollten. Doch das gelang uns nicht.

Ich schaute den flackernden Flammen im Kamin zu, und ohne rüberblicken zu müssen, wusste ich, dass Gabriel ebenfalls wach auf seiner Luftmatratze lag.

»Weißt du, was komisch ist?«, fragte ich ihn.

»Nein. Was denn?«

»Es ist ewig her, dass ich mich mit der Eigenschaft ›klug‹ in Verbindung gebracht habe.«

»Du bist noch genauso klug wie eh und je.«

»Richtig. Das weiß ich. Aber ich war es gewohnt, von mir selbst als klug zu denken. Die ganze Zeit. Ich hab nie aufgehört, mich so zu sehen. Es war nie anders. Ich bin als kluger Mensch durch die Welt gegangen. Ich hab mich immer für einen klugen Menschen gehalten. Und jetzt stecken wir mitten in diesem großartigen Abenteuer und ich hab mich umgedreht und zurückgeschaut und dabei ist mir klar geworden, dass ich mich zum ersten Mal einfach als Mensch gesehen habe.«

»Oh«, antwortete er und zog es in die Länge. »Du hast das positiv gemeint.«

»Absolut. Ich hatte keine Ahnung, dass man das nicht hören würde.«

* * *

Wir waren nicht die einzigen Passagiere auf dem Flug nach Inuvik. Es gab noch zwei weitere: einen Mann und seinen vierzehn- oder fünfzehnjährigen Sohn. Und es waren außerdem zwei Kanus mit an Bord, direkt bei uns in der Kabine, doch die zählten vermutlich nicht als Passagiere.

Der Mann war vielleicht vierzig und wirkte rau und wie ein Naturbursche, aber auch leicht verängstigt.

Wir saßen da und warteten darauf, dass der Pilot den Papierkram erledigte und die Prüfung und Einstellung der Instrumente abschloss. Es gab kein abgetrenntes Cockpit, wir waren zusammen in einer Kabine.

»Alles in Ordnung?«, wandte ich mich an den Mann mit dem Sohn.

Aus irgendeinem Grund war ich seit dem Tod meiner Mutter extrem empfänglich dafür, wenn Leute irgendwie beunruhigt waren.

»Ja«, bestätigte er und klang überrascht. »Warum fragst du?«

»Sie wirken besorgt.«

»Oh.« Eine Minute lang blieb er still und ich dachte schon, er würde nichts mehr sagen, doch dann erklärte er: »Es ist nur so, dass wir diesen Angelausflug schon ewig geplant haben, und eigentlich sollte es nicht so kalt sein. Gewöhnlich sind es um diese Jahreszeit um die null Grad und es ist nicht so frostig wie jetzt.«

Sein Sohn schaute ihn an, als versuchte er durch reine Willenskraft einen Stimmungsumschwung herbeizuführen.

»Es wird alles gut gehen, Dad«, meinte er.

»Ihr Sohn hat recht«, schaltete sich der Pilot ein. Wir zuckten alle zusammen, denn seine Stimme war durch die Lautsprecher verzerrt und unerwartet laut. Er hatte ein Headset mit einem Mikrofon vor den Lippen, sodass seine Stimme durch die Kabine hallte. »Diese Angelhütten sind ziemlich sicher. Es ist genug Holz zum Heizen da und sie sind gut isoliert und bieten Schutz vor den Elementen. Ich fliege schon seit Jahrzehnten Leute zu diesen Inseln raus, auch mitten im Winter. Ich habe Männer rausgeflogen, die in einer Hütte direkt an einem See übernachtet haben, um Tag und Nacht eisfischen zu können. Bislang ist noch keiner erfroren. Oder zumindest die nicht, die die Hütte auch wirklich benutzt haben. Die, die in Schwierigkeiten geraten, sind die, die sich verlaufen oder sich draußen irgendwie verletzen und niemanden haben, der mitkriegt, dass etwas passiert ist. Und die kein Satellitentelefon bei sich haben.«

»Das haben wir«, antwortete der Vater.

Was für mich ein bisschen so war, als würden sie behaupten, sie hätten eine Sturmhaube oder eine Pudelmütze, insofern, als es eine Sprache war, die uns im Moment nicht geläufig war.

»Es wird alles super klappen. Es gibt Leute, die angeln hier draußen bei minus vierzig Grad. Und bislang sind noch alle heil zurückgekommen.«

»Danke«, sagte der Mann.

Der Pilot stieg aus und löste die Seile, mit denen das Flugzeug am Steg vertäut war. Er sprang auf einen der Schwimmkörper, während die Maschine abdriftete, stieg wieder ein und schnallte sich an. Er startete den Motor und der Propeller setzte sich in Bewegung. Anfangs schwach und zögerlich, doch dann immer ruhiger und sicherer. Wir begannen über das Wasser zu gleiten.

Der Propeller spielte uns diesen seltsamen Streich, bei dem er sich dank einer optischen Täuschung plötzlich in die entgegengesetzte Richtung zu drehen schien. Als wir an Tempo zulegten, wurde er so schnell, dass er praktisch unsichtbar wurde und nur noch als runder Schatten um die Flugzeugnase zu erkennen war.

»Ich frage mich, ob das minus vierzig Grad Celsius oder Fahrenheit sind«, meinte Gabriel leise zu mir.

»Minus vierzig sind bei beiden das Gleiche«, erwiderte ich.

Es schien, als hätten der Mann und sein Sohn ihre Angst vor dem Wetter überwunden und sie an uns weitergegeben.

Ich schaute aus dem Fenster und beobachtete die Wellen, die die Schwimmkörper hinterließen, während wir schneller wurden. Ich fühlte mich dem See erstaunlich nahe, als ob ich aus dem Autofenster auf die Straße blicken würde. Na ja, das ist eine leichte Übertreibung. Aber der See schien nicht sehr weit von unseren Sitzplätzen entfernt zu sein.

Dann verschwand das Kielwasser plötzlich unter mir und ich wusste, dass wir in der Luft sein mussten.

Lange Zeit glitt das Flugzeug in beunruhigend niedriger Höhe über den See. Wenn da Bäume gewesen wären, hätte ich Angst gehabt, dass wir gegen einen prallen würden. Doch es gab ja keine. Vor uns lag eine Insel, aber wir gewannen genügend an Höhe, bevor wir sie erreichten.

Wir überflogen den Mackenzie River und ich begriff plötzlich, warum man von hier aus nur mit dem Flugzeug irgendwohin gelangen konnte.

Als hätte der Pilot meine Gedanken gelesen, schreckte er uns mit einer erneuten Durchsage auf.

»Die Leute fragen sich immer, warum es hier oben so wenige Straßen gibt«, erzählte er mit seiner leicht verzerrten Stimme. »Dann steigen sie in den Flieger und wundern sich nicht mehr. Das Flussdelta ist wie ein Schweizer Käse, und jedes Loch ist ein See. Einige sind so winzig, dass sie nicht mal einen Namen haben. Doch hier eine Straße bauen? Man müsste alle paar Kilometer eine Brücke errichten oder sie müsste sich zwischen den Seen hindurchschlängeln, aber selbst dann würde sie bei der Schneeschmelze im Frühjahr überflutet werden.«

Zu diesem Zeitpunkt waren wir schon ein ganzes Stück von Yellowknife entfernt. Ich denke, ich hätte die Stadt noch sehen können, wenn ich mich umgedreht hätte, doch das hab ich nicht getan.

Vor uns konnte ich ein paar kleine Hütten an den Ufern von Gewässern oder Flüssen ausmachen, die zu kleineren Ortschaften gehörten. Aber sie wurden immer seltener, je weiter wir kamen, immer noch in einer erschreckend geringen Höhe. Bald war lediglich eine weite Fläche aus Schnee und verschneiten Bäumen übrig, die von mit Wasser gefüllten Schweizer-Käse-Löchern unterbrochen wurde, in denen sich die Wolken und das Blau des Himmels spiegelten.

Und von unseren Sitzen in dem kleinen Wasserflugzeug aus schien es, als ginge das bis zum Horizont so weiter.

»Was glauben Sie, wie kalt es dort wird, wo wir heute Abend sind?«, fragte Gabriel den Piloten. »Unser Ziel liegt ungefähr auf halbem Weg zwischen Inuvik und Tuktoyaktuk.« Es ist möglich, dass er den Namen der Stadt falsch ausgesprochen hat. Ich schätze, das tun Touristen normalerweise. Doch er gab sein Bestes. »Ich weiß, Sie haben erwähnt, es könnten bis zu minus vierzig Grad werden, aber so tief sinken die Temperaturen heute Nacht nicht, oder?«

»Na ja, je weiter man nach Norden kommt …«, erwiderte er und überließ es uns, das ziemlich offensichtliche Ende des Satzes im Geiste zu ergänzen. »Doch nein, heute werden es keine minus vierzig Grad werden. Laut Wettervorhersage liegt der Tiefstwert in Inuvik bei minus fünfundzwanzig Grad. In Fahrenheit umgerechnet sind das etwa minus dreizehn Grad. Der Höchstwert morgen könnte bis auf ein Grad Fahrenheit steigen.«

Schweigend verfolgten wir, wie die wasserreiche, verschneite Wildnis unter dem Flugzeug vorbeizog.

»Einstellige Gradzahlen«, sagte ich nach einer Weile zu Gabriel. »Erinnerst du dich noch daran, wie es war, an einem Ort zu leben, an dem die Gradzahlen immer im zweistelligen Bereich lagen?«

Unsere Mitreisenden mussten sich inzwischen wohler fühlen, denn sie lachten.

Vielleicht zwanzig Minuten lang fiel kein Wort. Vielleicht waren es auch fünfundvierzig. Die Zeit hatte begonnen, sich seltsam zu verzerren, daher war es schwer abzuschätzen.

»Wir haben gerade die Polarkreisgrenze überquert«, ließ uns der Pilot wissen und erschreckte uns damit erneut. »Falls das jemanden interessiert.«

Selbstverständlich tat es das.

* * *

Als wir in Inuvik landeten, waren wir die einzigen Passagiere an Bord. Der Pilot hatte Vater und Sohn mitsamt ihren Kanus bei einem Zwischenstopp auf einer abgelegenen Insel abgesetzt.

Als wir über das Wasser zu dem Anlegesteg glitten, hatte ich mehr Angst als je zuvor auf der Reise. Mehr als auf dem dunklen Campingplatz, wo wir im Jeep gekauert hatten, während der Wind den Regen gegen die Scheiben peitschte und das ganze Fahrzeug schwankte. Mehr, als ich verspürt hatte, als wir in der Nacht auf der verschneiten Straße ins Schleudern geraten waren, weil ein wildes Tier vor uns aufgetaucht war. Denn wir waren jetzt in einem sehr eisigen, sehr abgelegenen Teil der Welt, ganz allein, ohne den Jeep als Unterschlupf. Die Aufgabe des Piloten war es, uns hierherzubringen, und nicht, sich danach noch um uns zu kümmern.

Und wir hatten nur die knappe und unzureichende Anweisung erhalten: »Jemand wird euch abholen.«

Gabriel und ich sprachen nicht miteinander. Aber ich warf einen Blick auf sein Gesicht und wusste, dass er es ebenfalls spürte.

Und dann sahen wir plötzlich einen Mann am Steg stehen.

Er hatte eine Pelzmütze auf und seine Hände steckten in dicken Pelzhandschuhen, durch die sie größer wirkten als sein Kopf. Er war in einen knallroten Parka gehüllt und hatte einen buschigen Bart. Sein Atem bildete an diesem eiskalten Morgen kleine Wolken in der Luft. In den Händen mit den Pelzhandschuhen hielt er ein Schild. Es war eine Kreidetafel, nur mit Rahmen. Auf dem Rahmen standen die Worte »Northern Lights Tours« und auf die Kreidetafel selbst war in krakeligen Großbuchstaben »GLADYS' FREUNDE« geschrieben.

Ich konnte Gabriel und mich gleichzeitig erleichtert aufatmen hören.

Wir blieben sitzen, während der Pilot das Flugzeug am Kai vertäute.

Schließlich stiegen wir aus und warteten im kalten Halbdunkel des Morgengrauens, während er unser Gepäck auslud. Wir trugen es an Land und gingen auf den Mann zu, der aus der Nähe betrachtet möglicherweise ein Ureinwohner war. Er schenkte uns ein breites, freundliches Grinsen, das in Bezug auf die Strahlkraft sogar Darryls übertraf. Einer seiner Vorderzähne war aus irgendeinem silberfarbenen Metall.

»Willkommen in den Nordwest-Territorien!«, rief er uns entgegen.

Wir glaubten schon, er wäre ein gesprächiger Typ, doch es stellte sich heraus, dass diese vier Worte den Großteil seines Beitrags zur Unterhaltung ausmachen würden.

»Sie sind also Gerry?«, fragte Gabriel.

Der Mann lachte so schallend, dass wir zusammenzuckten. Er schüttelte den Kopf, immer noch grinsend.

Dann hob er unsere Taschen auf und trug sie zu einem schieferblauen Geländewagen mit riesigen Reifen mit Spikes und Schneeketten.

Wir kletterten hinein und fuhren schweigend durch die Straßen von Inuvik.

Es war alles ein bisschen überwältigend.

Inuvik war definitiv eine Stadt. Es war nicht die Wildnis … noch nicht. Aber im Vergleich zu Yellowknife war es malerisch und klein. Die Häuser schienen alle die gleiche Form zu haben und ich war besonders von der Leuchtkraft und der Vielfalt der Farben beeindruckt, in denen die Fassaden gestrichen waren. Ab und zu sah ich ein Doppelhaus oder ein Reihenhaus mit drei oder vier Wohneinheiten, wobei jeder Teil in einer anderen Farbe gehalten war.

Da die Stadt wirklich nicht groß war, dauerte es nur zwei Minuten, bis wir vor einem kleinen Gebäude mit einem Schaufenster ankamen und stoppten. Über der Tür hing ein Schild mit der Aufschrift »Northern Lights Tours«.

»Ist Gerry da drin?«, erkundigte sich Gabriel.

»Ja«, bestätigte der Mann.

Und das war's. Das fünfte und letzte Wort von ihm.

Wir stiegen aus und trugen unsere Taschen durch die Eiseskälte zu dem Gebäude.

Drinnen empfing uns eine Miniaturversion eines Büros und es war sehr warm. Der Platz hier reichte für genau einen Schreibtisch, und mehr gab es auch nicht. Dahinter saß eine Frau um die fünfzig. Sie hatte feuerrotes Haar und einen ernsten Gesichtsausdruck. Fast schon unwirsch. Sie schaute uns an und unter ihrem grimmigen Blick wären wir beinahe einen Schritt zurückgewichen.

»Wir möchten zu Gerry«, sagte ich.

»Und ihr habt sie gefunden«, entgegnete sie barsch. »Ihr müsst Gladys' Freunde sein.«

»Richtig«, erwiderten wir beide wie aus einem Mund.

»Ihr seid ja noch Kinder.«

»Wir sind älter, als wir aussehen«, antworteten wir beide, wieder gleichzeitig.

Das hatten wir in letzter Zeit oft getan. Je länger die Reise dauerte, desto häufiger passierte es. Es war so ähnlich wie bei Leuten, die die Sätze des jeweils anderen zu Ende bringen, nur dass wir beide zusammen anfingen und endeten. Das ist auch viel schöner, wenn man mich fragt.

»Also gut«, sagte Gerry. »Lasst uns keine Zeit verschwenden. Ich hole bloß rasch meine Jacke, dann geht's los.«

Kapitel Neunzehn

Die Sache, von der du behauptet hast, du wolltest sie, bis zu dem Moment, in dem du sie hast

Wir folgten dem Dempster Highway geschätzt fünfundvierzig Minuten lang fast direkt nach Norden. Gerrys Auto glich dem des Mannes, der uns an der Anlegestelle abgeholt hatte. Riesige, grobstollige Reifen. Große Bodenfreiheit. Schneeketten.

Die Straße hatte eine Fahrbahn in jede Richtung und war nicht wirklich geräumt. Stattdessen gab es nur diese doppelten Spuren, die die Reifen anderer Leute im Schnee hinterlassen hatten. Der Himmel war wie schon in Fort Providence auf der Fahrt mit Gladys wie eine weiße Wand und der Wind heulte.

Gerade als ich an Gladys dachte, begann Gerry zu sprechen, als könnte sie meine Gedanken lesen.

»Es war nett von euch, Gladys herzubringen«, sagte sie und wirkte plötzlich weniger grimmig. »Wir hatten schon gedacht, sie würde sterben, bevor sie nach hier oben zurückkehren kann.«

»Es war auch für uns schön«, erwiderte Gabriel. »Ich hätte furchtbare Angst gehabt, so weit hier heraufzufahren, ohne jemanden dabeizuhaben, der sich auskennt.«

»Nun, Leute machen das ständig. Aber versteh mich bitte richtig. Das bedeutet nicht, dass es sich nicht als falsch herausstellen kann.«

Ich hatte mich mehr auf den zweiten Satz über Gladys konzentriert.

»Sie haben gesagt, dass Gladys stirbt. Ist das etwas, von dem Sie denken, dass es bald passieren wird?«

»Wer weiß das schon?«, meinte Gerry und ihre Hände umschlossen das Lenkrad fester. Wir mussten über das Rauschen der Lüftung hinweg sprechen, die auf maximale Leistung und Heizen gestellt war, und über den Wind, der um das Fahrzeug heulte. »Man kann nie wissen, wann man stirbt. Vielleicht lebt sie noch viele Jahre. Vielleicht Monate. Vermutlich eher Monate. Na ja, wer kann das schon sagen? Ich kann ihr keinen Vorwurf daraus machen, dass sie nicht allein hier hochfahren wollte, mit ihrer Herzgeschichte und so, aber ich – und jeder andere, der sie kennt – kann nicht begreifen, warum sie nicht einfach in ein Flugzeug steigen will. Vermutlich hat sie Angst vorm Fliegen. Man sollte denken, dass sie in den sauren Apfel beißen und es trotzdem tun würde. Wahrscheinlich hat sie vor vielen Dingen Angst, doch sie redet nicht darüber, daher ist es schwer zu beurteilen. Wir haben sogar schon davon gesprochen, dass jemand von uns runterfährt und sie abholt. Allerdings ist das eine ganz schön lange Strecke hin und zurück. Selbst wenn man direkt durchfahren könnte, ohne große Pause, würde man das nicht an einem Wochenende schaffen. Und wir arbeiten alle. Aber wir haben darüber nachgedacht. Gott sei Dank habt ihr uns das erspart.«

Ziemlich genau an dem Punkt, an dem sie mit diesem kleinen Monolog fertig war, erreichten wir etwas, was wohl eine Straße sein musste, wenn auch nur im weitesten Sinne des Wortes. Die Kreuzung mit dem Highway war mit Reflektoren auf langen Stangen markiert. Dahinter konnten wir eine Reihe von dünnen Plastikstöcken erkennen, deren obere Enden mit Reflektorband umwickelt waren und die in regelmäßigen Abständen im Boden steckten, bis sie in der Ferne verschwanden. Sie schwankten im stürmischen Wind. Ihre Höhe führte uns erschreckend vor Augen, wie viel Schnee hier in der Gegend fallen konnte.

Es war deutlich, dass niemand diese Straße benutzt hatte, seit es das letzte Mal geschneit hatte.

Gerry bog nach links ab und wir fuhren durch die karge Tundra nach Westen.

»Ich weiß nicht, wie viel man euch über diesen Ort erzählt hat. Ich hoffe, ihr seid wegen ein paar Dingen vorgewarnt worden.«

Ich fühlte, wie sich mein Magen zusammenzog. Ich warf Gabriel einen Blick zu. Er hatte wieder diesen Ausdruck in den Augen. Den, den er vorhin gehabt hatte, gleich nachdem wir am Anleger angekommen waren. Ihr wisst schon. Bevor wir gesehen hatten, dass dort wirklich jemand auf uns wartete.

»Wie was zum Beispiel?«, fragte ich.

»Wie die Tatsache, dass es nichts Besonderes zu essen gibt.«

»Oh, ja«, bestätigte Gabriel und hörte sich erleichtert an. »Das hat man uns gesagt.«

»Ihr werdet nicht verhungern. Es gibt einen ganzen Schrank voll mit dehydriertem Essen. Ihr müsst nur Wasser auf dem Holzofen heiß machen, um es zuzubereiten. Das reicht, damit man keinen Hunger hat. Doch die meisten Leute haben dehydriertes Essen nach einer Weile satt. Wie lange, denkt ihr, wollt ihr bleiben?«

»Oh«, antworteten wir beide gleichzeitig.

Dann fügte ich hinzu: »Wir sind uns nicht sicher. Ist es okay, wenn wir es noch nicht wissen? Es hängt zum Teil vom Polarlicht ab und davon, ob wir es gleich beobachten können oder ein paar Nächte warten müssen. Ich vermute, wir haben gedacht … Nun, wir haben nicht wirklich darüber geredet. Vielleicht drei, vier Tage?«

Gerry warf mir ein Lächeln zu, das leicht ironisch wirkte, während wir weiter über die vereiste Piste holperten.

»Schauen wir mal«, meinte sie.

»Wir können auch kürzer bleiben, falls das nötig ist«, versicherte ihr Gabriel.

»Oh, meinetwegen müsst ihr das nicht. Die nächste Buchung ist erst in ein paar Wochen. Es ist nur so, alle behaupten, dass sie mehrere Tagen bleiben wollen, und dann rufen sie mich nach dreißig Stunden über Satellit an und erklären, sie wollten abgeholt werden.«

Mit fiel wieder ein, dass der Pilot und die anderen Passagiere von einem Satellitentelefon gesprochen hatten. Ich hatte das zu dem Zeitpunkt nicht verstanden, aber jetzt tat ich es.

»Wir haben kein Satellitentelefon«, räumte Gabriel ein.

»Doch, habt ihr. Ich überlasse den Gästen immer eins, falls es einen Notfall gibt. Oder falls sie früher zurückwollen. Das wollen sie fast immer.«

»Warum?«, fragte ich. »Was läuft schief?«

»Gar nichts. Es passiert überhaupt nichts. Sie sind nur nicht bereit für einen so abgeschiedenen Ort. Sie glauben, sie haben sich darauf eingestellt, aber das stimmt nicht. Sie glauben, sie wollen es, doch sie wissen nicht wirklich, auf was sie sich einlassen. Wo wir hinfahren, ist echte Wildnis. Wenn man nicht gerade ein Experte für Winternavigation ist, gibt es nichts, was man dort tun kann, außer mit sich selbst und seinen Gedanken allein zu sein. Das ist nicht so lustig, wie die meisten Leute sich das vorstellen. Es hört sich romantisch und erhaben an, bis man es ausprobiert. Manche Leute mögen es, aber das sind definitiv die Ausnahmen von der Regel. Ihr zwei seid vielleicht so eine Ausnahme, wer weiß das schon? Doch die meisten Leute rufen an, weil sie früher zurückwollen. Ich denke, es ist ihnen unheimlich, die einzigen Menschen in achtzig Quadratkilometern Nichts zu sein. Sie sagen immer alle dasselbe: ›Da draußen ist überhaupt nichts!‹ Und ich antworte darauf nicht, weil ich ein Geschäft zu führen habe, aber ich denke: *Ach wirklich? Das ist doch genau, was du wolltest. Ist das nicht genau die Sache, von der du behauptet hast, du wolltest sie, bis zu dem Moment, in dem du sie hast?*«

Die Erwähnung der achtzig Quadratkilometer führte zu meiner nächsten Frage.

»Wie weit vom Highway entfernt ist dieser Ort?«

Sie warf einen Blick auf den Kilometerzähler.

»Wir haben jetzt etwa neunzehn Kilometer hinter uns und noch zwanzig weitere vor uns.«

Danach sprachen wir nicht mehr viel. Wir fuhren nur durch mehr Nichts, als wir uns je hätten vorstellen können, dass es das auf der Welt gab.

* * *

Als wir die Hütte zum ersten Mal sahen – auch wenn Darryl erklärt hatte, es sei eine geodätische Kuppel, und damit recht hatte –, waren wir ehrlich erleichtert. Es war ein echt erfreulicher Anblick. Auf jeden Fall tat es gut, einfach weil es etwas war. Gerry hatte gesagt, hier draußen gebe es nichts, aber es gab das hier. Und es war etwas.

Sie bestand aus offenbar unbehandeltem, leicht mit Schnee überzuckertem Holz mit jeder Menge Fenster. Nicht nur auf Augenhöhe, sondern auch oben. Ganze Flächen des geodätischen Musters waren aus Glas statt aus solidem Holz. Es gab einen schmiedeeisernen Schornstein, der aus dem Dach ragte, und daneben, direkt auf dem höchsten Punkt der Kuppel, eine Art Plattform. Eine Plattform mit einem Geländer und einigen eingeschneiten Outdoor-Stühlen. Wie man dort hochgelangte, war noch unklar.

»Das ist wunderschön!«, rief ich aus.

Gerry lachte. »Ich bin mir nicht sicher, ob ich so weit gehen würde. In vielerlei Hinsicht hat es nur das Allernötigste.«

Gabriel sagte: »Ich glaube, was Ru meint, ist, dass es alles hat, was man an einem Ort wie diesem braucht.«

»Das stimmt wohl«, erwiderte Gerry. »In dieser gewaltigen Wildnis, in der es nichts von Menschen Erschaffenes gibt, ist es zumindest etwas. Es ist eine Oase von irgendwas. Kommt mit. Ich zeige euch alles.«

Wir stapften durch den Schnee, der uns bis zu den Waden reichte, zur Tür. Wir mussten uns weiter mit den schlecht passenden Stiefeln behelfen, weil wir keine Zeit gehabt hatten, etwas Besseres zu finden. Außerdem hatten wir nicht noch mehr von unserem Benzingeld ausgeben wollen für etwas, das wir vermutlich nie wieder brauchen würden.

Gerry schloss die Tür auf und wir traten ein und sahen uns um.

Es war ziemlich groß, zumindest für eine Hütte in der Wildnis. Es machte den Eindruck, als könnten hier acht oder mehr Personen schlafen. Die Decke war in der Mitte bestimmt sechseinhalb Meter hoch, was allem eine großzügige, luftige Atmosphäre verlieh.

Hier drinnen war es gefühlt genauso kalt wie draußen.

»Ihr müsst stets ein Feuer brennen haben, wegen der Wärme«, teilte uns Gerry mit und zeigte mit einer ausholenden Geste auf einen gusseisernen Ofen, der auf einer Seite der Hütte stand. »Aber es ist ein großer Ofen für einen so kleinen Raum und ihr werdet es schön gemütlich haben. Es heizt sich hier superschnell auf.«

Neben dem Ofen befand sich ein Holzstapel, der beinahe bis zur Decke reichte. Es wäre vermutlich korrekter, es eine

Wand aus Holz zu nennen. Auf der anderen Seite des Ofens entdeckten wir Körbe mit kleinerem Anschürholz und einige von diesen Kaminscheiten, die man kaufen kann, die nicht wirklich aus Holz sind, eingewickelt in Papier.

Gerry musste meinen Blick bemerkt haben.

»Wenn euch das Feuer mal ausgegangen ist, könnt ihr die benutzen«, erklärte sie. »Sie sind allerdings teuer, also versucht es bitte erst mal anders. Doch wenn die Wahl daraus besteht, sie zu benutzen oder sich in menschliche Eiszapfen zu verwandeln, tut, was ihr tun müsst. Das Feuerholz ist trocken und es ist jede Menge Anzündholz da, außerdem eine Kiste mit Kienspänen, die man zum Feuermachen benutzen kann. Also solltet ihr eigentlich zurechtkommen, selbst wenn ihr keine Erfahrung damit habt.«

Sie zeigte auf eine Kiste und fuhr fort: »Da ist eine Auswahl Trockenmahlzeiten drin. Nehmt euch davon, so viel ihr wollt. Es gibt Filterkaffee und Tee und heiße Schokolade. Töpfe und abgefülltes Wasser sind in dem Vorratsschrank. Ihr müsst es auf dem Holzofen erhitzen. Es gibt kein fließend heißes Wasser, also auch keine Dusche. Vielleicht ist das ein weiterer Grund, warum die Leute früher zurückwollen. Es gibt Solarenergie, aber damit kann man nur ein paar Lampen betreiben und nicht viel mehr. Hinter der kleinen Tür dort befindet sich eine Komposttoilette. Tatsächlich ist es ein gesonderter kleiner Schuppen draußen, doch es gibt einen Verbindungsgang, sodass man um drei Uhr nachts nicht bei minus dreißig Grad draußen rumlaufen muss. Wenn die Tür geschlossen ist, ist es kalt da drin. Wenn die Tür offen ist, kann der Geruch zum Problem werden. Jeder trifft da seine eigene Entscheidung. Haltet das, wie ihr wollt. Aber es ist hygienisch. Anweisungen sind an der Wand angebracht. Die Anweisungen für die meisten Dinge sind an der Wand zu finden.«

Sie ging zu einer zweiten Tür im hinteren Teil der Kuppel und wir folgten ihr instinktiv.

»Solange ihr drinnen bleibt, mach ich mir keine Sorgen um euch«, verkündete sie. »Doch vielleicht wird euch das zu langweilig. Falls ihr also rausgeht, müsst ihr einiges beachten: Wenn ihr euch verirrt, erhöhen sich die Chancen enorm, dass ihr das nicht überlebt. Das ist euer Satellitentelefon.«

Sie reichte es Gabriel und wir starrten es beide an, als würde es gleich etwas sagen. Es wirkte wie ein Handy aus früheren Zeiten, als sie so groß waren, dass man sie nicht einfach in die Tasche stecken konnte. Nicht dass ich so eins je im wahren Leben gesehen hätte.

»Alles, was ihr tun müsst, ist, die Antenne rauszuziehen und es einzuschalten. Aber tut das nicht drinnen. Schaltet es nicht in der Nähe der Kuppel oder in der Nähe von Bäumen ein. Es braucht einen klaren, unverstellten Blick auf den Himmel. Und das ist der Haken. Das ist der Fehler, der vielen Leuten unterläuft. Sie denken, sie könnten es unter den Bäumen oder direkt vor der Tür einschalten und sich danach eine bessere Position suchen. Doch wenn es den Satelliten nicht gleich findet, verbindet es sich nicht mehr. Wenn das passiert, müsst ihr es für fünfzehn Minuten ausschalten und es dann noch mal versuchen. Das ist in einem Notfall nicht sehr lustig. Also sucht euch erst einen guten Standort und betätigt danach den Knopf.«

Sie streckte ihre Hand nach dem Telefon aus und zeigte auf eine leicht erhabene schwarze Scheibe oben auf der rechten Seite.

»Das ist eine Abdeckung, die man abnehmen kann«, führte sie aus. Sie klappte sie auf und darunter kam ein roter Knopf zum Vorschein. »Das ist euer SOS-Knopf. Er ist darauf programmiert, meine Nummer zu wählen, aber benutzt ihn ausschließlich in einer echten Notsituation. Ich rufe dann sofort das Rettungsteam, und das Telefon wird uns helfen, euch zu orten. Das ist allerdings nur für den Fall, dass ihr echte Probleme habt. Wenn ihr nach Hause wollt, ruft mich einfach an und sagt es mir. Der rote Knopf ist für Situationen, in denen es um Leben oder Tod geht.«

Sie reichte mir eine Visitenkarte, denn Gabriel starrte einfach nur wie gebannt auf das Telefon. Auf der Karte standen der Name ihrer Firma und der Name Geraldine Walker mit einer Adresse und einer Telefonnummer in Inuvik.

»Lasst die Abdeckung über dem Knopf, damit ihr ihn nicht aus Versehen drückt«, fügte sie hinzu, die Stimme hart, so wie sie vorhin geklungen hatte, als sie uns begrüßt hatte. »Das mag nämlich niemand. Und das ist noch vorsichtig formuliert. Also, steckt das Telefon schön tief in eine Tasche eures Parkas und macht den Reißverschluss oder die Knöpfe zu, damit ihr es auf keinen Fall verliert, und dann sprechen wir noch mal darüber, rauszugehen. Wagt euch niemals ohne euer Satellitentelefon raus und bewahrt es an einem sicheren Ort auf, wie ich schon sagte. Wenn ihr in eure Tasche greift und es ist nicht da, viel Glück dabei, es wiederzufinden, wenn ihr es in einem halben Meter Schnee auf mehreren Quadratkilometern Land verloren habt, vor allem wenn es schneit und das Loch sich langsam schließt.«

Sie begab sich zu einem Metallschrank an der Hintertür und entriegelte ihn, sodass er sich mit einem langen Quietschen öffnen ließ. Darin befanden sich zwei Gewehre, ein halbes Dutzend Paar Schneeschuhe und eine riesige Dose Bärenspray.

»Einige Leute haben kein Problem mit Waffen«, sagte sie. »Andere schon. Ich würde euch raten, ein Gewehr mitzunehmen, falls ihr rausgeht, aber ich bestehe darauf, dass ihr das Bärenspray mitnehmt. Wir sind mitten in der Wildnis und es gibt ziemlich viele Tiere, und das hier ist nicht gerade der Streichelzoo. Am liebsten würden sie euch nicht begegnen. Einige haben mehr Angst vor euch als ihr vor ihnen. Andere haben vielleicht das Gefühl, sie müssten ihr Revier verteidigen. Dann gibt es noch die, die denken, ihr seht lecker aus.«

»Was für Tiere zum Beispiel?«, fragte Gabriel mit ziemlich dünner Stimme. »Gibt es hier Eisbären?«

»Ja und nein«, erwiderte sie. »Ich meine, ja, gibt es. Schließlich sind wir hier nur eine Handvoll Kilometer vom Nordpolarmeer entfernt und normalerweise hängen sie lieber da rum als hier. Andererseits, gerade weil wir bloß eine Handvoll Kilometer von da entfernt sind – nun, von der Beaufortsee, aber das ist mehr oder weniger das nördliche Polarmeer, sie gehört dazu –, kann das schon passieren. Wenn sie dort sind, können sie auch genauso gut hier sein. Es ist kein weiter Weg. Auf jeden Fall gibt es hier Grizzlys, Schwarzbären, Moschusochsen, Wölfe und Elche. Unterschätzt niemals die Elche. Sie trampeln einen genauso gerne tot, wie sie einen angucken. Oh, und flippt nicht aus, wenn ihr durch ein Fenster blickt und ein paar Augen zurückschauen. Die Tierwelt hier kann neugierig sein, vor allem wenn man das Licht anhat. Das erleben sie nicht so häufig.«

Wir öffneten die Hintertür und traten in die endlose, schneebedeckte Weite.

»Wie ihr sehen könnt, gibt es einen markierten Pfad, falls ihr eine Wanderung unternehmen wollt.« Sie zeigte auf eine Reihe hoher Reflektorstäbe, die in vielleicht zehn Metern Abstand gesteckt waren. »Da geht es zum nächstgelegenen See. Aber an eurer Stelle würde ich mich nicht vom Pfad entfernen. Und wenn ihr nicht auf diesem markierten Pfad seid, würde ich mich nie außer Sichtweite der Hütte begeben. Einige Leute haben elektronische GPS-Geräte und fühlen sich deshalb ziemlich sicher, doch selbst die können einen im Stich lassen. Sie frieren ein oder kriegen vielleicht kein Signal mehr. Man denkt, man könnte ja einfach den eigenen Spuren im Schnee zurück folgen, aber wenn man sich umdreht, ist da plötzlich nichts als Weiß, so weit das Auge reicht. Die Leute entfernen sich ein paar Schritte vom Pfad und denken, dass sie einfach auf ihren Spuren zurückgehen können, doch plötzlich setzt Schneetreiben ein und die Spur ist in Windeseile verschwunden. Dann müssen wir kommen und sie retten, was wir ärgerlich finden, wenn es vermeidbar gewesen wäre. Und ganz ehrlich: Die meisten Notfälle sind das. Vermeidbar, meine ich. Wenn etwas schiefläuft, liegt das zu neunundneunzig Prozent an menschlichem Versagen.«

Sie brachte uns um das Gebäude herum, wo wir eine leiterähnliche Treppe entdeckten, die zum Dach hochführte.

»Wenn die Polarlichter richtig gut sind und ihr euch mutig genug fühlt, könnt ihr auf diese kleine Plattform steigen. Der Wind wird euch da oben ziemlich glatt scheuern und ihr müsst den Schnee von den Stühlen entfernen, aber das sind die besten Plätze im Haus. Eine Dreihundertsechzig-Grad-Aussicht auf den Himmel. Man kann im Bett liegen und durch die Fenster schauen, wenn ihr nicht ganz so abenteuerlustig seid, das ist allerdings nicht dasselbe. Je wärmer ihr es drinnen haltet, desto weniger Schnee wird auf den Fenstern sein. Doch ein bisschen Schnee gibt es eigentlich immer und sie können auch beschlagen. Wenn ihr dort hinaufklettert, hier noch ein Tipp: Bringt euch Decken mit, um sie auf die Stühle zu legen, bevor ihr euch hinsetzt. Euer Hintern wird es euch danken.«

Sie drehte sich um und trat wieder in die Hütte und wir folgten ihr.

Als sie die Tür schloss, erkundigte sie sich: »Was denkt ihr? Seid ihr bereit?«

»Ich weiß es nicht«, erwiderte Gabriel. »Aber wir machen es auf jeden Fall.«

»Großartig. Das ist die richtige Einstellung. In vier Tagen komme ich zurück, oder wenn ihr mich anruft und mir erklärt, ihr hättet genug. Was immer zuerst eintritt. Viel Glück, und versucht, etwas Spaß zu haben. Es ist ja nicht so, dass man so was jeden Tag tut.«

Und ohne weiteres Trara drehte sie sich um und ging hinaus.

Gabriel und ich standen sehr still in der Mitte dieses großen, gewölbten Raums in der eisigen Kälte und lauschten dem sich entfernenden Motorgeräusch ihres Autos.

Danach gab es nichts mehr zu hören als den Wind.

Kapitel Zwanzig

Die auf den Wolf starrt

Als Erstes entzündeten Gabriel und ich ein Feuer in dem Holzofen, kauerten uns davor und hofften, nach einer Weile unsere Jacken ausziehen zu können. Nach ungefähr einer halben Stunde entschieden wir allerdings, rauszugehen, denn wenn wir schon frieren mussten, konnten wir das genauso gut draußen tun.

Wir mühten uns damit ab, die Schneeschuhe an unseren zu großen Stiefeln zu befestigen, steckten das Satellitentelefon in eine Tasche meines Parkas und schlossen gewissenhaft den Reißverschluss. Dann zogen wir uns die Sturmmasken über, setzten die dicken Wollmützen auf, wickelten uns Schals um den Hals und streiften uns die Handschuhe über, ehe wir zum Schluss die Kapuzen hochklappten.

In meinen Schal – er war längs gestreift und in leuchtenden Primärfarben gehalten – hatte ich mich regelrecht verliebt, obwohl ich nicht erklären kann, weshalb eigentlich. All die wärmenden Kleidungsstücke erfüllten ihren Zweck, doch der Schal machte mich glücklich.

Gabriel schnappte sich eins der Gewehre, was mir sehr mutig erschien. Mit der anderen Hand nahm er das Bärenspray.

Wir traten hinaus auf den Schnee.

Es klingt vielleicht komisch, wenn ich »auf den Schnee« statt »in den Schnee« sage. Aber man kann mir getrost glauben, dass es noch viel merkwürdiger war, es zu tun, als es zu sagen. Da wir beide in Kalifornien aufgewachsen sind, hatte keiner von uns je zuvor Schneeschuhe getragen und wir standen auf der Schneefläche und warteten auf das unausweichlich scheinende Einsetzen der Schwerkraft, das jedoch ausblieb.

Wir kniffen die Augen gegen den heftig fallenden Schnee zusammen und der eisige Wind schmerzte auf dem bisschen Haut, das nicht bedeckt war. Vor allem Augenlider und Lippen und die äußersten Ränder der Nasenlöcher.

Wir gingen ein paar Schritte in Richtung des Weges, aber es war seltsam. Nicht nur waren uns die Stiefel zu groß, jetzt hatten wir auch noch so was wie kleine Boote daruntergeschnallt. Wir mussten die Beine sehr hoch heben, um einen Schritt zu tun, und wir mussten die Füße deutlich weiter voneinander entfernt aufsetzen als sonst.

Trotzdem kämpften wir uns bis auf die Kuppe einer Anhöhe vor, wo wir feststellten, dass wir zuvor in einer kleinen flachen Senke gewesen waren, die uns einen gewissen Schutz geboten hatte. Bis wir die volle Wucht des Windes zu spüren bekamen, hatten wir uns nicht vorstellen können, dass wir in irgendeiner Form geschützt gewesen waren.

Wir konnten nichts sehen. Wir konnten unsere Augen nicht offen halten. Selbst als wir es schafften, mit zusammengekniffenen Lidern in die Ferne zu spähen, gab es nichts, was man hätte betrachten können. Nur Weiß. Der Himmel war so weiß wie der Boden, der wiederum so weiß war wie die Luft vor uns. Und das Seltsame war, dass es nicht mal schneite. Ab und zu waren uns ein oder zwei Sekunden Pause zwischen den

Windböen vergönnt und in diesen kurzen Momenten war der Himmel stahlblau. Der Wind peitschte den Schnee auf, bis er überall war, als ob er fallen würde.

Es war wie ein Sandsturm, nur eben mit Schnee.

Ich schätzte, dass wir etwa zweihundert Meter zurückgelegt hatten. Vielleicht nicht einmal das.

Wortlos machten wir kehrt. Die Hütte war nicht mehr zu sehen, so wie wir auch unsere ausgestreckten Hände nicht sehen konnten. Wir hatten uns an die Anweisung gehalten, den mit Reflektorstäben markierten Weg nicht zu verlassen, doch jetzt konnten wir die Reflektorstäbe nicht mehr finden.

Wir folgten unseren eigenen, kaum noch erkennbaren Spuren zurück.

An der Hütte angekommen, stolperten wir hinein und entledigten uns der Schneeschuhe, Schals, Handschuhe, Sturmhauben und Mützen. Alles außer unseren Parkas.

Das Feuer war ausgegangen.

»Ich glaube, jetzt verstehe ich, warum die Leute Gerry anrufen und früher abgeholt werden wollen«, bemerkte ich.

»Aber wir werden uns nicht früher abholen lassen«, erklärte Gabriel. »Oder?«

»Nein, auf keinen Fall. Ich hab gesagt, ich verstehe es. Ich hab nicht gesagt, dass ich es selbst will.«

* * *

Wir saßen über eine Stunde vor Feuer Nummer zwei, ehe uns warm genug war, um unsere dicken Parkas abzulegen.

Draußen heulte der Wind und peitschte Schnee gegen die Fenster, was ein knisterndes Geräusch erzeugte. Außerhalb der Hütte konnte man nichts erkennen. Obwohl wir ein Dutzend Fenster zur Wildnis hatten, gab es da nichts zu sehen außer Weiß.

Wir hatten einen Kessel Wasser auf den Ofen gestellt, in der Hoffnung, dass wir uns was von dem gefriergetrockneten Essen zubereiten könnten, doch das Erhitzen dauerte sehr lange.

Während wir warteten, spielten wir Karten. Ich hatte das Kartenspiel eingesteckt, das wir in Montana gekauft hatten, und wir hatten bereits fast zwanzig Runden Gin Rommé hinter uns.

Gabriel schaute mich über sein Blatt hinweg an.

»Hast du je darüber nachgedacht, dass diese Karten vielleicht magisch sein könnten?«, fragte er aus dem Nichts heraus.

Ich hob eine Augenbraue.

»Magisch?«

»Nun, nicht magisch. Nicht *magisch* magisch. Mehr so was wie … wissenschaftlich magisch. Falls es das gibt. Es ist so was wie meine eigene Theorie und es ist auch nichts, was irgendjemand anders so ausdrücken würde. Sorry, ich erklär das nicht sonderlich gut. Es ist wie … Du weißt ja, dass ich nicht wirklich gläubig bin. Aber wenn man sehr genau hinschaut, das Leben und das Universum aufmerksam beobachtet, fallen einem ganz viele Muster auf. Dinge passen genau so zueinander, wie ich denke, dass es sein soll. Es erinnert mich an die Dominosteine, die man als Kind in langen Reihen hintereinander aufstellt. Bei denen man den Stein ganz am Ende anstößt, und der wirft den nächsten um und das setzt sich fort und alle kippen so um, wie man es geplant hat.«

»Das hab ich nie getan, als ich ein Kind war«, erwiderte ich. »Ich war zu sehr damit beschäftigt, mir Latein und euklidische Geometrie beizubringen.«

»Du weißt trotzdem, was ich meine.«

»Und inwiefern sind diese Karten wie Dominosteine?«

»Für mich fühlt es sich einfach so an, als wäre es uns vorherbestimmt gewesen, herzukommen. Wir sind genau da, wo wir sein sollten. Und um hierherzugelangen, mussten wir Gladys treffen. Dieses Kartenspiel hat für mich eine gewisse Magie, weil wir es, ohne etwas davon zu ahnen, bei Gladys gekauft haben und das Universum uns bereits angeschubst hatte, damit wir den nächsten Dominostein umstoßen konnten, der sie war. Nochmals, ich rede nicht von irgendeiner komischen Art von Magie, die nicht existiert, sondern von der Sorte von Alltagsmagie, für die das Universum bekannt ist. Ich meine, wenn man mal darauf achtet.«

Für ein paar Augenblicke lächelte ich ihn an und versuchte gar nicht, ihm darauf eine Antwort zu geben. Ich war einfach glücklich.

»Was?«, fragte er. »Findest du das albern? Warum siehst du mich so an?«

»Ich hab dich einfach nur vermisst, das ist alles.«

Sein Gesicht verzog sich zu einem kleinen Lächeln. Ich glaube, er war auch glücklich. Und das ist nicht selbstverständlich. In unseren Leben hatte es bisher bloß einen Hauch dieses Glücks gegeben, wie eine Prise Salz auf einer ansonsten geschmacklosen Speise.

»Ich weiß nicht, wovon du redest«, entgegnete er. »Ich war die ganze Zeit bei dir.«

»Was du gerade gesagt hast, über die Karten und das Universum und die Magie. Das war so typisch Gabriel. Früher hast du mir dauernd solche Sachen erzählt. Doch seit wir zu unserem Trip aufgebrochen sind, nicht mehr.«

»Ich hab etwas Angst gehabt«, gestand er.

»Nun ja, sicher. Natürlich hattest du das. Ich hab auch Angst. Wer hätte das nicht?«

»Aber ich vielleicht ein bisschen mehr«, meinte er, »weil ich das Gefühl hatte, dass ich die Führung übernehmen müsste.«

»Das verstehe ich«, antwortete ich. »Und danke. Für das Autofahren und das Übernehmen der Führung. Ohne dich hätte ich das alles nie geschafft.«

»Ich wäre ohne dich auch nicht hier«, stellte er fest.

»Also wollte das Universum vielleicht, dass wir uns begegnen. Vielleicht sind wir die ersten beiden in einer langen Reihe Dominosteine. In einem großen, schönen Muster, viel schöner als irgendwas, was ein Kind sich ausdenken würde.«

»Es wird interessant sein, zu sehen, wo wir uns befinden, wenn der letzte Stein fällt«, sagte Gabriel.

* * *

Während wir unser Abendbrot aßen, schaute ich von meiner Metalltasse mit Eintopf auf und Gabriel genau in die Augen.

»Was?«, fragte er.

»Jetzt könntest du mir deine Theorie über Mütter erklären.«

»Was meinst du?«

»Als wir allein im Auto unterwegs waren, hast du erwähnt, dass du eine Theorie über Mütter hättest. Doch wir waren beide der Ansicht, dass das nicht passende Zeitpunkt für dieses Gespräch sei.«

»Und du denkst, jetzt ist es so weit?«

»Ich werde es zumindest versuchen«, sagte ich.

»Nun. Okay. Also, hier ist meine Theorie. Es ist so, dass wir am Anfang ein Teil vom Körper unserer Mutter waren. Ich meine, das ist ja klar. Das ist schlicht eine Tatsache. Der Punkt ist unstrittig, aber der nächste ist das, was ich daraus ableite. Also, sie hat für uns geatmet und hat Blut durch uns gepumpt. Und auf der gesamten Welt gibt es nur einen einzigen Menschen, auf den das zutrifft. Also ist unser Dasein weniger getrennt von unseren Müttern als von irgendwem sonst auf dem Planeten. Auch wenn wir nicht mehr körperlich eins mit ihnen sind, denke ich doch, wir tragen eine instinktive, unbewusste Erinnerung an die Zeit in uns, als wir das waren. Bis wir selbst atmen konnten, hätten wir ohne sie nicht überlebt. Direkt nach der Geburt wären wir ohne ihre Fürsorge gestorben. Natürlich hätte sich dann irgendjemand anders um uns kümmern können, aber das wussten wir nicht. Wir wussten nur, dass sie es tun würde. Wenn also die eigene Mutter stirbt, ist das was Besonderes. Es unterscheidet sich zutiefst von jedem anderen Verlust. Und es geht dabei nicht darum, was für eine großartige Beziehung man hatte. Es ist nicht unbedingt der Verlust von all den wundervollen Dingen, die man zusammen erlebt hat. Und es ist auch nicht nur bei den besten Mutter-Kind-Bindungen so. Das betrifft alle. Wenn man sich super mit seiner Mutter verstanden hat, schmerzt es furchtbar. Wenn es Probleme gab, ist es so, als sei plötzlich eine Tür zugeschlagen worden, sodass es nie besser werden kann. Also egal, wie die Mutter-Kind-Beziehung war, der Tod der Mutter ist ein schwerer Verlust. Das ist zumindest meine Beobachtung aus der Zeit, als die Mütter meiner Eltern gestorben sind.«

»Das ist sehr klug«, fand ich.

»Du klingst weiter nicht sonderlich emotional.«

»Es ist immer noch nicht ganz bei mir angekommen.«

Ich aß drei oder vier weitere Löffel von dem Eintopf, der okay war, wenn auch nicht so gut wie frisch gekochter.

»Fühlst du dich so, als ob du deine Mutter verloren hättest?«, fragte ich. »Weil wir so plötzlich aufgebrochen sind und du von ihr getrennt bist?«

»Nein, gar nicht. Ich werde sie ja wiedersehen.«

Er sprach nicht aus, dass das der fundamentale Unterschied zu meiner Situation war. Das musste er auch nicht. Ich würde meine Mutter nicht wiedersehen. Für den Bruchteil einer Sekunde war es fast ganz angekommen, doch ich achtete darauf, das nicht zuzulassen.

* * *

Es wurde früh dunkel, und als wir zu Bett gingen, glaubten wir beide, wir würden vielleicht niemals Polarlichter beobachten können, einfach weil es niemals aufklaren würde.

Aber dann wachte ich mitten in der Nacht auf. Das Feuer war aus und die Luft eiskalt.

Ich blickte hinüber zu Gabriel, der unter einem Haufen Decken auf seinem schmalen Feldbett lag. Er schlief.

Ich stand auf, schlüpfte in meinen Parka und knipste die Lampe am Ofen an – einer der wenigen Gegenstände hier, die in irgendeiner Weise strombetrieben waren.

Ich legte kleine Stöckchen und Zunder auf die Glut und blies drauf, bis das Holz zu glühen begannen. Als die ersten Flammen züngelten, schob ich ein Scheit Feuerholz hinein und wartete, bis es zu brennen begonnen hatte. Dann schichtete ich mehr darüber.

Als ich zuversichtlich war, dass das Feuer nicht gleich wieder erlöschen würde, stand ich auf und fand mich zwei Fenstern gegenüber. Das eine war in der Wand hoch über mir, damit man den Himmel betrachten konnte. Das andere befand sich darunter, dichter über dem Boden. Durch das obere Fenster sah ich funkelnde Sterne. Der Wind hatte sich gelegt und der Himmel war klar. Durch das untere Fenster sah ich in ein paar glühende Augen, die mich anstarrten.

Anfangs erschrak ich, doch dann wurde aus meiner Angst Faszination.

Ich stand eine lange Zeit wie erstarrt da, wollte beide Aussichten gleichzeitig genießen, wurde aber von den Augen stärker in den Bann gezogen. Ich konnte nicht mehr von dem Tier erkennen, weil das Licht der Lampe sich in der Glasscheibe spiegelte. Ganz langsam streckte ich die Hand aus und schaltete sie aus. Danach beugte ich mich seitlich vor und schloss die Ofentür, damit kein Feuerschein mehr herausdrang.

Dann wartete ich, dass meine Augen sich an das Licht gewöhnten.

Ganz langsam, wie wenn man darauf wartet, dass sich ein Polaroidfoto entwickelt, materialisierte sich ein Wolf in der Dunkelheit vor dem Fenster. Er hatte einen dunklen Pelz, beinah schwarz, und ich konnte seinen Umriss nur mit Mühe in dem Schneetreiben erkennen. Seine Augen waren groß. Wild. Neugierig. Nicht wie bei einem Raubtier, das mich als potenzielle Beute betrachtete, sondern einfach interessiert und sehr, sehr vorsichtig.

Ich schaute ihn lange Zeit an und er schaute zurück.

Ich erinnere mich, gedacht zu haben: Wie bin ich hierhergelangt? Wie konnte all das passieren? Oder vielleicht fühlte ich es auch nur. Es war da, doch vielleicht nicht in Worte gefasst.

Schließlich entschied ich, dass ich Gabriel wecken musste, damit er den Wolf ebenfalls sehen konnte.

So langsam wie möglich trat ich an sein Bett – keine plötzlichen Bewegungen – und rüttelte ihn an der Schulter.

»Das musst du dir angucken«, flüsterte ich und deutete hinaus.

Er setzte sich auf und blickte aus dem Fenster.

»Oh, wow«, sagte er. »Schau dir nur den Himmel an.«

»Ja, der ist wunderschön, aber ich meinte eigentlich den Wolf.«

»Welchen Wolf?«

Ich drehte mich um, doch vor dem unteren Fenster war nichts mehr.

»Oh«, antwortete ich. »Schade. Ich wollte dir den Wolf zeigen.«

»Aber das Polarlicht«, entgegnete er. »Du hast mich geweckt, damit ich mir das Polarlicht angucke, oder?«

Ich hob den Blick zu dem oberen Fenster. Wie eine breite Straße, die sich über den Himmel zog, war da ein deutlich zu erkennendes Band aus grünem Licht.

Wir gingen zum Fenster und standen nebeneinander, schauten nach oben.

Das grüne Band bewegte sich nicht auf eine Weise, die wir wahrnehmen konnten. Wobei mir klar war, dass es sich bewegte. Wir betrachteten es ein paar Minuten lang, und nach diesen paar Minuten bedeckte das grüne Licht mehr Fläche und einen anderen Teil des Himmels. Doch das geschah so allmählich, dass man es kaum bemerkte.

»Ich hab jede Menge Videos gesehen, in denen die Polarlichter über den Himmel springen«, meinte Gabriel. »Darüberfliegen. Jetzt frag ich mich, ob das Zeitrafferaufnahmen waren.«

»Vielleicht«, antwortete ich. »Ich habe gelesen, dass sie oft statisch sind, aber manchmal auch tanzen.«

»Jetzt können wir immer sagen, wir hätten sie gesehen. Und vielleicht, wenn wir ein paar Nächte länger hierbleiben, sehen wir sie sogar tanzen.«

Wir schauten noch eine lange Zeit schweigend zu. Zehn Minuten, zwanzig. Zeit ist in einem solchen Augenblick völlig bedeutungslos.

»Sollen wir rausgehen und auf die Plattform auf dem Dach steigen?«, schlug er vor.

»Ich weiß nicht, schließlich ist da draußen ein Wolf.«

»Bist du dir sicher, dass du das nicht nur geträumt hast?«

»Absolut sicher. Da *war* ein Wolf.«

Also blieben wir drinnen und verfolgten das Schauspiel, bis das letzte grüne Licht verblasst war, und ich kann unmöglich sagen, wie lange das gedauert hat.

Während ich es beobachtete, sandte ich in Gedanken ein Bild zu unserem Freund Avery von dem extradunklen Campingplatz, damit er es zumindest im Geiste genießen konnte. Als er mich darum gebeten hatte, das zu tun, hatte er vermutlich geglaubt, ich würde es vergessen. Doch ich vergesse nie etwas.

* * *

Wo wir gerade bei Dingen sind, die man geträumt haben könnte … Gerade als ich wieder einschlafen wollte, öffnete ich noch mal die Augen. Vielleicht habe ich auch geträumt, dass ich sie geöffnet habe. Und da war eine junge Frau, die auf dem Boden neben meinem Bett saß, die Knie angezogen und die Arme darumgeschlungen. Sie hatte langes honigbraunes Haar, das sich wie ein Wasserfall über ihre Schultern ergoss. Sie blickte mich nicht an oder nahm meine Anwesenheit sonst irgendwie zur Kenntnis.

Ich blinzelte ein paarmal und beim dritten Mal war sie verschwunden. Und ich saß aufrecht im Bett, schaute an, was ich in dem Traum zu sehen geglaubt hatte. Daher ist es gut möglich, dass es alles ein Traum war. Denn es war eindeutig nicht die Wirklichkeit. Aber ich fragte mich, ob es zum Teil ein Traum gewesen war und zum Teil etwas anderes. Irgendeine Erfahrung, die die Wissenschaft – sosehr ich Wissenschaft auch respektiere – als Unsinn abtun und lächerlich machen würde, weil es sich nicht messen lässt.

Als ich auf die Stelle starrte, wo sie gesessen hatte, bevor sie verblasst war, wusste ich, es war meine Mutter als junges Mädchen gewesen. Nicht ganz so jung, wie ich jetzt war. Sechzehn oder vielleicht siebzehn. Ich kannte Fotos von ihr aus ihrer Jugend, doch meine Einschätzung fußte nicht allein auf diesem Wissen. Ich wusste es, weil ich es wusste.

Schließlich schlief ich wieder ein, und soweit ich weiß, ist mir meine Mutter seither nie wieder erschienen.

Am Morgen erzählte mir Gabriel, ich hätte im Schlaf geweint, aber daran kann ich mich nicht erinnern.

Kapitel Einundzwanzig

Wach auf, wach auf, der Himmel tanzt

Kennt ihr diese Dokus über den Mount Everest, wo man beobachten kann, wie das Wetter binnen kürzester Zeit umschlägt, bevor man auch nur blinzeln kann?

Erst sind die Bergsteiger dabei, ihre Übungsdurchläufe zu machen und sich an die Höhenluft zu gewöhnen. Der Himmel ist strahlend blau und der Wind reicht kaum aus, um ihre Jacken zum Flattern zu bringen. Manchmal haben sie sich sogar ihre Parkas ausgezogen, weil es ihnen in der Sonne, die auf dem blendend weißen Schnee gleißt, zu warm geworden ist.

Keine Stunde später kauern sie dann in ihren Zelten, an denen der Wind so heftig zerrt, dass man denkt, sie würden gleich den Berg hinabgeweht werden.

Nun, das Wetter hier war genauso, nur umgekehrt.

Nach einem Frühstück aus heißer Schokolade und Instantporridge begannen Gabriel und ich den mühsamen Prozess, uns auf einen Morgenspaziergang vorzubereiten. Als wir schließlich bis an die Nasenspitzen eingemummelt waren und das Satellitentelefon sicher hinter dem zugezogenen Reißverschluss in meiner Parkatasche verstaut war, als wir die

Schneeschuhe unter unsere Stiefel geschnallt, ein Gewehr über die Schulter gehängt und das Bärenspray griffbereit hatten, verließen wir unsere Hütte und schlugen den gleichen Weg ein wie gestern.

Nur mit dem Unterschied, dass es draußen heute herrlich war.

Wir hatten keine Ahnung, wie spät es war – das wussten wir grundsätzlich nicht mehr –, aber die Sonne stand als glühender Ball dicht über dem Horizont. Der Himmel war von einem wunderschönen, wolkenlosen Blassblau. Die Luft war klar und es war absolut windstill.

Wir erklommen gemeinsam den Anstieg zum See.

Wir wechselten kein Wort, doch nicht aus irgendwelchen unbehaglichen Gründen. Es gab einfach nichts, was gesagt werden musste.

Obwohl wir zu der Zeit nicht darüber sprachen, veränderte uns die Wildnis. Mir gefiel das, aber ich konnte nachvollziehen, weshalb es bei vielen Leuten den Drang weckte, das Satellitentelefon auszupacken und sich vorzeitig abholen zu lassen.

Wir wurden völlig anders. Nicht so sehr unterschiedlich voneinander – wir veränderten uns gemeinsam und auf die gleiche Art. Und natürlich unterschieden wir uns immer noch sehr von allem anderen, dessen Lebensraum diese Wildnis war. Doch wir waren nicht mehr die, die wir bei unserer Ankunft gewesen waren.

Wir redeten nicht, weil wir ganz natürlich und reibungslos miteinander agierten.

Gabriel und ich waren eine Herde geworden.

Einmal bemerkte er über uns einen Weißkopfseeadler und stieß mich mit dem Ellbogen an und wir beobachteten den beeindruckenden Vogel gemeinsam. Und das ist natürlich eine

Art von Kommunikation. Aber wir verspürten trotzdem nicht den Drang, Worte miteinander zu wechseln.

Als wir uns den lang gezogenen Abhang hinaufgekämpft hatten, lag vor uns ausgebreitet der See. Er war mit einer dünnen Eisschicht überzogen, die in der niedrig stehenden Sonne glitzerte.

Woher wusste ich aus so großer Entfernung, dass die Eisschicht dünn war? Weil sich eine Karibuherde am Ufer versammelt hatte und ein massiges männliches Tier mit gewaltigem Geweih mit einem Huf auf das Eis am Rand schlug, vermutlich um ein Trinkloch frei zu machen. Ich konnte erkennen, wie leicht das Eis brach, und wusste, es musste ziemlich dünn sein.

Einen Moment später senkte der Bulle den Kopf und trank und der Rest der Herde deutete das als Zeichen, es ihm nachzutun. Einige Karibus gingen zu ihm und tranken an der Stelle, an der er das Loch geschaffen hatte, während andere selbst welche ins Eis traten.

Es waren zweiundvierzig Tiere, wie ich mit einem raschen Blick feststellte.

Wir sahen ihnen zu, bis sie fertig waren, dann drehte sich der Bulle um und setzte sich in Bewegung. Dabei bemerkte er uns, wie wir schweigend oben auf dem Hügelkamm standen. Für den Bruchteil einer Sekunde erstarrte er, als würde er überlegen. Dann rannte er davon, und sobald er das tat, folgte ihm die ganze Herde.

Das ist die Sache mit Herden, dachte ich. *Sie halten nicht inne und treffen ihre eigenen Entscheidungen. Sie warten nicht und schätzen die Gefahr selbst ein, um zu überprüfen, inwieweit sie mit den anderen Mitgliedern ihrer Herde übereinstimmen. Sie handeln einfach gemeinsam, fast wie ein Organismus.*

Doch die Wahrheit ist, dass ich nicht sicher bin, ob ich das wirklich gedacht habe. Ich glaube, ich wusste es in diesem Moment einfach. Es war etwas, das es zu wissen gab.

* * *

»Mir hat es gefallen, als wir zusammen gewandert sind, ohne dass zwischen uns ein Wort nötig war«, sagte ich, als wir wieder vor dem Holzofen kauerten, in dem ein wärmendes Feuer brannte. »Aber ich bin neugierig, was du gedacht hast.«

»Da draußen war es so still«, antwortete er. »Es war perfekt. Ich hatte das Gefühl, dass Worte die Vollkommenheit nur ruinieren würden.«

»Und was ist jetzt?«

»Ich habe nicht das Bedürfnis, zu reden, auch wenn ich es kann. Was hast du gedacht?«

»Ich glaube, ich hatte das Gefühl, dass wir uns in etwas anderes verwandelt haben als das, was wir waren, bevor wir hergekommen sind, und dass wir uns so harmonisch wie eine Herde miteinander bewegen.«

»Hm«, erwiderte er und nickte ein paarmal. »Das verstehe ich. Ich habe über einen Mann nachgedacht, den mein Onkel gekannt hat. Dieser Typ war trockener Alkoholiker und Ex-Junkie und war jahrelang obdachlos gewesen. Er hat zu meinem Onkel gesagt, dass Obdachlosigkeit in gewisser Weise süchtig macht, weil niemand etwas von einem erwartet. Man hat keine Termine. Keine Verpflichtungen. Das habe ich damals überhaupt nicht verstehen können.«

»Aber jetzt schon«, ergänzte ich.

»Ja. Jetzt schon.«

Es war das letzte Mal, dass wir an diesem Tag sprachen, und das vorletzte Mal, dass wir in der Wildnis miteinander redeten. Wir legten uns mitten am Tag schlafen, weil wir die ganze Nacht wach sein wollten. Das mussten wir ebenfalls nicht groß diskutieren, wir wussten es einfach.

* * *

Gabriel rüttelte mich an der Schulter, um mich zu wecken, und als ich die Augen öffnete, war es dunkel. Doch alles im Inneren unserer Hütte war in leuchtendes Grün getaucht, das durch die Fenster hoch oben hereinschien. Der Himmel war ausgefüllt von Polarlicht, das über das Firmament tanzte.

Ich stand rasch auf und wir kämpften uns in unsere Outdoorvermummung.

Darin waren wir inzwischen ziemlich gut.

Wir traten hinaus in die eiskalte Nacht. Dieses Mal hatten wir weder das Gewehr noch das Bärenspray dabei, denn wir wussten, dass wir direkt auf das Dach steigen würden, ohne groß herumzulaufen. Außerdem brauchten wir beide Hände für das Geländer der Leiter. Wir rechneten ohnehin eher nicht damit, dass wir dort oben wilden Tieren begegnen würden.

Aber auch darüber tauschten wir uns nicht mit Worten aus.

Gabriel hatte zwei dicke Wolldecken von einem der Betten genommen und sich über die Schulter gelegt und so erklommen wir die vergitterte Plattform. Oben angekommen, begannen wir mit den Handschuhen Schnee von den Metallstühlen zu fegen.

Dann setzten wir uns auf die Decken und schauten uns stundenlang die Show an.

Um die Hütte herum gab es ein paar Bäume, doch es waren niedrige, gedrungene Exemplare, deren Wipfel sich unterhalb der Plattform befanden. Wir hatten rundum ungehinderte Sicht. Egal, wohin wir uns wandten, wir konnten bis zum Horizont sehen.

Und die Lichter füllten den Himmel.

Ich meine nicht, dass sie je den gesamten Himmel ausfüllten. Aber wir waren mehrere Stunden dort oben und angesichts dieser Zeitspanne kann ich schon mit Fug und Recht behaupten, dass sie keinen Bereich des Himmels unberührt ließen.

Und sie tanzten. Und tanzten. Und tanzten.

Sie glitten und flogen und sprangen und schimmerten. Innerhalb eines jeden breiten grünen Bandes stiegen und fielen hellere vertikale Bänder wie die digitale Anzeige bei einer Tonaufnahme.

Je begeisterter wir das Spektakel verfolgten, desto enthusiastischer schienen sie bei ihrem Auftritt zu werden. Wobei mir natürlich klar ist, dass das nicht stimmen kann.

Ich sage nur, dass es sich in diesem Moment so anfühlte.

Die meiste Zeit beobachteten wir alles schweigend, doch dann hatten wir das letzte kurze Gespräch in der Wildnis, das wir führen würden.

Gabriel meinte leise: »Jetzt wünschte ich, wir hätten eine Kamera mitgenommen.«

Ohne lange zu überlegen, widersprach ich: »Nein.«

»Denkst du nicht, dass es schön wäre, das zu fotografieren?«

»Ich denke, Bilder sind für später. Die Leute machen Fotos, damit sie etwas später erleben können. Aber in der Zwischenzeit passiert es ja schon. Es passiert jetzt. Und wenn du mit der Kamera herumhantierst, bist du so abgelenkt, dass du es im Jetzt verpasst.«

Ich überlegte, ob ich wohl jemals wieder die Augen schließen und an diese Reise denken würde, ohne die Lichter vor meinen Lidern tanzen zu sehen. Ich wusste, das würde ich nicht. Sie waren dorthin gedruckt, egal wie lange meine Augen noch auf dieser Erde weilten.

Fast hätte ich das zu Gabriel gesagt, doch ich wusste, dass er genauso empfand und wahrscheinlich gerade dasselbe dachte.

Ist euch schon mal aufgefallen, wie viel Zeit Menschen damit verschwenden, Dinge auszusprechen, bei denen sie wissen, dass der andere ihnen zustimmen wird, nur um die Zustimmung zu hören? Ich bemerkte das ständig.

Wir blieben auf dem Dach, bis der östliche Rand des Himmels hell zu schimmern begann, obwohl die Polarlichter schon vor mindestens einer Stunde verblasst waren. Aber es gab immer noch die Sterne zu sehen, die verschneite Tundra und die Baumkronen, und das war auch gut.

Danach kletterten wir wortlos wieder von der Plattform runter und legten uns hin. Wir schliefen am Tag, für den Fall, dass es in der nächsten Nacht eine weitere Vorstellung geben würde.

* * *

Wir blieben noch zwei weitere Nächte in der Hütte, genau wie wir es uns vorgenommen hatten. Und wir haben kein einziges Mal laut miteinander gesprochen, obwohl unsere Kommunikation fast perfekt war.

In beiden Nächten gab das Polarlicht eine mehrstündige Vorstellung.

Es wäre eine leichte Übertreibung, doch nicht allzu falsch, wenn man behaupten würde, dass wir in diesen vier Tagen verwildert sind. Aber so seltsam es klingen mag, das war nur auf die angenehmste und nützlichste Weise der Fall. Wir haben keinen Teil unseres Menschseins abgelegt, den wir lieber behalten hätten. Wir haben einfach so viel Zeit in der Wildnis verbracht, dass wir erkennen konnten, was die Wildnis zu bieten hat, und haben uns das Beste davon genommen.

Es ist nicht leicht, es zu beschreiben, doch ich glaube, die Teile, die es wert waren, hinübergerettet zu werden, waren folgende: vollauf im Moment zu bleiben, ein nahezu vollständiges Bewusstsein für das zu haben, was einen umgibt, nicht zu viel nachzudenken. Sich jederzeit das Staunen zu bewahren.

* * *

Wir schliefen noch, als Gerry mit ihrem großen Pick-up fast bis vor die Tür fuhr, aber es weckte uns sofort, weil es nicht hierhergehörte. Zu dem Zeitpunkt war uns das Geräusch eines motorisierten Fahrzeugs so fremd geworden wie das Trompeten eines Elefanten oder das Kreischen einer Horde Brüllaffen.

Wir setzten uns auf und sahen uns an und in Gabriels Augen konnte ich sowohl seine als auch das Spiegelbild meiner eigenen Enttäuschung lesen.

Dabei war es keinesfalls so, dass wir für immer hierbleiben wollten. Es war von Anfang an als viertägiger Ausflug geplant gewesen und daran wollten wir nichts ändern. Wir waren einfach nur traurig, dass die vier Tage vorüber waren.

Gerry schlug ein paarmal mit der Faust an die Tür.

»Seid ihr angezogen? Kann ich reinkommen?«

Ich antwortete: »Ja, kommen Sie rein.«

Es war ein seltsames Gefühl, meine Stimme zu benutzen, vor allem in solcher Lautstärke.

Gerry stieß die Tür weit auf und stand einen Moment lang auf der Schwelle, wobei ein Schwall kalter Luft hereindrang. Ihre Miene verriet fast so was wie Belustigung und sie lächelte uns mit ihren Augen an, auch wenn ihr Mund neutral blieb.

»Oh, gut«, sagte sie. »Ihr lebt noch. Als ich nichts von euch gehört habe, hab ich mir gedacht, ihr wärt entweder tot oder die Ausnahme von der Regel. Ich bin froh, dass es Option Nummer zwei war. Ich hab euren Piloten angerufen und er wird euch in zwei Stunden am Anleger abholen, also packt eure Sachen zusammen und lasst uns aufbrechen.«

* * *

Auf der Fahrt redeten wir nicht viel.

Irgendwann nahm Gerry den Blick kurz von der Straße und schaute zu uns rüber.

»Ihr seid so still«, stellte sie fest. »Alles gut bei euch beiden? Hattet ihr da draußen eine schöne Zeit?«

»Es war das Beste, was ich je in meinem Leben gemacht habe«, erwiderte ich.

Gabriel nickte beinahe andächtig. »Was sie gesagt hat«, erklärte er und deutete mit dem Kopf zu mir.

»Nun, eigentlich sollte mich das nicht überraschen«, meinte Gerry. »Es sind die Jungen und die Alten, die psychologisch gesehen am besten damit zurechtkommen. Sie sind am offensten für neue Erfahrungen. Die in der Mitte sind das Problem. Sie sind der Ansicht, sie hätten etwas Besseres zu tun, und können ihr Gehirn nicht abschalten. Sie sind es, die den ganzen Stress haben. Und das ist schade, denn es sind die ganz Jungen und die ganz Alten, die praktisch nie die Anerkennung erhalten, die sie verdienen.«

Danach herrschte wieder Schweigen.

Ab und zu kam uns ein Auto entgegen, das nach Tuktoyaktuk fuhr. Wir pressten uns in die Sitze, als würden wir von einem Löwen angegriffen. Ich sollte vermutlich nicht für Gabriel sprechen, aber ich fühlte, wie er zusammenzuckte.

Ich glaube, wir hatten nicht daran gedacht, dass wir so was wie eine unangenehme Druckänderung verspüren würden, wenn wir wieder in die Welt eintauchten. Ich jedenfalls hatte das nicht bedacht. Doch es wurde uns noch früh genug unter die Nase gerieben.

Als wir auf dem Dempster Highway waren, flog ein Flugzeug über uns hinweg und ich hielt mir unwillkürlich die Ohren zu, als ob mein Trommelfell durch den Lärm in Gefahr wäre. Dabei war es nicht so, dass der Lärm meinen Ohren tatsächlich wehtat, sie fühlten sich eher herausgefordert an und möglicherweise beleidigt.

Wieder in Inuvik, sahen die Häuser seltsam aus – mit all den rechten Winkeln – und es gab zu viele von ihnen, die zu eng beieinanderstanden. Das war komisch, denn es war die kleinste Stadt, in der ich mich je aufgehalten hatte, aber so fühlte es sich an.

Ich will nicht übertreiben und so tun, als hätte ich vergessen, dass die Welt existiert. Nur verhielt es sich so, dass die Welt mehr wie eine Erinnerung war, die viel weiter zurücklag als vier Tage. Und vielleicht, nur vielleicht, war es ein bisschen so, als hätte ich die Welt vergessen wollen und mich auch bemüht, das zu tun, doch es war mir nicht ganz gelungen.

* * *

»Wo ist das Satellitentelefon?«, fragte Gerry, als wir nebeneinander am Anleger warteten.

»Oh«, antwortete ich. »Richtig. Tut mir leid. Es ist in der Reißverschlusstasche meines Parkas.«

»Sehr gut.«

Ich gab es ihr und vermisste es fast, obwohl ich es nicht mal eingeschaltet hatte.

»Ihr habt niemanden damit angerufen, oder? Ich hätte vermutlich erwähnen sollen, dass es nicht für Belanglosigkeiten gedacht ist. Der Minutenpreis ist sehr hoch.«

»Nein«, erklärte ich. »Es war die ganze Zeit aus.«

»Sehr gut.«

In der Zwischenzeit starrte Gabriel fasziniert in die Ferne, als ob er hoffte, die Theorie der Kugelgestalt der Erde zu beweisen, indem er beobachtete, wie ein Schiff hinter dem Horizont auftauchte. Ein seltsamer Gedanke, nehme ich an, aber das war es, was mir durch den Sinn schoss.

»Wenn Sie losmüssen …«, sagte ich zu Gerry.

»Ich lasse euch nicht bei minus zwanzig Grad hier draußen allein, bevor ich das Flugzeug mit eigenen Augen gesehen habe.«

Wir drehten uns wieder zum Wasser um, und als hätte Gerry es mit ihrer Äußerung herbeigerufen, glitt das Flugzeug über den eiskalten See in unsere Richtung. Oder vielleicht war es auch der Mackenzie River, das wusste ich nicht so genau. Auf jeden Fall kam es über dieses Gewässer, um uns abzuholen und zurück nach Yellowknife zu bringen. Der Motorlärm wurde immer aufdringlicher und störender, je weiter es sich der Anlegestelle näherte.

Heute handelte es sich um eine viel kleinere Maschine als die, mit der wir hergeflogen waren, doch wir konnten den Piloten deutlich erkennen und es war definitiv der richtige.

Ich drehte mich, plötzlich überwältigt von meinen Gefühlen, zu Gerry um und schlang die Arme um sie. Das schien sie zu überraschen, um es mal vorsichtig auszudrücken.

»Danke«, sagte ich. »Danke, danke, danke, danke. Vielen, vielen Dank.«

»Ach herrje«, antwortete sie und erwiderte meine Umarmung zögernd. »Ihr hattet wirklich eine schöne Zeit da draußen, was?«

»Es hat alles verändert.«

Ich ließ sie los und Gabriel trat zu ihr und umarmte sie ebenfalls, aber kürzer und verhaltener.

»Was sie gesagt hat«, meinte er zu Gerry, als er sie wieder losließ.

»Grüßt Gladys von mir«, trug sie uns noch auf. »Richtet ihr aus, ich werde irgendwann demnächst mal runterfliegen und sie besuchen.«

Diese Äußerung kam mir komisch vor und auch Gabriel schien verwundert. Zumindest sah ich ihn die Stirn runzeln. Wie konnte Gerry Gladys »irgendwann demnächst mal« besuchen, wenn Gladys insgesamt keine zwei Wochen in den Nordwest-Territorien sein würde und eine davon bereits um war?

Doch es ergab sich keine Gelegenheit mehr, das zu klären, denn es war Zeit, das Flugzeug zu besteigen und nach Süden zu fliegen.

* * *

»Ich muss noch einen Zwischenstopp einlegen«, teilte uns der Pilot Sekunden nach dem Start mit.

Gabriel und ich machten wieder diese Sache, bei der wir gleichzeitig sprachen, wie ein Tier mit zwei Körpern, aber einem gemeinsamen Verstand.

Wir sagten: »Gut.«

Der Pilot fragte nicht, was wir damit meinten, und wir erklärten es uns auch nicht gegenseitig. Ich weiß nur, dass wir das Gleiche empfanden.

In unserer Vorstellung war Yellowknife zu einer boomenden Metropole geworden: laut, überfüllt und künstlich beleuchtet und so weit von der Wildnis entfernt, wie man in den Nordwest-Territorien nur sein konnte.

Wir hatten keine andere Wahl, als dahin zurückzukehren, und doch waren wir alles andere als bereit dafür.

Je mehr Zeit wir damit verbrachten, über Schweizer-Käse-Seen zu fliegen, desto glücklicher würden wir sein.

Kapitel Zweiundzwanzig

Da wir unsere Grossmutter verlegt haben, Sir …

Der Zwischenstopp fand an einem der größeren Schweizer-Käse-Seen statt, am Ufer einer kleinen Insel mit einem einzigen Steg.

»Ist das die Stelle, wo wir den Mann und seinen Sohn abgesetzt haben?«, fragte ich Gabriel.

»Möglich«, antwortete er. »Ich bin mir nicht sicher. Diese Inseln sehen für mich alle irgendwie gleich aus.«

Als wir uns dem Steg näherten, entdeckten wir sie. Sie saßen da und warteten, zwischen den Kanus, den Rucksäcken und dem Angelzeug.

»Guck mal an«, sagte ich leise zu Gabriel.

Der Pilot legte am Steg an und begann, vielleicht weil es ein kleineres Flugzeug war, die Kanus an den Trägern direkt über den Schwimmern zu vertäuen. Währenddessen kamen der Mann und sein Sohn an Bord.

Ihre Gesichter waren vom Wind gerötet. Als sie ihre Mützen abnahmen, war ihr Haar wild und ungekämmt. Doch sie wirkten richtig glücklich.

Als sie uns entdeckten, grinsten sie beide breit. Sie freuten sich eindeutig, uns zu sehen. Genau wie wir schienen sie der Meinung zu sein, dass dies ein wunderbarer Zufall war.

Aber sie redeten nicht.

Ich erinnere mich, dass ich mich kurz fragte, ob sie Dominosteine in unserem Leben waren, und wenn ja, warum.

Sie setzten sich und schnallten sich an, immer noch ohne miteinander zu sprechen. Der Vater blickte zu seinem Sohn und sie verstanden sich wortlos. Ihre Hände bewegten sich gleichzeitig und ihre Gurte klickten zur selben Zeit.

»Schau dir das an«, bemerkte ich leise zu Gabriel. »Sie sind eine Herde.«

Sie grinsten uns wieder an.

Vielleicht hatten sie gehört, was ich gesagt hatte. Es war ein sehr kleines Flugzeug. Wenn es so war, fragten sie allerdings nicht nach, was das heißen sollte.

Aber vermutlich erforderte es auch nur für Leute eine Erklärung, die keine Herde waren.

* * *

Gladys erwartete uns am Steg am Großen Sklavensee in Yellowknife. Sie holte uns mit unserem eigenen Jeep ab.

Wir rechneten damit, dass sie uns direkt zurück zum Haus ihres Bruders Darryl bringen würde, doch das tat sie nicht.

Stattdessen fuhren wir zu einem Aussichtspunkt über dieser auf Fels errichteten Stadt, von dem aus man über einen der zehn größten Seen der Welt schauen konnte. Ich schwöre, er hatte mehr Eis an den Rändern als beim letzten Mal, als wir ihn gesehen hatten.

Wir standen dort mit laufendem Motor, die Heizung ganz hoch gestellt.

»Was machen wir hier, Gladys?«, wollte Gabriel wissen.

»Ich muss euch etwas mitteilen«, begann sie.

»Okay«, erwiderte ich.

»Ich vermute, es wird euch nicht gefallen.«

Ich schaute zu Gabriel, der auf dem Rücksitz saß, und fing seinen Blick ein. Keiner von uns sagte etwas. Eine Stille entstand, die vermutlich nur drei oder vier Sekunden dauerte, sich aber endlos anfühlte. Ich dachte: *Spuck's schon aus, Gladys. Bring es endlich hinter dich.*

»Ich werde nicht mit zurück in die Staaten fahren.«

»Oh«, antworteten Gabriel und ich gleichzeitig.

»Wenn ich das nämlich tue, werde ich nicht wieder hierher zurückkommen können, bevor ich sterbe. Ich kann es mir nicht leisten, hier wegzugehen. Es tut mir leid.«

Wir saßen für eine Minute da und lauschten dem Rauschen des Gebläses.

»Darum haben Sie diese riesigen Koffer gebraucht«, stellte Gabriel fest. »Wir hatten uns schon gefragt, warum Sie für eine zweiwöchige Reise so viel Zeug mitgenommen haben.«

Gladys schwieg.

»Was ist mit Ihren ganzen anderen Sachen?«, erkundigte ich mich und dachte an ihr vollgestopftes Haus in Montana. »Was ist mit Ihrem Haus und dem Pick-up?«

»Jemand, mit dem ich zusammengearbeitet habe, wird alles zusammenpacken und es mir herschicken. Bis auf die Möbel. Die bleiben im Haus und ich vermiete es so. Und er will den Pick-up kaufen, was mir ein bisschen Geld verschafft. Ich kann bei Darryl und Evelyn bleiben, also brauche ich nicht viel. Ich komm über die Runden.«

Weitere Stille.

»Hört zu«, fuhr sie schließlich fort. »Ich weiß, ihr wolltet, dass ich euch über die Grenze bringe. Ich hab eure Pässe gesehen. Ich weiß, dass ihr minderjährig seid. Und es tut mir echt leid, aber so ist es nun mal. Vielleicht findet ihr ja jemand anderen, der in die Staaten will. Einen Anhalter oder so. Wenn nicht, würde ich bei der Geschichte bleiben, die wir auf der Hinfahrt benutzt haben. Eure Großmutter ist mit euch über die Grenze gefahren, um euch zu zeigen, wo sie aufgewachsen ist, hat dann jedoch unvermutet beschlossen zu bleiben und euch allein nach Hause zurückgeschickt.«

Gabriel und ich wechselten einen Blick.

Wenn das Gewicht der Welt in der Wildnis außerhalb von Inuvik so leicht gewesen war, dass wir es praktisch nicht gespürt hatten, war es jetzt mit Macht zurück. Es lastete schwerer auf uns als zu irgendeinem anderen Zeitpunkt während unserer Reise. Vielleicht unseres gesamten Lebens.

»Es wäre nur einfach nett gewesen, wenn Sie uns vorher gesagt hätten, dass Sie bloß eine Strecke mitfahren wollen«, bemerkte Gabriel.

»Und es wäre nett gewesen, wenn ihr mir vorher gesagt hättet, dass ihr minderjährig seid«, entgegnete Gladys. Es entstand eine längere Stille, dann fügte sie hinzu: »Ich werde euch trotzdem das Benzingeld für die Rückfahrt geben. Das hab ich versprochen und ich werde mein Wort halten.«

Ich sah zu Gabriel, diesmal länger, und er schaute zurück. Es war klar, dass wir nicht wirklich wütend auf Gladys waren. Das konnten wir nicht. Sie hatte nicht mehr lange zu leben. Außerdem hatte sie recht. Wir hatten ihr genauso Sachen verschwiegen wie sie uns.

»Sie sollten nicht für Benzin bezahlen müssen, wenn Sie nicht mal mitfahren«, erklärte Gabriel.

»Aber ich hab es versprochen.«

»Wir teilen uns die Kosten«, schlug er vor.

»Einverstanden«, gab Gladys nach. »Jetzt lasst uns heimfahren. Ich sorge dafür, dass Darryl euch zeigt, wie ihr Schneeketten anlegt, bevor ihr aufbrecht. Vielleicht braucht ihr sie. Und weil ihr nachts anhalten müsst, geben wir euch einen Eiskratzer für die Windschutzscheibe. Und Darryl hat gesagt, ihr könnt die Parkas und die Stiefel behalten. Uns ist nicht wohl bei dem Gedanken, dass ihr so eine weite Strecke allein zurücklegt. Trotzdem bleibt euch nichts anderes übrig.«

* * *

Wir verließen Yellowknife am nächsten Morgen. Nur wir beide, in Richtung Süden.

»Vielleicht sollten wir in Kanada bleiben«, meinte Gabriel, als wir aus der Stadt raus waren.

»Für immer?«

»Nein, nicht für immer. Bis ich achtzehn bin.«

»Wie lange ist es noch bis zu deinem Geburtstag?«

»Keine Ahnung«, erwiderte er.

»Du weißt nicht mehr, wann dein Geburtstag ist?«

»Doch, natürlich«, antwortete er. »Ich weiß bloß nicht, welches Datum wir heute haben. Ich hab komplett den Überblick verloren und wir haben nicht daran gedacht, jemanden zu fragen. Aber wir könnten bis zum Sommer bleiben, wenn die Papageientaucher in Neufundland an die Küste kommen. Dann bin ich lange achtzehn und wir könnten über die Grenze fahren und du könntest meine kleine Schwester sein und ich der erziehungsberechtigte Erwachsene.«

Während ich darüber nachdachte, zog vor dem Fenster die schneebedeckte Tundra vorbei. Zwei Moschusochsen grasten auf dem dünnen Weiß neben der Straße und Gabriel bremste ab, falls sie sich plötzlich auf die Fahrbahn verirrten. Stattdessen hoben sie lediglich träge den Kopf, fast uninteressiert, und beobachteten, wie wir vorbeifuhren. Sie hatten riesige geschwungene Hörner, die wie eine solide Masse Haar aussahen, das in der Mitte ihrer Stirn gescheitelt worden war.

»Haben wir überhaupt genug Geld, um Kanada von Westen nach Osten zu durchqueren?«, fragte ich, während ich die Tiere über den Seitenspiegel weiter betrachtete.

»Nein«, erklärte er. »Wir müssten arbeiten.«

»Ich glaube, wir hatten mit dem Job in Montana ziemlich viel Glück«, sagte ich. »Virgil war verzweifelt und er hat uns unter der Hand bezahlt und nicht viele Fragen gestellt. Ich denke allerdings, bei den meisten Jobs brauchen wir einen Ausweis und vielleicht führen sie sogar einen Backgroundcheck durch. Und selbst ohne diese ganzen Probleme ist es möglicherweise illegal, in Kanada ohne Visum zu arbeiten.«

Gabriel antwortete nicht.

Wir fuhren Meile um Meile stumm durch die kalte, weiße Welt. Wir waren besorgt, und zu Recht. Und wir mussten uns immer noch von unserem Wildtiermodus auf Zivilisation umstellen, was uns beide, glaube ich, besonders angreifbar für den Druck dieser negativen Gefühle machte. Das war so, als müsste man, Sekunden nachdem man mitten in der Nacht rüde aus dem Schlaf gerissen worden ist, komplizierte mathematische Gleichungen lösen, um das eigene Leben zu retten.

Was ich als Nächstes sagte, hätte ich vielleicht schon früher ansprechen sollen. Es war vielleicht so was, wie Gladys nicht zu verraten, dass wir minderjährig waren, und dass sie uns nicht von Anfang an mitgeteilt hatte, dass sie nicht mit uns zurückkommen würde. Oder möglicherweise wusste Gabriel es genauso gut wie ich oder sogar besser und ich hätte es überhaupt nicht erwähnen müssen.

Wie auch immer, es war an der Zeit, das herauszufinden.

»Ich denke, wir sollten das mal vom Standpunkt deiner Strafmündigkeit aus betrachten«, stellte ich klar. »Das bereitet mir Sorgen, insbesondere wenn wir das Land erst verlassen, wenn du bereits achtzehn bist. Dann bist du ein erwachsener Mann, der mit einer unter Vierzehnjährigen unterwegs ist. Mir gefällt nicht, wie das aussehen wird. Selbst nur die Grenze zwischen Bundesstaaten mit einem minderjährigen Mädchen zu überqueren … Ich glaube, das ist strafbar.«

Er antwortete lange Zeit nicht.

Als er es tat, sagte er: »Das ist ein berechtigter Einwand.«

Ich vermutete, das bedeutete, dass wir Richtung Grenze fahren und sie überqueren würden, doch wir diskutierten das nicht weiter.

Wir fuhren an jenem Tag unvorstellbar viele Stunden. Fast vierzehn. Ich weiß, Gabriel wollte Strecke machen, damit wir nicht so viel Geld für Motelzimmer ausgeben mussten, und vielleicht auch aus anderen Gründen. Keiner von uns würde sich wirklich entspannen können, bis wir die Grenze hinter uns hatten.

Mehrere Stunden nach Anbruch der Dunkelheit gab er auf. Ich meine, das musste er ja früher oder später.

»Ich bin komplett fertig«, erklärte er.

Wir hielten in einer Stadt in Alberta mit dem ansprechenden Namen Peace River an und zahlten sechsundneunzig Dollar von unserem kostbaren Benzingeld dafür, zu schlafen, ohne zu erfrieren.

Allerdings schliefen wir nicht viel.

* * *

Am Morgen zog Gabriel die Vorhänge auf, während ich mir die Zähne putzte.

»Heilige Scheiße«, hörte ich ihn sagen.

Ich öffnete die Badezimmertür, doch ich konnte nicht sehen, was los war, also trat ich näher ans Fenster, wobei ich mir weiter die Zähne putzte.

Alles, was ich erkennen konnte, war eine weiße Schneedecke. Und unser Fenster ging auf den Parkplatz hinaus, nicht auf irgendein Feld. Trotzdem waren die Autos nur vage Hügel unter dieser weißen Decke.

Da war nichts mehr außer Schnee.

* * *

»Ich fürchte, ihr müsst auf den Schneepflug warten«, meinte der Mann an der Rezeption. »Sicher, Schneeketten sind schön und gut, aber bis ihr das Auto erst mal weit genug freigeschaufelt habt, dass ihr die überhaupt anlegen könnt, wird die Straße vermutlich ohnehin geräumt sein.«

Also ließen wir uns das kostenlose Frühstück mit Saft und Obst und Müsli und Porridge und heißer Schokolade schmecken. Und wir warteten. Und warteten. Und warteten.

Wir mussten so lange warten, dass wir keine andere Wahl hatten, als eine weitere Übernachtung einzulegen, südlich von Calgary. Und vielleicht war das nur gut, dachten wir. Vielleicht war es besser, für die gefürchtete Grenzüberquerung am nächsten Morgen frisch und ausgeruht zu sein.

* * *

Wir fuhren an das Grenzhäuschen heran, uns der verheißungsvollen Aussicht auf Montana, USA, direkt dahinter nur allzu bewusst. Ich konnte spüren, dass mir das Herz bis zur Kehle schlug.

Der Grenzer, der heraustrat, wirkte sehr viel freundlicher als der auf der Hinfahrt.

Ich wertete das als gutes Omen.

Gabriel ließ die Scheibe runter und die frostige Morgenluft drang in den Jeep. Es fühlte sich an, wie in Eiswasser getaucht zu werden.

Gabriel reichte dem Mann unsere Pässe.

Ich war mich nicht sicher, ob er gleich eine Erklärung liefern oder warten würde, bis er gefragt wurde. Und ich vermute mal, er selbst wusste das auch nicht. Er wirkte wie eingefroren, möglicherweise nicht mal in der Lage, zu sprechen.

Plötzlich hatte ich diese Szene aus dem ersten Star-Wars-Film vor Augen und versuchte dem Mann mit Gedankenkraft zu übermitteln, dass wir niemand seien, der für ihn von Interesse war. Dass wir nicht diejenigen seien, die er suchte.

Wieder und wieder stellte ich mir vor, wie er uns durchwinkte, als könnte ich es erzwingen, einfach indem ich es dachte.

Er betrachtete unsere Pässe lange. Es wäre nicht völlig falsch, zu behaupten, dass mein Leben vor meinem geistigen Auge ablief.

Er hob den Blick und schaute uns fragend an.

»Und ihr seid ganz allein unterwegs?«

Das zerbrach das Eis, das sich um Gabriel gelegt hatte, und er sprach.

»Wir sind mit unserer Großmutter nach Kanada gefahren«, erklärte er. »Sie hat uns in ihren Geburtsort mitgenommen. Yellowknife, in den Nordwest-Territorien. Aber dann hat sie plötzlich beschlossen, dass sie dortbleiben will, und wir mussten uns allein auf den Rückweg machen.«

»Das ist eine ganz schön lange Fahrt für junge Leute in eurem Alter.«

»Ja, Sir.«

»Und sie hat eure Eltern angerufen und es ihnen erzählt? Sodass sie euch hätten treffen oder euch irgendwie anders nach Hause holen können?«

Wir öffneten beide gleichzeitig den Mund, doch keiner von uns bekam ein Wort heraus.

Das war eine Frage, mit der wir nicht gerechnet hatten.

Es war das Ende von allem.

»Verstehe. Fahrt bitte hier rüber und stellt den Motor aus«, wies er uns an und zeigte auf die Stelle, an der wir den Jeep parken sollten. »Wir gehen rein und finden heraus, wie der beste nächste Schritt von hier aus aussehen wird.«

Wir taten, was er uns aufgetragen hatte. Ich konnte unser beider Atem hören. Es war ein verzweifeltes Geräusch, wie zwei Personen, die nach Luft schnappten, in der Hoffnung, irgendwie am Leben zu bleiben.

Ich bemerkte, dass Gabriel durch die Windschutzscheibe auf die Straße starrte, die nach Montana hineinführte, und ich wusste, was er dachte. Oder vielleicht ist »denken« das falsche Wort. Aber er hatte einen panischen Ausdruck in den Augen. Dann konnte ich erkennen, dass er sich zusammenriss.

»Das musste ja früher oder später passieren«, sagte ich.

Bevor wir aus dem Jeep stiegen, sah er mich für einen langen Moment an und natürlich erwiderte ich seinen Blick. Wir klammerten uns mit Blicken aneinander, wie an eine Rettungsleine.

»Ich denke, das war's«, stellte er fest.

»Ja«, pflichtete ich ihm bei. »Vermutlich schon.«

»War es das wert?«

»Oh, ja, zum Teufel«, versicherte ich ihm. »Hundert Mal. Oder was denkst du?«

»Tausend Mal«, stellte er fest. »Teufel, ja.«

* * *

Wir hatten keine Handys. Wir hatten keine Uhren, es hing nicht mal eine an der Wand.

Ich würde schätzen, wir verbrachten fünfundvierzig Minuten in diesem Elend. Aber da es nun mal Elend war, waren es vielleicht auch bloß fünfzehn.

Wir hatten eine harte Holzbank und große, fast bodentiefe Fenster zu beiden Seiten. Auf der einen Seite lag Kanada, auf der anderen lagen die Vereinigten Staaten. Beide Seiten waren mit Flaggen markiert, sodass niemand behaupten konnte, er wisse nicht, wo was war.

Wir blickten aus den Fenstern und warteten darauf, dass uns irgendjemand irgendetwas sagte. Wir schauten einander nicht in die Augen. Ich denke, wir hatten instinktiv Angst vor dem, was wir dort entdecken würden, entweder als Maß der Panik des anderen oder als Reflexion unserer eigenen.

Wir waren nicht allein. Das wäre zu einfach gewesen. Es waren uniformierte Beamte da, die an Schreibtischen saßen, und welche, die von der verschneiten Kontrollstelle hereinkamen und dann wieder nach draußen verschwanden. Nur nicht der Mann, der uns hierhergeführt hatte.

Als »unser« Grenzposten schließlich zurückkehrte, stand er einige Sekunden lang stumm vor uns.

Ich erwartete, dass er uns jede Menge Fragen stellen würde, doch das tat er nicht.

»Also, was ich bisher in Erfahrung gebracht habe, ist Folgendes«, teilte er uns mit. »Ihr seid nicht miteinander verwandt. Keiner von euch hat eine lebende Großmutter. Und ihr seid beide als Ausreißer gemeldet. Wollt ihr dem irgendwas hinzufügen?«

»Nein, das fasst es ganz gut zusammen«, bestätigte ich.

Ich fühlte mich nicht besonders lässig und wollte auch kein Besserwisser sein. Das war einfach das, was aus meinem Mund kam.

Er schüttelte den Kopf und nahm zwei Paar Handschellen von seinem Gürtel. Ich saß links neben Gabriel und die Armlehne der Holzbank war links neben mir. Er kettete mein linkes Handgelenk an die Lehne und ließ meine rechte Hand frei. Gabriels rechtes Handgelenk fesselte er an die Lehne auf der anderen Seite.

Dann überließ er uns für eine weitere ziemlich lange und ziemlich schreckliche Zeit uns selbst.

Die Bank war ein Dreisitzer, sodass Gabriel und ich nicht direkt nebeneinandersaßen. Ohne das groß zu diskutieren, rutschten wir so dicht zusammen, wie uns das mit den Handschellen möglich war. Das funktionierte, indem wir jeweils den Arm ausstreckten und uns aneinanderlehnten.

Ich legte meinen Kopf an seine Schulter und er legte seine Wange auf meinen Kopf.

Es war kein bisschen bequem, nur dass es das definitiv war.

»Alles wird gut«, erklärte Gabriel.

»Wie soll das gehen?«

»Ich weiß nicht. Ich glaube bloß einfach, dass letzten Endes alles gut wird.«

Ich schwieg eine Weile, doch schließlich hielt ich es nicht mehr aus.

»Irgendwann bald?«, fragte ich ihn.

»Also das kann ich dir nicht sagen«, antwortete er.

Dann warteten wir noch sehr viel länger, auch wenn wir keine Ahnung hatten, worauf eigentlich.

Kapitel Dreiundzwanzig

Ich war im Himmel, daher weiss ich, dass dies die Hölle ist

Und das, meine Lieben, war das, was ich als den Anfang des dunklen Zeitalters für mich bezeichne.

Ungefähr eine Stunde später kamen zwei Beamte der Polizei von Montana durch die Tür, ein Mann und eine Frau. Vielleicht waren sie auch von einer anderen Polizeibehörde, aber letzten Endes tut das nichts zur Sache.

Der Grenzer machte uns von der Bank los, was eine Erleichterung war, und die Polizeibeamten aus Montana schlossen uns die Hände zusammen, was wiederum keine war.

Sie haben uns nicht aneinandergefesselt, was ich vermutlich als beruhigend empfunden hätte. Nur jedem die linke an die rechte Hand.

Wir wurden nach draußen abgeführt, wo ich überrascht und enttäuscht feststellte, dass dort zwei Streifenwagen standen. Der Polizist verfrachtete Gabriel auf den Rücksitz seines Fahrzeugs und die Polizeibeamtin mich auf die Rückbank von ihrem.

Unmittelbar bevor sie die Tür schloss, wandte ich mich um und versuchte, einen Blick auf Gabriel zu erhaschen. Der Beamte hatte eine Hand auf seinen Kopf gelegt, so wie Polizisten es tun, wenn sie jemanden in den Fond ihres Streifenwagens setzen, damit man ihnen später nicht vorwerfen kann, sie hätten dem Betreffenden den Kopf gegen den Türrahmen gestoßen. Gabriel schaute mich an und in seinen Augen stand der Ausdruck von jemandem, der sich sicher ist, dass alles verloren ist.

Von da an waren zwei Bilder auf der Innenseite meiner Lider eingebrannt, sodass ich nur die Augen schließen musste, um sie zu sehen: die Polarlichter und das hier.

Und dann, einfach so, waren wir gewissermaßen einsame Wölfe. Wir waren nicht länger eine Herde, sondern auf uns allein gestellt. Wir befanden uns in einer anderen Art von Wildnis, jeder nur mit einem halben Verstand ausgestattet, unvorbereitet auf die Gefangenschaft, die vor uns lag.

* * *

Es war eine längere Autofahrt mit der Polizistin nach … wohin auch immer sie mich brachte. Das wusste ich zu dem Zeitpunkt nicht. Ich bin mir immer noch nicht sicher, ob ich es jetzt weiß. Irgendeine Wache außerhalb einer größeren Stadt. Eine Polizeistation oder so, vermute ich.

Nach ungefähr zwanzig Minuten Fahrt beschloss sie, mit mir zu reden.

»Ich kann mich ein bisschen in dich hineinversetzen«, begann sie. »Ich bin auch mit meinem Freund durchgebrannt, als ich … nun, nicht so jung war wie du jetzt. Aber ich war zu jung.«

»Er ist nicht mein Freund«, stellte ich richtig.

Meine Stimme klang in meinen eigenen Ohren schwach. Bar jeder Lebenskraft. Was kein Wunder war, denn genau so fühlte ich mich.

Sie betrachtete mich im Rückspiegel. Sie war klein und schlank, mit kurz geschnittenem, ungewöhnlich lockigem dunkelbraunen Haar. Fast schon kraus. Ihre Augen waren dunkelbraun und durchdringend. Sie durchbohrten mich.

»Wenn du das sagst, dann sagst du es«, meinte sie.

Ich wurde ein bisschen wütend, was irgendwie gut war. In gewisser Weise. Zumindest half es mir, mich weniger wie tot zu fühlen.

»Das bedeutet nichts«, erklärte ich.

»O doch, tut es wohl«, behauptete sie und klang sehr überzeugt.

»Das ist einfach eine Tautologie«, teilte ich ihr mit. »Alles, was es heißt, ist, dass ich es gesagt habe. Sie bestätigen aber nicht, dass es stimmt.«

Unsere Blicke trafen sich im Rückspiegel. Dieses Mal blitzte in ihren Augen ein Funken Belustigung auf.

»Ich weiß«, erwiderte sie.

Dann hielt ich lieber den Mund, denn es bedeutete tatsächlich etwas und ich wusste jetzt auch, was. Es bedeutete, sie glaubte mir nicht.

Nach ein paar Kilometern sprach sie wieder.

»Es ist bestimmt ganz schön schwierig, so klug zu sein«, bemerkte sie. »Sich zu fühlen, als wäre man vierzig, während einen alle wie eine Dreizehnjährige behandeln.«

»Woher wissen Sie, wie klug ich bin?«

»Außer wegen des Umstands, dass du das Wort ›Tautologie‹ benutzt hast, das ich noch nie zuvor aus dem Mund eines dreizehnjährigen Teenagers gehört habe? Wir haben mit deiner Tante telefoniert. Sie hat erzählt, du seist auf einer renommierten Universität gewesen, ehe du ausgerissen bist.«

»Oh. Okay. Nun, Sie sollten vermutlich wissen, dass mich niemand wie eine Dreizehnjährige behandelt.«

»Na ja, wir tun das gerade. Wenn du vierzig wärst, wärst du nicht in Gewahrsam genommen worden. Dann gäbe es überhaupt kein Problem.«

»Oh. Stimmt. Wohin wird Gabriel gebracht?«

»Keine Ahnung«, entgegnete sie.

»Wissen Sie das wirklich nicht? Oder wollen Sie es mir nur nicht sagen?«

»Ich weiß es wirklich nicht. Er wird über Nacht in Haft bleiben müssen, doch wo genau das sein wird, war noch nicht entschieden, als ich das letzte Mal mit jemandem darüber gesprochen habe. Aber morgen früh hat er eine Anhörung.«

Bei diesen Worten breitete sich Eiseskälte in meiner Brust und meinem Bauch aus. Was hatte ich Gabriel nur angetan?

»Und danach?«, fragte ich wie betäubt.

»Das weiß niemand«, erwiderte sie. »Es hängt von dem Richter ab.«

»Hab ich morgen auch eine Anhörung?«

»Nein. Wir übergeben dich einfach an deinen gesetzlichen Vormund. Deine Tante.«

»Also wird er bestraft und ich nicht. Oh, warten Sie. Streichen Sie das. Ich muss bei meiner Tante in Kentucky leben. Ich bin mir nicht sicher, welche Bestrafung schlimmer sein könnte.«

Doch tief innerlich befürchtete ich, dass das, was das Gesetz für Gabriel bereithielt, tatsächlich schlimmer war.

Sie hatte keine Antwort darauf und den Rest der Fahrt über redeten wir nicht mehr miteinander.

* * *

Ich saß in der Polizeistation auf einer harten Holzbank, die nicht bequemer war als die in der Grenzstation. Na ja, in gewisser Weise vielleicht, denn ich wurde nicht mit Handschellen daran gefesselt. Die Beamtin öffnete sie und nahm sie mit, ließ mich dort sitzen. Vermutlich, weil ich ständig im Blickfeld von mindestens drei Polizisten war.

Die Aussicht aus beiden Fenstern war Montana. Kanada gehörte jetzt zu meiner Vergangenheit. Heute Morgen war ich noch dort gewesen, doch es fühlte sich an wie eine mehrere Jahre zurückliegende Erinnerung.

Ein paar Minuten später kam die Frau zurück und stellte sich vor mich.

»Deine Tante wird morgen hier sein und dich abholen«, erklärte sie. »Für die Übernachtung hast du zwei Möglichkeiten. Wir können dich in eine Jugendstrafanstalt für Mädchen bringen, da hättest du Essen und ein Bett. Die Fahrt dorthin dauert in jeder Richtung drei Stunden, aber wir würden dich dorthin bringen, wenn du sagst, dass es das ist, was du willst. Oder du kannst die Nacht über hier bei uns auf der Bank sitzen. Also, nicht bei *uns*. Wir haben dann Schichtwechsel. Bei den Beamten der Nachtschicht.«

»Wenn ich hierbleibe, kriege ich dann was zu essen?«

Ich hatte bereits das Mittagessen verpasst, doch das interessierte sie vermutlich nicht. Und es war auch nicht so, als hätte ich ihr das erzählt.

»Klar«, antwortete sie. »Wir bestellen was und du kriegst auch was. Wir werden dich nicht verhungern lassen.«

»Dann bleibe ich hier«, entschied ich.

Das Übel, das man kennt, ist besser als das, das man nicht kennt. Oder wenigstens sagt man das. Ich bezweifle, dass es tatsächlich immer so ist oder auch andersherum, doch ich bezweifle nicht, dass wir uns in den allermeisten Fällen für das bekannte Übel entscheiden.

* * *

Als das Essen kam, musste ich um Erlaubnis bitten, zur Toilette zu gehen, damit ich mir die Hände waschen konnte, und eine Polizeibeamtin musste mich dorthin begleiten. Was albern war, denn man konnte die Tür zur Toilette von dem Platz aus sehen, wo ich gesessen hatte. Man konnte von überall aus alles sehen.

Immerhin kam sie nicht mit rein, insofern war es nicht so schlimm. Sie wartete vor der Tür, bis ich fertig war, und dann brachte sie mich die fünf Meter weit zurück zu meiner Bank.

Das Essen war ausgerechnet griechisch, Souflaki und Gyros. Nicht dass ich irgendwas gegen griechisches Essen hätte, ich erinnere mich bloß, gedacht zu haben: *Klar, alle Welt fährt wegen des griechischen Essens nach Montana.*

Aber egal, es war gut, auch wenn ich vermute, es hätte ohne bodenlose Verzweiflung als Beilage noch besser geschmeckt.

Die Nachtschicht der Station bestand aus anderen Beamten und ich war mir nicht sicher, ob ich überhaupt mit jemandem sprechen sollte oder nicht. Niemand redete mit mir.

Doch eine Frage brannte mir unter den Nägeln, daher platzte ich damit heraus, mitten in einem Raum voller uniformierter Fremder.

»Was ist mit Gabriel passiert?«, wollte ich wissen.

Niemand antwortete und ich dachte schon, sie würden mich einfach ignorieren, aber dann begann ein großer, schwerer und fast kahlköpfiger Polizist auf seiner Tastatur zu tippen. Ich bin allerdings zunächst nicht davon ausgegangen, dass das irgendwas mit mir zu tun hätte.

»Sie haben ihn nach Bozeman gebracht«, informierte er mich.

»Und …?«

»Das ist alles, was da steht.«

Das ist übrigens auch alles, was überhaupt gesprochen wurde. Die ganze Nacht lang. Natürlich redeten sie untereinander und sie telefonierten. Doch es war das Letzte, was sie zu mir sagten.

* * *

Als es draußen vor den Fenstern dunkel wurde, rollte ich mich auf der Bank zusammen und versuchte, es mir bequem zu machen. Schon mal versucht, auf einer harten Holzbank einigermaßen bequem zu schlafen? Das braucht man gar nicht auszuprobieren: Es ist unmöglich.

Alle paar Minuten musste ich mich umdrehen, weil irgendwas an meiner Hüfte abgeklemmt war. Jedes Mal, wenn ich es geschafft hatte, halbwegs einzuschlafen, klingelte ein Telefon und ein Beamter ging ran, um mit lauter Stimme ein Gespräch zu führen. Jedes Mal, wenn jemand die Tür öffnete, drang ein Schwall kalter Luft herein. Ich hatte meinen Parka ausgezogen, weil er das Einzige war, was ich als Kopfkissen verwenden konnte.

Insgesamt hab ich geschätzt vielleicht eine Stunde Schlaf gefunden, aber nicht am Stück.

Während ich wach auf dieser schrecklichen Bank lag, dachte ich: *Jetzt kann ich mit Fug und Recht behaupten, dass ich sowohl den Himmel als auch die Hölle kennengelernt hab. Der Himmel ist eine Aussichtsplattform auf einer halbkugelförmigen Hütte außerhalb von Inuvik in Kanada, unter dem Polarlicht. Und das hier ist die Hölle.*

Dabei war ich noch nicht einmal in Kentucky bei Tante Bitsy. Jetzt konnte es nur noch schlimmer werden.

* * *

Wo ich gerade von Tante Bitsy spreche, was ich ja unter allen Umständen zu vermeiden suche … Es war vormittags und gar nicht mal so früh. Ich war so müde, dass ich irgendwann doch eingeschlafen war, trotz der ganzen Unruhe und des Lärms um mich herum. Ich saß auf der Bank und mein Kopf war zur Seite gesunken.

Als ich aufwachte und mich aufrichten wollte, hatte ich einen schmerzhaft steifen Nacken.

Tante Bitsy ragte über mir auf. Ich weiß nicht, wie lange sie dort gestanden hatte, und ich wollte es auch gar nicht wissen.

Es muss nicht eigens erwähnt werden, dass sie nicht glücklich wirkte.

Ich fragte mich, ob ihre Wut und ihre Missbilligung mich aufgeweckt hatten, denn ich glaubte nicht, dass sie irgendwas zu mir gesagt hatte. Doch das war lediglich eine Hypothese von mir.

»Draußen wartet ein Taxi«, verkündete sie. »Das Taxameter läuft und es ist nicht billig, also steh auf und schau, dass du rauskommst.«

»Was ist mit meinen Sachen?«, fragte ich mit trockenem Mund. Offenbar hatte ich ihn beim Schlafen nicht geschlossen.

»Die sind schon im Taxi. Man hat sie mir bereits ausgehändigt.«

»Oh«, antwortete ich. »Okay.«

Ich erhob mich mit verspannten Gliedern, fühlte mich nach der Nacht auf der Bank wie gerädert. Ich mühte mich in meinen Parka und folgte Tante Bitsy zum Taxi, blinzelte im grellen Tageslicht.

Sie schob mich vor sich her auf die Rückbank, als rechnete sie damit, dass ich einen Fluchtversuch unternehmen würde.

Dann stieg auch sie ein.

»Was ist mit Gabriel?«, erkundigte ich mich, als wir losfuhren.

»Danach habe ich nicht gefragt«, erwiderte sie, »daher weiß ich es nicht. Und der Grund dafür, dass ich nicht nachgefragt habe, ist, dass es mir egal ist.«

»Mir aber nicht«, sagte ich.

»Dann ist also doch mehr zwischen euch.«

»Nein. Gar nicht, und das war es auch nie. Er ist einfach ein guter Freund.«

Darauf hatte sie keine Antwort. Und sie schien grundsätzlich das Interesse an dem Gespräch verloren zu haben.

Eine Weile später meinte sie: »Man hat mir erzählt, dass du ausgerechnet in Kanada gewesen bist.«

»Das stimmt«, bestätigte ich.

»Wo in Kanada?«

»Fast am Nordpolarmeer.«

»Das ist ziemlich weit weg.«

»Ja, kann man wohl sagen.«

»Hast du das getan, um so weit wie möglich von mir wegzukommen?«

»Nein«, entgegnete ich. »Das war es nicht allein. Wir wollten ein paar Dinge sehen. Wir haben ein Abenteuer erlebt.«

»Nun, ich hoffe sehr, du hast alles gesehen, was du sehen wolltest, denn das Abenteuer ist jetzt vorbei.«

Das hatte ich natürlich nicht. Das mit den Papageientauchern hatte nicht geklappt. Aber das habe ich ihr nicht verraten, denn Tante Bitsy war der letzte Mensch auf der Welt, mit dem ich meine Träume teilen wollte.

»Ja, das hab ich verstanden«, murmelte ich.

Wir brachten ein weiteres Dutzend Kilometer schweigend hinter uns. Ich sah, dass sie in regelmäßigen Abständen auf den Zähler schaute. Der Fahrpreis war bereits auf über zweihundert Dollar gestiegen.

Sie musste meinen Blick bemerkt haben.

»Diese Taxifahrt ist teuer«, unterrichtete sie mich. »Die Flugtickets sind auch teuer. Du wirst mir die Kosten aus dem Nachlass deiner Mutter erstatten.«

»Ich dachte, sie hätte keinen Nachlass.«

»Glaubst du, sie hat keine Vorsorge getroffen und hatte keine Rücklagen? Sie war nicht verantwortungslos, weißt du? Sie war erwachsen und hat ihre Finanzen vernünftig gehandhabt. Es sind keine Reichtümer, aber es gibt Geld, das zu gegebener Zeit in deinen Besitz übergehen wird.«

»Mir hat sie gesagt, dass die Arztrechnungen ihr Geld sehr schnell auffressen würden.«

»Das war zu einem Zeitpunkt, als sie dachte, sie hätte noch ein halbes Jahr oder länger zu leben«, teilte mir Tante Bitsy mit.

»Oh«, erwiderte ich.

Ich musste feststellen, nachdem das Abenteuer endgültig vorbei war, wurde die ganze Waisensache sehr schnell sehr real.

Die nächsten Kilometer legten wir wieder schweigend zurück.

Dann bog der Fahrer von der Autobahn in die Abfahrt zu einem kleinen Regionalflughafen ein.

Diesmal war ich es, die das Schweigen brach.

»Warum willst du mich überhaupt bei dir haben?«, erkundigte ich mich.

»Will ich gar nicht«, lautete ihre Antwort. »Doch ich habe deiner verstorbenen Mutter versprochen, dafür zu sorgen, dass du überlebst, und genau das werde ich tun.«

Kapitel Vierundzwanzig

Eindeutig in Kentucky

Ich war erst ein Mal im Haus meiner Tante in Kentucky gewesen, und zwar, als ich vier gewesen war. Soweit ich das beurteilen konnte, hatte sich nichts geändert. Buchstäblich nichts. Selbst die Tischdecken und Handtücher waren noch dieselben. Die Bettwäsche war abgenutzter, aber soweit ich erkennen konnte, war sie nicht durch neue ersetzt worden.

Natürlich war alles sauber. Peinlich sauber. So sauber, dass bloß ein Schluss übrig blieb: Die Person, die hier putzte, hatte ein psychisches Problem.

Tante Bitsy führte mich am Gästezimmer vorbei, ohne langsamer zu werden.

Im Flur direkt dahinter gab es eine Klappe in der Decke. Tante Bitsy zog fest an dem Seil, das davon herunterhing, woraufhin sich eine Treppe herunterklappte. Tante Bitsy zeigte mit der Hand darauf, bedeutete mir, dass ich hinaufgehen sollte.

»Das hier ist dein Zimmer«, sagte sie.

»Das ist der Dachboden«, korrigierte ich sie.

»Und da ist dein Zimmer.«

»Ich dachte, ich würde im Gästezimmer wohnen.«

»Nun, da hast du falsch gedacht.«

»Gibt es dafür einen besonderen Grund?«

»Ich könnte ja mal einen Gast haben.«

»Wie dumm von mir«, entgegnete ich. »Ich dachte, ich zähle als Gast.«

»Himmel, nein!«

Mit einem Seufzen kletterte ich die Stufen hoch.

Hier oben war ebenfalls alles blitzblank, aber sonst gab es wenig Positives, was man darüber sagen konnte.

Da der Raum unter dem Dach lag, hatte er schräge Wände, sodass man nur in der Mitte aufrecht stehen konnte, ohne sich den Kopf zu stoßen. Es gab ein kleines Fenster nach vorn auf den Vorgarten hinaus und statt einer Lampe eine nackte Glühbirne mit einer Schnur daran.

Was die Möblierung betraf, hatte Tante Bitsy mir ein schmales Feldbett mit Kissen und Decke hingestellt, einen Nachttisch mit einer Schublade und ein offenes Regal mit Ablagen.

Das Einzige, was als Deko zählen mochte, war eine gerahmte Fotografie meiner Mutter.

Ich starrte eine Weile darauf und versuchte, die Fassung zu wahren. Versuchte, alles auf Abstand zu halten, so wie ich es getan hatte, während ich mit Gabriel unterwegs gewesen war.

Doch das klappte nicht.

Ich begann zu weinen, und je mehr ich die Tränen zu unterdrücken versuchte, desto schlimmer wurde es.

Ich hörte ein leises Geräusch hinter mir und wusste, meine Tante war hochgekommen.

»Warum hast du das dahin gestellt?« Ich deutete auf das Foto.

»Ich dachte, es würde dich trösten.«

»Das tut es nicht. Es erinnert mich nur daran, dass sie gestorben ist.«

Ich bemühte mich, zu verhindern, dass man mir die Tränen anhören konnte. Ich bezweifelte, dass mir das gelang.

»Sie ist tot«, meinte Tante Bitsy. »Das solltest du besser akzeptieren.«

Ich konnte ihre Schritte hören und spüren, dass sie direkt hinter mir stand.

»Hier«, sagte sie.

Ich wollte mich nicht umdrehen und gucken, was sie da hatte, weil ich nicht wollte, dass sie meine Tränen sah.

»Was?«

Sie hielt es mir über meine Schulter hin und ich nahm es. Es war eine laminierte Karte.

»Was ist das?«, fragte ich, obwohl ich es vermutlich einfach hätte ablesen können.

»Die Buskarte. Du fängst morgen am Community College an.«

»Das muss ein Witz sein.«

»Warum sollte ich Witze machen?«

»Ich könnte im Community College unterrichten. Ich könnte ihre Lehrer ausbilden.«

»Du bist schulpflichtig und musst zur Schule gehen«, teilte sie mir mit. »Also spar dir alle hysterischen Anfälle und mäßige dein Ego. Die Universität, auf die deine Mutter dich geschickt hat, hat dich zwei angesehenen Unis hier im Osten weiterempfohlen, die sich zwar beide nicht unbedingt in der Nähe befinden, aber bereit sind, dich aufzunehmen. Allerdings nicht vor Beginn des nächsten Semesters. In der Zwischenzeit solltest du lernen, so viel du kannst. Und jetzt pass gut auf … Ich werde dich hier nicht einsperren und ich werde dich auch nicht jede Minute im Auge behalten.«

»Freut mich zu hören«, erwiderte ich, immer noch ohne mich umzudrehen.

»Doch ich warne dich und das werde ich dir nur dieses eine Mal sagen: Falls du wieder wegläufst und nicht aufgegriffen wirst, dann ist das so. Ich hab mein Bestes getan. Und falls du abhaust und aufgegriffen wirst, werde ich dich nicht ein weiteres Mal wer weiß wo abholen und ich werde dich auch nicht wieder bei mir aufnehmen. Du kannst dann, bis du achtzehn bist, in einer Jugendhilfeeinrichtung bleiben. Da kannst du meinetwegen alle Lehrer weiterbilden, dann hast du wenigstens eine sinnvolle Beschäftigung. Ich kann nur tun, was mir möglich ist, und außerdem habe ich deiner Mutter lediglich versprochen, dir so weit zu helfen, dass du überlebst. Es war nie die Rede davon, dass ich dir ein Dach über dem Kopf biete oder für deinen Lebensunterhalt aufkomme, egal, wie viele hirnrissige Entscheidungen du triffst. Du kannst meinetwegen auch im Jugendknast überleben, wenn du nicht hierbleiben kannst.«

Sie hielt inne, falls ich irgendwelche besserwisserischen Bemerkungen loswerden wollte. Das war nicht der Fall. Ich stand immer noch mit dem Rücken zu ihr, starrte immer noch auf das Bild meiner Mom und versuchte, nicht zu weinen. Ich fühlte mich geschlagen und hätte selbst dann kein Bedürfnis gehabt, zu sprechen, wenn ich etwas zu sagen gehabt hätte.

»Abendessen gibt es um sechs«, fügte meine Tante hinzu. »Ich erwarte dich pünktlich und sauber.«

Damit ging sie zurück nach unten und ich hatte endlich meine Ruhe vor ihr.

* * *

Am nächsten Morgen saß ich hinten in einem Seminarraum – wie die Leute, die ich früher immer nicht hatte verstehen können – im Community College. Das Unterrichtsthema war »Einführung in die Trigonometrie«, was albern war, weil die Trigonometrie und ich bereits gute Bekannte waren.

Ich beugte mich vor, um mich am Bein zu kratzen, und für einen Sekundenbruchteil hatte ich wieder dieses komische Gefühl, das ich auch an dem Tag gehabt hatte, an dem meine Mutter gestorben war. Als würde ich mit jemandem zusammenstoßen, der objektiv betrachtet gar nicht da war.

Ich drehte den Kopf, aber da war weit und breit niemand zu entdecken.

Enttäuschung machte sich in mir breit.

Es war beinahe schon Zeit für den Gong am Stundenende und ich freute mich darauf. Mir war zum Heulen langweilig und es gab nicht mal Fenster.

»Noch eine letzte Übungsaufgabe, bevor wir für heute fertig sind«, sagte die Lehrerin. »Schlagt eure Bücher auf Seite einundvierzig auf.«

Dann schaute sie sich um, um sich zu vergewissern, dass das auch alle taten. Da ich erst vor gerade mal anderthalb Stunden auf dem Campus eingetroffen war, hatte ich kein Buch.

»Du da«, sprach sie mich an und kam zu mir. »Bist du in meinem Kurs?«

»Jetzt schon«, antwortete ich.

»Bist du Gasthörerin?«

»Nein. Meine Tante hat mich hier eingeschrieben, doch ich hab den Beginn des Semesters verpasst.«

»Warte, ich hol dir mein Buch«, meinte sie.

Sie war bereits wieder auf dem Weg zurück zum Lehrerpult, bevor ich ihr erklären konnte, dass das Zeitverschwendung war. Das alles hier war Zeitverschwendung.

Einen Moment später legte sie das Buch vor mir auf den Tisch, auf der richtigen Seite aufgeschlagen.

Die Aufgabe lautete wie folgt:

»Eine Kamera auf einem Stativ ist auf einen vertikal aufsteigenden Heißluftballon gerichtet. Wenn die Kamera neunzig Meter vom Startpunkt des Heißluftballons entfernt steht, in welchem Winkel muss sie ausgerichtet sein, um den Ballon im Fokus zu haben, wenn er fünfundvierzig Meter über dem Boden ist? Geben Sie die Antwort in Radianten an, gerundet auf zwei Dezimalstellen.«

Ich hob die Hand. Sie war unterwegs in den vorderen Teil des Klassenzimmers, sodass sie es nicht sah. Daher musste ich den Arm ziemlich lange oben lassen. Ich bin sicher, sie glaubte, sie hätte mehr als genug Zeit, bis jemand die Aufgabe gelöst hatte.

Ein wenig erinnerte sie mich an Ms Stepanian, nur dass sie vielleicht zehn Jahre älter war. Was für Lehrer immer noch nicht alt war. Sie hatte blondes Haar, das ihr in einem geflochtenen Zopf über den Rücken fiel, und sie bevorzugte ebenfalls den Blazer-und-Jeans-Stil.

Beinahe hätte ich den Arm wieder sinken lassen, weil meine Muskeln müde wurden. Aber schließlich bemerkte sie mich doch.

»Ich kenne deinen Namen nicht«, bemerkte sie.

»Ru.«

»Was für eine Frage hast du, Ru?«

»Ich hab keine Frage, sondern möchte antworten.«

»Das ging aber schnell.«

»Länger brauche ich nicht.«

»Okay, schieß los. Verrat uns die Lösung.«

»Sie lautet 0,46«, sagte ich.

»Oh. Nun, das ist ein schöner Versuch, Ru. Die korrekte Antwort findet sich jedoch hinten im Buch.«

»Ja, das habe ich gesehen«, entgegnete ich. Ich hatte nachgeschaut. Da stand 0,56. »Leider ist die Antwort falsch.«

»Moment. Welche Antwort ist falsch?«

»Die im Buch«, erwiderte ich.

»Willst du behaupten, dass in dem Lehrbuch ein Fehler ist?«

»Ja, genau.«

In der Zwischenzeit hatten die anderen Schüler begonnen, sich die Hälse zu verrenken und sich zu mir umzudrehen, sodass sie mich ansehen konnten. Und entscheiden, was mit mir nicht in Ordnung war.

»Das ist extrem unwahrscheinlich«, erklärte die Lehrerin.

»Zur Wahrscheinlichkeit kann ich nichts sagen. Trotzdem ist die angegebene Lösung falsch.«

»Ich bin mir nicht sicher, was ich davon halten soll«, erwiderte sie. »Die Leute, die dieses Buch geschrieben haben, kennen sich mit Trigonometrie gut aus. Eigentlich machen sie keine Fehler.«

»Ich glaub gar nicht, dass sie da was falsch ausgerechnet haben. Wer auch immer das hier verfasst hat … Ich glaube, sie haben das schon richtig gelöst, aber dann ist ihnen ein Tippfehler unterlaufen. Ich glaub, sie haben einfach danebengetippt und beim Korrekturlesen ist es niemandem aufgefallen. Die Fünf ist ja direkt neben der Vier. Das ist gar nicht so ungewöhnlich. Die meisten Bücher gehen mit mindestens einem Tippfehler in Druck. Und so ein Fehler ist schwieriger zu finden als ein Schreib- oder Zeichensetzungsfehler, weil es ja nur auffällt, wenn man selbst noch mal nachrechnet.«

Die Lehrerin trat an einen Tisch in der ersten Reihe und drehte das Buch eines Schülers um, starrte eine lange Zeit auf die Aufgabe. Merkwürdig lang. Lang genug, dass meine Mitschüler auf ihren Stühlen unruhig hin und her zu rutschen begannen.

Sie wirkte verloren, daher redete ich weiter.

»Die vertikale Entfernung des Ballons von der Kamera geteilt durch die horizontale Entfernung des Ballons von der Kamera ist 1/2. Wir brauchen den Winkel der Kamera, also können wir die inverse Tangensfunktion benutzen, sodass die Antwort Arkustangens (1/2) sein sollte, was auf zwei Dezimalstellen gerundet 0,46 ergibt.«

Endlich hob sie den Kopf und starrte mich an, als wollte sie mich mit einem Laserblick an die Wand hinter mir nageln.

»Verrückt!«, entfuhr es ihr.

Genau da ertönte der Gong zum Stundenende.

Alle stürzten mehr oder weniger zur Tür, aber ich wurde aufgehalten.

»Warte«, sagte sie und bekam mich am Ärmel zu fassen.

»Was?«

»Ich möchte kurz mit dir reden.«

»Stecke ich in Schwierigkeiten?«

»Ganz und gar nicht. Ich hab nur ein paar Fragen.«

Sie setzte sich an ihr Pult und ich stellte mich davor und wippte auf den Zehenspitzen, wobei ich mit den Oberschenkeln die Vorderseite des Pults berührte, damit ich nicht nach vorn fiel.

»Hast du dieses Trigonometriebuch zu Hause?«, wollte sie von mir wissen.

»Nein, ich hab es bisher nicht gekannt.«

»Dein Blick ist also einfach auf die Seite gefallen und du wusstest, was die richtige Lösung ist?«

»Ich hab ein paar Sekunden lang darüber nachgedacht.«

»Und wie alt bist du?«

»Dreizehn.«

»Dann bleibt nur eine Frage übrig: Was tust du hier?«

»Was meinen Sie mit ›hier‹?«, entgegnete ich und wippte weiter. »Wenn Sie mit ›hier‹ die Erde meinen, dann frage ich mich das auch ständig.«

Sie lachte und sah hinterher weniger verwirrt als vielmehr amüsiert aus.

»Ich meinte: an diesem College.«

»Meinen Sie, warum ich an dieses College gehe, obwohl ich erst dreizehn bin, oder warum ich hier bin, obwohl ich offensichtlich abartig klug bin?«

»Letzteres«, erwiderte sie.

»Eigentlich war ich am Wellington in Kalifornien. Doch dann musste ich da unerwartet weg und meine Tante hat mich hier eingeschrieben. Ich hab versucht, ihr klarzumachen, dass das Zeitverschwendung ist. Leider man kann nicht wirklich vernünftig mit ihr reden.«

»Sie hat kein Interesse daran, dich an einer Spitzenuniversität unterzubringen, vielleicht einer, die näher als das Wellington liegt?«

»Sie hat zwei Hochschulen gefunden, die bereit sind, mich aufzunehmen. Mit viel Unterstützung von den Leuten am Wellington. Nur eben nicht vor dem nächsten Semester. Sie hat mir auch nicht erzählt, um welche Unis es sich handelt. Vermutlich glaubt sie, jegliche Information in meinen Händen sei gefährlich.«

»Jemand muss sich dafür einsetzen, das Ganze zu beschleunigen.«

»Das wäre schön«, antwortete ich.

»Wir müssen zur Schulleitung«, verkündete sie. »Komm mit.«

Wir traten hinaus ins Licht und ich bemerkte ihr Handy. Es steckte in einer Hülle und war mit einem Karabinerhaken, wie ihn Kletterer benutzen, an ihrem Gürtel befestigt.

Wir gingen nebeneinander her und blinzelten beide gegen das grelle Vormittagslicht.

»Ich möchte Sie um einen Riesengefallen bitten«, sagte ich. »Er ist fast ein bisschen unverschämt.«

»Okay. Solange ich ablehnen kann.«

»Dürfte ich mal Ihr Handy benutzen? Das meiner Tante ist immer gesperrt.«

»Du hast kein eigenes Handy?«

»Doch, eigentlich schon. Es befindet sich nur im Metallbeutel einer rostigen Känguruskulptur auf dem verlassenen Parkplatz einer geschlossenen Rastanlage in Nevada.«

Sie warf mir einen skeptischen Blick zu. Ich denke, ihr wurde langsam klar, dass ein Kind klug sein und gleichzeitig einen wilden Zug haben kann.

»Ist das ein Witz?«

»Nein, eine wahre Geschichte. Ich werde sie Ihnen erzählen, wenn Sie das möchten, aber dafür brauchen wir ein bisschen Zeit.«

Sie nahm ihr Handy vom Gürtel und reichte es mir wortlos.

»Es ist eine Nummer in Kalifornien«, erklärte ich.

»Das ist egal.«

Ich wählte die Nummer von Gabriels Mutter, die ich auswendig kannte. Ich wollte nicht mit ihr reden, sondern mit Gabriel. Doch den konnte ich nicht anrufen, weil sein Handy bei meinem in demselben rostigen Beutel desselben Metallkängurus an der geschlossenen Rastanlage in Nevada war.

Gabriels Mutter war nicht zu Hause oder ging nicht ans Telefon, sodass ich bei der Voicemail landete.

»Hallo, Mrs Gulbranson«, begann ich. »Ich bin's, Ru. Ich wüsste gerne, was mit Gabriel geschehen ist. Ob er bei Ihnen ist, in Sicherheit zu Hause, oder … Sie wissen schon, in Schwierigkeiten steckt. Ich weiß, im Moment sind Sie vermutlich nicht mein größter Fan, aber bitte richten Sie ihm aus, dass ich mich gemeldet habe. Bitte. Ich mach mir solche Sorgen, dass er Probleme bekommen hat, und wie viele und welche. Solche Sachen eben. Ich kann nicht schlafen und auch nicht essen, weil ich es nicht weiß. Bitte lassen Sie ihn mich kontaktieren. Ich bin bei meiner Tante in Kentucky, doch sie lässt mich nicht telefonieren, daher …« Ich brach ab, weil mir bewusst wurde, dass ich das nicht bis zum Ende durchdacht hatte. »Also, vermutlich ist es am besten, wenn er unter dieser Nummer anruft. Danke.«

Aus dem Augenwinkel sah ich, wie die Lehrerin mich mit hochgezogenen Brauen musterte, daher beendete ich das Telefonat.

»Tut mir leid«, sagte ich. »Das war nicht gut geplant. Ich wollte das nicht tun, ohne Sie um Erlaubnis gebeten zu haben, aber plötzlich wusste ich einfach nicht, wo er mich erreichen kann. Falls er sich bei Ihnen meldet, können Sie ihn fragen, ob es ihm gut geht? Sie wissen schon. Für den Fall, dass er anruft. Und dann könnten Sie mir Bescheid geben, dass mit ihm alles so weit in Ordnung ist, ja?«

»Ich glaub, das könnte ich tun«, meinte sie.

»Danke, das wäre wirklich nett.«

Ich gab ihr das Handy zurück und wir setzten unseren Weg fort, schwiegen dabei eine längere Weile.

»Du hast eine Menge lange Geschichten zu erzählen«, bemerkte sie schließlich. »Oder?«

»Sie haben ja keine Ahnung«, entgegnete ich. »Ernsthaft. Sie wollen nicht, dass ich auch nur anfange.«

Kapitel Fünfundzwanzig

Ich arbeite für Wegwerfhandys

Irgendwo tief in den Eingeweiden des Verwaltungsgebäudes gab es einen Raum, von dem die Studenten nichts wussten. Nicht dass es sie groß interessiert hätte, selbst wenn sie das getan hätten. Es war keinesfalls ein offizieller Aufenthaltsraum für Dozenten, aber er wurde als solcher genutzt. Es war ein Ort, an den sich die Lehrkräfte zwischen den Unterrichtsstunden zurückziehen konnten, wenn sie nicht genug Zeit hatten, um nach Hause zu fahren.

Die Möblierung bestand aus Bürodrehstühlen, stapelweise Kartons und Aktenschränken, die als Schreibtischersatz für die Laptops herhalten mussten.

Es waren vielleicht sechs oder sieben Leute, die diesen Raum regelmäßig nutzten, und zwei Tage später kannten sie mich alle, auch wenn ich nur bei dreien von ihnen Unterricht hatte.

Als Ms Bolt – das war der Name der Trigonometrie-Dozentin, die mir ihr Handy geliehen hatte – reinkam, wurde ich gerade mündlich abgefragt, von einer Kursleiterin, die bereits beschlossen hatte, mir eine Eins zu geben.

Man muss vermutlich nicht erwähnen, dass meine Tante Bitsy die einzige Person auf dem Planeten war, die nicht erkannte, dass es komplette Zeitverschwendung für mich sein würde, am normalen Unterricht teilzunehmen. Seit meinem ersten Morgen hier hatte ich das nicht mehr getan und alle außer Tante Bitsy wussten das, und jeder, der davon wusste, hieß diese Entscheidung gut.

Bei der Frau, die mir die Fragen stellte, handelte es sich um Mrs Jankins, meine Anatomie-Dozentin, und ehrlich gesagt, war es eigentlich gar kein richtiger Test. Es war eher eine Art Kunststückchen, das ich ab und zu zur Unterhaltung aller hier wie ein trainierter Seehund vorführen musste. Das hört sich jetzt an, als wäre es schlimm gewesen, doch das war es nicht. Jedenfalls nicht komplett. Es war vielleicht etwas merkwürdig, aber ich hatte entschieden den Eindruck, dass sie mich aufrichtig mochten und meine Gesellschaft genossen. Und das – seien wir ehrlich – war zu diesem Zeitpunkt etwas, was mir in meinem Leben wirklich fehlte.

Mrs Jankins zeigte mir ein Schaubild der menschlichen Hirnnerven mit einer durchsichtigen Plastikfolie, auf der der Name eines jeden Nervs stand. Die hatte sie jedoch zurückgeklappt, denn sonst wäre es ja keine große Herausforderung gewesen.

»Okay«, sagte sie. »Für die Eins, die ich dir ja im Prinzip schon gegeben habe, nenne mir sechs Nerven, die aus dem Kranium kommen, und die Stelle, an der sie austreten.«

»Sicher«, erwiderte ich. »Was auch immer. Ich dachte, es würde schwieriger werden, aber meinetwegen. Am Siebbein der Terminalnerv und der Riechnerv, am Sehnervenkanal der Sehnerv, an der oberen Augenhöhlenspalte der Augenbewegungsnerv, der Augenrollnerv, der Augenabziehnerv und der Drillingsnerv, am Foramen rotundum der zweite

Ast des Drillingsnervs, am Foramen ovale der dritte Ast des Drillingsnervs, am Foramen stylomastoideum …«

»Warte«, unterbrach sie mich. »Du solltest sechs nennen. Wie viele waren das jetzt?«

»Bisher neun.«

»Du solltest nur sechs nennen.«

»Krieg ich Extrapunkte?«

Das war teilweise ein Witz. Die Wahrheit war, dass ich eine halbe Sekunde lang nicht komplett gelangweilt gewesen war und nicht wollte, dass der Moment schon wieder vorbei war.

Und genau da bemerkte ich, dass Ms Bolt, meine Trigonometrie-Dozentin, hereinkam. Sie sah aus, als würde sie sich über mich amüsieren, doch das tat sie eigentlich immer. Nicht bösartig oder so. Es schien mir mehr eine Art merkwürdiges Kompliment zu sein.

»Eilmeldung«, verkündete sie. »Ru Evans erhält eine Eins in Anatomie und fällt in Mathe durch.«

Ich war geschockt. So geschockt, dass ich meine Frage nach Anrufen erst mal zurückstellte.

»He, Sie lassen mich durchfallen?«

»Das war ein Witz. Ich wollte damit andeuten, dass du nicht richtig bis sechs zählen kannst.«

»Oh«, erwiderte ich. »Alles klar. Mathe und Naturwissenschaften verstehe ich besser als Witze.«

»Ja, das ist mir schon aufgefallen.«

»Irgendwelche Anrufe?«

»Bisher leider nicht. Sorry.«

Ich saß eine Sekunde lang still da und spürte dem Schmerz ihrer Antwort nach. Erinnerte mich daran, dass das nicht heißen musste, dass Gabriel im Gefängnis saß. Vielleicht war er einfach zu Hause, mit einer Mutter, die ihm meine Nachrichten unterschlug. Aber ich *wusste* es nicht, was ich hasste, vor allem da es so unglaublich wichtig war.

Einer der Dozenten sagte plötzlich: »Ich gebe dir fünfzig Dollar, wenn du meine Kursarbeiten korrigierst.«

Alle lachten, doch ich glaube, er meinte es tatsächlich ernst.

»Ich bin nicht mal in Ihrem Kurs«, erinnerte ich ihn.

»Dessen bin ich mir bewusst.«

»Ich weiß nicht mal, was Sie unterrichten.«

»Geometrie«, antwortete er.

»Das ist ein Klacks.«

»Moment«, mischte sich Mrs Jankins ein. »Ernsthaft? Glaubst du wirklich, sie könnte deine Kursarbeiten korrigieren?«

»Sie könnte Lehrbücher korrigieren«, warf Ms Bolt ein. »Aber trotzdem. Es geht hier ums Prinzip. Ist das nicht etwas, was du selbst erledigen solltest, Jack?«

»Augenblick«, schaltete ich mich ein. »Bitte lassen Sie die Idee nicht gleich wieder fallen.«

»Nun, ich vermute, wenn du dringend Geld brauchst …«, lenkte Ms Bolt ein.

»Nicht wirklich«, gab ich zu. »Ich meine, man kann natürlich nie genug Geld haben. Was ich allerdings wirklich brauche, ist ein Handy.«

Als er das hörte, schien der Dozent, der mir das angeboten hatte – ich kannte nur seinen Vornamen, Jack –, einen Rückzieher machen zu wollen.

»Egal, vergiss es. Ich korrigiere sie selbst«, sagte er. »Handys kosten Hunderte von Dollar.«

»Eins von diesen billigen Wegwerfhandys kriegt man für um die zwanzig«, widersprach Mrs Jankins. »Ich hol die ständig für meine Stiefkinder.«

»Du meinst so was wie die, die die Drogendealer im Fernsehen haben?«

»So in der Art«, bestätigte Mrs Jankins. »Du könntest ihr eins besorgen und eine bestimmte Anzahl von Minuten kaufen für die Summe, die du ihr für die Korrektur geben willst.«

»Hmm«, meinte er. »Ich denke, es ist schon ziemlich schlimm, kein Handy zu haben.«

»Oh, sie hat ein Handy«, stellte Ms Bolt richtig. »Erzähl es ihnen, Ru. Erzähl ihnen, wo dein Handy ist.«

»Es befindet sich im Metallbeutel einer verrosteten Känguru-Statue auf dem verlassenen Parkplatz einer aufgegebenen Autobahnraststätte in Nevada«, erklärte ich.

»Da steckt bestimmt eine interessante Geschichte dahinter«, erwiderte er.

Ich öffnete den Mund, um ihm zu antworten, doch Ms Bolt war schneller.

»Lass sie gar nicht erst damit anfangen«, warnte sie.

Und so, Mädels, kam ich während meiner Zeit in Kentucky in den Besitz eines Wegwerfhandys, wie es Drogendealer und andere zwielichtige Elemente verwenden. Ich bewahrte es in einer Schublade eines Aktenschranks in diesem provisorischen Lehrerzimmer auf, wo es absolut sicher vor dem Zugriff von Tante Bitsy war.

Über die nächsten zwei Wochen versuchte ich fünfmal, Gabriels Mom zu erreichen.

Aber es meldete sich nie jemand zurück.

* * *

Nach den erwähnten zwei Wochen, in denen ich es vergeblich per Telefon versuchte, verlegte ich mich aufs Briefeschreiben. Da ich ja eine Weile selbst dort gewohnt hatte, war mir die Adresse von Gabriels Haus quasi ins Herz gebrannt. Oder … genau betrachtet … Woher stammt dieser Ausdruck eigentlich? Die Adresse war gar nicht in mein Herz gebrannt. Nein, das waren andere Dinge, wie die Tatsache, dass Gabriel und ich wie eine Herde funktionierten und dass Millionen von Sternen an einem ungewöhnlich dunklen Himmel gut für die Seele sind. Die Adresse war eher in mein Gehirn eingebrannt.

Ich saß in dem provisorischen Lehrerzimmer und verfasste einen handschriftlichen Brief auf einem gelben Notizblock, den jemand hier liegen gelassen hatte.

»Lieber Gabriel«, schrieb ich. »Ich versuche schon seit Wochen, Dich telefonisch zu erreichen, doch ohne je etwas von Dir zu hören. Ich weiß nicht mal, ob Dir bewusst ist, dass ich versuche, Dich zu kontaktieren. Ich habe keine andere Wahl, als Deine Mutter anzurufen, da unsere Handys ja Du-weißt-schon-wo sind. Manchmal denke ich, dass sie Dir gar nichts von meinen Nachrichten erzählt.

Es gibt drei mögliche Erklärungen dafür, dass Du Dich nicht meldest, und ich denke, ich hoffe verzweifelt, dass sie Dir nichts von meinen Anrufen gesagt hat, weil das von den dreien diejenige ist, die ich am erträglichsten finde. Ich meine, es ist komplett frustrierend. Wir sind eine Herde. Man teilt eine Herde nicht auf, richtig? Aber verglichen mit den anderen beiden Möglichkeiten ist es nicht so katastrophal. Wenn es so wäre, könnte ich nachts trotzdem noch schlafen.

Hier sind die Optionen, die mir immer wieder durch den Kopf gehen. Sie haben dort schon tiefe Spuren hinterlassen und das finde ich sehr ermüdend.

Nummer eins: Du bist im Gefängnis und das ist meine Schuld. Und es ist furchtbar für Dich und ich bin nicht mal da, um es weniger schrecklich zu machen, so wie Du das immer für mich getan hast. Nummer zwei: Du willst nichts mehr mit mir zu tun haben.«

Es war das erste Mal, dass ich diese Worte in meinem Gehirn zugelassen hatte. Das Gefühl war schon die ganze Zeit da gewesen, doch ich hatte mir große Mühe gegeben, es nicht tatsächlich in Worte zu fassen.

Ich versuchte einfach weiterzuschreiben, damit das Gefühl möglichst schnell wieder verschwand.

»Verstehst Du jetzt, warum die Möglichkeit, dass Deine Mom meine Nachrichten unterschlägt, sich wie die beste Option anfühlt?

Wie auch immer, ich hab beschlossen, zu Briefen überzugehen, weil mir klar geworden ist, dass es zwar gemein ist, Leuten Telefonnachrichten nicht weiterzugeben, aber nicht verboten. Andererseits nimmt das Gesetz es ziemlich genau mit der Post und hoffentlich weiß Deine Mom das.«

Ich hob den Stift vom Papier, weil mir plötzlich aufgefallen war, dass ich den genauen Gesetzestext zum Postgeheimnis gar nicht kannte.

Ich hob den Kopf und bemerkte, dass Ms Bolt den Raum betreten und sich hingesetzt hatte. Ich sah sie an und sie erwiderte meinen Blick.

»Papier und Stift?«, fragte sie. »Du bist mir bisher eigentlich nicht besonders technikfeindlich vorgekommen.«

»Im Gegensatz zu welchen anderen Möglichkeiten?«

»Deine Tante will dir keinen Computer kaufen?«

»Sie hat es zumindest noch nicht getan.«

»Wenn du nächstes Semester eine richtige Uni besuchst, wirst du einen Computer brauchen.«

»Das müssen Sie *ihr* sagen«, entgegnete ich, »nicht mir. Hören Sie. Was wissen Sie über die Gesetze, die sich um die Handhabung von Post drehen?«

»Nicht sehr viel«, gab sie zu. »Aber ich habe meinen Laptop und kann das nachlesen.«

»Ja, bitte, das wäre nett.«

Mrs Jankins kam herein, setzte sich und zog ein eingewickeltes Sandwich aus einer braunen Papiertüte.

»Worum geht es?«, wollte sie wissen.

»Postunterschlagung«, erklärte ich.

»Moment«, meldete sich Ms Bolt. »Warum muss ich das eigentlich nachschauen? Ich dachte, du weißt alles.«

»Ich weiß nicht alles. Nur alles, was ich schon mal gesehen, gelesen oder gehört habe.«

»Oh. Nun, das ist natürlich was ganz anderes«, meinte sie in ihrem halb amüsierten, halb sarkastischen Tonfall.

In der Pause, die folgte, wurde mir etwas klar und es war kein besonders erfreulicher Gedanke. Wie mir schon vorher aufgefallen war, hatte ich mein gesamtes Leben damit zugebracht, eine intelligente Person zu sein, außer in der magischen Zeit, in der ich einfach ein Mensch gewesen war. Und jetzt wurde mir unausweichlich bewusst, dass diese magische Zeit vorbei war. Und ich begriff, ich würde den Teil von mir vermissen, der jetzt fehlte.

Es war der beste Teil.

»Was genau willst du wissen?«, erkundigte sich Ms Bolt, bereit zum Tippen.

»Ist es gegen das Gesetz, die Post von jemand anderem zu öffnen und sie ihm dann nicht auszuhändigen?«

Sie wiederholte die Worte laut, fast genau so, wie ich sie gesagt hatte, während sie sie in die Suchmaschine eingab.

»Kurze Antwort«, begann sie. »Ja. Das Öffnen und das Vernichten von Post, die an jemand anderen gerichtet ist, sind Straftaten, das nennt sich ›Verletzung des Briefgeheimnisses‹ und ›Postunterschlagung‹. Das sind ernst zu nehmende Delikte, die zu einer Gefängnisstrafe führen können. Was allerdings noch wichtig ist … Ich weiß es nicht genau und versuche das gerade herauszufinden, doch es scheint mir, dass es sich dabei um die Post eines anderen Erwachsenen handeln muss. Ich bin mir nicht sicher, wie das bei jemandem ist, der unter achtzehn ist.«

»Gabriel ist jetzt achtzehn.«

»Oh, oh«, machten beide Dozentinnen beinahe gleichzeitig. Aber ich glaube, das war nur Zufall. Ich denke nicht, dass es irgendwas mit Herdenzugehörigkeit zu tun hatte.

»Was?«

»Das könnte schwierig werden«, sagte Ms Bolt.

»Was könnte schwierig werden?«

»Dass du dreizehn bist und dein fester Freund achtzehn.«

»Er ist nicht mein fester Freund«, stellte ich richtig.

»Ernsthaft?«

»Ganz ernsthaft. Wie kommen Sie überhaupt darauf?«

»Weil du so besessen von ihm zu sein scheinst.«

»Er ist mein Freund«, erklärte ich. »Mein bester Freund. Mein einziger Freund.«

»Wir sind auch deine Freunde«, erwiderte Mrs Jankins.

»Das ist anders«, antwortete ich. »Bitte nicht persönlich nehmen, doch er ist meine Herde.«

»Deine was?«, fragten sie beide, allerdings nicht so synchron wie zuvor.

»Egal. Sie würden das nicht verstehen. Und außerdem muss ich meinen Brief fertig schreiben.«

Ich nahm den Stift wieder zur Hand.

»Aber vielleicht weiß sie das nicht«, schrieb ich. »Das mit der Postsache. Also, Mrs Gulbranson, falls Sie das hier lesen: Post, die an jemand anderen adressiert ist, zu öffnen oder zu vernichten ist strafbar. Es ist ein ernsthaftes Verbrechen und kann zu einer Gefängnisstrafe führen. Das wollte ich Ihnen nur mitteilen.

Wenn es Gabriel ist, der das hier liest …

Du kannst mir an die Adresse zurückschreiben, die auf dem Umschlag steht. Es ist ein Community College in Kentucky. Bitte benutze den Namen Lucinda Bolt statt meinem und die Adresse vom College. Ms Bolt ist meine Trigonometrie-Dozentin. Ich denke, dass Du mir keine Post zu Tante Bitsy schicken solltest, weil ich nicht glaube, dass ich sie erhalten würde. Vielleicht gilt das Gesetz tatsächlich nur für Erwachsene oder vielleicht ist es Tante Bitsy auch einfach egal.

Ich mache mir solche Sorgen, Gabriel, weil ich nicht weiß, ob es Dir gut geht. Bitte schreib mir bald zurück. Selbst wenn Du nichts weiter von mir hören möchtest, einfach damit ich weiß, dass mit Dir alles in Ordnung ist. Oder wenn Sie es sind, Mrs Gulbranson, und nicht Gabriel, könnten Sie bitte Mitgefühl zeigen und mich wissen lassen, ob alles okay ist?

Es tut mir leid, dass ich Dich/ihn in Schwierigkeiten gebracht habe. Ru.«

Ich schaute hoch und versuchte, nicht zu weinen.

»Wo krieg ich hier eine Briefmarke her?«

»Aus meiner Handtasche«, sagte Mrs Jankins.

Also hatte ich vielleicht doch Freunde in Kentucky.

* * *

In den etwa zwei Monaten, die ich so halb auf das Community College ging, schrieb ich Gabriel sieben Briefe.

Ich erhielt nie eine Antwort.

Auch wenn ich mir geschworen hatte, dass das niemals passieren würde, glaube ich, irgendetwas in mir … gab irgendwie einfach auf.

* * *

Weihnachten kam und ging, ohne bei Tante Bitsy große Beachtung zu finden. Es gab keine Geschenke. Es gab keinen Baum. Nicht dass mir das besonders wichtig gewesen wäre, aber es lässt erkennen, wie viel Einsatz meine Tante gezeigt hat, also erwähne ich es.

In den ersten Januartagen begann ich am College einer sehr guten Universität in North Carolina. Mehrere Hochschulen hatten angeboten, mich mitten im Semester und ohne langen Vorlauf anzunehmen, und ich hatte mich für diese entschieden – vorgeblich weil es die beste war. Vielleicht war sie das, doch ich hatte sie ausgewählt, weil sie am weitesten entfernt lag.

Ich würde wochentags wie alle anderen im Wohnheim schlafen und am Wochenende mit dem Bus oder dem Zug allein zu Tante Bitsy fahren. Das Ganze war ziemlich albern, weil die Fahrt sechs Stunden dauerte und wegen meines Alters eine schriftliche Erlaubnis meines Vormunds erforderlich war. Trotzdem stimmte ich sofort zu, weil ich dann fünf von sieben Tagen nicht mehr bei ihr sein würde. Und da hatte ich noch nicht den halben Tag im Bus mitgezählt.

Mir war durchaus bewusst, dass sie mir damit etwas erlaubte, was meine Mutter nie zugelassen hätte. Meiner Mutter hatte es ja schon nicht gefallen, dass ich während der Woche behütet bei einer Familie untergebracht gewesen war. In einer Million Jahre hätte sie mir das hier nicht gestattet. Aber warum überraschte mich das eigentlich? Meiner Mutter hatte tatsächlich etwas an mir und meinem Wohlergehen gelegen.

Am Tag, bevor ich auf dem Campus erwartet wurde, erhielt ich die genaue Anschrift von meinem Wohnheim.

Ich saß in meinem Zimmer, vor meinem für mich neuen, gebrauchten Laptop, und kämpfte mit mir selbst.

Dann schrieb ich Gabriel einen letzten Brief, nur damit er meine neue Adresse hatte, falls er es sich doch noch anders überlegte.

Kapitel Sechsundzwanzig

Sechsmal Klopfen an meiner Tür im Studentenwohnheim

Meine Zimmergenossin war ein liebes, leicht übergewichtiges und schüchternes Mädchen von achtzehn Jahren, das ein ernsthaftes Drogenproblem hatte. Ich will damit nicht andeuten, dass sie sich in irgendwelchen dunklen Gassen herumdrückte, um sich Heroin oder irgendein anderes hartes Zeug zu besorgen. Sie roch nur ständig nach Patschuliöl und hatte so einen entrückten Schimmer in den Augen, der verriet, dass sie leicht abwesend war.

Das war für mich ideal, obwohl ich hoffe, dass es jetzt nicht gemein klingt, wenn ich das sage. Wir sind prima miteinander ausgekommen, aber im Großen und Ganzen war es so, als hätte ich das Zimmer für mich allein. Ich wünsche ihr nichts Schlechtes, ich erwähne bloß, wie es für mich war, da ihr ständiges Berauschtsein ein Fakt war.

Das Wohnheimzimmer war seltsam kahl und die Betten bestanden lediglich aus zwei harten Holzpritschen mit flachen »Matratzen«, die keine zehn Zentimeter dick waren.

Ich fragte mich, was die Eltern der Nicht-Stipendiaten davon hielten. Sie zahlten Zehntausende von Dollar pro Jahr und nicht einmal ein paar Hundert dieser Dollar wurden darauf verwandt, ihren Kindern einen zumindest durchschnittlichen Komfort zu bieten.

Ich hatte natürlich ein Vollstipendium, sonst wäre ich nicht dort gewesen. Ich war das arme Waisenmädchen, das die Krümel aufsammeln musste, die ihm hingeworfen wurden.

Das klingt jetzt, als würde ich mich beschweren, doch es war nicht das Haus von Tante Bitsy in Kentucky, also war ich überglücklich.

Was den Lehrplan betraf, so war er ähnlich wie am Wellington – anspruchsvoller als dort, wo ich bisher gewesen war, aber nicht anspruchsvoll genug. Ich glaube, ich hatte mich inzwischen mehr oder weniger damit abgefunden, dass es für mich immer und überall so sein würde.

* * *

Ich war ungefähr acht Tage dort, als die Universitätsleitung beschloss, mich bei einer Cocktailparty für die Geldgeber herumzuzeigen, als sei ich eine One-Girl-Show. Glücklicherweise war ich es inzwischen gewohnt, im Gegenzug für ein paar in meine Richtung geworfene Fische einen Ball auf der Nase zu balancieren.

Sorry für die etwas verquere Metapher.

Und ich möchte betonen, dass ich trotz all dieser Klagen dem Verwaltungsrat nichts Schlechtes unterstellen will. Ich war dort, ohne dass mir oder meiner Tante Bitsy Kosten entstanden, und es war sicher vernünftig und fair, mich zu bitten, als Gegenleistung dafür der Universität ein paar Stunden lang auszuhelfen. Ich behaupte nicht, dass das nicht stimmt. Ich sage nur, dass es ein paar anstrengende Stunden waren.

Außerdem war es gewissermaßen mit Hausaufgaben verbunden. Vorbereitungen, die getroffen werden mussten. Sie kamen in Form von Leuten, die an meine Zimmertür klopften.

Zuerst klopfte der Dekan und man muss wissen, dass Dekane von guten Universitäten nicht viel Zeit damit verbringen, an die Türen von Studenten zu klopfen. Ich vermute, dass sie in den meisten Fällen jemanden schicken, der den Studenten abholt, den der Dekan sehen will. Insofern hätte ich sein persönliches Erscheinen vermutlich als Ehre empfunden, wenn ich jemand wäre, der Dinge so betrachtet.

Er war ein zerknautschter Mann, von kleiner Statur und mit einem seltsam verkniffenen Gesicht. Vielleicht siebzig Jahre alt. Man hätte meinen können, er hätte noch nie etwas von knitterfreier Kleidung gehört oder er besäße kein Bügeleisen. Er trug einen leichten Kamelhaarmantel über einem Arm, obwohl zu der Zeit draußen um die zehn Grad herrschten.

Er schaute an mir vorbei zu meiner mal wieder zugedröhnten Mitbewohnerin und runzelte die Stirn.

»Miss Evans«, wandte er sich an mich. »Würden Sie einen Spaziergang über den Campus mit mir unternehmen? Sie sollten vielleicht einen Pullover überziehen.«

Und das hab ich gemacht.

Ich befürchtete, dass ich aus irgendeinem Grund rausgeschmissen werden sollte. Als er schließlich mit seinem Anliegen herausrückte, war ich entschieden erleichtert.

»Wir würden Sie gerne zu einer Cocktailparty hinzubitten, die wir morgen Abend für unsere größten Geldgeber veranstalten.«

»Sie wissen aber schon, dass ich nicht alt genug bin, um zu trinken, oder?«

»Natürlich. Das ist uns bewusst. Zu Ihrer Sicherheit wird Sie ein Kommilitone oder eine Kommilitonin zu der Veranstaltung begleiten und eine Verwaltungsmitarbeiterin wird als eine Art … nun ja, Anstandsdame fungieren. Sie wird dafür sorgen, dass Sie immer mit Saft oder Limonade oder einem anderen geeigneten Getränk versorgt werden.«

»Okay«, sagte ich.

»Gut«, erwiderte er. »Sehr gut. Ich bin froh, dass Sie mit an Bord sind. Jeder mag eine Geschichte wie die Ihre. Ein wahres Wunderkind, das vom Schicksal stiefmütterlich behandelt wird. In jungen Jahren verwaist, und dann nimmt Sie unsere Universität unter ihre Fittiche und verhilft Ihnen zu der Ausbildung, die Sie verdienen.«

»Okay«, sagte ich erneut. Ich war mir nicht sicher, was ich sonst sagen sollte.

»Ich hoffe, Sie nehmen es uns nicht übel, dass wir den tragischen Tod Ihrer Mutter erwähnen, wenn wir den Leuten von Ihrem Werdegang erzählen.«

»Nun, ich weiß nicht, ob ›übel nehmen‹ der richtige Ausdruck ist«, antwortete ich. »Es ist immer noch ein heikles Thema, aber tun Sie, was Sie tun müssen.«

»Danke. Und der Teil, bei dem Sie mit einem Jungen weggelaufen und in den Norden Kanadas gefahren sind? Und dass Sie an der Grenze festgenommen wurden?«

»Ich nehme an, dass Sie das nicht erwähnen werden.«

»Richtig. Und wir würden es begrüßen, wenn Sie das auch nicht tun.«

»Okay«, sagte ich zum dritten Mal.

»Wir könnten darauf verweisen, dass Ihre zukünftige Forschung die Medizin, wie wir sie kennen, verändern könnte.«

»Klar«, pflichtete ich ihm bei. »Das können wir machen.«

Ich war in eine leicht amüsierte Parodie meiner selbst verfallen, doch ich glaube nicht, dass er das gemerkt hat.

»Ausgezeichnet«, meinte er.

Er blieb stehen, also tat ich das auch, obwohl ich mir nicht sicher war, warum. Ich konzentrierte mich wieder auf meine

Umgebung und stellte fest, dass er mich im Kreis herumgeführt und zu meinem Wohnheimzimmer zurückgebracht hatte.

»Jemand wird morgen Abend um kurz vor sieben an Ihre Tür klopfen. Einen schönen Tag noch, Miss Evans.«

Er entfernte sich und hatte völlig vergessen, mich darüber zu informieren, dass in der Zwischenzeit noch weitere Leute an meine Tür klopfen würden.

* * *

Um sieben Uhr morgens am nächsten Tag klopfte es an meiner Tür. Ich war wach, im Gegensatz zu meiner Zimmergenossin.

Vor der Tür stand eine Frau in den Vierzigern. Sie hatte einen Kurzhaarschnitt und trug einen schicken Hosenanzug.

»Ich hoffe, ich hab dich nicht geweckt«, erklärte sie.

»Nein, ich war schon wach.«

Da meine Mitbewohnerin begann, sich zu rühren und etwas vor sich hin zu murmeln, trat ich in den Flur und schloss die Tür hinter mir bis auf einen Spaltbreit.

»Bella McGonigal«, stellte sich die Frau vor. »Ich bin die Assistentin des Dekans. Ich wollte dich noch erwischen, bevor du zum Frühstück gehst. Oder zum Unterricht. Wie ich sehe, hast du heute um zehn Uhr Chemie, doch wir werden dich bitten, das ausnahmsweise mal ausfallen zu lassen. Ich möchte mit dir auf einen Einkaufsbummel gehen.«

»Einkaufsbummel«, wiederholte ich. Als ob sie verkündet hätte, dass sie mich zum Tontaubenschießen, zur Alligatorenjagd oder zum Tornado-Chasing mitnehmen wolle.

»Damit du die richtige Kleidung für heute Abend hast.«

»Oh«, sagte ich und zog das Wort in die Länge. »Jetzt verstehe ich. Ich hab noch nicht wirklich darüber nachgedacht, was ich anziehen soll. Ich dachte, ich gehe einfach als ich selbst.«

»Und das wollen wir auch. Wir wollen, dass du dich wie du selbst fühlst. Einfach die beste Version von dir.«

»Verstehe«, antwortete ich. »Also … als jemand ganz anderes.«

Sie lachte.

»Du bist schon mal kein Spielverderber«, meinte sie.

* * *

Sie klopfte um zehn erneut. Das war das dritte Klopfen.

Auf der Fahrt in die Stadt hat sie mir dann alles erläutert. Sie hat genau mit mir durchgesprochen, was ich sagen soll und wie ich es sagen soll.

Sie hat so ziemlich alles gemacht, außer mir vorbereitete Lernkarten auszuhändigen.

Aber selbst das war ein kleiner Preis für eine kostenlose Universitätsausbildung.

Wobei sich herausstellte, der eigentliche Preis war ein gelbes Kleid, in dem ich wie eine Zehnjährige aussah.

»Es ist so … unschuldig«, meinte ich und starrte entsetzt auf mein Spiegelbild in der Umkleidekabine.

»Das ist genau der Look, den wir anstreben«, verkündete sie.

»Ich sehe damit aus wie ein Kind.«

»Das ist …«

Ich kam ihr zuvor, bevor sie es aussprechen konnte.

»Richtig«, sagte ich. »Verstehe. Das ist der Look, den Sie anstreben.«

»Sehr schön«, erwiderte sie zufrieden und zwinkerte mir zu.

Dann bezahlte sie das Kleid, klemmte mir die Tüte damit unter den Arm und fuhr mich zurück zum Campus, wo ich zum Unterricht ging und mich bemühte, nicht daran zu denken, was für eine Beleidigung dieses lächerliche gelbe Kleid war.

* * *

Meine von der Uni abgestellte Begleitung klopfte abends um zehn vor sieben an meine Tür. Das war das vierte Klopfen.

Es war ein stämmiger junger Mann von achtzehn oder neunzehn Jahren, der Jeans und ein Sweatshirt der Universität trug.

»Ich soll dich zu der Party eskortieren«, erklärte er.

»Danke«, sagte ich und trat auf den Flur.

»Willst du keine Jacke für später mitnehmen?«, fragte er.

»Nein, die brauch ich nicht«, antwortete ich. »Es ist ja gar nicht kalt. Also, nicht wirklich. Oben in den Nordwest-Territorien, nur ein paar Kilometer von der Beaufortsee entfernt, mehr oder weniger dem Nordpolarmeer, da war es kalt. Hier hingegen nicht.« Wärme breitete sich in mir aus, als ich darüber sprach. »Doch erwähne das auf der Party besser nicht«, fügte ich hinzu.

»Oh, ich werde nicht auf der Party selbst sein. Ich bring dich nur hin.«

»Oh. Okay. Aber weißt du, was? Ich hol mir doch lieber einen Schal.«

Ich ging noch mal zurück und schnappte mir aus meinem Schrank den wunderschönen bunten Schal, den Darryl und Evelyn mir geschenkt hatten. Nicht weil ich glaubte, mir würde kalt sein, sondern weil ich von den Nordwest-Territorien gesprochen hatte und mir etwas von dort wie so was wie ein Schutzschild vorkam.

Er hielt mir seinen Ellbogen hin, wie ein altmodischer Gentleman, und ich hakte mich bei ihm unter, während er mich nach draußen und über den Campus führte.

»Du siehst sehr nett aus«, stellte er fest.

»Ich sehe aus wie ein Clown.«

»Das finde ich nicht.«

»Ich sehe nicht aus wie ich.«

»Nun, ich weiß nicht, wie du aussiehst, wenn du so aussiehst, wie du aussiehst, also kann ich das nicht beurteilen. Aber ich finde, du siehst gut aus.«

Er begleitete mich bis zur Tür eines Gebäudes, das ich nicht kannte. Doch ich war ja auch noch keine zwei Wochen hier. Die meisten Gebäude auf dem Campus waren Gebäude, die ich nicht kannte. Am Eingang wartete Bella McGonigal auf mich, die mich in Empfang nahm, als wäre ich der Stab bei einem Staffellauf. Sie fasste mich am Ellbogen und wickelte den Schal von meinem Hals.

»Den hängen wir am besten zu den Mänteln«, entschied sie.

Sie sagte nicht, dass er nicht zum Kleid passte oder den gewünschten Look störte. Aber ich wusste es trotzdem.

Sie brachte mich hinein und übergab mich dem Dekan, der anfing, mich den Leuten vorzustellen. Bei den meisten handelte es sich um ältere Paare. Allerdings bewegten wir uns nicht durch den Raum, sondern blieben stehen und die Leute kamen zu uns. Wenn nicht, führte Bella McGonigal sie zu uns und erklärte: »Ich bin mir sicher, dass Sie Miss Evans kennenlernen wollen.«

Sie sorgte auch dafür, dass ich immer meinen bevorzugten »Cocktail« – Cola mit zwei Kirschen und einem Stück Limette – in der Hand hatte.

Sieben Leute teilten mir mit, dass ich das Heilmittel für Krebs entdecken könnte. Ich lächelte nur und erwiderte: »Man weiß ja nie.«

Das schien dem Dekan zu gefallen.

Zehn Leute bekundeten mir ihr Beileid zum tragischen Verlust meiner Mutter und ich musste ihnen danken und gleichzeitig so tun, als wäre es gar nicht wirklich so schlimm gewesen.

Meistens musste ich überhaupt nichts sagen. Meine guten Eigenschaften und Fähigkeiten wurden von anderen heruntergerasselt, damit ich nicht unbescheiden wirkte, wie es der Fall gewesen wäre, wenn ich sie selbst aufgezählt hätte.

Trotzdem war es anstrengend. Alle redeten gleichzeitig, mein Gesicht schmerzte von dem aufgesetzten Lächeln und ich konnte nicht aufhören, an dem Rock des gelben Kleides zu zupfen, weil ich mich so unwohl darin fühlte. Da ich keine Uhr hatte, wusste ich nicht, wie lange die Tortur schon andauerte.

Dann verkündete der Dekan: »Es ist fast zehn und wir sollten unser Wunderkind nicht zu lange vom Schlaf abhalten. Sie ist ja noch so jung, und ihr bewundernswerter Verstand braucht seinen Schönheitsschlaf.«

Bella McGonigal begleitete mich zur Tür und nach draußen, wo derselbe junge Mann wie vorhin wartete.

»Wie war's?«, erkundigte er sich auf dem Weg zu meinem Wohnheim.

»Ich bin froh, dass es vorbei ist«, antwortete ich.

»Oh, das tut mir leid. Ist es nicht gut gelaufen?«

»Nein, alles ist prima gelaufen. Mit all diesen Leuten zusammen zu sein ist für mich bloß ziemlich anstrengend. Es kostet mich viel Kraft. Es ist, als würde man die Scheinwerfer seines Autos anlassen, nachdem man den Motor ausgeschaltet hat. Das funktioniert schon. Aber nur so lange, bis die Batterie leer ist. Weißt du, was ich meine?«

»Nicht wirklich«, entgegnete er. »Ich fühle mich am energiegeladensten, wenn ich unter Menschen bin.«

»Oh. Dann bist du wohl eher extrovertiert.«

»Ich denke schon. Ich weiß nur, wie es ist, ich zu sein.«

»Ja«, sagte ich. »Das ist das grundlegende Problem der Menschheit.«

Ich glaube, diese Bemerkung muss ihn intellektuell überfordert haben, denn den Rest des Weges legten wir zurück, ohne dass er erneut das Gespräch mit mir suchte.

* * *

Das fünfte Klopfen ertönte, wenige Minuten nachdem ich in meinem Zimmer angekommen war. Meine Zimmergenossin war nicht da – ich hatte keine Ahnung, wo sie steckte –, daher war außer mir niemand anwesend, der öffnen konnte.

Ich war so müde, dass ich mehr oder weniger mit dem Gesicht nach unten aufs Bett gefallen und so liegen geblieben war. Ich hatte mir nicht mal die Mühe gemacht, mich aus dem schrecklichen gelben Kleid zu befreien.

»Moment«, nuschelte ich, so laut ich konnte.

Ich öffnete die Tür und fand mich Bella McGonigal gegenüber.

»Das ist sehr, sehr gut gelaufen«, erklärte sie. »Der Dekan ist hochzufrieden.«

Ich öffnete den Mund, um etwas zu erwidern wie: »Und dafür haben Sie mich aus dem Bett geholt? Hätte das nicht bis morgen früh warten können?«

Bevor ich jedoch dazu kam, hielt sie mir meinen kostbaren Schal aus Yellowknife hin.

»Ich hab vergessen, ihn dir zurückzugeben«, teilte sie mir mit. »Tut mir leid.«

»Oh«, entgegnete ich. »Danke.«

Ich verzichtete darauf, ihr zu erzählen, wie viel er mir bedeutete, weil ich sie nicht besonders gut kannte und ihr darum auch nicht wirklich vertraute. Außerdem vermutete ich, dass es sie gar nicht interessierte.

»Leg dich wieder schlafen«, sagte sie.

»Oh, das werde ich bestimmt.«

Ich schloss die Tür, wickelte mir den kostbaren Schal um die Augen und ließ mich mit dem Gesicht nach unten zurück aufs Bett fallen. Das einzige Zugeständnis, zu dem ich mich noch durchringen konnte, war, den Kopf leicht zu drehen, damit ich atmen konnte. Und in dieser Position blieb ich bis zum Morgen liegen.

* * *

Das sechste Klopfen vermochte mich kaum zu wecken. Ich meine, ich hörte es, aber ich schlief ziemlich tief, daher drang es kaum zu mir durch. Es schien mir nichts zu sein, was irgendeine Art von Reaktion von mir erforderte.

Das Nächste, was ich mitbekam, war, dass meine Zimmergenossin mich an der Schulter rüttelte.

Ich schlug die Augen auf und die Morgensonne schien mir ins Gesicht, sodass ich eine Grimasse schnitt.

»Was?«, brummte ich.

»Ist für dich«, meinte sie.

Ich stand auf und stolperte vom Bett zur Tür. Dabei überlegte ich verschwommen, dass ich eigentlich damit durch sein sollte. Irgendwann müsste das doch mal vorbei sein, oder? Wann würde ich endlich mein Leben zurückbekommen?

Ich rieb mir immer noch die Augen, als ich die Tür erreichte.

»Vielleicht kann das warten, bis ich ausgeruhter bin«, erklärte ich.

»Ru«, antwortete eine vertraute Stimme. »Ich bin's.«

Ich ließ die Hände sinken.

»Gabriel!«, rief ich.

Er stand im Flur vor meiner Zimmertür und hatte beide Hände hinter dem Rücken. Seit ich ihn das letzte Mal gesehen hatte, hatte er sich offenbar nicht mehr die Haare geschnitten, denn sie reichten ihm bis über die Schultern. Er schenkte mir das, was ich bis heute für das beste Gabriel-Lächeln aller Zeiten halte.

Wie ihr ja inzwischen wisst, will das was heißen.

»O mein Gott! Gabriel!«

Ich stürzte mich auf ihn und schloss ihn ganz fest in die Arme. Er erwiderte meine Umarmung … fast. Ich spürte, wie er die Arme um mich legte, aber er berührte mich nicht mit den Händen.

Die Tür gegenüber wurde aufgerissen.

»O mein Gott!«, rief ein Mädchen und ahmte dabei meinen aufgeregten Tonfall nach. »Sei verdammt noch mal leise! Wir versuchen zu schlafen!«

»Sorry«, sagten Gabriel und ich genau gleichzeitig. Gut zu wissen, dass wir das nicht verloren hatten.

Die Tür wurde wieder zugeknallt.

Weil ich sie immer noch nicht spüren konnte, fragte ich mit gesenkter Stimme: »Was ist mit deinen Händen los?«

Er trat einen Schritt zurück und verschränkte die Arme wieder hinter seinem Rücken.

»Da hab ich was drin.«

»Und was?«

»Ich habe dir zwei kleine Geschenke mitgebracht«, antwortete er und musterte mich von oben bis unten. »Was soll dieser neue Look?«

Ich merkte, dass ich immer noch das alberne Kleid von gestern Abend anhatte.

»Oh. Das. Das ist eine lange Geschichte.«

»Und die Kurzversion?«

»Dieses Kleid ist für mich das, was deine Holzfällerkluft für dich ist, wenn du sie anziehst, bevor du deinen Vater besuchst.«

»Ah. Verstanden«, sagte er.

»Was hast du mir mitgebracht?«

»Nur Kleinigkeiten. Ich will keine falschen Erwartungen wecken. Wähl eine Hand.«

Ich streckte den Arm aus und berührte ihn am linken Handgelenk und er zog diese Hand hinter seinem Rücken hervor. In ihr befand sich ein Papageientaucher aus Plüsch.

Er war etwa so groß wie ein echter Papageientaucher, also nicht unbedingt riesig. Er hatte grüne Dreiecke um die Augen und einen orangefarbenen und grünen Schnabel. Er hatte kleine orangefarbene Füße und schwarze Flügel mit weißen Unterseiten.

Ich legte mir die Hand aufs Herz und musste warten, bis ich wieder atmen konnte. Und das hatte ich noch nie in meinem Leben getan. Für nichts.

»Jetzt habe ich also einen Papageientaucher von Angesicht zu Angesicht gesehen«, erklärte ich.

»Oh, das ist nur so was wie eine Anzahlung.«

Dann zog er seine andere Hand hinter dem Rücken hervor. Darin hatte er mein Handy.

»Mein Telefon!«, rief ich, aber geflüstert.

»Ich musste ohnehin durch Nevada fahren.«

»Du hast dich doch darauf verlassen, dass ich mir die richtige Kilometerzahl merke.«

»Ja, so war es abgemacht«, entgegnete er. »Allerdings hat sich herausgestellt, dass es in Nevada nicht so viele zwei Stockwerke hohe Metallkängurus gibt, wie man vielleicht denken könnte.«

»Hast du Ärger bekommen?«

»Geh und verwandle dich zurück in Ru«, verlangte er. »Ich erzähle dir alles auf der Fahrt.«

»Warte, welche Fahrt?«

»Die Fahrt, zu der ich dich gleich mitnehme. Mehr verrate ich nicht. Es ist nämlich eine Überraschung.«

Kapitel Siebenundzwanzig

Als wir zwei Papageientaucherküken in der Wildnis waren

Gabriel und ich traten aus dem Studentenwohnheim in den hellen Sonnenschein. Wir gingen vom Campus zum Parkplatz, wo er sein Auto abgestellt hatte.

»Oh, du trägst ja deinen Yellowknife-Schal«, bemerkte er. »Das ist eine so schöne Erinnerung.«

»Ich weiß.«

»Aber eigentlich ist es gar nicht kalt«, meinte er.

»Nein. Das ist es wirklich nicht.«

»Also geht es vor allem um die Erinnerung.«

»Oh, es geht sogar ausschließlich darum.«

Bevor er darauf antworten konnte, entdeckte ich sein gelbes Auto.

»Du hast ja dein Auto zurück!«, rief ich. »Ich liebe dieses Auto.«

»Ich auch«, sagte er.

Wir stiegen ein.

»Hat dein Vater eigentlich seinen Jeep zurückgekriegt?«, fragte ich, als er den Motor startete.

»Natürlich. Zwar ist er an der Grenze beschlagnahmt worden, doch der Jeep war auf ihn zugelassen, daher haben sie Kontakt mit ihm aufgenommen. Hat ihn eine Stange Geld gekostet, Gebühren und so. Aber er hat den Wagen zurückbekommen.«

»War er sauer?«

»Nicht wirklich. Ich glaube fast, in gewisser Weise war er stolz darauf, dass ich einfach so auf und davon bin.«

Er schob den Schalthebel auf D und wir fuhren auf die Straße. Ich hatte keine Ahnung, wohin er mich brachte, und es war mir auch gar nicht wichtig, das rauszufinden. Ich dachte mir, wenn Gabriel mich dort hinfahren wollte, dann wollte ich da hin.

»Ich hab so viele Fragen«, erklärte ich. »Ich weiß gar nicht, wo ich anfangen soll.«

»Es ist eine längere Fahrt«, erwiderte er. »Also einfach tief durchatmen. Wir haben jede Menge Zeit, uns alles zu erzählen.«

Ich blickte nach unten auf meine Hände. In der einen hielt ich das Handy, in der anderen den Plüschpapageientaucher.

»Ich hab's für dich aufgeladen«, meinte er. »Ich hab allerdings keine Ahnung, ob das überhaupt noch aktuell ist.«

»Ich vermute, du sprichst vom Handy, nicht vom Papageientaucher.«

»Richtig. Das Handy. Und da hab ich noch eine Frage. Was für ein Quatsch war das eigentlich, dass wir uns die Kilometeranzeige am Straßenrand eingeprägt haben? Ich meine, es ist ein zehn Meter hohes Metallkänguru. Das verschwindet nicht so einfach.«

Darüber musste ich lachen und lachen und lachen. Und dann weinte ich auf einmal.

»Du hast mir so gefehlt«, stieß ich zwischen Schluchzern hervor.

Ich dachte, das mit dem Weinen würde schnell vorüber sein. Ich würde nur ein bisschen was von der Trauer rauslassen, die ich in mir getragen hatte.

Ich hätte mich nicht mehr irren können. Ich hab geweint, geweint, geweint.

Und Gabriel, der einfach der wunderbarste Mensch auf der Welt ist, hat nie versucht, mich zu beruhigen oder zum Aufhören zu bewegen, wie es die meisten anderen getan hätten.

Seine einzige Reaktion darauf war, dass er sagte: »Es muss sich wirklich gut anfühlen, all das endlich rauszulassen.«

* * *

»Meine Mutter hat mir einen Anwalt besorgt«, berichtete er. »Und der hat erreicht, dass ich Hausarrest bekommen habe und nicht ins Gefängnis musste.«

»Super!«, antwortete ich.

»Na ja, irgendwie schon – und andererseits auch nicht. Der Typ war … interessant.«

»Auf eine gute Art und Weise?«

»Nein, eher wie in dem alten chinesischen Fluch: ›Mögest du in interessanten Zeiten leben.‹ Er war wie ein Pitbull. Versteh mich nicht falsch. Ich war wirklich froh, nicht ins Gefängnis zu müssen. Ich war achtzehn, als der Gerichtsprozess begann, und stand ganz dicht davor, als ich verhaftet wurde. Vermutlich wäre es ein ganz normales Gefängnis für Erwachsene geworden, was wirklich furchteinflößend ist. Ich sollte ihm auf jeden Fall dankbar sein, egal mit welchen Mitteln er das geschafft hat.«

»Aber …?«

Wir fuhren auf dem Highway nach Osten. Das konnte ich am Stand der Sonne erkennen. Doch das war alles, was ich wusste. Ich liebte es, wieder auf dem Beifahrersitz zu sitzen, während Gabriel fuhr. Ich liebte jeden der Kilometer, die an meinem Fenster vorbeizogen.

»Er hat mich vor dem Termin beim Gericht angewiesen, komplett als ich selbst zu gehen. Ohne mir vorher das Haar zu schneiden oder es nach hinten zu gelen. Mit Make-up und lackierten Nägeln. Ich dachte, dieser Typ versteht mich. Aber dann hat sich rausgestellt, dass er die Tatsache, dass ich nicht binär bin, dafür verwendet hat, an das Mitleid des Richters zu appellieren. Er hat auf mich gezeigt und zum Richter gesagt: ›Wollen Sie wirklich diesen Jungen ins Gefängnis stecken, zu einer ganzen Bande hartgesottener Verbrecher? *Diesen* Jungen? Das ist unvorstellbar grausam. Es wäre freundlicher, einen Welpen auf der Autobahn auszusetzen.‹ Ich schwöre, genau das waren seine Worte. Und es hat funktioniert. Es war bloß so … Ich weiß nicht. Alle haben mich angeschaut, als wäre ich ein …«

Nach einer Weile gab ich es auf, darauf zu warten, dass er den Satz zu Ende brachte. Und eigentlich war das auch gar nicht nötig. Was er empfand, war auch ohne weitere Worte klar.

»Es tut mir so leid, dass ich dich in solche Schwierigkeiten gebracht habe«, erklärte ich.

»Hast du ja gar nicht.«

»Doch.«

»Nein. Hast du nicht. Du hast mir keine Pistole an den Kopf gehalten, um mich zu zwingen, mit dir loszufahren. Wir haben das gemeinsam beschlossen.«

»Es tut mir trotzdem leid.«

»Das muss es nicht«, antwortete er. »Es war das Beste, was ich je in meinem Leben getan habe.«

Auf den nächsten paar Kilometern schwiegen wir.

»Also war es das tatsächlich, ehrlich wert?«, traute ich mich schließlich zu fragen.

»Oh, mehr als das. Ein Abenteuer wie das? Ich musste nicht ins Gefängnis, lediglich so eine elektronische Fußfessel tragen. Am Unterricht habe ich von zu Hause aus teilgenommen. Du weißt schon. Online. Keine große Sache. Nur dass ich die ganze Zeit mit Schlaghosen rumlaufen musste – das war wahrscheinlich das Schlimmste an meiner Strafe.«

Ich lachte, weil ich dachte, das sei komisch. Aber dann blieb mir das Lachen im Hals stecken und nichts war mehr komisch. Und es fühlte sich an, als ob nichts das je gewesen war oder je wieder sein würde.

»Warum hast du eigentlich nicht geschrieben oder angerufen und mir gesagt, wie es dir geht?«

»Ich hab keinen deiner Briefe bekommen außer dem letzten. Ich weiß überhaupt nur, dass es andere gegeben haben muss, weil du das in deinem Brief erwähnt hast. Da stand, du hättest mir mehrmals geschrieben und meine Mutter angerufen, doch davon habe ich nie was erfahren. Als ich deinen Brief erhalten habe, hatte man mir gerade erst zwei Tage vorher die Fußfessel abgenommen. An meinem zweiten Tag am College, an dem ich wieder persönlich anwesend war, hat jemand im Sekretariat angerufen und vor einer Schießerei gewarnt, woran, wie sich später herausstellte, überhaupt nichts dran war. Vermutlich war das irgendein Spinner, der nicht für seine Prüfung gelernt hatte oder so. Jedenfalls wurden wir alle nach Hause geschickt. Meine Mutter war einkaufen und der Postbote war gerade da gewesen. Ich hab ihn noch weggehen sehen, daher hab ich die Post aus dem Briefkasten geholt. Ich hatte deine Telefonnummer nicht, aber dann hatte ich plötzlich deine Adresse und ich hab begriffen, dass ich schneller persönlich bei dir sein könnte, als ein Brief von mir das je schaffen könnte.« Er schwieg einen Augenblick. Spielte an dem abgeplatzten Nagellack an seinem Daumen herum. »Weißt du … Die ganze Zeit, die ich zu Hause festsaß, hab ich meine Mom immer wieder gefragt, ob du angerufen oder geschrieben hättest. Sie hat jedes Mal ›Nein‹ gesagt, und dass dir offenbar nicht so viel an mir liegt, wie ich dachte.«

»Das kann gar nicht passieren«, erklärte ich. »Ich hoffe, du hast ihr nicht geglaubt.«

»Das hab ich versucht«, entgegnete er. »Trotzdem war es schwierig, zu entscheiden, was ich glauben sollte.«

»Das versteh ich. Ich hab mich auch manchmal gefragt, ob du mir vielleicht nicht antwortest, weil du nie wieder was mit mir zu tun haben wolltest.«

»Das kann gar nicht passieren«, meinte er.

Wieder legten wir mehrere Kilometer schweigend zurück.

Dann sagte ich: »Eigentlich war das ziemlich gemein von ihr.«

»Ich glaube … Ich glaube, tief innerlich war sie davon überzeugt, dass sie mich beschützt. Nur … Ja, das war es. Es war ziemlich gemein.«

»Das ist eine ganz schön lange Fahrt«, bemerkte ich, auch in dem Versuch, einen leichteren Ton anzuschlagen. »Wir sind doch heute Abend zurück, oder?«

»O ja. Zum Abendessen bist du wieder da.«

»Gut. Es könnte auffallen, wenn ich heute Abend nicht in meinem Zimmer bin. Müssen wir über eine Landesgrenze?«

»Nein, keine einzige.«

»Das ist gut«, entgegnete ich. »Denn du bist jetzt ja vorbestraft.«

Glücklicherweise kam das bei ihm genauso ironisch an, wie ich es gemeint hatte.

* * *

Nach zweieinhalb Stunden Fahrt erreichten wir unser Ziel, das ein großer Zoo zu sein schien. Woher wusste ich, dass es zweieinhalb Stunden gewesen waren? Weil ich ein Handy hatte. Halleluja, ich hatte wieder ein Handy.

Wir stellten das Auto auf einem Parkplatz ab, der so riesig war, dass die verschiedenen Unterteilungen mit Tierschildern gekennzeichnet waren. Wir parkten in der Giraffe, bezahlten den Eintritt, bekamen einen Stempel auf den Handrücken und gingen rein.

Im Nachhinein betrachtet hätte ich eigentlich wissen müssen, wohin Gabriel mich brachte, aber ich lief einfach hinter ihm her und dachte, dass er mich schon noch früh genug einweihen würde.

Gabriel folgte einer Karte auf seinem Handy und führte uns in eine Polaranlage, ein Gebäude mit unterschiedlichen Vogellebensräumen hinter Glas. Und ich hatte immer noch keine Ahnung. Ich dachte einfach, weil wir die Zeit am Polarkreis vermissten, wollte er mir ein Stück davon zurückgeben. Wir kamen an Kormoranen, Seeadlern, Alken und Pinguinen vorbei. Und dann hielt er so plötzlich an, dass ich ihn fast umgerannt hätte.

»Da sind sie«, sagte er.

Ich spähte durch die Glasscheibe vor uns und entdeckte sie.

»Papageientaucher!«, rief ich. »Du hast Papageientaucher in North Carolina gefunden!«

»Das sind nicht wirklich Papageientaucher«, erklärte er. »Es sind Hornlunde. Aber es ist doch ziemlich nah dran, oder? Erst mal besser als nichts, oder?«

»Sehr viel besser als nichts!«, antwortete ich.

Ich zählte elf Vögel, obwohl sich vielleicht noch mehr im Iglu versteckten. Sie waren den Papageientauchern viel ähnlicher als die Gelbschopflunde, die vor allem im nordwestlichen Pazifik heimisch sind. Sie hatten etwas weniger bunte Schnäbel, aber bunt genug – orange an den Enden, mit einem schwarzweiß gefleckten Bereich dahinter –, und die »Hörner« waren diese kleinen vorgewölbten Bögen über ihren Augen. Der Rest von ihnen sah aus wie ein Papageientaucher. Genau so, wie ich es mir vorgestellt hatte.

»Ich liebe sie«, verkündete ich.

Da merkte ich, dass er telefonierte. Komisch.

»Ja«, hörte ich ihn sagen. »Ich bin's. Gabriel. Der, der vorhin angerufen hat. Okay, danke!«

Ein paar Sekunden später öffnete sich zwischen den Bereichen eine Tür, die ich bisher gar nicht bemerkt hatte, und ein schlanker Mann um die vierzig mit schütterem Haar steckte den Kopf heraus.

»Kommt mit nach hinten«, lud er uns ein.

Ich war ein bisschen überwältigt und stellte keine Fragen. Ich ging einfach hinter Gabriel her, der dem Mann durch einen langen Gang folgte. Wir landeten an einer Art Hintertür der Anlage.

»Ich hab ihn von unterwegs angerufen«, verriet mir Gabriel. »Auf der Fahrt zu dir. Ich hab ihm nur erzählt, dass du ein wirklich schlimmes Jahr hinter dir hast und ein Mal einem Papageientaucher persönlich gegenüberstehen willst.«

»Du hattest doch auch ein schlimmes Jahr.«

»Ich hab nicht meinen einzigen lebenden Elternteil verloren und musste auch nicht bei der grässlichsten Verwandten der Welt wohnen. Und außerdem erlebe ich es ja mit. Trotzdem ist es hauptsächlich für dich.«

Ich fing wieder an zu weinen und hörte dann auch gar nicht mehr auf damit.

Ich weinte, als der Mann mir einen Eimer mit Fischen reichte, und die ganze Zeit über, als wir uns auf den Weg zu dem felsigen Bereich neben ihrem Pool machten.

Ich weinte, als sie durchs Wasser zu uns schwammen, sich drehten und ihre Hälse reckten, um nachzuschauen, was wir für sie hatten, wobei sie ihre Flügel so spreizten, dass sie wie ganz breite Schultern wirkten.

Ich weinte, als sie mit ihren hyperkinetischen Flügeln kleine Wellen im Wasser erzeugten und es aufspritzen ließen.

Ich weinte, als sie hochsprangen und durch die Luft flatterten und wild mit ihren kleinen Flügeln schlugen.

Ich weinte, als sie mit ihren Schnäbeln die Fische fingen, die ich ihnen zuwarf, und sie im Ganzen runterschlangen.

Mehrere Minuten lang flatterten und watschelten sie um uns herum, als wären wir alte Bekannte, die sie seit Jahren nicht mehr gesehen hatten. Wenn man ein Papageientaucher ist, ist jeder Mensch mit einem Eimer Fische ein alter Bekannter.

Ich hab sie gefüttert, bis der Eimer leer war, und ich habe nicht ein einziges Mal aufgehört zu weinen.

* * *

Am späten Nachmittag, als es langsam dunkel zu werden begann, hatten wir ungefähr die Hälfte des Rückwegs zum College zurückgelegt.

»Du hast mir noch gar nicht von dem komischen Kleid erzählt.«

»Oh. Das. Die Universitätsverwaltung wollte mich bei einer Party für ihre Geldgeber vorführen.«

»Das ist keine lange Geschichte.«

»Da hast du recht. Vermutlich nicht.«

»Und wie hast du dich dabei gefühlt?«

»Es war schon irgendwie merkwürdig. Aber andererseits, du weißt ja, manchmal gilt: Wes Brot ich ess, des Lied ich sing. Und ich sollte vermutlich dankbar sein, dass ich dieses Brot nicht mit Geld bezahlen muss.«

»Das ist eine vernünftige Betrachtungsweise«, meinte er.

Ich holte tief Luft und stellte Gabriel die Frage, die ich bisher vermieden hatte.

»Ich hasse es, das zu fragen«, sagte ich, »und ich hab's aufgeschoben, weil ich weiß, wenn ich es frage, wirst du mir antworten. Also … wie lange hast du vor zu bleiben?«

»Bis du achtzehn bist«, erwiderte er.

»Ehrlich? Ist das dein Ernst?«

»Mir war in meinem ganzen Leben noch nie etwas ernster. Ich bin volljährig. Ich kann leben, wo immer ich möchte, daher werde ich so lange hier leben, wie du hier bist. Ich suche mir einen Job als Kellner oder irgendwas in der Art, und in einer Collegestadt gibt es immer günstige Studentenbuden. Ich kann mich an deinem College um einen Platz bewerben oder an einem anderen in der Umgebung. Vielleicht dauert es ein bisschen, aber meine Noten sind gut. Irgendwo werde ich schon unterkommen. Und irgendwie ist es letztendlich ja nur wie ein Brückenjahr. Brückenjahre sind gut, oder?«

»Brückenjahre sind die besten«, erklärte ich.

Als ich das sagte, fiel mir auf, dass ich keine Angst mehr hatte. Und dass ich schon so lange verängstigt gewesen war, dass ich mich kaum noch daran erinnerte, wie es sich anfühlte, es nicht zu sein.

»Zu schade, dass du selbst nur zwei Brückenwochen hattest«, meinte er.

»O ja, andererseits haben wir da ein ganzes Jahr an Erfahrung rausgeholt.«

»Das stimmt. Trotzdem … Eine College-Liste ist eine College-Liste, und wenn du volljährig bist und selbst entscheiden kannst, was du tun oder lassen willst, denke ich, wir sollten nach Neufundland oder Island fahren und uns Papageientaucher in freier Wildbahn anschauen.«

»Die eben waren schon ziemlich cool«, erwiderte ich.

»Ja, absolut. Aber wir haben uns vorgenommen, Papageientaucher in freier Wildbahn zu sehen. Und genau das werden wir auch tun.«

* * *

Und im Lauf der Zeit, genauer gesagt fünf Jahre und viele Kellnerjobs und Prüfungen später, haben wir genau dieses Versprechen gehalten, das wir uns selbst, uns gegenseitig und den Papageientauchern überall auf der Welt gegeben hatten.

Ich bin nicht davon überzeugt, dass es die Papageientaucher interessiert hat. Mir persönlich hat es jedoch sehr viel bedeutet.

Kapitel Achtundzwanzig

Nicht später, sondern jetzt

Nun, Mädels, es wird euch freuen, zu hören, dass ich jetzt endlich fertig bin. Ich hoffe, ihr wisst, ich hätte euch niemals eine so lange Geschichte so ausführlich erzählt – vor allem in einem Rutsch –, wenn da nicht ein paar Dinge wären, von denen ich dringend wollte, dass ihr sie wisst.

Daher, nur wegen der verschwindend geringen Chance, dass ihr nicht voll verstanden habt, weshalb ich euch das alles erzählt habe … Es geht mir um Folgendes.

Erstens: Ich möchte, dass ihr mir immer glaubt, wenn ich sage, dass ich euren Schmerz verstehe. Ich werde immer wissen, wie es sich anfühlt, die eigene Mutter zu verlieren. Wenn ich also sage, dass ich mich in euch hineinversetzen kann und verstehe, was ihr gerade durchmacht, werdet ihr mir das jetzt vermutlich eher abnehmen.

Ich denke nicht, dass man den Tod der Mutter je wirklich verwinden kann. Das soll jetzt nicht entmutigend klingen, ich glaube bloß, dass es für euch leichter ist, wenn ihr das von vornherein wisst und nicht denkt, alle kämen irgendwie damit klar, nur ihr nicht. Das soll nicht heißen, dass ihr euch immer so fühlen werdet wie jetzt. Denn das werdet ihr nicht. Mit der Zeit ist man nicht mehr so verloren. Sie wird euch fehlen, aber ihr werdet einen Weg finden, euer Leben um dieses Fehlen herum zu leben. Ihr werdet feststellen, wenn ihr an sie denkt, dass ihr euch mehr darauf konzentriert, wie gut es war, sie zu haben, und weniger darauf, was nicht so super war oder wie schmerzlich es war, sie zu verlieren, oder beides.

Doch ich will euch noch ein Versprechen geben, in Bezug darauf, was für ein Vormund ich für euch sein möchte. Ich werde euch nie sagen, dass ihr mehr trauern solltet, und ich werde euch auch nie sagen, dass ihr mit eurer Trauer übertreibt. Wie ihr trauern müsst, ist etwas, das ihr selbst besser wisst als ich. Ich werde euch dazu mit keinem Wort und keinem Ratschlag belästigen. Meine einzige Äußerung zu dem Thema ist, dass ich es selbst ebenfalls erlebt habe.

Zweitens: Nach allem, was ich euch heute erzählt habe, hoffe ich, ihr versteht – vielleicht zum ersten Mal –, warum ich euch bei mir aufgenommen habe. Ich hab nie groß über Kinder nachgedacht, eigene oder adoptierte. Aber als ich erfahren habe, dass eure Mutter gestorben ist und dass ihr ungefähr im gleichen Alter seid wie ich, als ich meine Mutter verloren habe, ist euch mein Herz zugeflogen. Ich musste euch ein Zuhause geben und musste euch auch beide nehmen, damit ihr zusammenbleiben könnt. Denn ihr seid in gewisser Weise eine Herde und die kann man nicht einfach auseinanderreißen.

So. Seht ihr? Darum musste ich euch das alles so haarklein berichten. Stellt euch vor, ich hätte euch einfach als Herde bezeichnet, ohne die Hintergründe zu liefern. Ihr hättet gedacht, ich hätte den Verstand verloren.

Übrigens habe ich euch diese Geschichte nicht erzählt, um euch zu ermutigen, den Leuten Lügen aufzutischen oder von zu Hause wegzulaufen. Doch vielleicht hilft es euch, wenn ihr wisst, dass ich in eurem Alter nicht perfekt war. Das bin ich immer noch nicht, aber es ist schon besser geworden.

Drittens – und das betrifft auch die Art von Vormund, die ich sein möchte … Nein, ich *möchte* das nicht nur sein. Ich *verspreche*, es zu sein. Darüber hatte ich am Anfang noch gar nicht nachgedacht, doch jetzt ist es eine weitere Sache, die ich euch mit auf den Weg geben möchte. Ich war ein Kind, aber ich habe es geschafft, ein erfülltes Leben zu führen und Erfahrungen zu machen, die ich nie vergessen werde.

Erwachsene tun Kindern in vielerlei Hinsicht unrecht. Zumindest meiner Meinung nach. Wir reden mit euch, wir hören euch jedoch nicht zu. Wir tun so, als ob ihr nichts zu sagen hättet, weil ihr Kinder seid. Wir bestehen darauf, dass ihr still dasitzt und denen zuhört, die »Bescheid wissen«. Dabei wisst ihr lauter Sachen und ich freue mich wirklich darauf, herauszufinden, welche das bei euch sind.

In diesem Sinne … Es mag seltsam klingen, aber bitte wisst, dass ihr jetzt lebt. Genau jetzt. Euer Leben beginnt nicht an eurem achtzehnten Geburtstag. Es hat schon vor langer Zeit begonnen. Das Erwachsensein ist nicht der erste Akt des Theaterstücks, und die Kindheit ist nicht die Gestaltung des Bühnenbilds und das Lernen des Textes. Das ist es, Mädels. Willkommen in eurem Leben.

Wenn ihr also etwas sein wollt, seid es. Wenn ihr es euch später anders überlegt und etwas anderes werden wollt, dann macht das auf jeden Fall. Wenn ihr ein Brückenjahr nehmen und mit dem Rucksack durch Europa reisen wollt, bin ich für ein Brückenjahr.

Vertraut darauf, dass euch auch euer Onkel Gabriel in dieser Hinsicht immer unterstützen wird. Er war schon an Orten, an denen er akzeptiert wurde, und an anderen, wo das nicht der Fall war. Doch es ist lange her, dass er an einem Ort leben musste, an dem er nicht uneingeschränkt willkommen war.

Diese Collegestadt war in dieser Beziehung genau das Richtige für ihn und deshalb sind wir geblieben.

Er wird sich dafür einsetzen, dass ihr genau so sein könnt, wie ihr seid.

Zuletzt, und das ist wahrscheinlich das Wichtigste, wollte ich euch versichern, dass ich gelernt habe, Intelligenz im rechten Licht zu betrachten. Ja, ich habe sie. Aber ich definiere mich nicht darüber. Und ich bin mir nicht mal sicher, ob sie das Wichtigste an mir ist.

Ich weiß es zu schätzen, dass ihr mit den IQ-Tests einverstanden wart. Trotzdem hab ich die Sorge, dass ihr dadurch einen falschen Eindruck gewonnen haben könntet. Auch wenn ich euch erklärt hab, dass ich hohe Intelligenz nicht für das Wichtigste halte, würde ich es verstehen, wenn ihr mir nicht geglaubt habt. Jetzt allerdings – nachdem ich euch das alles erzählt habe – erwarte ich, dass ihr es tut.

Ihr seid kluge Mädchen. Das haben wir herausgefunden. Weit über dem Durchschnitt. Doch ihr seid keine kleinen Genies. Ihr seid nicht abartig klug. Und deshalb … Ich möchte, dass ihr wisst, dass ich mich sehr, sehr für euch freue.

Und ich verspreche euch, dass ich euch nie wieder so viele Informationen auf einmal über die Erwachsenen in eurem Leben zumuten werde.

Jetzt könnt ihr die Welt mit eurem erstaunlichen Leben mit Licht erfüllen. Entweder das, oder ihr genießt einfach die Ruhe und den Frieden. Und ihr sollt wissen, dass ich euch lieb habe, egal wofür ihr euch entscheidet.

Folge der Autorin auf Amazon

Wenn dir dieses Buch gefallen hat, folge Catherine Ryan Hyde auf Amazon. Dann erhältst du eine Benachrichtigung, wenn die Autorin ihr nächstes Buch veröffentlicht. Um der Autorin zu folgen, gehe bitte folgendermaßen vor:

Desktop:

1) Suche auf Amazon.de oder in der Amazon App nach dem Namen der Autorin.
2) Klicke auf den Namen der Autorin, um auf die Autorenseite zu gelangen.
3) Klicke auf den »Folgen«-Button.

Smartphone und Tablet:

1) Suche auf Amazon.de oder in der Amazon App nach dem Namen der Autorin.
2) Klicke auf einen Titel der Autorin.
3) Klicke auf den Namen der Autorin, um auf die Autorenseite zu gelangen.
4) Klicke auf den »Folgen«-Button.

Kindle eReader und Kindle App:

Wenn du dieses Buch auf einem Kindle eReader oder in der Kindle App liest, wird dir automatisch angeboten, der Autorin zu folgen, nachdem du die letzte Seite des Buches gelesen hast.

Printed in Poland
by Amazon Fulfillment
Poland Sp. z o.o., Wrocław

42768686R00190